Jeff Rovin

Longtemps, Jeff Rovin a mis sa plume au service de différents ténors du thriller ou du scénario américains. *La nuit des chauves-souris* (Albin Michel, 1999) est le premier roman qu'il a publié sous son nom. Jeff Rovin vit aujourd'hui à New York.

LA NUIT DES CHAUVES-SOURIS

JEFF ROVIN

LA NUIT DES CHAUVES-SOURIS

Traduit de l'américain
par Pierre Girard

ALBIN MICHEL

Titre original :
VESPERS

ISBN : 2-266-11266-X

1

La batte fendit l'air tiède de cette fin d'après-midi. Le bois frappa le cuir avec un bruit clair et sonore, et la balle rebondit en décrivant un arc de cercle dans le ciel illuminé par le soleil couchant.

Tommy Fitzpatrick, treize ans, grand pour son âge, et dégingandé, laissa choir la batte et s'élança sans prendre le temps de regarder. Baissant la tête, il partit comme un boulet de canon vers la première base, en priant le ciel de lui venir en aide. Il vit en un éclair ses Nike blanches sur la ligne de base. Il sentit le frottement de sa tenue en coton contre ses cuisses et ses avant-bras. Il entendit, assourdis par son casque, les cris d'encouragement qui fusaient à la tribune des Thurston Trashers. Un type courait à la deuxième base. Un double coup sûr pouvait les propulser en demi-finale. Un coup de circuit, et le match était gagné...

Au moment où il arrivait sur le sac, il entendit l'ovation qui partait de la tribune des Fortelni Fighters. Il leva les yeux juste à temps pour voir ce grand costaud de Rick Boots, le premier gardien de base, lever triomphalement les bras et courir vers la plaque de but avec le reste des défenseurs. Boots n'eut même pas un regard pour lui.

Tommy ralentit et s'arrêta devant le sac. Il resta

planté là, le souffle court, les épaules affaissées, le dos tourné à la plaque de but. Son père était sans doute tout près derrière la cage — à l'agonie.

C'en était fini de la compétition. Il ne disputerait pas le championnat, ne rapporterait pas un trophée à la maison, ne serait pas, au déjeuner du lendemain, l'objet de toutes les conversations.

Comme il passait près de lui en courant, l'un des entraîneurs des Fortelni lui donna une tape sur l'épaule.

— C'était un joli coup, mon gars.

— Merci, murmura Tommy.

Mais l'autre ne l'entendit sans doute pas. Ce fut à peine s'il s'entendit lui-même. La gorge nouée, il ne parvenait pas à émettre un son.

Il retira son casque, secoua ses longs cheveux noirs. Il avait envie de pleurer, mais ne pouvait pas se le permettre. Ce serait déjà assez dur, demain, d'affronter le lycée comme le perdant qu'il était. Pas question, en plus, de passer pour un pleurnichard.

Il prit une profonde inspiration. Et trouva en lui, sans trop savoir comment, la force de se retourner vers la plaque de but en levant les bras et de rejoindre les autres Trashers pour féliciter les vainqueurs.

La chauve-souris fendait l'air dans la lumière déclinante du crépuscule. Ses ailes courtes, dépourvues de poils, l'emportaient vers la forêt d'une course zigzagante. Tout en filant au-dessus des champs, le vespertilion émettait du fond de sa gorge, sous la forme d'une petite toux, des salves d'ultrasons. Leur bruit saturait l'espace sur une longueur de plusieurs mètres, à raison de dix pulsations par seconde alternées avec les battements d'ailes. Ses larges oreilles orientées vers l'avant guettaient le moindre changement dans les signaux qu'elle recevait en retour. Quand ils lui revenaient comme un martèlement assourdi, ils indiquaient la présence d'une autre chauve-souris. Quand c'était un long grincement suraigu, elle savait qu'un insecte battait des ailes quelque part devant elle. Cette présence repérée, la chauve-souris localisait l'insecte avec précision en multipliant par vingt le rythme de ses cris minuscules, qui passaient ainsi de dix à deux cents par seconde. L'amplitude, la direction et la qualité plus grave ou plus aiguë de cet écho lui permettaient de savoir exactement où se trouvait la proie aussi bien que sa taille et sa texture. La chauve-souris changeait alors de direction pour foncer droit sur l'image nette, brillante, en noir et blanc, de l'insecte qu'elle happait d'un seul claquement de ses petites mâchoires. Pendant le temps qu'il lui fallait pour l'avaler, elle faisait passer l'émission d'ultrasons par son nez. Par une nuit ordinaire, cette opération se répétait en moyenne six cents fois par heure, pendant cinq heures.

Mais cette nuit-là n'était pas une nuit ordinaire. La colonie commencerait à migrer avec le lever du jour, et cette chauve-souris assurait une garde, comme trois cents de ses semblables qui patrouillaient au-dessus de la forêt et dont certaines volaient jusqu'à trois mille mètres d'altitude. Elle volait pour se nourrir, mais devait en outre surveiller tout mouvement en direction de la forêt. Si elle en détectait un, ou si l'écho renvoyé par une autre chauve-souris volant dans son rayon d'émission venait à faiblir, elle devait la suivre, rétablir le contact et assurer la défense du périmètre.

Après avoir prestement gobé deux moustiques sur sa droite, la chauve-souris détecta quelque chose qui se déplaçait au-dessous d'elle. Quelque chose de gros, qui se dirigeait vers la forêt. Elle piqua aussitôt du nez, en happant une mite au passage. Accélérant ses battements d'ailes pour compenser l'absence de vent arrière, elle fonça droit sur l'objet.

Tommy traversait le parking en bordure de la forêt. Il s'arrêta devant le 4 × 4 vert de son père et se retourna pour s'adosser à la capote. De là, il voyait le terrain. Scott Fitzpatrick discutait avec l'entraîneur, Don Breen, l'assistant entraîneur Bob Kidd et d'autres pères à côté de la cage. Plusieurs mères bavardaient ensemble, assises à la tribune, pendant que les petits frères et les petites sœurs gambadaient sur l'aire de pique-nique, au bord de l'étang. Les autres garçons de l'équipe des Trashers étaient assis sur des bancs, mangeant des chips et buvant des sodas, et râlant. Les Fighters, restés sur le terrain, continuaient à lancer la balle, tout excités.

L'adolescent n'avait pas envie de parler. A quoi bon ? Il avait tout fait rater. Même s'il n'y avait personne pour le lui dire, c'était ce qu'ils pensaient tous.

Il baissa les yeux sur le gant qu'il portait encore à la main gauche. Au moins lui restait-il une année. Et il avait son gant. Il adorait son contact sur sa peau, son odeur, son poids lorsqu'il y avait une balle dans la poche. Qu'il gagne ou qu'il perde, ça lui faisait toujours mal au cœur de laisser cette partie de lui-même dans un placard. Mais la saison tirait à sa fin et les arbres, dont les feuilles commençaient à virer de ton, annonçaient déjà l'automne. Bientôt il ferait trop froid pour s'entraîner. Il leur resterait le foot, mais ce ne serait pas le même plaisir que d'être dehors quand le soleil chauffe et que la rentrée des classes est encore loin et…

Tommy entendit le bruit d'ailes. Il releva la tête une fraction de seconde avant l'impact. La chauve-souris planta ses dix griffes vigoureuses dans son front. Elle y resta accrochée, en battant des ailes tandis que sa bouche grande ouverte s'enfonçait dans la chevelure. Les dents pointues comme des aiguilles trouvèrent le cuir chevelu et s'enfoncèrent dans la chair.

Tommy poussa un cri aigu. Il voulut chasser la chauve-souris de sa main droite et sentit sous sa paume le petit corps furieux. Il cria encore plus fort quand la bouche de l'animal arracha un morceau de peau. Affolé, il le martela de son gant.

— Papa ! Papa !

Les hommes se retournèrent.

La chauve-souris ne lâcha pas prise. Deux autres arrivèrent, à droite et à gauche. La première arracha un nouveau lambeau de chair juste au-dessus de la ligne des cheveux tandis que les autres s'accrochaient à ses oreilles. Leurs griffes percèrent la peau sans difficulté. Il tomba à genoux. Il secouait violemment la tête, mais sans parvenir à se débarrasser de ces claquements d'ailes duveteux.

Scott Fitzpatrick s'élança en courant vers le parking.

— Tommy ?

Breen, le gros entraîneur, s'élança derrière lui.

— Scott, qu'est-ce qu'il y a ?

Derrière eux, les membres de l'équipe des Trashers se levèrent. Chez les Fighters, quelques-uns cessèrent de jouer pour regarder.

— Tommy ! cria Scott, en tendant le cou pour scruter entre les voitures.

Une quatrième chauve-souris fonça sur Tommy, venant de l'autre extrémité du terrain, et lui mordit la lèvre supérieure. Le garçon poussa un hurlement tandis qu'elle le mordait à nouveau sous le nez. Il sentit le goût du sang. Une cinquième chauve-souris arracha un lambeau de chair entre le pouce et l'index de sa main droite, puis le mordit au poignet.

— Papa, au secours !

Scott contournait les voitures garées n'importe comment.

— J'arrive !

Tommy secoua la main pour en détacher la bête tandis qu'une sixième chauve-souris venait s'agripper au creux de son épaule. Déchirant le jersey du maillot en quelques coups de dents précipités, elle atteignit rapidement la chair. Ses crocs percèrent l'artère pulmonaire. Le sang gicla par la déchirure du maillot.

Les hurlements du gamin se transformèrent en glapissements. Il voulut lever son gant au moment où deux chauves-souris s'abattaient sur son bras gauche. Il s'écroula sur le flanc devant un pare-chocs en lançant des coups de pied dans un effort désespéré pour se débarrasser des bêtes. Il n'était plus conscient de ce qu'il faisait ; seule la douleur commandait ses gestes. Le sang qui coulait de ses oreilles, de ses mains et de ses bras tombait goutte à goutte sur l'herbe sèche.

Ses mouvements frénétiques provoquèrent un nouvel assaut. Les chauves-souris piquèrent sur lui en formation, comme une monstrueuse pointe de flèche qui se disloqua en arrivant sur la cible. La plupart se glissèrent autour des boutons du maillot. Elles rampèrent le long de ses bras et sur son torse, mordant et mordant encore. Un frisson secoua Tommy ; ses mouvements se ralentirent soudain, et cessèrent. Il ne sentit plus rien, la douleur, l'épuisement et la perte de sang conjuguant leurs effets pour le mettre en état de choc.

Un nouvel essaim de chauves-souris descendit sur le gamin mais elles ne s'arrêtèrent pas, lancées vers leur prochaine cible. Scott Fitzpatrick lâcha un juron en les voyant fondre sur lui. Il mit ses bras autour de son crâne, baissa la tête comme un taureau qui charge, et continua à chercher entre les voitures stationnées. Les chauves-souris l'obligèrent à ralentir, le recouvrant comme une grande main. Elles s'attaquèrent à son anorak, arrachant des lambeaux de nylon, s'enfonçant dans les déchirures. L'homme décroisa les bras pour frapper les bêtes qui faisaient des bosses sous sa veste.

— Tommy !

Un autre essaim arriva, et se jeta sur son visage découvert.

— Merde ! Merde !!!

Elles lui lacérèrent les paupières, le front, la nuque.

Aveuglé par les ailes et par son propre sang, Scott percuta violemment l'arrière de la voiture. Hurlant de douleur et de rage, il s'écroula contre le coffre, tout en essayant d'écraser les bêtes logées sous ses vêtements. Il porta les mains à son visage, en arracha deux corps gros comme des souris et les jeta au loin. Elles revinrent à la charge.

— Saloperies !

D'autres chauves-souris s'abattirent sur son visage et sur ses mains. Glissant du coffre, il se mit à hurler et à se tordre tandis que des dents acérées et minuscules et de longues griffes crochues ouvraient des dizaines de plaies sur tout son corps.

Don Breen était à deux ou trois mètres de lui quand il vit Scott Fitzpatrick se tordre sur le sol. Il s'arrêta.

Scott se débattait frénétiquement sous une couche de petites chauves-souris. Elles se répandaient sur lui comme une coulée d'huile jusqu'à le recouvrir de la tête aux pieds.

— Seigneur ! murmura Breen.

Quelqu'un cria, dans le groupe des parents :

— Don, qu'est-ce qu'il y a ?

— Restez où vous êtes ! hurla Breen.

— Pourquoi ?

— Faites ce que je vous dis, c'est tout !

Personne ne bougea parmi les hommes. Lentement, Breen retira son blouson à l'effigie de l'équipe. Il le tint devant lui comme un matador sa cape, en se penchant en avant. Il s'avança un peu, en évaluant la distance, avec l'intention de jeter le blouson sur les chauves-souris.

Soudain, Scott cessa de bouger. Et, un instant plus tard, les chauves-souris s'immobilisèrent à leur tour.

Breen les observait tandis qu'un vent léger soufflait entre les voitures. En passant sur les animaux, il agitait leur fourrure et soulevait la peau fine de leurs ailes, mais ils restaient fermement campés sur leurs pattes grêles et leurs cinq doigts palmés. Puis ils pivotèrent sur leurs serres, comme les aiguilles d'une montre, pratiquement tous en même temps, pour regarder Breen. Les petits yeux noirs étincelaient dans leurs faces barbouillées de sang, et leurs mâchoires puissantes, inquiétantes, restaient grandes ouvertes.

Un gamin cria, depuis le terrain :

— Eh ! L'entraîneur ! Un coup de main ?

Breen ne sut pas qui l'avait fait taire. Un parent. Il attendait que les chauves-souris attaquent. Comme elles ne s'y décidaient pas, il se dit que c'était peut-être parce qu'il ne bougeait pas lui-même. Ou parce qu'il ne bougeait pas dans leur direction. Au moment où ils avaient été attaqués, Tommy et Scott se dirigeaient tous les deux vers la forêt.

Il n'y avait qu'une façon de le vérifier. Lentement, très lentement, il abaissa le blouson qu'il tenait à bout de bras. Comme les animaux ne réagissaient pas, il recula prudemment du pied droit. Avec un ensemble presque parfait les têtes minuscules pivotèrent d'un cran vers la droite.

Breen avait envie de lâcher un juron et de partir en courant. Il ne fit ni l'un ni l'autre. Si les chauves-souris avaient voulu attaquer, elles l'auraient fait. Il attendit quelques secondes. Comme rien ne se passait, il recula d'un nouveau pas, cette fois vers la gauche. Les vingt têtes ne bougèrent pas.

— Très bien, dit-il à mi-voix. Très bien. Si vous me laissez filer par là, je m'en vais.

Encore un pas. Puis un autre. Les chauves-souris ne bougeaient toujours pas. Parvenu à la limite du parking, Breen se retourna vers le terrain. Les joueurs et tous les parents s'étaient levés pour observer la scène. Il se dirigea vers la cage d'un pas rapide.

— Qu'est-ce qu'il y avait, là-bas ? demanda Bob Kidd. Est-ce que Tommy…

— Je n'en *sais rien*, répondit sèchement Breen. (Des gouttes de sueur froide tombaient du bandeau de sa casquette. En approchant de la tribune il accéléra le pas, leva la tête vers les parents et leurs enfants.) Bon, dit-il. Je veux que tout le monde s'en aille par là et lentement. (Il pointait le doigt vers l'aire de pique-nique.) Si vous avez des vestes ou des blousons, servez-vous-en pour vous couvrir la tête. Quelqu'un a un téléphone ?

— Moi, dit l'une des mères.

— Appelez le 919.

Elle composa le numéro.

— Dites-leur que nous avons une attaque de chauves-souris — une trentaine, environ. Deux blessés graves. Qu'ils ne viennent pas par la route de la forêt. Qu'ils se garent plutôt du côté de l'étang.

La femme fit ce qu'il lui disait. Il la rejoignit pendant qu'elle parlait au téléphone.

Le terrain et les tribunes se vidèrent en moins d'une minute.

Toute menace ayant disparu, les chauves-souris repartirent en plein ciel. Elles continuèrent à gober des insectes, et à se surveiller mutuellement tout en s'assurant que rien, hormis le vent, ne troublait le calme de la forêt au clair de lune.

2

Quand l'inspecteur principal Robert Gentry quittait le commissariat, il laissait derrière lui son travail. C'était l'une des choses qu'il appréciait particulièrement depuis qu'il était à la tête de la Brigade d'enquête sur les accidents.

La tôle froissée, les seaux renversés par les laveurs de carreaux et les piétons qui se prenaient les pieds dans des manches à eau ou des conduites de gaz ne le déprimaient pas comme ce qu'il avait fait pendant ses dix années de service — dont cinq en civil — à la Brigade des stupéfiants. Les petits accidents ne vous confrontaient pas au désespoir et aux effets dévastateurs de l'usage des drogues. Les accidents de circulation graves ou les catastrophes urbaines étaient gérés conjointement par la police de New York et le Service de lutte contre l'incendie, sous le commandement de l'officier responsable de ce service. Tout ce que Gentry avait à faire, c'était de se montrer. Et lorsqu'il rentrait à la nuit tombée, il n'avait pas à se soucier des ombres ou des bruits de pas derrière lui. D'autant que, après toutes ces années à se faire passer pour Nick Argento, acheteur et revendeur de drogues dures, il n'avait plus à s'inquiéter pour sa femme — il n'avait plus de femme. Mais cela avait longtemps été sa plus grande crainte : qu'un trafiquant ou un contrebandier découvre sa véritable identité et vienne chez lui surprendre Priscilla.

Joe Veltre, aujourd'hui chef de la police, à l'époque commissaire divisionnaire, avait choisi Gentry pour diriger cette petite et relativement peinarde Brigade d'enquête sur les accidents, cinq ou six mois auparavant. Ce qui avait semblé à plus d'un une sorte d'indulgence papale, puisqu'on savait que les succès de Gentry dans sa lutte antidrogue avaient grandement aidé Veltre à décrocher pour lui-même ce poste de chef flic.

Gentry quittait en général le commissariat vers six heures du soir, en laissant aux inspecteurs Jason Anthony et Jen Malcolm le soin de rédiger les rapports. Anthony, surtout, aimait les tâches méticuleuses. Il venait de l'Unité de secours d'urgence et disait qu'il trouvait gratifiant de mettre de l'ordre dans le chaos.

Peut-être. A Gentry, cela donnait seulement envie de regarder au-dehors à travers les vitres sales de la fenêtre du bureau, et de penser. Au passé. Au bref instant qui avait suffi à lui faire quitter la lutte antidrogue pour venir là où il était désormais. A Bernie Michaelson et à ce que ça avait été pour lui d'avoir un coéquipier, quelqu'un dont il se sentait plus proche qu'il ne l'avait jamais été de sa femme. De se dire à quel point cela lui manquait — à quel point Bernie lui manquait. Ils s'entendaient si bien, alors, qu'ils n'avaient pas besoin de se parler. Un froncement de sourcils, une épaule qui retombait, l'angle d'un sourire suffisaient pour dire à l'autre tout ce qu'il avait besoin de savoir.

Comme il le faisait toujours, et par tous les temps, l'ancien (trente-trois ans) flic en civil de la police de New York se rendit à pied de son commissariat à la Trente-Cinquième Rue Ouest. La distance jusqu'à West Village était d'environ trois kilomètres, et chaque mètre parcouru était pour lui un plaisir. Il aimait toutes ces vies entrevues dans les bribes de conversation qu'il saisissait au passage. Il aimait les odeurs des restaurants, des *delicatessen*, des cacahuètes grillées qu'on vendait aux coins des rues. Il aimait photographier d'un coup d'œil, en passant devant les vitrines et les étals, les gros titres des journaux et les couvertures des magazines. C'étaient ces petites choses dont on pouvait se délecter, et quand les petites devenaient monotones, il restait toujours les grandes : l'Empire State Building au-dessus de son épaule gauche, le World Trade Center droit devant. Ils étaient chaque jour différents, sous le soleil qui les faisait étinceler ou les nuages qui s'abaissaient jusqu'à frôler leur sommet. Il y avait aussi les façades anciennes, un dirigeable survolant la ville, et le défilé des voitures, des camions et des autobus. Gentry aimait tout particulièrement l'Institut universitaire de technologie de la Vingt-Septième Rue, et il ralentissait toujours le pas sur le vaste trottoir pour observer les jeunes gens qui entraient et sortaient, leurs grands cartons à dessin sous le bras. Ces jeunes gens-là représentaient pour lui la vie et l'énergie, par contraste avec l'inanition et la mort qu'il s'était habitué à côtoyer pendant dix longues années.

Il marchait, aussi, parce qu'il n'était pas pressé d'arriver quelque part.

Il y avait eu des femmes, pendant trois ou quatre mois, après son départ des stups. Des femmes qu'il avait connues à son travail, dans des cafétérias, lors de rencontres de hasard, dans des soirées dansantes. Des femmes qui l'aidaient à oublier, pour quelques heures, la perte de son épouse et celle de son compagnon de clandestinité. Mais parfois, au petit jour, il regardait la femme endormie à côté de lui. Il savait comment la rendre heureuse, mais il ne savait pas ce qui la rendait heureuse. Ils se servaient l'un de l'autre comme on se sert d'un gratte-dos. Il avait passé suffisamment de temps, aux stups, à observer des gens qui détruisaient leur âme en croyant faire du bien à leur corps. Il avait donc mis fin à ces aventures. Il détestait la solitude, mais la compagnie de ces dames était encore pire. Elles étaient comme des miroirs qui vous révèlent vos propres cicatrices. Et elles étaient seules, elles aussi.

Marcher lui permettait également de reprendre pour la énième fois le cours des pensées qui l'assaillaient dans son petit bureau. De revivre, pour tenter de s'en faire une raison, l'événement qui avait mis fin à la carrière de Nick Argento. C'était toujours aussi difficile.

Gentry était marié à la Septième Avenue. Elle l'emmenait un peu trop vers l'est, mais la Neuvième Avenue était trop calme et la Huitième trop encombrée de gens pressés d'entrer dans le dernier bar branché, le club de jazz ou le café de la semaine. La routine de ses fins de journée était toutefois sujette à variations sur un point fondamental. Il s'arrêtait certains soirs pour acheter un repas thaïlandais à emporter, d'autres fois c'était simplement une salade, et il lui arrivait aussi de manger un sushi dans un restaurant japonais de Houston Street, parce qu'il raffolait de cette cuisine et que la serveuse était tout simplement la femme la plus élégante qu'il ait jamais rencontrée. La vieille Mrs. Bundonis, sa voisine, disait souvent à Gentry qu'il finirait par mourir de malnutrition, ou infesté de vers. Et aussi parce qu'il ne se couvrait pas assez pour sortir. Il lui en était d'ailleurs reconnaissant. Depuis le temps qu'il se demandait comment c'était, d'avoir une mère…

Comme c'était le jour du thaï, Gentry s'arrêta chez son fournisseur préféré sur la Septième Avenue. Il eut droit à la saga du serveur et de ses quatre vieilles tantes, venues de Bangkok pour le voir et qui ne semblaient guère pressées de repartir. Arrivé dans son studio de Washington Street — avec un double repas, car les portions étaient calibrées comme des amuse-gueules —, il retira son blazer bleu marine, sa chemise blanche et sa cravate bleu cobalt, enfila son sweater gris de la police new-yorkaise et se laissa choir dans un fauteuil face à la télévision.

3

Pendant des années, le Bronx n'avait signifié qu'une chose pour Nancy Joyce. C'était le dernier refuge du tueur dans le jeu *Géographie* — jusqu'au jour où son frère aîné Peter en avait découvert un autre : Xochihuehuetian, au Mexique.

L'idée qu'elle s'en faisait changea lorsqu'elle vint s'y installer. Elle découvrit alors que le Bronx était un quartier où coexistaient le passé, le présent et l'avenir.

Le passé, c'étaient les descendants des milliers de familles arrivées dans les deux premières décennies du vingtième siècle. A l'époque où l'on trouvait dans le quartier le plus au nord de New York des appartements spacieux équipés du chauffage central, avec des réfrigérateurs et des salles de bains — un confort dont on ne pouvait pas rêver dans Manhattan, plus ancien et déjà surpeuplé.

Le présent, c'étaient les familles installées dans les années qui avaient suivi la Seconde Guerre mondiale, période marquée par le développement des logements à bon marché et pendant laquelle le Bronx avait cessé d'être un quartier chic.

L'avenir, c'étaient les familles arrivées depuis peu dans le Bronx, attirées par des opérations immobilières à prix sacrifiés, et par un désir quasiment évangélique de régénérer un quartier longtemps livré à la drogue, au crime et aux sans-abri.

Dans cette classification, Nancy Joyce, vingt-neuf ans, médecin et zoologiste, faisait partie du passé. D'un passé fait de choses réelles, mais déjà floues, déjà hors de portée. Deux ans auparavant, lorsqu'elle avait été embauchée par le zoo du Bronx pour devenir celle que ses collègues et les groupes d'écoliers appelaient affectueusement « la dame des chauves-souris », elle avait emménagé dans le trois-pièces qui avait appartenu à sa grand-mère. Nancy Joyce et son frère, au cours de leur enfance, n'y étaient jamais restés longtemps. Ils avaient grandi dans le Connecticut, et leur papa, en ce temps-là, allait souvent chercher la grand-mère Joycewicz pour la ramener chez eux à la campagne.

Lorsque Nancy était arrivée dans le Bronx après l'obtention de son doctorat ès sciences, cet appartement avait été pour elle une révélation. Les murs du living-room et de la salle à manger étaient presque entièrement recouverts de sous-verre contenant des photographies jaunies. Un sanctuaire à la mémoire d'un monde perdu. Les parents de sa grand-mère, les Cherkassov, avaient été des aristocrates russes — des hommes aux allures guindées et des femmes austères, posant debout ou assis dans des studios de photographes, dans des salons, devant des villas de bord de mer ou des maisons de campagne. Son grand-père, lui, était né dans une famille de fermiers polonais, et les photographies montraient des hommes et des femmes aux vêtements froissés, aux cheveux ébouriffés, maniant des faux ou conduisant des attelages de bœufs dans les champs. Les Cherkassov, ayant fui la Révolution, avaient fini par dormir dans les bois et les champs, où Joseph Joycewicz les avait trouvés un matin au petit jour. Il avait pris pour femme l'une des réfugiées, et le couple s'était embarqué pour l'Amérique.

Même si elle n'avait jamais entendu cette histoire au cours de son enfance, Nancy Joyce aurait pu la reconstituer à travers ce journal en images, aux pages pieusement conservées sous le verre.

Il y avait aussi quelques photographies plus récentes. Son père et la sœur aînée de celui-ci, enfants. Joseph à la chasse avec son fils, du côté de Westchester. La famille au complet à Coney Island, à Atlantic City, et allant voir un film dans un cinéma de la Quarante-Deuxième Rue. Sans doute un de ces westerns que son grand-père, disait-on, adorait. Il pensait que les westerns racontaient l'Histoire avec fidélité. Comme les photographies en noir et blanc qu'on mettait aux murs.

Mais les photographies n'étaient pas seules à raconter une histoire. Il y avait aussi la statue en porcelaine du chasseur grec, Orion, portant la dépouille d'un cerf. La flèche brisée était l'œuvre de son père qui, à l'âge de trois ans, avait voulu la prendre pour tirer avec un arc de fortune. Il y avait aussi le canapé sur lequel son grand-père était souvent venu s'étendre, la nuit, quand la douleur due au cancer qui le rongeait l'empêchait de dormir. Il se mettait là pour lire les romans polonais dont il était friand ou pour pleurer à l'idée qu'il allait quitter son Anna plus tôt, beaucoup plus tôt qu'ils ne s'y étaient préparés tous les deux. Il avait finalement succombé à l'âge de quarante-neuf ans. Il y avait encore le tapis usé et décoloré, cadeau de Joseph à Anna pour leur dixième anniversaire de mariage. Sur une chaise, en lambeaux, le coussin sur lequel s'était assis Joseph dans son premier taxi. La radio que le père et la tante de Nancy Joyce avaient écoutée pendant toute leur enfance. Leurs livres d'école sur l'étagère. Le fusil avec lequel Joseph avait initié son fils à la chasse. L'antique phonographe Victrola et la riche collection de 78 tours de la vieille dame…

A la mort de la grand-mère Joycewicz, sa petite-fille avait gardé l'appartement, mais avait refusé d'y faire de grands changements. Elle avait pris un abonnement par câble pour la télévision, installé un magnétoscope et un lecteur de CD avec deux petits amplis dans le living-room. Elle avait aussi remplacé le vieil appareil à cadran rotatif posé sur la table de nuit par un téléphone sans fil. Et elle avait pris une ligne de téléphone supplémentaire, spécialement pour son ordinateur. Nancy ne trouvait pas bizarre l'intrusion de la modernité dans ce que sa grand-mère appelait « ce vieux trou ». Il lui suffisait de presser un bouton pour faire entrer le présent ou le renvoyer au-dehors. Et l'appartement restait pour elle un confortable refuge.

Ses quelques amis, plus ou moins proches, pensaient que Joyce se voulait rétro pour être à la mode. Peu lui importait. Cette atmosphère mélancolique convenait à son attirance pour tout ce qui était sombre et chargé de souvenirs. « Ce vieux trou » lui rappelait une époque où des existences emportées dans la tourmente et le chaos avaient retrouvé leur chemin grâce à l'amour. Une époque où les choses allaient moins vite mais où l'espérance était beaucoup, beaucoup plus grande. Une époque où chaque jour était précieux car la médecine du vingtième siècle en était encore au stade de l'adolescence.

Quand elle ne travaillait pas, comme ce jour-là, la jeune femme aimait à rester chez elle pour se tenir au courant des dernières recherches sur les chauves-souris, répondre au courrier que lui adressaient, via Internet, d'anciens camarades d'études et d'autres chercheurs, puis se détendre en lisant des romans à quatre sous, en préparant des expéditions de chasse ou en bavardant au téléphone avec sa mère ou sa belle-sœur Janet.

Pour des raisons qu'elle ne parvenait pas à démêler, ces conversations lui laissaient toujours l'impression d'avoir mal fait quelque chose.

Sa mère et Janet s'inquiétaient l'une comme l'autre de ce qu'elle habitait seule — ou plutôt, soupçonnait-elle, de ce qu'elle *vivait* seule. Pas de mari. Pas de petit ami. Et personne en vue. Ce n'était pas, comme elle le leur avait maintes fois répété, parce qu'elle refusait la compagnie des garçons. Mais, pour la plupart, ceux qu'elle rencontrait ne l'intéressaient pas assez pour les fréquenter. Hormis un ou deux spécimens âgés de cinq ou six ans dont elle avait surpris le sourire dans des groupes d'écoliers, elle les trouvait le plus souvent agressifs et manquant de charme.

Nancy avait vécu une relation inhabituelle au début de ses études, avant de partir plusieurs années à l'étranger pour se former sur le terrain, et avait ainsi manqué la « fenêtre de tir » qui s'ouvre autour de la vingtième année et dont sa mère et sa belle-sœur, en leur temps, avaient su profiter. Il y avait eu Christopher, venu écouter l'une de ses conférences au zoo. Leurs rapports étaient passés du copain au coquin — c'était pour lui la seule façon de maintenir une relation —, l'amenant à s'interroger sur la notion même de confiance. Aujourd'hui, les hommes qui lui proposaient de sortir avec eux étaient des célibataires frisant la trentaine ou l'ayant dépassée depuis peu, désireux de nouer une relation en attendant la prochaine occasion qui se présenterait à eux ; des divorcés qui étaient comme des blocs de béton coulés et moulés de façon bizarre ; ou des hommes mariés prêts à s'offrir un peu d'aventure et de passion avant de retrouver le confort et les habitudes de leur foyer. Rien de tout cela n'était pour elle. Elle préférait rester à la maison, ou aller au cinéma, ou prolonger sa journée de travail. Elle dînait de temps à autre avec son mentor, le professeur Kane Lowery. Elle avait toujours été seule, et elle vivait très bien ainsi. Mais elle savait que ni Janet ni sa mère n'en croyaient un mot. Et elle imaginait ce que devaient dire, entre elles, les deux femmes.

Le téléphone sonna au moment où Nancy Joyce réchauffait une soupe aux lentilles tout en lisant un article sur des simulations par ordinateur montrant que les chauves-souris, tout comme les chiens, disposaient d'une vision en noir et blanc d'une grande acuité. La personne qui l'appelait était Kathy Leung, une journaliste de télévision opérant sur le comté de Westchester. Une attaque de chauves-souris d'une certaine ampleur venait de se produire dans un parking, à une heure de route au nord de la ville. Deux personnes étaient hospitalisées dans un état grave. Kathy avait obtenu du zoo le numéro de Nancy Joyce et l'appelait depuis son car de reportage. Nancy aimerait-elle les accompagner, s'ils passaient la prendre chez elle, afin de leur donner son avis de professionnelle sur cet incident ?

Non, s'avoua Nancy Joyce, elle n'en avait pas très envie. Mais c'était un bon moyen de se rendre sur les lieux. Rendez-vous dans dix minutes, avait dit la journaliste. Nancy Joyce éteignit donc le gaz sous la casserole. Elle était déjà dehors quand le petit car de reportage s'arrêta le long du trottoir.

4

« Après l'attaque *sans précédent* de chauves-souris qui s'est soldée par l'hospitalisation de deux personnes dans un état critique, les autorités de la petite ville de Westchester cherchent des *explications*. »

— Qu'ils commencent par appeler les services de dératisation, Kath, dit Robert Gentry, s'adressant à son écran de télévision.

Gentry était assis sur le canapé. L'écran de quarante-huit centimètres était posé sur une petite table à l'autre extrémité du living-room douillet ; à côté, sur un petit bureau, se trouvait un ordinateur. La boîte de *mei grob* à demi vide était restée sur une chaise à la gauche de Gentry, qui tenait de la main droite une grande tasse de décaféiné sans sucre. Les stores de l'une des fenêtres étant relevés, il apercevait l'Hudson et une partie de la côte du New jersey scintillant de toutes ses lumières.

Le regard sombre de Gentry s'attarda sur la jeune journaliste originaire de Hong Kong. Ses cheveux bruns et soyeux étaient coupés court, au ras du col de son blazer marron, et elle avait de magnifiques yeux noirs. Il aimait bien Kathy Leung. Ils étaient sortis plusieurs fois ensemble après avoir fait connaissance au club de sport de la police quand elle était arrivée à New York, venant du Connecticut où elle travaillait déjà pour la télévision.

Ça n'avait pas marché. Elle avait un faible pour les grands pendards taciturnes, comme son opérateur, Tex Harold, dit « T-Bone » à cause de son mètre quatre-vingt-quinze et de sa passion pour la viande saignante. Mais Gentry l'aimait bien tout de même.

Kathy parlait devant un champ très plat délimité par des cordes. Trois gardes mobiles fortement baraqués se tenaient bien raides derrière elle. Ils faisaient un geste de temps à autre pour éloigner des gens qu'on ne voyait pas dans le champ de la caméra. Et on apercevait, au-delà des voitures serrées dans un parking, une épaisse forêt.

— Quelqu'un pourra peut-être nous fournir ces explications, dit Kathy. Miss Nancy Joyce. Elle est chercheuse et spécialiste des chiroptères — autrement dit, des *chauves-souris* — au zoo du Bronx. Et elle est ici avec nous, en direct.

Et la journaliste de se retourner vers une jeune femme aux cheveux courts, d'un noir d'ébène, qui la dépassait d'une tête. Nancy Joyce avait un joli visage aux traits allongés, des lèvres pleines et de grands yeux noisette. Elle semblait un peu pâle, mais Gentry se dit que les spécialistes des chauves-souris ne devaient guère sortir à la lumière du jour.

— Miss Joyce, je crois que vous avez l'intention de vous rendre sur les lieux de l'attaque dès que votre assistant vous aura apporté une tenue protectrice ?

— En effet.

— Pouvez-vous nous en dire plus, à ce stade, sur ce qui s'est réellement passé ?

Gentry hocha la tête. *Ouais ! Résultat final, deux pour les chauves-souris, zéro pour les humains.*

La mince spécialiste clignait des yeux face au projecteur de la télé.

— Je peux seulement dire qu'une telle attaque n'est pas dans le comportement habituel de ces animaux. La chauve-souris est normalement une créature pacifique.

Elle forme des colonies, mais ne chasse pas en groupe. Et elle ne chasse pas les êtres humains.

Gentry but une gorgée de décaféiné. *Ne chassait pas, chère spécialiste.*

— Il arrive, au pire, qu'une rencontre se produise entre humains et chauves-souris quand celles-ci pénètrent à l'intérieur d'une habitation, généralement en passant par une fenêtre ouverte pour poursuivre un insecte.

— A la chasse comme à la chasse..., dit Gentry.

Cette fille lui plaisait, elle aussi. Il aimait bien sa voix un peu rauque et le fait qu'elle ne semblait pas à l'aise devant la caméra.

— N'existe-t-il pas aussi des chauves-souris vampires ? demanda Kathy. On a évoqué cette hypothèse, devant la quantité de sang versée ici...

— Non, dit Nancy Joyce, avec force. Les chauves-souris sanguivores ne se trouvent qu'en Amérique du Sud, et ne s'attaquent en principe qu'à des proies endormies. Et elles n'infligent pas de lacérations comme celles que nous avons constatées ici. L'incision est si fine, en réalité, que la plupart du temps leurs victimes ne sentent rien et ne se réveillent même pas.

— On a parlé aussi d'interférences radioélectriques liées aux téléphones portables, poursuivit Kathy. Se pourrait-il que les ondes courtes émises par l'antenne téléphonique de la ville aient agi sur leur comportement ?

— N'importe qui s'énerverait avec ce téléphone, observa Gentry à voix haute. On est tout le temps coupé !

Mais cette fille, visiblement, était une professionnelle. Et Gentry aimait les gens qui savaient de quoi ils parlaient.

— Non, non plus, répondit Nancy Joyce. Ces antennes émettent des signaux dans la bande des mille à trois cent mille mégahertz. C'est beaucoup plus élevé que les cent kilohertz du système de repérage spatial à ultrasons des chauves-souris.

— Donc, sans effet possible.

— Aucun, assura Nancy Joyce.

— Y a-t-il un risque de rage ?

— Nous ne le saurons pas tant que nous n'aurons pas le résultat des expertises médicales, expliqua Nancy Joyce. Mais c'est peu probable. Les chauves-souris porteuses de ce virus ne deviennent pas agressives, comme les chiens par exemple. Une chauve-souris atteinte d'hydrophobie est vite très malade et meurt. Elles sont porteuses d'autres germes, comme celui d'une maladie du sommeil appelée maladie de Chagas, ou histoplasmosis, du nom d'un champignon qui se contracte par voie aérienne en inhalant du guano de chauve-souris desséché. Mais ce sont des maladies extrêmement rares.

— Je vois. En définitive, docteur, qu'allez-vous rechercher ici ?

— J'espère trouver une ou plusieurs chauves-souris ayant participé à cette attaque, expliqua la zoologiste. Avec un peu de chance, elles m'attaqueront et je pourrai observer leur comportement.

— *Ô mon Dieu ! Ô mon Dieu !*

La voix de Mrs. Bundonis traversait l'épaisseur de la cloison derrière Gentry. Le détective coupa le son de la télé pour écouter.

— Mrs. B. ? cria-t-il.

— Allez-vous-en ! Oh mon Dieu !

Gentry laissa choir la télécommande et se leva d'un bond pour foncer vers la porte. Il attrapa au passage le revolver pendu dans son étui à un portemanteau déniché aux puces, tendit l'oreille et sortit dans le corridor.

Il était onze heures passées. Mrs. Bundonis était veuve, âgée de soixante-dix-neuf ans, et se couchait en général à dix heures. Peut-être avait-elle fait un cauchemar. Cela lui arrivait, mais ne se traduisait en général que par un ou deux gémissements. Il ne l'avait jamais entendue crier ainsi. Et elle continuait à crier tandis qu'il traversait sur la pointe des pieds le corridor dallé de vieux linoléum.

L'immeuble avait quatre étages, et le rez-de-chaussée était divisé en trois appartements. Le locataire du plus grand, au fond du hall d'entrée, était un compositeur de musique ; le soir, il travaillait le plus souvent avec des écouteurs. L'appartement de Mrs. Bundonis se trouvait du côté de Washington Street, presque en façade. Il n'y avait pas de grilles aux fenêtres et quelqu'un, songea Gentry, avait pu s'introduire par là ; il ne vit sur la porte aucun signe d'effraction. Tenant son arme de la main droite, le canon pointé vers le sol, il frappa de la main gauche.

— Mrs. Bundonis ?

Elle criait maintenant en lituanien. Sa voix tombait de haut, comme si elle avait été debout sur une chaise.

— Mrs. Bundonis ! cria-t-il. C'est moi, Bob Gentry !

— Ah… ah ! L'inspecteur !

Il entendit un choc sourd quand elle descendit de sa chaise, puis des pas qui approchaient. Elle débloqua la chaîne, tourna la poignée, et ouvrit.

— Inspecteur, c'est affreux ! dit-elle, en s'écartant pour le laisser passer. (Ses fins cheveux blancs étaient rassemblés en une longue tresse et elle portait un pyjama de soie rouge. Il ne l'aurait jamais imaginée dans une tenue pareille. Elle le tira par la manche.) Il y en a partout ! Entrez. Entrez !

— Qui ?

Il les vit avant qu'elle ne lui réponde.

De gros et de très gros cafards sortaient du mur derrière une plaque de commutateur électrique, du côté de l'appartement qui regardait vers le fleuve. Ils se répandaient par centaines sur le sol du living-room. Certains filaient vers la salle de bains, d'autres vers la droite, dans le renfoncement menant à la cuisine, d'autres dans le radiateur. Il y en avait un rassemblement sur le lit et on les voyait s'insinuer sous les couvertures, les oreillers, le matelas.

— Ce n'est pas de ma faute, dit Mrs. Bundonis. Je ne laisse jamais le pain dehors. Je tiens ma maison propre.

— Je le vois bien, répondit Gentry, d'un ton calme. Vous avez parfaitement raison, Mrs. Bundonis. Ce n'est pas votre faute.

L'inspecteur n'avait jamais vu, nulle part, une chose pareille. Même dans des appartements où des cadavres avaient séjourné un jour ou deux, les cafards ne se rassemblaient pas en masse. Et ceux-là ne pouvaient provenir d'un seul nid. Ils étaient trop nombreux. Mais le plus étonnant, c'était que cette masse ne se contentait pas de ramper. Les cafards semblaient voler en s'échappant du mur.

Gentry dit à Mrs. Bundonis d'attendre dans le couloir.

— Qu'est-ce que vous allez faire ? demanda-t-elle.

Elle le tenait toujours fermement par la manche.

— Avant tout, retourner chez moi pour mettre des chaussures, dit-il calmement. J'appellerai le gardien, puis je jetterai un coup d'œil dans les parages. Il y a peut-être une charogne quelque part. Ou une guerre des cafards qui vient d'éclater.

— Une guerre ?

— Je plaisantais, Mrs. Bundonis. Restez ici. Je reviens tout de suite.

Mrs. Bundonis lâcha la manche de Gentry pour s'administrer une claque sur la jambe. Mais il n'y avait rien à cet endroit. Elle suivit Gentry jusqu'à sa porte.

L'inspecteur appela Barret Neville, le gardien de l'immeuble. Neville habitait à quelques centaines de mètres de là, dans Perry Street, mais il n'était pas chez lui. Gentry laissa un message expliquant ce qui se passait. Puis il remit son revolver dans l'étui, chaussa les lourdes bottes Frye qu'il avait depuis quinze ans, prit dans le placard une torche électrique et un petit tournevis qu'il fourra dans ses poches et retourna chez

Mrs. Bundonis. La vieille dame resta sur le seuil pour le regarder entrer.

Le flot des cafards avait un peu diminué, mais les insectes se déplaçaient toujours rapidement. Gentry savait qu'ils ne tarderaient pas à trouver un passage vers son propre appartement ; ces sales bestioles ne savaient que manger, boire, copuler et s'infiltrer. Non qu'il les critiquât pour cela. Il n'avait pas fait autre chose, lui-même, pendant ses dix années de travail en « sous-marin ».

Il s'approcha du commutateur électrique. Il était impossible de ne pas marcher sur les insectes, et il n'essaya même pas. Il les sentait craquer sous ses semelles et le sol devenait glissant ; il fit une grimace, surpris de constater qu'après seize ans dans la police, dont plus de la moitié consacrée à la lutte contre la drogue, une telle chose pouvait encore le dégoûter. C'était pourtant la vérité.

Il s'arrêta devant la plaque du commutateur. Il y avait, à la base, une ouverture d'un demi-centimètre environ. Gentry se demanda si les cafards, dans leur précipitation, avaient fait eux-mêmes ce trou pour sortir. Mais *pourquoi* voulaient-ils sortir ?

Il entreprit de dévisser la plaque. Une odeur bizarre montait de là derrière, qui faisait penser à de l'ammoniaque ou à un produit d'entretien. Le feu aurait certainement délogé les cafards, mais il n'y avait pas de fumée. Et le petit sous-sol était équipé d'un système d'alarme contre l'incendie, de même que les appartements.

Il retira deux vis et détacha précautionneusement la plaque en matière plastique du mur, la secoua pour faire tomber quelques cafards accrochés à la face interne, et la posa sur le rebord de la fenêtre. L'odeur était maintenant plus forte.

Il y avait un vide de cinq centimètres entre le placage de plâtre durci par l'âge et le vieux mur de brique qui se trouvait derrière. Gentry dirigea le faisceau de sa torche dans cet interstice. La joue écrasée contre le mur, il ferma un œil et regarda vers le bas.

On voyait des cafards partout, sauf sur ce qui ressemblait à des fourmilières de couleur brune. Ces petits tas s'étaient formés contre le placage de plâtre, à deux ou trois centimètres de distance. Les cafards les contournaient sans les toucher. Il inclina la lampe pour regarder de chaque côté. A droite, une conduite — sans doute celle de l'évier — plongeait vers le sous-sol.

Gentry secoua la main pour chasser un cafard qui s'était glissé le long de la torche électrique. Il se retourna vers Mrs. Bundonis, qui attendait dans le couloir.

— Vous n'avez pas entendu des bruits dans le mur ? demanda-t-il.

— Seulement des bruits de tuyauterie.

— Des grattements de petites pattes ?

Elle secoua la tête.

Il jeta un nouveau coup d'œil à l'intérieur du mur. Ce n'étaient pas des excréments de souris, mais de quelque chose d'autre.

— Vous n'auriez pas un cintre en fil de fer ?

— Là-dedans.

Elle lui montrait du doigt la porte de la penderie à côté du renfoncement de la cuisine.

Gentry marcha jusqu'à la penderie comme un titan, en écrasant les cafards qui continuaient à arriver. « Et un petit sac en plastique ? » demanda-t-il, après avoir décroché le cintre, qu'il se mit à détordre.

Mrs. Bundonis lui indiqua un buffet à côté de l'évier. Elle restait plantée dans le couloir sur ses pieds nus, comme si les cafards n'avaient pas été capables de franchir le seuil.

Muni du sac et du cintre transformé en baguette métallique, Gentry retourna au mur. Il introduisit la baguette derrière le commutateur et la poussa vers le bas.

— Si je m'électrocute, appelez le 911, dit-il.

— D'accord, répondit-elle, obligeante.

Un sourire amer tordit les lèvres de Gentry. La seule personne qui ait jamais apprécié son humour était cette ordure d'Akira Mizuno, chef du réseau qu'il avait contribué à démanteler l'année précédente. C'était même l'une des raisons qui lui avaient permis d'approcher d'aussi près ce gros bonnet de la drogue. Après avoir éliminé ses rivaux arméniens, colombiens et vietnamiens, et s'être attaché les services de gamins en leur fournissant du crack dont ils ne pouvaient plus se passer (il avait à son mur une liste des « embauches » régulièrement tenue à jour), ce meurtrier patenté aimait à se régaler d'un bon mot. Gentry se demandait s'il riait toujours autant, maintenant qu'il n'avait plus le droit de parler, au pénitencier d'Attica.

Gentry parvint à planter la pointe de sa baguette dans l'un des petits tas brunâtres. Il ramena la baguette avec précaution et fit tomber l'échantillon dans le sac. La substance se détacha facilement, comme de la poudre. Gentry répéta quatre fois l'opération pour être certain d'en avoir assez. Puis il referma le sac, jeta la baguette dans une corbeille à papier, et retourna dans le couloir.

— Je vais frapper à toutes les portes pour prévenir les autres locataires, dit-il. Puis j'irai chercher les affaires dont vous avez besoin pour la nuit et je vous conduirai chez votre fille. Vous pouvez l'appeler de chez moi.

— Merci. (Elle lui donna une petite tape sur le bras.) Je suis bien contente de vous avoir comme voisin. Un chic type comme vous.

Gentry sourit en s'effaçant pour laisser passer Mrs. Bundonis. Il était adoré des septuagénaires. Vraiment. Puis il regarda au fond du sac en plastique. Où irait-il dormir cette nuit ? Il n'en avait pas la moindre idée.

Il savait, par contre, ce qu'il ferait le lendemain matin à la première heure. Il apporterait à son vieil ami, le Dr Chris Henry, un petit sachet de crottes.

5

Vêtue d'un pantalon noir et d'un chemisier blanc par-dessus lequel elle avait enfilé le sweater bleu pâle emprunté à l'une des mères, la zoologiste Nancy Joyce se tenait à l'entrée du parking. Elle attendait Marc Ramirez, son assistant, et les combinaisons de protection que celui-ci apportait du zoo. Conçues pour protéger ceux qui les portaient des excréments de chauves-souris et pour résister à leurs griffes et à leurs crocs, ces tenues étaient couramment utilisées pour visiter des grottes peuplées parfois de millions de ces animaux.

Après avoir entendu Cliff LoDolce, le commissaire à l'environnement de Westchester, qui était venu la rejoindre pendant le trajet dans le car de la télévision, Nancy ne croyait pas que ces tenues seraient nécessaires. D'après le récit que LoDolce venait de lui faire, elle pensait que le jeune Tom Fitzpatrick avait provoqué cette attaque en dérangeant les occupants d'une maternité, ou d'un harem. Les chauves-souris femelles se montraient parfois très protectrices avec leur progéniture, et un peu irritables, surtout en début de soirée quand elles n'avaient pas encore mangé. Avant de voir une vidéo tournée par l'un des parents présents sur le terrain, elle n'avait pas compris que les chauves-souris s'étaient bel et bien jetées sur le garçon et sur son père.

Et elle ne pouvait malheureusement pas parler avec les victimes de ce qui s'était passé. Tom et Scott étaient encore dans un service de soins intensifs et traités avec des calmants à haute dose.

La jeune femme regarda en l'air. Elle vit sur le ciel presque noir des chauves-souris qui allaient et venaient de façon absolument normale. Un passage au-dessus de la forêt dans un hélicoptère de la police ne lui avait rien appris à cause de l'obscurité et de l'épaisseur de la végétation. Il fallait donc qu'elle se rende à pied sur le lieu de l'attaque.

Elle regarda la tribune, qui restait en partie éclairée par deux puissants projecteurs. Une foule de journalistes de la presse écrite s'y était rassemblée, ainsi que plusieurs équipes de télévision, le lieutenant de la police locale Bill Anderson, et six de ses collègues du comté. Les parents et les enfants n'étaient pas partis tout de suite. La plupart habitaient dans des zones boisées et avaient peur de rentrer chez eux. Mais comme il y avait de plus en plus de monde, Bill Anderson avait jugé que c'était trop. Après avoir consulté LoDolce et Nancy Joyce, qui pensaient tous deux que les gens risquaient davantage de subir une nouvelle attaque ici que dans leurs maisons, il avait décrété un couvre-feu et demandé à tous de s'en aller. Et il avait vérifié que ceux qui n'avaient pas de voiture pouvaient se faire raccompagner.

Nancy Joyce ne fut pas mécontente de ce départ en masse, qui avait ramené un certain calme, après la tension qu'elle avait perçue quand tout le monde était là. Elle avait surpris des regards, des sourires inquiets, des doigts pointés vers elle. Elle voulait se rendre sur les lieux parce qu'*elle* avait besoin de savoir ce qui se passait. Mais ils attendaient tous des réponses à leurs questions. Elle s'était tenue à l'écart, entre autres parce qu'elle ne voulait pas se livrer à des spéculations. Elle ne croyait pas, pour sa part, qu'il y avait une maladie derrière tout cela. Il arrivait de temps à autre que la nature fasse apparaître un virus ou une bactérie nés d'une mutation. L'une de ses deux collègues, Carla Kelly, spécialiste en médecine vétérinaire, était déjà repartie à l'université de Columbia avec des échantillons de sang, de fourrure et de guano. Le sang avait été prélevé dans les plaies du jeune garçon ; si on y trouvait des traces de salive de chauve-souris, leur analyse permettrait peut-être de repérer une nouvelle maladie. Mais Nancy Joyce ne croyait guère à cette hypothèse. D'après tous les témoignages, l'attaque en terrain découvert avait été coordonnée et bien délimitée. Malades ou en bonne santé, les chauves-souris étaient intelligentes. Mais pas à ce point.

Un autre de ses collègues était venu : le Dr Herman Berkowitz. Mais il n'avait rien ajouté au peu de chose qu'ils savaient déjà. Ce zoologiste d'origine allemande, attaché au zoo de Central Park et passé maître dans l'art de faire sa propre publicité, était arrivé lui aussi dans un car de reportage. Après s'être fait interviewer et avoir déclaré que les chauves-souris étaient habituellement des bêtes très gentilles, il était reparti retrouver sa troisième épouse dans le magnifique atelier donnant sur Central Park que possédait celle-ci. Il n'était pas homme à se salir les mains pour la science.

Nancy Joyce s'était tenue à l'écart pour une autre raison quand elle avait besoin de réfléchir, elle préférait le faire seule, dehors, et dans l'obscurité.

Elle avait grandi dans une propriété de quatre hectares isolée sur les collines de Cornwall, dans le Connecticut. Elle aimait sortir après la tombée du jour, quelle que soit la saison, pour se promener dans la forêt. Elle observait le vol capricieux des chauves-souris et écoutait le passage furtif des renards dans le silence. Elle s'émerveillait devant les chouettes à cornes — de gros oiseaux au hululement rauque et puissant — et les chouettes effraies, plus petites et plus vives. Elle n'avait jamais vu une souris des champs échapper à ces oiseaux. Jamais.

A l'école, les gamins trouvaient Nancy inquiétante, et ils l'évitaient. Ses maîtres et le père Joseph, son conseiller d'orientation, parlaient d'elle comme d'une enfant perturbée. Sa mère trouvait inconvenante chez une jeune fille cette fascination pour les prédateurs nocturnes et se faisait du souci. Son père, médecin généraliste, s'inquiétait de la voir descendre dans des gorges étroites en s'aidant de lianes pour y attraper des grenouilles, patauger dans les marais sous prétexte que la vase tourbillonnante lui rafraîchissait les orteils, escalader des falaises pour voir comment les arbres s'y accrochaient. Il lui interdisait expressément tout cela ; elle le faisait tout de même et on la punissait.

Seule sa grand-mère comprenait. Devenue vieille, elle lui avait confié un jour qu'elle ne s'était jamais sentie aussi libre et aussi importante que lorsqu'elle fuyait les bolcheviks avec ses parents. En dormant à la belle étoile ou sous les nuages dans les bois ou à flanc de montagne, elle avait eu l'impression de faire partie de l'immense nature. Après une telle expérience, être membre de l'aristocratie ne signifiait plus grand-chose.

Grand-mère Joycewicz lui avait appris, aussi, que ce que les autres pensaient de vous n'avait aucune importance. Nancy Joyce aimait ce qu'elle aimait. Et elle aimait la nuit et ses dangers, qui avaient pour elle un attrait irrésistible. Les vieux livres, comme son grand-père. La solitude. Le pop-corn dont elle aurait bien voulu avoir un sachet à cet instant.

Nancy Joyce se retourna vers l'aire de pique-nique au moment où Marc Ramirez arrivait sur sa moto. L'étudiant thésard, maigre et dégingandé, s'arrêta de l'autre côté du terrain de base-ball, coupa les gaz, mit la béquille et descendit de sa monture. Avant même de retirer son casque — qui était noir et orné d'une silhouette de chauve-souris dorée juste au-dessus de la visière —, il commença à défaire les lanières qui retenaient un coffre métallique sur son grand porte-bagages.

Nancy Joyce s'approcha.

— Salut, dit Marc.

— Salut.

Le jeune homme prit le coffre entre ses bras pour le poser par terre. Les journalistes et les cameramen, suivis par le chef de la police, le délégué à l'environnement et l'inspecteur de la santé publique, convergeaient déjà vers eux.

Marc retira son casque et passa la main dans ses cheveux bruns et courts, ses doigts écartés imitant un peigne, en regardant les caméras.

— Comment vont les victimes ?

— Toujours dans un état critique.

Nancy Joyce se pencha pour déverrouiller le coffre.

— Que s'est-il passé ?

Elle prit la cagoule, la déplia, fit un signe de la tête en direction du parking.

— Ils sont entrés là-dedans, et n'ont pas pu en ressortir. Il a fallu quatre pompiers volontaires avec leurs masques et leurs casques intégraux pour aller les chercher.

— Les pompiers ont été attaqués eux aussi ?

La zoologiste secoua la tête.

— Non. Ils n'y sont restés que quelques secondes.

— Incroyable. Une équipe de chauves-souris sur un terrain de base-ball ! dit Marc. Pourquoi cette attaque en masse ? Vous avez une idée ?

Joyce laissa choir la cagoule et les gants à ses pieds.

— J'ai l'impression qu'il y a quelque chose dans la forêt. Un ours ou un félin quelconque a pu affoler les chauves-souris. Ou un contaminant chimique, comme du nitrite d'amyle ou des amphétamines qui ont pu les désorienter et les rendre agressives.

— Vous pensez que les chauves-souris auraient pu tomber sur de la came planquée par quelqu'un ?

— Ne riez pas. Le chef de la police m'a dit que pas mal de gens allaient dans les bois pour se droguer.

— Je ne ris pas. Je me demande combien de ces mêmes gens étaient là tout à l'heure pour dire ça aux policiers.

Nancy Joyce fronça les sourcils. Marc, vingt-quatre ans, natif du Queens et futur zoologiste, ne manquait pas d'enthousiasme. Bien que n'ayant pas encore complètement dépassé une échelle de valeurs estampillée MTV, il avait, au moins, limité à une oreille et à une narine les marques visibles de son goût pour le *piercing*.

Marc prit la combinaison en caoutchouc et la secoua pour la déplier.

— De toute façon, la drogue n'expliquerait pas la façon dont ces chauves-souris ont organisé leur attaque, dans l'espace et dans le temps. Pourquoi ont-elles agi à l'intérieur d'un certain périmètre ? Pourquoi aujourd'hui ?

— J'espère qu'elles nous fourniront quelques réponses quand j'y serai allée.

Eclairée par les projecteurs, et tandis que les caméras tournaient, la zoologiste retira ses chaussures. Puis elle passa les jambières et chaussa les bottes. Si elle pensait surtout aux chauves-souris, elle n'en était pas moins consciente de la présence indiscrète des caméras et de la lumière crue des projecteurs. Ils la ramenaient à une question sur la solitude maintes fois posée par son ex et si peu regretté petit ami Christopher. S'habiller et — surtout — se déshabiller devant les caméras était une chose à laquelle elle ne pourrait jamais se faire.

La combinaison anti-chauves-souris était lourde et flottante, comme une tenue de protection contre la radioactivité. Elle était orange vif, avec des déflecteurs sur le devant et dans le dos pour éviter de se faire tirer dessus par des chasseurs, et des fermetures Eclair dans le dos, autour du cou et à chaque poignet pour retenir les gants. Une fois les gants et la cagoule fixés, la tenue était complètement hermétique, sauf pour la grille en matière plastique protégeant le visage et à travers laquelle on pouvait respirer et communiquer.

Marc l'aida à finir de s'habiller. Avant de fermer la cagoule, elle plaça sur ses oreilles des écouteurs radio retenus par un serre-tête. Marc l'imita et ils firent un essai. Puis le jeune homme prit une grosse torche électrique et des sachets à échantillons dans le petit coffre placé sous la selle de sa moto.

— Docteur, demanda Kathy Leung, ce ne sera pas gênant si on vous éclaire pendant que vous y allez ?

— Pas du tout. (Joyce leva la main et pointa son doigt ganté.) Vous voyez comment ces chauves-souris zigzaguent en volant ?

Kathy dit qu'elle le voyait, en effet.

— Elles se dirigent par écholocation. (Nancy Joyce se coiffa du capuchon avant de poursuivre :) C'est le cas pour à peu près la moitié des chauves-souris. Le sens de la vue est secondaire chez elles. Celles qui se dirigent en utilisant leur vue ou leur odorat sont plutôt frugivores ou nectarivores.

— Autrement dit, vous ne risquez pas grand-chose à moins d'être une banane, remarqua Marc.

— Fruits, nectar, pollen, feuilles, poursuivit Nancy Joyce. Elles mangent tout ce qui ne bouge pas.

— Vous n'avez pas peur, docteur Joyce ? lança un journaliste.

Nancy Joyce se tut une seconde et cligna des yeux en essayant de voir au-delà des projecteurs.

— Non, je ne crois pas. Je suis seulement très intriguée.

— Comme nous tous, dit l'inspecteur de la santé, un chauve replet dont elle ne se rappelait pas le nom. Si vous voulez bien, maintenant, rester en arrière et laisser Miss Joyce faire son travail...

Après avoir tiré sur la fermeture Eclair de sa coiffe de chauve-souris, comme l'appelait Marc, Nancy Joyce se tourna vers le parking. Marc lui tendit la torche électrique et glissa le sac à échantillons sous son bras. Il lui donna une petite tape sur l'épaule.

— Bonne chance !

— Merci.

Le lieutenant Anderson s'approcha.

— Que pouvons-nous faire ?

— Tenez les gens à distance, simplement.

Les caméras suivirent la zoologiste tandis que celle-ci se courbait pour passer sous le ruban jaune qu'on avait tendu au fond du parking. Les lumières du terrain de base-ball n'arrivaient pas aussi loin, mais les projecteurs des équipes de télévision éclairaient toute la zone du parking et, au-delà, une étroite bande de terrain. Nancy Joyce s'immobilisa un instant pour regarder la masse sombre de la forêt qui commençait à environ trois cents mètres de là. Elle avait quelque chose d'attirant et de mystérieux, comme la forêt de Cornwall certaines nuits… Pendant un instant, elle se sentit redevenir une petite fille.

Elle prit une profonde inspiration et se remit en marche. Son souffle et le bruit de ses pas résonnaient à l'intérieur de la tenue de protection. En arrivant près de l'endroit où Scott Fitzpatrick avait été attaqué, elle s'arrêta et inclina la tête de côté. Son champ de vision était borné par la grille qui lui protégeait le visage, mais il lui sembla que les chauves-souris allaient et venaient normalement au-dessus des premiers arbres.

— Marc ?

— Je suis là.

— Vous voyez quelque chose ?

— Des chauves-souris qui mangent, c'est tout.

— Rien d'autre ?

— Non.

Elle reprit sa marche.

— Bizarre, dit-elle. Elles ne se comportent pas du tout comme ce que les gens d'ici…

Elle s'interrompit. Une chauve-souris venait de s'écraser contre son visage. Accrochée à la grille des griffes et des dents, elle battait furieusement des ailes.

— Merde !

— Nancy ?

— Ça va, dit-elle. Une simple petite collision.

— Zut, elle devait voler bien bas, observa Marc. Désolé. Je ne l'ai même pas vue.

La chauve-souris se tortillait en essayant de lui mordre le nez à travers la grille. Nancy Joyce saisit son petit corps rond et grassouillet entre le pouce et l'index et l'arracha de la grille ; elle la sentait dans sa main comme une pêche molle, trop mûre. Elle braqua le faisceau de sa torche sur la minuscule créature qui continuait à se débattre.

— C'est un vespertilion, dit-elle. *Genus Myotis*, petite chauve-souris brune — bon sang, ce qu'elle gigote ! — avec, apparemment, une petite bouille normale. (Elle repoussa la tête de l'animal en arrière. Celui-ci se tortilla de plus belle.) Du calme, toi ! (Elle lui enfonça le pouce sous la mâchoire pour lui bloquer la tête tout en le forçant à ouvrir la bouche.) Pas de production excessive de salive ni de décoloration de la muqueuse indiquant une infection rabique. Ni d'écoulement lacrymal ou nasal indiquant une attaque virale. Le poids paraît normal également, autour de dix grammes. (Elle rebroussa le poil sur le bas-ventre.) Et c'est un jeune mâle, on peut donc faire un trait sur mon hypothèse de femelles protégeant une matern…

Elle rejeta vivement la tête en arrière. Trois chauves-souris lui arrivaient en pleine figure. Elles s'attaquèrent à la grille et elle laissa échapper celle qu'elle tenait. Les trois mâchoires mordaient et tordaient le plastique, essayant d'atteindre son nez, ses sourcils, son menton et ses joues. Joyce les repoussa de la main. Elles revinrent aussitôt à l'attaque.

— Nancy, ça va ? Vraiment ?

— Ça va, répondit-elle. (Elle vit du coin de l'œil la

première chauve-souris décrire un cercle, s'immobiliser, puis foncer à nouveau sur sa main pour s'y accrocher, de ses pattes griffues et tenter de lui mordre le poignet.) Elles cherchent un peu la bagarre. Attendez une seconde. Je voudrais vérifier quelque chose.

Elle se pencha un peu en avant, respira légèrement par le nez. Une fois, deux fois. Les quelques milliers d'insectes ingurgités en une soirée par les petits vespertilions donnaient à leur haleine une odeur « marécageuse » reconnaissable entre toutes.

— Le laboratoire nasal m'indique une haleine normale, dit-elle. (Elle sentit des petits chocs sur ses bras, ses jambes et son torse — les chauves-souris s'abattaient maintenant sur elle par rafales. Elle poursuivit sa marche.) L'ingestion d'un produit toxique, ou une infection parasitaire, affecterait la production d'acide par l'estomac, et l'haleine. (Elle huma un peu plus bas.) La fourrure a une odeur musquée, comme prévu. Je ne vois ni ne sens rien d'anormal.

— Moi oui, dit Marc. Vous avez quatre chauves-souris sur la tête.

— Ne vous inquiétez pas pour ça.

— Mais si, je m'inquiète ! Cette tenue est conçue pour vous protéger du guano, et d'une ou deux chauves-souris, mais pas contre une attaque massive. Si on prenait plutôt l'une des voitures ? On pourrait s'approcher plus facilement.

— Non. Les gaz d'échappement et le bruit risquent d'influer sur leur comportement. Et, d'ailleurs, elles sont beaucoup moins nombreuses que lors de l'attaque de cet après-midi. Vous voyez si elles battent des ailes ?

— Oui. Pourquoi ?

— Parce que si elles essayaient simplement de me mordre, elles ne battraient pas des ailes.

— Exact. Mais… On ne peut pas dire non plus qu'elles mangent. Il s'agit bel et bien d'une attaque.

— « Les chauves-souris : des carnivores sur leur territoire », dit Nancy Joyce. C'est bien votre sujet de thèse, Marc…

Elle sursauta. Une nouvelle chauve-souris venait de s'abattre sur la grille qui lui protégeait le visage et cognait contre le plastique de son petit museau plat.

— C'est incroyable ! s'écria-t-elle.

— Quoi ?

— Cette façon de se jeter sur moi.

Elle s'arrêta et fourra la torche électrique dans le sac à échantillons. Puis elle glissa les doigts sous le ventre des chauves-souris qui glapissaient, pour leur faire lâcher prise et les rejeter loin d'elle. Reprenant ensuite la torche de sa main gauche, elle se mit à fouetter l'air devant elle, de la main droite, et parvint ainsi à avancer en écartant celles qui continuaient à foncer sur elle.

— C'est mieux comme ça, dit-elle. (Elle accéléra un peu le pas et regarda le ciel au-dessus de sa tête.) C'est étrange, tout de même. Elles ne sont que quelques-unes à attaquer. Les autres continuent de vaquer à leurs occupations.

— On a peut-être oublié de leur dire que la guerre était finie, plaisanta Marc.

La jeune femme était maintenant à une quarantaine de mètres de la forêt — une masse sombre, imposante, comme les bois de Cornwall. Mais il régnait ici un calme qui ne semblait pas naturel. Ni engageant. Soudain, comme elle atteignait les premiers arbres, les chauves-souris s'enfuirent. Le silence était total. Elle s'arrêta et décrivit un demi-cercle avec le faisceau de sa torche, éclairant les troncs les uns après les autres. Rien ne bougeait. Elle se baissa, ramassa un gros caillou, le lança devant elle. Elle entendit le bruit mat du caillou heurtant le sol, puis plus rien.

— Que se passe-t-il ? demanda Marc.

— Mon escorte m'a abandonnée, mais c'est tout.

— Les chauves-souris sont reparties ?

— Toutes en même temps, comme si elles avaient autre chose à faire.

— Toujours ce comportement de masse. Nancy, je n'aime pas beaucoup ça. Vous tenez vraiment à y aller ?

— Ce n'est pas en pratiquant le surplace qu'on fait avancer la recherche, Marc.

— J'ai déjà entendu un chercheur dire un truc de ce genre dans un film. Juste avant de se faire dévorer par « le Monstre des Profondeurs ». Continuez à me parler, au moins.

Joyce promit de le faire. Elle avançait maintenant à pas prudents sous le couvert des arbres qu'elle éclairait de sa torche.

— C'est bizarre… ce silence… Je n'entends même pas voler un insecte. (Elle s'arrêta devant une souche pourrissante qu'elle frappa de la pointe du pied. Il y avait des insectes dans le bois décomposé ; ils s'enfuirent à toute allure dans des trous et sous l'écorce couverte de mousse. Des larves luisaient ici et là sous la lumière.) Il y a des bestioles enfouies, mais c'est tout.

— Les chauves-souris ont peut-être mangé les autres.

— Toute une population d'insectes volants ? C'est peu probable, répondit Nancy Joyce, tout en marchant. A part ça, je n'entends ni ne vois rien de vivant ici. Rien dans l'herbe, rien sur les feuilles, rien nulle part.

Une quarantaine de mètres plus loin, le sol descendait en pente douce. Il était couvert de plantes rampantes, et de gigantesques racines sortaient de terre pour serpenter entre les arbres. Il y avait aussi quelques buissons épineux et des touffes de hautes herbes alternant avec des plaques de terre nue. La pente descendait vers une petite cuvette marécageuse d'environ quatre-vingts mètres de diamètre. Nancy Joyce s'accroupit tout au bord pour éclairer l'eau. Les herbes folles, les joncs et les lianes couvertes de lichen se penchaient au-dessus de la surface plate et immobile. Pas de poissons, pas de grenouilles, pas la moindre araignée d'eau. Pas la moindre trace de vie animale.

Elle se redressa lentement.

— Ce n'est pas naturel, Marc. On n'entend même pas de bruit en provenance de…

Un craquement sonore retentit et quelque chose plongea dans l'eau devant elle. Joyce recula vivement, tomba en arrière en étouffant un juron.

— Il y a un problème ? demanda Marc.

— Quelque chose vient de tomber. (Elle braqua le faisceau de la torche sur l'eau en se relevant.) Une grosse branche. (Elle regarda la branche s'enfoncer lentement dans la vase sous l'eau peu profonde. Puis elle pointa la torche vers le haut.) Et je vois d'où elle est tombée. Très intéressant. Il y a ici des branches de toutes tailles. Elles sont brisées et elles pendent sur une rangée de chênes rouges au bord de la mare, du côté droit. (Elle s'avança à la lisière de l'eau, pour examiner les arbres endommagés.) Bizarre. Vraiment…

— Quoi ?

— Les arbres ont subi de gros dégâts, mais uniquement du côté de la mare.

— C'est peut-être lié à un phénomène météorologique. Une petite tornade qui se serait abattue par ici et aurait affolé les chauves-souris. C'est assez fréquent dans cette région.

Nancy Joyce s'approcha d'un arbre.

— En effet. Mais certaines branches sont rabattues vers le bas et d'autres cassées également, mais dressées *vers le haut*. Elles sont cassées par le milieu, et repliées.

— C'est peut-être que la tornade les a brisées à son premier passage et redressées en revenant. On voit ça, parfois.

— C'est possible, dit-elle. Rendez-moi un service, Marc. Demandez à l'un de ces journalistes de la télé d'appeler son service météo. On saura si des mini-tornades ont été signalées dans la région.

— C'est comme si c'était fait, dit Marc.

La jeune femme reprit sa marche autour de la mare. Une mini-tornade *pouvait* expliquer bien des choses. L'état des arbres. L'absence de vie au-dessus du sol. L'agitation des chauves-souris.

Son regard fut attiré par quelque chose qui brillait sur le tronc d'un vieil arbre. Elle s'arrêta pour l'éclairer de sa torche. Elle mit un certain temps à comprendre ce qu'elle était en train de regarder. L'écorce était couverte de sang. Du sang qui dégoulinait le long du tronc en une couche épaisse, comme de la peinture. Elle avança encore d'un pas en levant la tête pour regarder entre les branches.

Elle se figea. Une tornade ne pouvait pas expliquer la présence de cette carcasse de cerf accrochée à une énorme branche à environ dix mètres du sol. L'animal était sur le flanc, la tête et l'arrière-train pendants, fixant la terre de ses yeux morts. De l'endroit où elle se trouvait, Nancy Joyce crut voir qu'il était éventré.

— Marc ?

— Une minute. J'ai demandé à Kathy Leung d'appeler…

— Laissez tomber.

— Comment ?

— Laissez tomber la météo. Je reviens. Prévenez le lieutenant Anderson que nous avons encore besoin de l'hélicoptère. Et dites quelque chose de ma part au commissaire LoDolce.

— Quoi ?

— Dites-lui qu'à mon avis, les petites chauves-souris brunes ne sont pas son vrai problème.

6

L'Hudson est l'une des voies d'eau les plus fréquentées du monde.

Il prend naissance dans le lac Tear of the Clouds au milieu des monts Adirondacks, tout au nord de l'Etat de New York, et coule presque en ligne droite vers le sud, sur une distance de cinq cent sept kilomètres. Il fait la frontière entre les Etats de New York et du New jersey, sur cent treize kilomètres, avant de se jeter dans l'océan Atlantique.

Grant's Tomb, où reposent le président Ulysses S. Grant et son épouse Julia, constitue l'une des étapes les plus connues le long de ce trajet. Non pas en raison des nombreux touristes qui visitent le mausolée, mais à cause de la plaisanterie classique : « Qui est enterré à Grant's Tomb ? » Situé sur une île solitaire face à la zone résidentielle de Riverside Drive et à la partie ouest de la Cent Vingt-Deuxième Rue, difficile d'accès pour les piétons en raison d'une circulation intense en direction de l'est, l'endroit est devenu un refuge pour les revendeurs de drogue et autres artistes du graffiti.

A quarante-cinq mètres de haut, le dôme qui couronne le monument est l'un des points les plus élevés de ce quartier de New York, en bordure du fleuve. On en parle souvent comme d'un fanal qui accueille dans Manhattan les visiteurs arrivant du sud par le fleuve ou par les airs.

Les chauves-souris s'élevaient gracieusement jusqu'au faîte du monument.

Leurs pattes nerveuses trouvaient des prises dans la pierre érodée par le vent, sur le cabochon de marbre du sommet, sur les corniches décoratives. Leurs ailes se posaient en douceur sur les pentes du dôme, et leurs corps basculaient en avant. Nombre d'entre elles se laissaient pendre, la tête en bas, aux avant-toits. Elles préféraient utiliser la gravité pour s'envoler ou garder leurs oreilles dressées.

La forte brise qui montait du fleuve soufflait de façon ininterrompue au-dessus et autour du monument. Un petit crochet à la pointe de chaque aile permet aux chauves-souris de rester accrochées, où qu'elles se trouvent. Le vent charriait les odeurs fortes de la ville et des rues qui se croisaient immédiatement au-dessous d'elles.

Elles écoutaient. D'abord, les cris aigus et répétés de leur espèce. Certaines de ces voix étaient faibles, ricochant ici et là avant de leur parvenir. Les chauves-souris cherchaient à localiser les membres de leur colonie les plus proches d'elles. Elles sortaient d'une grotte du côté où le ciel s'éclairait peu à peu. Elles ne repéraient pas seulement l'entrée de la grotte par la vue, elles connaissaient aussi sa position par rapport à la direction du vent et aux premières lueurs de l'aube.

C'était là qu'elles iraient — mais plus tard.

Elles écoutaient également le bruit des insectes volant à leur rencontre. De la nourriture. Elles écoutaient le bruit des chauves-souris qui les avaient appelées. Celles qui n'étaient pas encore arrivées.

Un peu plus tard, elles entendirent le bruit qui venait du nord. Il s'amplifia, jusqu'à ce qu'une grande ombre passe au-dessus d'elles, accompagnée d'un cri sifflant et suraigu. Un cri qui les tira de leur torpeur par sa puissance et la vive douleur qu'il provoquait à l'intérieur de leur tête.

Desserrant l'étreinte de leurs griffes, les chauves-souris lâchèrent prise et se détachèrent du tombeau. Certaines dévalèrent la pente d'une démarche maladroite en dépliant leurs ailes et s'élancèrent dans le petit jour. D'autres se contentèrent de tomber dans le vide pour se laisser cueillir par le vent avant de s'envoler, tels des démons ailés.

Des jours comme celui-ci, Barbara Mathis se félicitait de ne pas avoir choisi une autre profession.

Comme son mari, par exemple. Hal avait dit une fois qu'il n'y avait pas de pire condition que celle d'un agent de change opérant sur les marchés européens. Il avait raison. Il quittait leur maison de l'Upper West Side chaque matin à trois heures pour se rendre à Wall Street. Il rentrait à six heures le soir, mort de fatigue. Ils dînaient ensemble et, à huit heures, il était au lit, et dormait.

Le frère de Barbara exerçait le métier de journaliste. Il n'était jamais chez lui. Sa belle-sœur rédigeait des notices pour ordinateurs. Les choses changeaient tellement vite qu'à peine un texte était-il terminé qu'il fallait le récrire. Elle n'était jamais chez elle.

Mais Barbara était la plus maligne. Elle avait concrétisé un de ses rêves d'adolescente en devenant artiste-maquilleuse. Elle travaillait en *free lance* pour diverses agences de mannequins. Le plus souvent de dix heures du matin à deux ou trois heures de l'après-midi. Les filles n'aimaient guère se faire photographier trop tôt le matin ou tard dans la journée. A ces heures-là, elles n'étaient pas à leur avantage. C'était parfait pour Barbara. Cela lui laissait du temps pour faire autre chose en deuxième partie de journée — traîner chez elle, s'essayer à la peinture, lire.

Mais il arrivait aussi que l'un de ses clients ait la bonne idée de faire des photos au sommet d'un immeuble pour profiter du lever du soleil. Comme aujourd'hui. Barbara s'était donc réveillée en même temps que Hal, qui semblait trop heureux de l'avoir avec lui à cette heure matinale. Elle avait fourré ses trousses à maquiller dans les sacoches de son vélo à dix vitesses, pris son casque, son téléphone portable, sa bombe de gaz lacrymogène et une puissante sirène à piles qu'elle fixait au guidon — pour rappeler à l'ordre les automobilistes inconscients ou se défendre contre d'éventuels agresseurs — et, ainsi harnachée, s'était mise en route au petit matin.

Heureusement, songeait-elle, que des journées comme celle-ci ne revenaient qu'une fois de temps en temps, à plusieurs mois d'intervalle.

Barbara quitta la vieille maison qu'elle et son mari avaient achetée et vidée de son contenu pour la rénover de fond en comble, et descendit Riverside Drive en pédalant à toute allure. L'air était encore doux à cette heure, et les rues agréablement désertes. Penchée sur son guidon, elle changea de vitesse pour aller plus vite. Elle souriait, contente de sentir les vigoureux battements de son cœur et les muscles de ses cuisses tendus dans l'effort, à la limite de la souffrance.

Elle éprouva soudain une sensation de brûlure sur la nuque, puis sur le crâne, les bras, les épaules, et le long de la colonne vertébrale. Elle vit quelque chose la dépasser sur sa gauche, puis revenir vers elle. Quelque chose de petit et noir que son esprit assimila à un pigeon. Puis la chose revint, battit des ailes contre son visage et lui ferma l'œil gauche de ses griffes, et elle comprit qu'il ne s'agissait pas d'un pigeon.

Elle essaya de tenir le guidon de la main gauche pour chasser la chauve-souris de la main droite. La surprise et la douleur lui arrachèrent un cri. Le vélo se mit à zigzaguer.

L'instant d'après, Barbara crut que sa roue avait rencontré un nid-de-poule. Le vélo plongea. Elle se sentit projetée en avant, mais ne tomba pas. Elle continua sur sa trajectoire. Les muscles de son épaule se contractèrent une fraction de seconde, puis une douleur fulgurante lui parcourut le dos, des épaules à la nuque. Son dos se raidit et elle ouvrit la bouche pour crier. Mais elle n'y parvint pas. La douleur était telle qu'il n'y avait plus d'air dans ses poumons, et elle ne put que pousser un glapissement étranglé.

Elle sentit sa gorge se nouer, mais n'entendit aucun son. Seulement un grand bruit d'air et quelque chose qui claquait tout autour d'elle. Comme au temps où, petite fille, elle se cachait dans les draps étendus par sa mère sur la corde à linge et se demandait si c'était comme ça, lorsqu'on était un ange dans les nuages.

Elle eut vaguement conscience de la chute du vélo devant elle ; de la pénombre qui envahissait la rue et de son dos qui mollissait, brûlant puis glacial. Elle voulut lever la main, mais elle n'avait plus de force dans les bras. Puis ses poumons se bloquèrent. Ses paupières tombèrent.

Brièvement, avant que ses yeux ne se ferment, elle crut apercevoir les rassurants nuages de son enfance…

7

Robert Gentry passa la nuit à l'hôtel Windermere, situé à l'angle de West End Avenue et de la Quatre-Vingt-Douzième Rue. Le directeur, Dale Rupert, était l'un de ses plus vieux et plus proches amis.

Rupe avait tenu l'hôtel Dixie sur la Quarante-Quatrième Rue. Quand Gentry était encore un flic des stups, le Dixie était connu comme un repaire de drogués et de revendeurs. Rupe avait le trafic de drogue en horreur et il avait demandé à Gentry de le débarrasser des trafiquants. La haine que nourrissait pour cette engeance l'ancien combattant du Viêt-nam (il y avait laissé un bras) s'était encore accrue après la visite que lui avait faite un beau matin Stevie « Cool » Khul, gros bonnet de la drogue. Cool avait menacé Rupe de lui briser le bras qui lui restait à coups de marteau s'il empêchait ses hommes de traiter leurs affaires dans le hall de son hôtel. C'était plus que Rupe n'en pouvait entendre.

En plein accord avec lui, Gentry avait fait appel à l'Unité spéciale de lutte antidrogue. Les hommes de l'USLA avaient mis les téléphones de l'hôtel sur écoute et, grâce à leurs efforts, expédié Stevie Cool en prison pour une quinzaine d'années.

Mais l'opération, partie du Dixie, avait permis de mettre au jour un vaste réseau de trafiquants opérant sur l'Etat de New York et le sud du Connecticut. Les agents de l'USLA dans les deux Etats étaient décidés à le démanteler. Après ses deux années réglementaires comme agent de police, Gentry avait demandé à Veltre, alors commissaire divisionnaire, de le transférer à l'USLA. Après un stage d'entraînement intensif de plusieurs semaines à Camp Smith, dans l'Etat de New York, il était revenu en ville pour y travailler comme agent en civil avec une équipe chargée de piéger les revendeurs pour les arrêter en flagrant délit. Par la suite, il s'était fait « sous-marin » pour infiltrer le réseau Mizuno. Il avait consacré cinq années de sa vie au démantèlement de cette chaîne de contrebande et de revente de drogue. Cinq années pour envoyer quatorze gros trafiquants derrière les barreaux avec, pour récompense, une médaille du Courage. Il avait offert la médaille à Rupe. Il ne savait pas très bien pourquoi, mais son copain Bernie n'était plus de ce monde, et il lui semblait que c'était la chose à faire. Gentry et Rupe étaient restés bons amis. Rupe avait gardé l'hôtel Dixie jusqu'à sa démolition en 1990.

Comme il n'y avait pas de chambre libre au Windermere, Rupe proposa à Gentry de passer la nuit sur le divan d'un psychiatre. Le divan de cuir était confortable, mais Gentry ne put guère dormir plus d'une heure d'affilée. Un patient paranoïaque ne cessait d'appeler pour parler au répondeur téléphonique et le réveillait à chacun de ses appels. L'homme se plaignait du silence qui régnait dans son immeuble. Il était persuadé que ses voisins l'écoutaient. Il les entendait, disait-il, appliquer des verres contre les cloisons et les déplacer lentement. Vers quatre heures du matin, Gentry envisageait sérieusement de rappeler le malheureux pour l'informer qu'il l'écoutait depuis la chambre voisine et lui conseiller d'aller se faire pendre ou de se coucher.

Au matin, Gentry se leva de bonne heure, passa le pantalon beige et la chemise blanche qu'il avait apportés la veille et descendit prendre un café avec Rupe en feuilletant le *New York Post*. Un article en première page lui apprit que l'homme et le jeune garçon attaqués par des chauves-souris à Westchester se remettaient de leurs blessures, mais que les spécialistes de la faune et de la flore n'avaient toujours pas la moindre idée quant aux raisons de cette attaque. Gentry remercia Rupe, jeta son sac sur son épaule, et prit la ligne 2 du métro pour se rendre à la Vingt-Troisième Rue. Le paranoïaque qui l'avait empêché de dormir n'aurait pas aimé ce trajet. Les voyageurs étaient anormalement silencieux. Ils semblaient s'attendre à ce qu'il se passe quelque chose.

Ou peut-être s'y attendait-il lui-même... peut-être cette impression n'était-elle qu'un effet de son imagination. Dans un cas comme dans l'autre, c'était étrange.

Gentry se sentit mieux lorsque, une fois sorti du métro, il remonta à pied la Vingtième Rue pour rejoindre l'immeuble de l'Académie de police situé entre les Deuxième et Troisième Avenues. Le temps, en ce début de matinée, était déjà chaud et ensoleillé. Ces visites à l'académie, fondée trente-quatre ans auparavant, lui faisaient toujours du bien. Il s'y rendait pour parler aux élèves de première année du travail de la Brigade d'enquête sur les accidents et de ses activités passées au sein de l'USLA, afin de recruter de nouveaux talents pour la lutte antidrogue ou encore pour s'entretenir avec Chris Henry. Et il trouvait toujours aussi stimulant d'observer les allées et venues des cadets dans cet immeuble de huit étages, exactement comme il observait ceux de l'Institut de technologie. Ils représentaient la génération montante, ils étaient zélés et prêts à se dévouer pour autrui.

Henry, quarante-neuf ans, dirigeait le laboratoire criminel — officiellement connu comme la Division de la recherche scientifique — spécialisé dans la balistique, les explosifs et tous objets en provenance des scènes de crime et classés sous l'appellation de « non identifiables ». Le laboratoire du FBI, en son siège du Federal

Plaza, jouissait d'une formidable réputation auprès du public, et l'Office scientifique d'investigation criminelle de la police de New York, sur la Dixième Rue, était grassement subventionné et soutenu par les médias, mais si les hommes que Chris Henry avait sous ses ordres n'étaient pas nombreux, ils formaient la meilleure équipe de limiers scientifiques de la ville.

Petit et râblé, le médecin était assis à la table de métal chromé qui occupait la plus grande partie de son laboratoire. Il lisait le *Daily News* en sirotant un café quand Gentry se présenta sur le seuil de la pièce.

— Sors ton vilain nez de ces petites annonces, dit Gentry. Tu es un homme marié.

Henry releva la tête, sourit, se laissa glisser de son tabouret et tendit la main.

— Tiens, voyez qui arrive ! Me croiras-tu, Bob, si je te dis que pas plus tard qu'hier je parlais de toi à quelqu'un de mon labo ?

— De sexe masculin ou féminin ?

— Féminin. Brillante, et superbe, et fiancée, donc n'y pense plus. Comment ça va, bon sang ?

— Pas trop mal.

— Tu as l'air fatigué.

— Je le suis.

— Tu travailles tard ? Tu es sur une affaire ?

Gentry secoua la tête.

— Non, c'est autre chose.

— Bon. Prends un tabouret, et raconte. Je suis un homme marié, comme tu dis. J'ai besoin de vivre certaines choses par procuration grâce à mes copains célibataires.

— Désolé, Chris. Ce n'est pas ça non plus.

— Dommage. (Henry se laissa lourdement choir sur son tabouret.) Je disais à Laurette, mon assistante, que je regrette l'époque où tu travaillais aux stups. Tout le monde nous rapportait des balles et des éclats de bombe, mais toi tu nous donnais vraiment de quoi nous creuser les méninges. Des traces de sang sur un rasoir, des résidus de poudre dans l'eau d'un aquarium, de l'héroïne trouvée dans la salive d'un type qui avait craché dans la rue... on s'éclatait bien avec ça... (Henry fronça les sourcils.) Surtout des liquides, je m'en rends compte maintenant. Mais c'était stimulant.

— Eh oui, le bon vieux temps.

— Et tout le monde y trouvait son compte. On ne donne plus des trucs comme ça au labo. Un accident de la route tous les deux ou trois mois. Des analyses de mortier après une chute de corniche sur la voie publique. Et pour le reste, ce sont toujours des balles et des éclats de bombe. Tu n'as jamais eu envie de réintégrer les stups ?

— Non. Tu n'as jamais eu envie de retourner à l'armée ?

Henry fit une grimace.

— Touché. C'est vrai que tu y as tout de même passé dix ans. Beaucoup d'autres auraient craqué avant.

— Ne cherche pas à me flatter. Ça ne marchera pas non plus.

Henry haussa les épaules.

— Te voilà ici, en tout cas. Je peux faire quelque chose pour toi ?

Gentry tira sur la fermeture Eclair de son sac et y prit le sachet d'échantillons, qu'il tendit à Henry.

— J'ai récupéré ça derrière une cloison de mon immeuble, hier soir. J'ai pensé que tu pourrais peut-être me dire de quel animal ça provient.

Le Dr Henry présenta le sachet à la lumière fluorescente. Il le secoua légèrement, l'ouvrit pour en humer le contenu et le referma avant de le rendre à Gentry.

— Alors ?

— C'est bien ce que je disais. A une certaine époque, tu m'apportais des choses intéressantes.

— Qu'est-ce que tu racontes ?

— C'est trop facile, ça.

— Tu sais ce que c'est ?

Henry hocha lentement la tête.

— Du déchet organique composé d'un mélange de nitrates, de phosphore et de potassium. Et aussi de millions de débris d'insectes microscopiques et non digérés.

Gentry le regardait avec de grands yeux.

— C'est du guano de chauve-souris, dit Henry. Et qui plus est, recueilli pratiquement à la source.

— Comment le sais-tu ?

— Ce matin à la première heure, on nous a apporté un échantillon quasi identique à celui-ci.

Gentry s'était affalé sur son tabouret. Il se redressa.

— Explique.

— Laurette était déjà là, et c'est elle qui l'a analysé. Elle l'a identifié et a constaté l'absence de bactéries de bioremédiation — autrement dit, qu'il n'y avait pas décomposition. Autrement dit encore, que c'était de la merde fraîche.

— Qui vous avait apporté cet échantillon ?

— Un flic du secteur nord. Il avait un nom bizarre — c'était comment ? Arville ? Arvids ?

— Arvids Stiebris. Il travaille sous les ordres d'Ari Moreaux. Je le connais. Que s'est-il passé ?

— Un ouvrier de la maintenance est parti ce matin de bonne heure pour son inspection hebdomadaire et on ne l'a pas vu revenir. On l'a bipé et il n'a pas répondu. Le chef d'équipe a demandé un renfort de police. Arvids y est allé et ils sont partis à la recherche du type. Ils l'ont retrouvé, et ils ont trouvé le guano.

— Qu'est-ce qu'il avait ?

— Physiquement, pas grand-chose. A croire que c'est à cause de l'odeur qu'il était tombé dans les pommes. On a relevé des écorchures à la figure et au cou, mais le médecin des urgences appelé sur les lieux a dit qu'il se les était faites dans sa chute.

— Où ça s'est passé ?

— Je ne sais pas très bien. Quelque part dans les galeries du métro, du côté de Lexington Avenue, je crois. Arvids a dit qu'il y avait une grosse quantité de guano — ça faisait environ soixante centimètres de haut.

— Seigneur !

— Oui. Un sacré tas de merde.

— C'est tout ? demanda Gentry.

— Oui, pour ce qui est de l'échantillon. Mais, par pure coïncidence, quand j'ai appris hier soir que des gens avaient été attaqués par des chauves-souris, j'ai appelé Al Doyle chez lui. C'est lui qui s'occupe des campagnes de désinsectisation et de dératisation. Tu ne le connais pas ? Il a une tête de mulot.

Gentry répondit qu'il ne le connaissait pas et n'avait jamais entendu parler de lui.

— Il n'est pas du genre amoureux de New York, comme nous. Il estime que s'il n'était pas coincé dans ce patelin, il serait déjà au niveau fédéral. Quoi qu'il en soit, il ne pense pas que l'attaque de chauves-souris à Westchester mérite qu'on s'en inquiète. Il m'a dit qu'elle s'était probablement produite parce que les chauves-souris étaient trop nombreuses pour la quantité d'insectes disponibles dans le coin et qu'elles avaient fini par se cogner les unes aux autres et contre les gens qui passaient par là.

— D'après la télé, les deux victimes étaient littéralement déchiquetées et elles ont failli y rester.

— C'est ce que j'ai fait remarquer à Doyle, dit Henry. Il m'a répondu que les médias brodaient volontiers sur une histoire comme celle-là.

— C'est lui qui raconte n'importe quoi ! J'ai vu les images au JT !

— Moi aussi. Que veux-tu que je te dise ?

— Que tu vas rappeler ce Doyle et lui demander ce qu'il pense du tas de guano qu'on a trouvé ce matin à Grand Central Station.

— On en a parlé hier soir. Il m'a dit que la présence de chauves-souris dans le métro n'avait rien de nouveau. D'après lui, elles migrent à la fin de l'été ou au début de l'automne. Elles cherchent un endroit plus chaud pour hiberner et faire leurs petits, et le métro convient parfaitement. Doyle m'a dit aussi qu'il y a trente ou quarante mille chauves-souris dans les jardins publics et qu'elles vont souvent dans les souterrains.

— J'habite dans cette ville depuis dix-huit ans, Chris. Je n'avais jamais trouvé de guano de chauve-souris derrière les cloisons de mon appartement. Et il est clair que cet employé de la maintenance a été un peu surpris par ce qu'il a découvert dans le tunnel du métro.

Henry haussa les épaules.

— Il y a un chantier de rénovation à Grand Central. On a beaucoup construit dans la partie du Village où tu habites. Il se peut qu'on ait ouvert de nouvelles niches pour les chauves-souris et qu'on en ait fermé d'autres.

— Ah, je t'en prie. Il faudrait déporter combien de chauves-souris, à ton avis, pour obtenir un tas de merde de soixante centimètres de haut ?

— Ecoute. Je ne suis pas un spécialiste de ces bestioles. Tu devrais peut-être en parler avec Doyle. Je vais te donner le numéro de sa ligne directe au Bureau de la santé.

— Non, merci. (Gentry referma son sac et le jeta sur son épaule.) J'ai vu une dame qui étudie les chauves-souris, hier à la télé. Je vais essayer de la contacter.

Henry eut un sourire en coin.

— A choisir, je choisirais une dame plutôt que Doyle, moi aussi.

— Elle avait l'air de savoir de quoi elle parlait, Henry. C'est tout.

— Mais bien sûr. Tiens-moi au courant de ce que tu auras découvert.

— Tu peux y compter.

— Ça m'a fait plaisir, de te voir, dit Henry. Tâche de venir avec un vrai problème, la prochaine fois.

— J'essaierai.

Henry agita le sachet.

— Tu ne veux pas ça ?

Robert Gentry secoua la tête. Quelque chose lui disait qu'il y en aurait encore, là où il l'avait trouvé.

8

Le quartier de Midtown South à New York est connu comme l'endroit au monde où la police a le plus à faire. Elle doit veiller sur Times Square et ses millions de touristes, sur Hell's Kitchen et sa population hétéroclite d'apprentis comédiens, de vieillards et de prédateurs humanoïdes, sur les foules qui transitent par Grand Central Station, sur la zone hautement résidentielle de Park Avenue et sur le cœur du célèbre quartier commercial de la Cinquième Avenue.

Gentry prit un taxi jusqu'au commissariat. Il écrivit « présent » à côté de son nom sur le tableau de service, puis se fraya un chemin parmi la foule des policiers et des gens venus parler de leurs problèmes. Il salua les inspecteurs Jason Anthony et Jen Malcolm assis derrière leurs bureaux dans « la fosse aux flics » comme on l'appelait, avant de s'engouffrer dans son bureau, petit et lumineux, à l'arrière du bâtiment. La porte refermée, il s'affala dans le fauteuil pivotant. Il y avait sur la table une pile de dossiers d'une bonne trentaine de centimètres de haut. Piétons renversés par des coursiers à bicyclette. Voitures écrasées contre des poteaux. Promeneur blessé à l'œil par un modèle réduit d'avion envolé d'un toit. Gentry se dit que la plupart de ces affaires pouvaient attendre. Il parcourut du doigt la liste, décolorée par le soleil, des numéros que son téléphone gardait en mémoire, composa le 34 et chercha un stylo.

Gentry ne parvenait pas à se rappeler le nom et le titre officiel de la spécialiste des chauves-souris que Kathy Leung avait interviewée la veille au journal télévisé. Il ne se rappelait pas non plus si elle travaillait au zoo du Bronx ou à celui de Central Park. Il décida donc d'appeler l'assistant de Kathy pour lui demander son numéro de téléphone. Mais ce fut Kathy elle-même qui décrocha, à son grand étonnement.

— Kathy ?

— Qui me demande ?

— Robert Gentry.

— Ah, l'inspecteur, dit-elle, d'un ton détaché. En voilà une surprise.

— Agréable, j'espère.

Elle ne répondit pas. Ça ne s'annonçait pas facile.

— Je t'ai vue aux informations hier soir, reprit Gentry. Je ne m'attendais pas à te trouver d'aussi bonne heure.

— J'ai dormi ici. Ecoute, je suis vraiment très occupée pour le moment. Il s'est passé des choses bizarres hier soir.

— Comment ça ?

— Tu devrais regarder plus souvent la télé. On a donné ce matin des infos qui n'étaient pas dans les journaux.

— Désolé, mais mon papa était typographe au *Trib*.

— Pardon ?

— Le *Herald Tribune*. Laisse tomber, je plaisantais.

— On a trouvé le cadavre d'un cerf en haut d'un arbre. Eventré et à moitié bouffé.

Gentry renonça à trouver un stylo.

— Tu veux dire bouffé par les vers ? En décomposition ?

— Non. Encore frais. Bouffé pour le dîner. Mort depuis quelques heures. Les policiers ont d'abord pensé à un canular. Des plaisantins auraient pu le mettre là et affoler les chauves-souris. Mais il n'y avait pas la moindre trace de pas au pied de l'arbre, ni humaine ni animale. On a fait appel à un hélicoptère pour dégager la carcasse et on l'a transportée au zoo. J'attends les résultats de l'autopsie.

— Mais comment ce truc-là a-t-il pu se retrouver dans un arbre ? demanda Gentry. Mettons que quelqu'un ait voulu faire une blague... Ça pèse combien, un cerf ?

— C'était un cerf adulte. Dans les trois cents kilos.

— C'est-à-dire, en anglais ?

— Un peu plus de six cents livres, dit Kathy. On ne voit pas un puma, ni des étudiants farceurs, en train de hisser un tel poids à six ou sept mètres de haut. Tu connais T-Bone, mon cameraman ?

— Oui.

— Il a travaillé comme poseur de lignes à haute tension pour la Continental Edison. C'est un vrai costaud. Il dit que, même en s'y mettant à quatre, ils n'y seraient pas arrivés. On se pose beaucoup de questions et on espère que l'autopsie apportera des réponses. La police a aussi demandé aux parents qui ont filmé le match de lui remettre leurs bandes. Il se pourrait que certains aient enregistré quelque chose qui se passait dans la forêt au même moment.

Gentry resta un instant silencieux.

— Alors. Pourquoi m'appelais-tu ? demanda Cathy.

— Ah... Je voudrais le téléphone de cette spécialiste des chauves-souris que tu avais avec toi hier soir.

— Pourquoi ?

— Pour lui parler.

— Ça, j'avais compris. C'est personnel, ou c'est professionnel ?

— C'est pour le boulot.

— Attends. Il s'est passé quelque chose que je ne sais pas ?

— Non. J'ai simplement l'intention de lui demander

ce qu'elle pense de cette histoire. S'il y a lieu de s'inquiéter…

— Inspecteur ?

— Oui ?

— Il ne faudrait pas me prendre pour une bille. Ton boulot, ce sont les accidents. Depuis quand tu t'occupes des chauves-souris ?

— Depuis que les trains en provenance de Westchester s'arrêtent à Grand Central Station, tous les jours et dix-neuf heures sur vingt-quatre, répondit Gentry. Je me demande ce qui arriverait si ces petits passagers clandestins s'avisaient d'attaquer les gens dans la gare.

A y réfléchir, il se demandait effectivement s'il ne fallait pas s'en inquiéter.

— Ça, c'est aux responsables du métro de s'en occuper. Pas à toi. Allons, Bob. Je t'ai dit ce que je savais, moi. Que se passe-t-il ?

— Rien, Kathy. Vraiment.

— Je ne te crois pas.

— Kath, si je peux t'aider, je le ferai, c'est promis. Mais là, je ne peux rien de plus.

Kathy soupira bruyamment.

— Nancy Joyce, au zoo du Bronx. Et inutile de me rappeler si tu n'es pas prêt à jouer donnant-donnant.

Tout de suite après, Gentry entendit la tonalité. Il aimait bien Kathy. Mais il ne voulait pas tout lui dire. Au cas où Doyle aurait raison. Il ne voulait pas que les médias fassent de cette affaire ce qu'elle n'était pas.

Il trouva le numéro du zoo, et appela. Conformément aux indications fournies par le message enregistré du standard, il composa les trois premières lettres du nom de Joyce et aboutit à son bureau où un jeune homme prit la communication.

— Marc Ramirez.

— Bonjour. Inspecteur Robert Gentry, de la police de New York. Miss Nancy Joyce est-elle là ?

— Elle est rentrée très tard hier. Elle essaie de dormir un peu. Puis-je vous aider en quoi que ce soit ?

— Vous vous y connaissez en chauves-souris ?

— C'est là-dessus que je travaille, inspecteur.

— Très bien. Que pensez-vous d'un tas de guano de soixante centimètres de haut trouvé à côté des rails du métro à Grand Central Station ? En quantité suffisante pour faire tomber un homme dans les pommes ? Et d'un exode massif de cafards, fuyant apparemment un tas de guano accumulé derrière le mur d'un appartement ?

— Je vais chercher Nancy Joyce, dit Ramirez.

Gentry sourit. Ça faisait partie des choses qu'il aimait bien chez les jeunes gens de cette génération. Les plus intelligents savaient s'effacer quand il le fallait.

Il attendit moins d'une minute.

— Nancy Joyce à l'appareil.

Gentry reconnut la voix enrouée qu'il avait entendue à la télé. Elle était encore plus grave, sans doute à cause du manque du sommeil. Mais toujours aussi séduisante.

Le policier se présenta, parla de la découverte du guano à Grand Central et aussi de ce qui s'était passé chez Mrs. Bundonis. Puis il se tut. Nancy Joyce ne disait rien.

— Miss Joyce ?

— Je suis là. (La voix s'était éclaircie.) Je réfléchissais.

— Pendant que vous y êtes, dit Gentry. Je me demandais… avez-vous du nouveau à propos de cette carcasse de cerf ?

— Non, pas grand-chose, admit-elle. Il y a des marques profondes sur le cuir, la colonne vertébrale et divers organes. Elles ont pu être causées par des dents, mais aussi par une lame de couteau. On dirait que l'animal a été victime d'un grand prédateur, mais on n'a pas trouvé la moindre écharde d'écorce dans son cuir.

— Des échardes d'écorce ? Provenant de l'arbre ?

— Oui. Ce qui signifierait qu'il a été hissé jusque-là.

Et il y a des fractures aux côtes. Elles pourraient résulter d'une attaque — comme celles qu'on relève sur les animaux attaqués par des ours —, mais elles correspondent, par la forme et par la taille, à la branche sur laquelle se trouvait la carcasse.

— Attendez une seconde, docteur. Vous voulez dire que ce cerf est tombé sur cette branche ?

— Ou qu'on l'a laissé tomber, dit Joyce. Peut-être d'un avion ou d'un hélicoptère. Nous n'en savons rien. La carcasse a été confiée à Caryn Nadler. Les mammifères à sabots sont la chasse gardée de Caryn.

— Je vois.

Gentry n'aurait su dire si cela lui paraissait comique ou imbécile.

— Inspecteur, que pouvez-vous dire, encore, sur le guano trouvé à Grand Central ?

— Par exemple ?

— J'aurais besoin d'informations sur les dimensions et la consistance. Il n'est pas rare que les chauves-souris nichent dans des tunnels du métro, des souterrains, des sous-sols. Mais il faudrait une semaine à une centaine de chauves-souris pour produire un tas de guano de soixante centimètres de haut, même s'il ne faisait que trente centimètres de diamètre. A condition de rester sur un poteau vertical.

— Ce qui vous paraît peu probable ?

— Avec la circulation qu'il y a dans ses tunnels ? Oui.

— Al Doyle, du Bureau de la santé, dit qu'il y a des quantités de chauves-souris dans ces galeries.

— C'est vrai. Mais elles n'y séjournent pas longtemps. Ces animaux détestent le bruit, le vent, les lumières, et tout ce qui bouge.

— Je vois. Comment, alors, expliquez-vous la présence de ce guano ?

— Si c'était une devinette, je dirais qu'on vous a monté un canular.

— Les employés du métro ne sont pas réputés pour leur esprit facétieux, dit Gentry. Et même si c'était le cas, ça n'expliquerait pas la présence du guano que j'ai découvert dans l'immeuble où j'habite.

— Exact, reconnut Nancy Joyce. (Elle resta à nouveau silencieuse un court instant, avant de demander :) Quelqu'un pourrait-il me conduire à l'endroit où l'on a découvert ce guano ?

— Bien sûr, répondit Gentry. Je peux arranger ça. Quand voulez-vous…

— Dans une heure, dit-elle. Retrouvons-nous à Grand Central devant l'accueil du premier étage. Comment êtes-vous habillé ?

— Je vous reconnaîtrai. Je vous ai vue à la télé hier soir.

— Très bien, dit-elle.

Et elle raccrocha.

Gentry posa le récepteur sur son support. Décidément, les femmes, ce jour-là, n'avaient pas envie de s'éterniser avec lui au téléphone.

Après avoir appelé le capitaine Moreaux au service de sécurité du métro pour s'assurer qu'Arvids serait encore de service en fin de matinée, Gentry quitta son bureau. Comme il s'arrêtait devant le tableau pour y inscrire sa destination, le capitaine Chris Sheehy entra.

— Bonjour monsieur, dit Gentry au moment où le capitaine, un petit homme rondouillard, passait près de lui.

— Bonjour, répondit Sheehy. (Il s'arrêta. Il semblait, contrairement à son habitude, d'une humeur de rose.) Inspecteur Gentry, savez-vous ce qu'il y a de plus délicieux au monde ?

— Je crois bien que oui.

— Non, inspecteur. Ce n'est pas ce que vous pensez. C'est de faire rendre gorge à quelqu'un. Le mois dernier, j'ai pris rendez-vous trois fois de suite avec le capitaine DiFate, de Central Park, pour un petit déjeuner. Et chaque fois, j'ai été appelé pour des raisons de service et obligé de me décommander. Nous avons donc décidé que le prochain qui se décommanderait offrirait non pas le petit déjeuner, mais le dîner au restaurant Old Homestead. Et devinez qui était coincé, ce matin ?

Gentry sourit.

— Pas vous.

— Pas moi.

— J'en suis ravi pour vous, capitaine, dit Gentry.

— Bénis soient les enfants et les animaux ! lança Sheehy en riant, alors qu'il s'éloignait déjà pour rejoindre son bureau. Et en particulier les animaux du zoo !

Le sourire de Gentry disparut. Posant sa craie, il appela le capitaine.

— Il s'est passé quelque chose au zoo ?

Le capitaine Sheehy s'arrêta.

— Une tentative d'évasion, dit-il. Deux cents chauves-souris avaient, apparemment, décidé qu'elles ne voulaient plus habiter dans cet endroit.

9

Gentry remonta la Quarante-Deuxième Rue et obliqua vers l'est en direction de Grand Central Station. Cette fois, il ne s'intéressait pas vraiment au temps ensoleillé qui régnait ce jour-là.

D'après le capitaine Sheehy, le capitaine DiFate avait dit que les chauves-souris avaient été prises de frénésie peu après le lever du soleil. Elles essayaient de s'échapper par les deux bouches d'aération de leur local. Elles n'y étaient pas parvenues jusque-là, mais nombre d'entre elles, bien que blessées et en sang, n'y avaient toujours pas renoncé. Le déploiement de police, avait précisé DiFate, n'était pas destiné à lutter contre elles, mais les responsables du zoo craignaient que cette centaine de chauves-souris hurlantes ne sèment la panique parmi les autres animaux.

Le capitaine Sheehy ajouta qu'il ne s'inquiétait nullement de la présence des chauves-souris à Central Park, à Westchester ou ailleurs. Si elles se répandaient dans la ville et que les gens du Bureau de la santé n'étaient pas capables de les chasser, les tireurs d'élite de la police de New York s'en occuperaient. « Comme au tir aux pigeons », ajouta-t-il avec un petit rire.

Gentry n'en était pas si sûr. Pour lui, tout animal capable de faire peur à un cafard méritait d'être considéré avec respect et prudence. Il espérait que Nancy Joyce aurait une explication pour ce qui était en train de se passer.

Gentry pénétra dans le hall grouillant de monde et se dirigea vers le grand escalier. Comme lorsqu'il rentrait chez lui le soir, il aimait cette foule. C'était la vie. L'énergie. Il avait besoin de la retrouver. Tout en marchant, il leva les yeux vers les étoiles peintes sur le plafond à trente mètres de haut. Il se rappelait son père lui parlant de ces constellations. Il n'y avait eu que les bâtisseurs de New York pour oser substituer leur ciel à celui de Dieu. Il admirait cela.

La plupart des trains reliant la ville, la Nouvelle-Angleterre et le nord de l'Etat de New York appartenaient à Metro North. La compagnie avait son propre service de sécurité, sous contrat avec la ville et travaillant en étroite collaboration avec la police municipale. Son siège se trouvait dans l'un des immeubles les plus élégants de New York : les anciens appartements Vanderbilt, tout en marbre et en pierre de taille, construits en 1912 pour abriter la famille qui dirigeait la compagnie qui s'appelait encore, alors, la New York Central Railroad.

Gentry appela le capitaine Ari Moreaux. A l'époque où Moreaux était coordinateur des opérations pour les quartiers sud, Gentry et lui travaillaient la main dans la main. Mais Moreaux avait craqué six mois avant que Gentry ne rencontre lui-même quelques problèmes dans le Connecticut. Les planques interminables et la fréquentation de personnages répugnants à laquelle ils étaient astreints étaient déjà assez pénibles à supporter. Pour Moreaux, le point de non-retour avait été atteint lors de l'arrestation d'un gros trafiquant de drogue pour une banale entorse aux règles de la circulation. L'agent de police qui dressait la contravention avait trouvé un joint dans le cendrier. Un policier en civil travaillant pour Moreaux se trouvait à bord de la voiture et il avait perdu son sang-froid à l'idée que deux années de travail de taupe risquaient d'être perdues à cause d'une vétille. Au lieu de laisser l'agent arrêter le dealer, il lui avait montré son insigne de la police, avait tué le dealer et lui avait mis ensuite un pistolet dans la main. L'agent de la circulation l'avait ensuite couvert en déclarant aux enquêteurs que l'homme l'avait menacé de son arme pour ne pas se laisser arrêter. C'en était trop pour Moreaux. Désormais, redevenu simple capitaine par sa propre volonté, il était heureux de ne plus avoir affaire qu'à des voyageurs pris de boisson, à des mendiants et à des fumeurs coupables de s'être adonnés à leur vice dans l'enceinte de la gare.

Gentry aimait bien rendre visite à Moreaux. Celui-ci avait toujours, encadré au mur de son bureau, la rédaction écrite en classe de cinquième par son fils Jonathan sur l'origine du mot *cop*, policier. Gentry ignorait, avant de lire ce texte d'une page, que lors de la création d'une force de police municipale en 1845, les membres de cette force avaient refusé de porter l'uniforme. Mais ils avaient accepté, en guise de compromis, d'arborer un insigne en cuivre[1] permettant de les identifier. D'où leur nom.

Jonathan Moreaux était maintenant cadet de la police — un *copper* en herbe.

Gentry expliqua qu'il voulait amener la zoologiste Nancy Joyce à l'endroit où l'on avait découvert un tas de guano. Moreaux n'y fit pas d'objection. Il demanda au sergent de service de prévenir l'agent Stiebris, et rendez-vous fut pris entre ce dernier, l'inspecteur Gentry et Nancy Joyce devant le kiosque de l'accueil.

Gentry remercia Moreaux et ils convinrent de se retrouver pour dîner ensemble la semaine suivante. Moreaux déclara qu'il choisirait lui-même le restaurant, parce qu'il ne tenait pas à se démolir l'estomac avec les

1. *Copper* en anglais. *(N.d.T.)*

cochonneries que Gentry avait l'habitude de manger. L'inspecteur redescendit au rez-de-chaussée pour attendre devant le petit kiosque.

Là, Gentry observa le flot des voyageurs de ce milieu de matinée. La plupart étaient des résidents de banlieue qui descendaient des trains arrivant du côté nord de la gare pour s'engouffrer dans le métro, ou se hâtaient de sortir par les portes sud, est et ouest. Rares étaient ceux qui levaient la tête pour regarder les constellations.

Ainsi va le monde, songea Gentry. On court, on court pour aller à son travail, pour en revenir, pour se distraire, pour acheter, pour manger. Gentry avait à sa disposition une voiture équipée d'une sirène, mais il ne se hâtait jamais. Depuis qu'il était dans la police, il n'avait fait qu'attendre et cultiver la patience. Apaiser les conflits, calmer les belligérants quand il patrouillait sur un secteur. Gagner et conserver la confiance des membres des réseaux lorsqu'il travaillait en civil. Planquer. Et, quand il n'était pas de service, tout ce qu'il voulait, c'était se détendre. En galante compagnie si possible, mais il appréciait aussi la solitude.

Il aperçut Nancy Joyce qui venait à sa rencontre. Elle avait sans doute pris la ligne 5. Elle marchait vite, à contre-courant de la foule, en esquivant avec grâce les voyageurs qui se trouvaient sur son chemin. Un peu plus petite qu'il ne s'y attendait — un mètre soixante-dix environ —, elle portait un sac orange vif en bandoulière et les mêmes vêtements que la veille à la télévision.

Gentry s'écarta du petit kiosque pour la saluer. La poignée de main de la jeune femme était franche, comme son regard qui soutint celui du détective. Elle avait vraiment de très beaux yeux.

— Merci d'être venue, dit Gentry.

— Merci de m'avoir appelée.

— Je ne sais pas si vous êtes au courant, mais il y a eu une sorte d'émeute chez les chauves-souris au zoo de Central Park.

— Je l'ai appris. Ce crétin de Berkowitz a appelé au moment où je partais. J'ai envoyé Marc Ramirez, mon assistant, y jeter un coup d'œil.

— C'est grave ?

— Assez, sans doute, si Berkowitz a appelé. Les chauves-souris ne sont pas sa spécialité, il fait plutôt dans les rongeurs. Depuis les mulots jusqu'aux chinchillas. Il a attendu cinq heures avant de nous prévenir — il n'aime pas qu'on vienne fourrer son nez sur son territoire, surtout quand on est une femme. (Elle secoua la tête.) On dit souvent que si son épouse, qui est pleine aux as, n'avait pas donné autant d'argent au zoo grâce à ses œuvres charitables, il serait encore gratte-papier à l'heure qu'il est, et non directeur de zoo.

— Je n'aurais jamais cru…

— Berkowitz ? Il sait se faire mousser comme personne. Il va dans les écoles avec ses mignonnes petites bêtes, il se montre à la télé, mais il ne sait pas la moitié de ce qu'il devrait savoir pour faire son boulot.

— Non, dit Gentry. Je n'aurais jamais cru que les chinchillas étaient des rongeurs.

Nancy Joyce le regarda. Puis elle baissa les yeux, embarrassée.

— C'est pourtant ce qu'ils sont.

Elle semblait, soudain, porter sur ses épaules le poids de toutes ces constellations.

— Quand j'étais petit, j'adorais apprendre ce genre de choses, dit Gentry.

— Moi aussi. Ecoutez, il faut m'excuser.

— De quoi ?

— J'aurais dû tenir ma langue. Mais le piston, dans nos milieux scientifiques, est quelque chose qui me hérisse.

— Moi aussi, ça me hérisse, dit Gentry. Et le pire, avec ces gens-là, c'est qu'on est obligé de faire leur travail en plus du nôtre parce qu'ils sont incompétents.

Ils échangèrent un regard. Il y avait comme un sourire dans les yeux de la jeune femme.

— C'est vrai. Je suis très fatiguée, aussi, et ça n'arrange pas mon humeur.

— Je comprends.

Elle parut retrouver un peu d'entrain.

— On y va ?

— Il faut attendre l'agent Stiebris. Il connaît le chemin. Il sera ici d'une minute à l'autre.

Joyce hocha la tête, adossée de tout son poids au petit kiosque.

— Vous ne voulez pas un café ? proposa Gentry. Ou une bouteille d'eau ? Il va falloir marcher un bon moment.

Elle secoua la tête.

— Non, merci.

— Donc, la journée a été dure, hier ? demanda Gentry.

— Oui.

— Que pensez-*vous* de tout ça ?

— Si je le savais... La seule explication qui me vienne à l'esprit, c'est une forme de démence, bien qu'il n'y ait pas de précédent connu et que je n'aie pas la moindre idée de ce qui aurait pu la provoquer. Les premiers résultats des examens de laboratoire pratiqués sur les deux victimes et sur la carcasse de cerf sont arrivés au moment où je partais. Malheureusement, ils ne nous apprennent pas grand-chose.

— Par exemple ?

— En ce qui concerne les deux blessés, rien que nous ne sachions déjà. Et pour le cerf, on sait maintenant de façon certaine qu'il y avait de la salive de chauve-souris dans son sang. Mais il se peut que les vespertilions soient tombés dessus par hasard...

— Je vous demande pardon, les quoi... ?

— Les vespertilions. C'est le nom de cette espèce de chauves-souris.

— Ah.

— Il se peut qu'elles se soient posées sur le cerf alors qu'il était déjà mort, poursuivit Joyce. Mais les vespertilions mangent rarement de la viande, et ce ne sont absolument pas des charognards.

— A moins qu'ils ne soient frappés de démence, comme vous le disiez.

— Oui. Malheureusement, et même s'il reste des examens à faire, nous n'avons pas trouvé dans leur salive le moindre microbe susceptible d'affecter de cette façon le comportement des chauves-souris. De fait, à part la rage, on ne connaît rien qui produise de tels effets. Et on ne voit pas chez les animaux atteints de la rage l'espèce de… coopération, dirai-je, faute de trouver un meilleur mot, que les témoins ont remarquée chez les chauves-souris.

— Donc, vous n'êtes guère avancée, n'est-ce pas ?

— Non… Il y a autre chose, tout de même — ça ressemble à de grosses marques de dents, sur la carcasse. De six à huit centimètres de long. Un puma aurait pu faire ça, mais il n'y avait pas la moindre empreinte autour de l'arbre. Caryn Nadler a fait le moulage de l'une des marques, sur l'épaule du cerf. Dès que Marc sera revenu du zoo, il l'apportera au Dr Lowery, au Muséum d'histoire naturelle. Celui-ci pourra peut-être l'identifier.

— Je ne savais pas qu'on trouvait encore de grands félins dans cette région.

— Il y en a. Le problème, c'est qu'ils n'auraient jamais la force de hisser un cerf à cette hauteur.

— Ma foi, je ne m'y connais pas plus en chauves-souris qu'en félins, mais je continue à penser que cette histoire de cerf est un canular. Un message de la part de gens qui ne supportent pas les défenseurs de l'environnement.

Nancy Joyce secoua la tête.

— Le commissaire du comté à l'environnement était là, et il m'a dit qu'il connaissait bien ces groupes. Ils distribuent des tracts et râlent à tout propos, mais c'est tout. Et si c'étaient eux qui avaient fait le coup, j'aimerais bien savoir comment ils s'y sont pris pour accrocher cette carcasse à une telle hauteur. Par ailleurs, personne n'a revendiqué le meurtre du cerf. (Elle regarda Gentry.) Puis-je vous demander pourquoi vous vous intéressez tellement à cette affaire ?

— Comme je vous l'ai dit au téléphone, je suis tombé sur des traces de chauves-souris, moi-même, la nuit dernière. Elles avaient fait sortir quelques centaines de cafards d'un mur de mon immeuble.

— Et vous n'avez pas vu la moindre chauve-souris ?

— Non. Mais en regardant à l'endroit d'où sortaient les cafards, derrière un commutateur électrique, j'ai trouvé du guano.

— Beaucoup ?

— De quoi remplir sept ou huit sacs à sandwiches.

— Ça représente une quantité considérable, inspecteur…

— Robert.

— Pardon ?

— Appelez-moi Robert, et je vous appellerai Nancy.

— D'accord, dit-elle. En tout cas, la présence d'une telle quantité de guano n'a rien d'étonnant quand on sait que les souterrains de la ville et les tunnels du métro servent d'habitat temporaire aux chauves-souris. Manhattan est depuis toujours une étape pour celles qui migrent depuis le Canada et la Nouvelle-Angleterre vers les Etats du Sud au climat plus tempéré.

— C'est bizarre, observa Gentry. Je ne savais pas qu'il y avait d'autres animaux migrateurs que les oiseaux.

— C'est pourtant le cas des chauves-souris. Elles se mettent généralement en route vers la fin de l'été et arrivent à destination au milieu de l'automne. Pendant leur voyage, elles se reposent dans des endroits protégés et tranquilles où elles peuvent boire et s'alimenter, à l'abri de prédateurs comme les chats, les faucons, les serpents et les chouettes. C'est peut-être le cas dans votre immeuble.

— Pour autant que je sache, je n'ai jamais été importuné par des chauves-souris, je n'en avais même jamais vu.

— Et les cafards ? Vous aviez déjà eu des cafards chez vous ?

— Un ou deux de temps en temps. Et j'habite au bord de l'Hudson.

— Je ne suis pas une spécialiste de ces insectes, mais ils ont pu être chassés de votre immeuble par quelque chose d'autre. Une petite colonie de chauves-souris en a peut-être découvert un nid dans un tunnel du métro. Ou elles se sont mises à chasser plus activement du côté du fleuve.

Arvids Stiebris arriva pendant que Joyce parlait. L'agent de sécurité du métro, un grand gaillard à la stature imposante, salua Gentry d'une solide poignée de main. Arvids avait joué comme lanceur dans l'équipe de base-ball de Metro North pendant la saison précédente. Gentry, lui, avait disputé comme ailier gauche les trois derniers matches du championnat. Le jeune homme lançait au ras du sol des balles absolument irrattrapables. Robert Gentry n'était pas un mauvais perdant et il admirait le talent, mais le fait que Kathy Leung soit allée jusqu'à parler à son sujet du « Héros de Westchester » lui était resté sur le cœur.

Gentry présenta Arvids à Nancy Joyce. Arvids la dévisagea de ses yeux sombres.

— Je vous ai vue à la télé hier soir, avec Kathy. Vous nous avez servi un sacré baratin sur les chauves-souris. Ça donnait presque envie d'en avoir une chez soi.

— Ce n'était pas du baratin, c'était la vérité, répliqua la jeune femme. Si leur mode d'alimentation n'était pas incompatible avec la captivité, les chauves-souris feraient de merveilleux animaux de compagnie.

— C'est possible, dit Arvids. (Il les entraîna jusqu'à

la rampe qui descendait vers le sous-sol.) Mais si j'en avais une, faudrait qu'elle fasse le ménage. Elles puent vraiment très fort.

— Pas plus que n'importe quel autre animal, dit Nancy Joyce. A commencer par les êtres humains. C'est simplement que vous n'y êtes pas habitué.

— Je ne vous dirai pas le contraire.

Gentry eut l'impression que la jeune femme était un peu sur la défensive. Mais il n'aimait pas que des gens extérieurs à la profession s'en prennent aux policiers. Les stéréotypes étaient parfois exaspérants pour ceux qui les connaissaient vraiment.

— En tout cas, reprit Arvids, j'ai vérifié auprès du service de maintenance que personne n'était allé nettoyer le tas de guano dans le tunnel. L'inspecteur de la santé doit d'abord se rendre sur le site et faire son rapport. Tout le monde doit savoir qu'il n'y a pas de danger avant de nettoyer. Ça devrait se faire dans l'après-midi.

— Je ne m'en plains pas, mais pourquoi attend-on aussi longtemps ? demanda Gentry.

— Il vient d'y avoir une grande opération de dératisation au nord de Central Park, expliqua Arvids. On opère discrètement et efficacement, en utilisant du chlorure d'éthylène. Mais un tas d'employés sont encore sur place pour enlever les cadavres.

Arvids conduisit Gentry et Joyce au quai le plus bas, du côté est du terminus du métro. Ils prirent l'entrée de service. Tandis qu'ils se frayaient un chemin parmi la foule des voyageurs, Gentry éprouva la même impression que quelques heures plus tôt — l'impression qu'il y avait, là au fond, quelque chose d'« anormal ». Il n'aurait pas su dire d'où lui venait cette impression.

Ils allèrent jusqu'à l'extrémité du quai. Arrivé tout au bord, Arvids sauta. Joyce en fit autant. Gentry s'assit sur le ciment et se laissa glisser.

Un instant plus tard, ils étaient dans un autre monde.

10

Grand Central Station est le plus important terminus ferroviaire du monde. La gare occupe quelque vingt-cinq hectares en plein Manhattan, avec des tunnels et des galeries étagés sur sept niveaux. Les plus profonds de ces tunnels se trouvent à près de quatre-vingts mètres sous le niveau du sol. Des dizaines de voies souterraines permettent la circulation des trains. La plupart sont situées aux deux premiers niveaux. Il en existe des dizaines d'autres aux cinq niveaux inférieurs, dont un grand nombre ne furent jamais terminées. Elles ont été abandonnées et leurs entrées scellées, puis oubliées parce que l'argent manquait pour poursuivre les travaux, parce que des fuites d'eau étaient apparues dans les sols ou les plafonds, ou parce que les progrès technologiques les avaient rendues inutilisables. La moitié au moins de ces labyrinthes sombres et humides ne figurent pas sur les plans. Au fil des années, des sans-abri ont rouvert ces tunnels et y ont élu domicile.

Nancy Joyce connaissait un peu l'histoire de cet univers souterrain pour avoir étudié les chauves-souris urbaines et leur habitat. Mais elle n'avait jamais pensé qu'elle y descendrait un jour. C'était, tout comme la nuit, quelque chose de fascinant.

Arvids tira une torche électrique de la sacoche accrochée à sa ceinture et braqua le faisceau devant eux, éclairant les voies sur environ trois mètres.

— Restez derrière moi, et l'un derrière l'autre, dit-il.

Ils avançaient en se touchant presque, Nancy Joyce entre les deux hommes. Elle jeta un coup d'œil en arrière. Quitter ainsi la station donnait l'impression de s'en aller en barque. Le rivage s'estompait rapidement, et on se sentait très vite dans un élément nouveau et dangereux, en pleine aventure. La torche électrique d'Arvids et les ampoules jaunes qui jetaient une lueur faiblarde tous les trois ou quatre mètres constituaient l'unique éclairage. La lumière du jour, ici, ne pénétrait pas. Ni l'air frais du dehors.

— Que doit-on faire si un train arrive ? demanda Nancy Joyce.

Avant qu'Arvids ait eu le temps de répondre, elle sentit que le sol se mettait à trembler. Ce n'était pas la légère vibration que perçoit un voyageur sur le quai, mais un tremblement qui lui secouait les chevilles, remontait jusqu'à sa taille et lui redescendait dans les bras. Elle le sentait jusqu'au bout de ses doigts. L'instant d'après, des reflets illuminèrent les rails et les colonnes métalliques sur leur gauche. Puis tout disparut, oblitéré par la lumière aveuglante des phares de la machine. Le vacarme était insupportable.

Arvids leur avait fait signe de se déporter vers la droite, plus près de la paroi. Ils s'arrêtèrent et se couvrirent les oreilles de leurs mains pendant le passage du convoi, qui freina avec un grincement strident pour s'arrêter à la station. Nancy Joyce avait la tête qui lui tournait et tout son corps vibrait encore, comme un diapason.

Elle entendit dans un silence cotonneux la voix d'Arvids qui lui répondait :

— Il suffit de faire un pas de côté !

— Je vois, dit-elle.

Le train repartit, laissant un quai désert, ce qui accrut encore l'impression d'isolement. Devant eux, les parois du tunnel étaient encore carrelées de blanc sur quelques mètres. Après, ce n'était plus que l'obscurité à droite, à gauche, et au-delà de la zone éclairée par la torche. Ils avançaient comme on descend un escalier dont on ne voit pas les marches.

Gentry se pencha à l'oreille de la jeune femme.

— Au cas où vous vous poseriez la question, nous ne sommes pas du tout près du troisième rail.

— J'y ai pensé, en effet, dit-elle. Où est-il ?

— Sur la gauche, sous la ligne électrique. Vous le voyez ?

Elle regarda dans la direction indiquée. Tendit le cou. Plissa les paupières.

— Cette pièce en forme de L à l'extérieur du rail sur lequel passent les roues, reprit Gentry, en se penchant, le doigt pointé.

— Pigé, dit-elle. Vous êtes déjà resté longtemps là-dessous ?

— Eh oui, répondit Gentry. Quand j'étais à la Brigade des stupéfiants.

— Vous étiez aux stups ? dit Arvids. Je ne le savais pas.

— Quel rapport avec les souterrains ? demanda Nancy Joyce.

— Les dealers du Connecticut avaient l'habitude de balancer la drogue des trains au cas où des flics les auraient attendus à la gare, expliqua Gentry. Et ils envoyaient ensuite des comparses récupérer la marchandise.

— Dites donc, reprit Arvids, ça m'impressionne, ça. Vous étiez aux stups ! Je trouve qu'on s'ennuie un peu ici, et je me disais que je pourrais peut-être faire autre chose. Les stups, l'antigang, l'Unité d'intervention rapide (UIR)... c'est une façon de savoir *vraiment* ce qu'on vaut. De se rendre utile, aussi, mais surtout de savoir si on en a ou pas. Vous voyez ce que je veux dire.

— Oui. C'est l'une des raisons qui m'y ont poussé, à l'époque.

— Comme mon père, quand il était à l'armée et qu'il disait qu'il voulait se battre, continua Arvids. C'était pas qu'il en avait tellement envie. Mais il voulait savoir comment il se conduirait. Il s'est retrouvé au Viêt-nam, et finalement il en a eu plus que ce qu'il pensait.

Un deuxième train fonça sur eux, ses phares perçant d'une lumière crue la pénombre de plus en plus épaisse. Il était plus loin de la gare et arrivait plus vite que le précédent. Cette fois, Nancy Joyce ne vibra pas à son passage. Elle fut littéralement secouée.

Comme il s'éloignait, elle donna une petite tape sur l'épaule d'Arvids et s'arrêta.

— Vous voulez bien lever votre torche un instant ?

— Bien sûr.

Il éclaira la voûte au-dessus d'eux.

La hauteur était d'environ quatre mètres. Il y avait des rebords en ciment, des poutrelles métalliques et des traînées plus claires occasionnées par des fuites d'eau. Une légère odeur, dégagée par le métal, flottait dans l'atmosphère. Et sous cette odeur, Nancy Joyce reconnut celle, caractéristique, du guano.

— Que cherchez-vous ? demanda Gentry.

— Les cafards, dit-elle. S'il y avait des chauves-souris plus loin, les cafards seraient partis. Comme dans votre immeuble.

Arvids déplaça lentement le faisceau de sa torche le long de la voûte.

— Je n'en vois pas, mais ils se déplacent très vite. Et ils ont pu s'enfuir dans trente-six directions. Ce tunnel est très long.

— De combien ?

— Ce tronçon va jusqu'au milieu de Central Park, à environ quatre kilomètres vers le nord. Puis il fait une épingle à cheveux et repart en direction du sud-est jusqu'à Penn Station.

— Je ne savais pas que ces stations communiquaient entre elles, dit Nancy Joyce.

— *Tout* communique par ces souterrains, expliqua Arvids. Les voies ferrées, les lignes de métro, tout.

Nancy Joyce sentit un courant d'air froid sur sa gauche et demanda à Arvids d'éclairer de ce côté. Il y avait un trou au centre de la paroi cimentée qui se dressait à trois mètres d'eux. Une ouverture pratiquée à trois mètres du sol, d'un diamètre d'environ un mètre et demi. Les bords étaient irréguliers, comme si on avait attaqué le ciment au marteau.

— Qu'est-ce que c'est ? demanda-t-elle.

— C'est probablement l'œuvre des gens des souterrains.

— Des gens ?

— Des sans-abri installés sous les galeries où passent les convois. On les avait presque tous expulsés, mais ils reviennent toujours. Les habitants des tunnels sont à ce niveau, et ceux qu'on appelle les taupes aux niveaux inférieurs. On estime qu'il y a à peu près cinq cents personnes au total, mais ce n'est qu'une estimation.

— Vous plaisantez, dit Nancy Joyce. Ils seraient si nombreux ?

Arvids hocha la tête.

— Ils forment de véritables communautés, avec un maire, des instituteurs — ils sont très organisés.

— Personne ne va les voir ? Leur proposer de l'aide ?

— Nous avons un programme d'assistance, à la gare, répondit Arvids. Mais ils n'aiment pas qu'on vienne les déranger. Il y en a qui se montrent pour chercher de quoi manger, mais la plupart ne quittent jamais les souterrains.

— Et pourquoi auraient-ils fait un trou comme celui-ci ?

— C'est peut-être un raccourci. Parfois, aussi, ils en font pour avoir de l'air, surtout pendant l'été.

— Incroyable.

Nancy Joyce demanda à Arvids de braquer sa torche

sur le trou dans la paroi. Elle traversa la voie, en levant bien haut les pieds au-dessus du troisième rail, et s'en approcha pour l'examiner. On ne sentait pas d'odeur de guano venant de l'intérieur. Elle revint vers les deux hommes ; Gentry n'avait pas l'air content.

— J'ai fait très attention, dit-elle.

Il fit une grimace.

— Il n'y a rien ?

— Rien. Continuons.

Ils reprirent leur marche entre les voies. Un troisième train passa. Cette fois Nancy Joyce sentit que c'était lui l'intrus, et non elle.

La jeune chercheuse ne s'étonnait pas d'être de plus en plus excitée et contente au fur et à mesure qu'elle s'enfonçait plus profondément dans le souterrain. Ce genre d'expédition avait toujours donné un sentiment de liberté à Nancy Joyce. C'était peut-être le fait d'avoir eu un père et un frère amateurs de westerns et de films de guerre. Dans ses plus lointains souvenirs, elle se voyait assise par terre à côté d'un gros poste de télévision. Elle jouait avec ses crayons de couleur et ses décalcomanies et levait les yeux quand le calme revenait à l'écran. Elle n'aimait pas les scènes parlées ni les fusillades, mais les moments où l'on voyait les cow-boys ou les soldats patauger dans la boue, ramper sous des fils de fer barbelés ou avancer à pas de loup à l'angle d'une maison ou au flanc d'une montagne. Nancy se mettait à ramper à son tour, en mettant Peter, son frère, au défi de la rattraper, et elle se glissait derrière le canapé, ou sous le tabouret du piano où il ne pouvait pas la suivre. Mais la main de Peter *pouvait* l'atteindre, et il finissait le plus souvent par extraire sa petite sœur de son refuge pour la punir d'une séance de chatouilles sous les bras. Vers l'âge de sept ans, Nancy Joyce se risquait déjà toute seule dans la forêt obscure à la nuit tombée. Chaque pas en avant était un acte d'audace. La claustrophobie pouvait vous saisir à tout moment dans l'obscurité. Elle comprendrait plus tard, beaucoup plus tard, que c'était l'une des raisons pour lesquelles la nuit l'attirait ainsi. Tout y semblait si proche, empreint d'une telle intimité… Même le danger.

Mais…

Il y avait toujours un but. Si Nancy Joyce se sentait chez elle dans l'inconnu, elle avait horreur de ne pas savoir. Et les douze ou quinze heures qui venaient de s'écouler avaient mis sa patience à rude épreuve. Pendant sa dernière année à l'université de New York, alors qu'elle travaillait sur le terrain avec le Pr Lowery — qui allait devenir son premier amant au fond d'une grotte des Pyrénées —, celui-ci s'était inquiété de la voir aussi peu armée contre ce type de frustration. Il avait conseillé à sa jeune élève d'aborder les mystères avec un esprit serein, d'y voir avant tout l'occasion d'ajouter quelque chose aux annales de la science. Nancy Joyce, malheureusement, était incapable d'accéder à ce mode de pensée.

— Tout va bien ? demanda Gentry.

Sa voix la fit sursauter. Elle avait, depuis un moment, l'impression d'être seule.

— Oui, très bien. Pourquoi ?

— Je voulais en être sûr, c'est tout. Il y a un tas de choses pénibles à supporter ici. Le mal aux pieds. La soif. L'énervement.

— Non, ça va.

Gentry posa les mains sur ses épaules pour la contourner et se rapprocher d'Arvids.

— La radio fonctionne encore ?

— Ça dépend de la profondeur et du nombre de murs qui se trouvent entre nous et le standard. Jusqu'ici, je n'ai jamais eu de problème. Pourquoi ?

— Simple question. Nous avons des problèmes, nous, pour communiquer par radio, à cause des nouvelles constructions du centre-ville. Les équipements électroniques accumulés dans les bureaux et les appartements agissent comme des murs. (Gentry se retourna vers la jeune femme.) Vous avez dit, à la télé, que les chauves-souris n'étaient pas gênées par les ondes courtes ?

— C'est exact.

— Et le bruit électronique ? Vous ne pensez pas qu'une ville où ce bruit atteint un niveau aussi important pourrait les attirer quelque part, ou les désorienter ?

— Les attirer, non. La plupart des chauves-souris ignorent tous les sons dans un rayon moyen de cinquante mètres. Et à l'intérieur de ce rayon elles ne réagissent qu'aux sons émis par d'autres chauves-souris ou des proies potentielles, ou des prédateurs.

— Est-ce qu'elles écoutent les bruits à la manière des êtres humains, ou seulement leur écho ?

— D'un point de vue mécanique, leur ouïe est la même que celle des humains, à ceci près qu'elle est nettement plus fine. Quand elles perçoivent des échos, elles les isolent des autres bruits, comme les gens qui discutent dans le métro ou dans un bar. Le reste du temps, elles écoutent comme les autres animaux.

— S'il y a encore des chauves-souris ici, est-ce qu'elles vont nous entendre ? demanda Arvids.

— Elles entendent un insecte qui marche sur du sable à deux mètres de distance.

— Autrement dit, nous faisons autant de bruit qu'un orchestre de cuivres.

— Je dirais plutôt de fifres et de tambourins, rectifia Nancy Joyce. S'il y a des chauves-souris dans un rayon de quinze cents mètres à partir d'ici, elles entendent notre respiration et les battements de notre cœur depuis que nous sommes entrés dans ce tunnel. Pour répondre à votre question, inspec... euh, Robert, le bruit électronique ne peut pas leur faire perdre leur sens de l'orientation. Certaines espèces de mites se protègent des chauves-souris en émettant un cliquètement à haute fréquence qui brouille complètement la réception des échos. Nous sommes parvenus à reproduire ces signaux en laboratoire.

— Des mites furtives, dit Arvids. La nature n'en finira jamais de nous étonner.

— C'est bien vrai, approuva la zoologiste. Il arrive aussi que des chauves-souris soient perturbées par des signaux électroniques, mais seulement si ceux-ci reproduisent un son connu — par exemple, le cri d'un petit appelant sa mère ou celui d'une femelle appelant le mâle. Mais dès que la chauve-souris peut voir ou flairer l'ordinateur ou le fax qui a émis ce signal, elle s'en détourne.

— Elles sont assez malignes, ces petites bêtes.

— En effet, dit Nancy Joyce, avec une certaine fierté. Avez-vous déjà entendu parler de l'Opération rayons X ?

Gentry dit que non.

— Pendant la Seconde Guerre mondiale, les Alliés avaient imaginé d'embarquer des milliers de chauves-souris dans des bombardiers pour les lâcher au-dessus des villes japonaises. Chacune aurait eu, fixée sur le dos, une capsule de cire. Pendant la descente, sa température corporelle aurait fait fondre la cire en libérant un liquide hautement inflammable au contact de l'air. Les chauves-souris avaient été dressées pour voler en direction de certains sons — sirènes d'alarme antiaériennes, sifflets de trains, cloches des bouées marines. Elles avaient été également conditionnées pour voler vers les projecteurs, comme ceux de la défense antiaérienne. Elles étaient donc censées foncer sur des sites stratégiques, s'y introduire et y mettre le feu.

— Vous n'inventez rien ?

— Non. Et une fois lâchées, il n'y aurait eu aucun moyen de les arrêter. De nuit, même les meilleurs tireurs d'élite n'auraient pu les abattre. Il y avait de toute façon le risque qu'une balle pénètre dans la cire et mette le feu à la chauve-souris, l'aidant ainsi à remplir sa mission.

— Je vois d'ici ce que vous devez penser de ce projet, dit Gentry.

— Pourquoi ? Parce que les chauves-souris étaient sacrifiées ?

— Oui.

Nancy Joyce secoua la tête.

— Je ne suis pas une militante des droits des animaux. Je déteste les chats, j'aime chasser, manger de la viande de cerf et de sanglier, et j'approuve l'utilisation des souris comme cobayes pour la recherche médicale. J'ai vu mourir mon père d'une tumeur au cerveau et mon grand-père d'un cancer du pancréas. Je préfère voir mourir des souris.

— Je comprends, je comprends, murmura Arvids.

— D'ailleurs, les chauves-souris avaient été élevées en vue de l'Opération rayons X. Je trouve que ce projet était bien pensé. En prenant pour cibles des sites stratégiques, les militaires auraient pu épargner des vies humaines.

— Que s'est-il passé, finalement ?

— Lors des essais dans le désert, quelques dizaines de chauves-souris se sont montrées plus malignes que les scientifiques qui les avaient conditionnées. Sitôt lâchées, elles sont revenues à leur point de départ — ces animaux ont un instinct extraordinaire pour retrouver leur habitat d'origine — et elles ont mis le feu aux baraquements des militaires.

— Des mites furtives et des commandos de chauves-souris, dit Arvids. Ma parole, même les zoologistes s'amusent plus que moi !

Il leur fallut près d'une demi-heure de marche pour arriver à l'endroit où l'ouvrier de la maintenance avait perdu connaissance. Le tas de guano se trouvait sous une poutrelle, entre deux voies. Nancy Joyce prit la torche des mains d'Arvids et en fit lentement le tour. Arvids mit une main devant sa bouche. Gentry grimaça.

— Je n'ai jamais rien vu de tel, dit Nancy Joyce.

— Seigneur, dit Gentry. Rien qu'à voir un aussi gros

tas… le type a dû tourner de l'œil en comprenant de quoi il s'agissait.

— Ce n'est pas seulement la grosseur qui est incroyable, observa Nancy Joyce, mais aussi la consistance. Ceci n'a rien à voir avec les déjections de chauves-souris qu'on voit habituellement. On se croirait plutôt au zoo, dans l'enclos d'un éléphant.

— Voilà qui devrait intéresser les patrons, dit Arvids, entre ses doigts. Une invasion d'éléphants !

— Non, il s'agit incontestablement de chauves-souris. (Nancy Joyce s'approcha du monticule.) A l'odeur, on ne peut pas s'y tromper. Mais normalement, quand des chauves-souris se rassemblent dans une zone limitée comme celle-ci, le guano tombe un peu partout, à des moments différents. Et la couleur comme la consistance diffèrent selon les endroits.

— Comme le crottin de cheval, souligna Gentry.

— Exactement.

— Je vous demande pardon, mais j'en sais assez pour le moment, dit Gentry.

Et il se détourna.

Nancy Joyce braqua le faisceau de la torche au-dessus de leurs têtes. Il y avait deux grosses poutres en ciment scellées perpendiculairement à la voie. Une barre de fer rouillée les reliait entre elles. La barre portait des traces de guano sur toute sa longueur.

— Ce que je ne comprends pas, c'est pourquoi les chauves-souris seraient venues ici faire ça, et seraient ensuite reparties.

— Vous disiez tout à l'heure, lui fit observer Gentry, que cet endroit était peut-être une étape dans leur migration.

— Non. Dans ce cas, le guano serait partout dans le tunnel, et non pas rassemblé ici.

— D'après vous, il a fallu combien de chauves-souris pour en produire une telle quantité ? demanda Gentry.

— Je ne le sais pas non plus. (La zoologiste ramena

le faisceau lumineux sur le tas, et en fit une nouvelle fois le tour.) La matière s'est répandue à la base. Vous voyez ça ?

Elle éclairait une grande flaque sombre entourant le monticule.

— New York est une île. L'eau des rivières et de la mer ne cesse de s'y infiltrer et dissout toutes les matières biodégradables. Ajoutez à cela les vibrations, qui ont provoqué un tassement de la matière et en ont fait sortir l'élément liquide. Il est donc impossible de dire combien d'animaux ont produit ceci, et combien de temps il leur a fallu. Une centaine de chauves-souris pendant quelques jours, ou plusieurs milliers en quelques heures.

— Plusieurs milliers ? Vous pensez vraiment qu'elles pourraient être aussi nombreuses, ici ?

— Si le tunnel est aussi long que le disait Arvids, mille chauves-souris ont très bien pu y pénétrer. Même si les cafards s'enfuient en cas d'attaque, il restait ici suffisamment d'insectes pour leur permettre de s'alimenter. Mille-pattes, cloportes, etc. Ce sont peut-être les chauves-souris de Central Park, et non des chauves-souris migrantes, qui sont venues ici.

— Mais pourquoi ? demanda Gentry. Il fait encore assez doux.

— Il se peut que l'agitation provoquée par l'opération de dératisation les ait effrayées. Reste la question : pourquoi seraient-elles venues ici, et ici seulement ?

— Voulez-vous quelques échantillons de guano pour les analyser ?

— Non. Mais je vais prendre des photos. Je pourrai les passer au scanner et faire des simulations.

Coinçant la torche sous son bras, elle tira un appareil-photo du sac qu'elle portait en bandoulière. Elle prit des clichés sous différents angles et en variant la distance. Puis elle remit l'appareil dans son sac et éclaira le sol autour d'eux. A gauche, de l'autre côté de la voie, s'ouvrait un autre tunnel.

— Qu'est-ce que c'est ? demanda-t-elle.

— Un tunnel de service, répondit Arvids.

— C'est-à-dire ?

— Les équipes de mécaniciens l'utilisent pour faire des réparations et pour entreposer du matériel.

— Il mène quelque part ?

— Je ne crois pas. Les tunnels de service, en général, sont fermés. Ils sont comme des grottes.

Nancy Joyce et Gentry regardèrent Arvids en même temps.

Le grand gaillard eut une grimace enfantine.

— C'est bon, j'ai compris. Vous voulez y aller.

— Les chauves-souris sont chez elles dans les tunnels, expliqua Nancy Joyce. Mais elles aiment beaucoup les grottes.

11

Ils contournèrent une colonne métallique rongée par la rouille et se courbèrent pour passer sous une avancée de béton. L'entrée du tunnel était faiblement éclairée par une unique ampoule de soixante watts pendant au-dessus de la voie. Ils s'avancèrent à pas lents. Nancy Joyce les avait prévenus que si les chauves-souris se trouvaient là, ils pouvaient pénétrer à chaque pas dans ce qu'elles considéraient comme leur territoire.

Il était convenu que si une chauve-souris venait vers eux, ils rebrousseraient chemin immédiatement.

Aucune chauve-souris ne parut.

Arvids trouva le commutateur électrique et alluma. Parvenue au milieu du tunnel, Nancy Joyce s'arrêta et regarda autour d'elle. Il y avait une petite grue à droite, des échelles, des casiers de rangement et des caisses à outils du côté gauche. Elle aperçut aussi ce qu'elle identifia comme des plates-formes hydrauliques dans le sol, juste à côté des rails. A en croire les taches huileuses tout autour, elles devaient servir à surélever les voitures. Elle ne vit pas de guano. Elle leva la tête. Le plafond de ciment lissé était à environ sept mètres de haut. Elle était étonnée et déçue.

— Du gros matériel de réparation, des taches de

graisse, et des gobelets à café pleins de poussière, dit Arvids. Mais pas de chauves-souris.

Nancy Joyce avança encore pendant que Gentry inspectait l'intérieur des casiers et qu'Arvids regardait derrière. L'eau ruisselait en fines rigoles le long des parois. Des chauves-souris auraient sans doute cherché à remonter vers la source ; elle se demanda s'il n'y avait pas une autre façon d'y arriver.

— Peut-être que ces bestioles ont passé la nuit dans le tunnel et qu'elles sont reparties, suggéra Gentry.

— Comme je le disais tout à l'heure, répondit Nancy Joyce, c'est impossible avec tous ces trains qui vont et qui viennent. Non, ce n'est pas le genre d'endroit où elles viennent se reposer. Arvids ?

— Madame ?

— Etes-vous absolument certain que ceci ne mène nulle part ? Il n'y aurait pas une conduite d'aération, un escalier vers un autre niveau ?

— Absolument certain. Il doit y avoir d'autres niveaux, mais on n'y accède pas à partir de ce tunnel.

— Quand y a-t-il eu du monde, ici, pour la dernière fois ?

— Je n'en sais rien. Je pourrais appeler le chef de gare…

— On ne peut pas savoir, approximativement, si ça remonte à plusieurs heures, plusieurs jours ?

Il regarda le sol en ciment.

— Les taches de carburant ont l'air assez sèches. Je dirais que ça remonte peut-être à plusieurs semaines.

— Donc, pas de présence humaine, dit-elle. Ce qui rend l'endroit d'autant plus intéressant pour les chauves-souris. Où sont-elles donc ?

Tandis qu'Arvids et Gentry allaient vers le fond du tunnel, elle s'approcha de la paroi sur sa gauche. Elle la longea, en regardant attentivement derrière les échelles et les boîtes à outils. Puis elle passa du côté droit. La grue était posée sur une plate-forme qui ressemblait à un châssis de wagon. On l'avait rangée sur des rails reliés à la voie centrale.

Elle se glissa entre la grue et la paroi. L'espace était trop exigu pour lui permettre de s'accroupir, mais elle huma l'air. Il y avait une vague odeur d'ammoniaque. Elle sourit.

— Bingo !

— Vous avez trouvé quelque chose ? demanda Gentry, qui rebroussa chemin en toute hâte, suivi par Arvids.

— Une niche pour chauves-souris, répondit-elle.

Les deux hommes se glissèrent à leur tour derrière la grue. On voyait une ouverture ovale au pied de la paroi. Elle ressemblait à celle qu'ils avaient vue dans le tunnel principal mais elle était plus près du sol et plus petite — une soixantaine de centimètres de diamètre.

— C'est une autre entrée pour les gens du tunnel, dit Arvids.

— Oui, dit Nancy Joyce. Mais ça sent.

— Du guano, encore, dit Gentry.

Nancy Joyce tendit la main.

— Arvids, vous pouvez me passer la torche ?

Arvids la lui tendit. Mais Gentry arrêta son geste.

— Que voulez-vous faire ? demanda-t-il.

— Entrer là-dedans.

— C'est bien ce que je pensais. Je ne peux pas vous laisser faire ça.

— Que voulez-vous dire ? J'ai besoin de savoir si les chauves-souris sont encore là. Si elles y sont, il faudra revenir avec des tenues de protection, et capturer des spécimens pour les examiner et voir ce qui ne va pas.

— C'est moi qui y vais, dit Gentry. Vous, vous retournez à la gare.

— Pas question !

— Vous avez bien regardé, là ?

Il montrait du doigt l'angle du mur. Elle regarda à nouveau.

— Je ne vois rien.

— En bas et à gauche. Vous voyez ce débris en forme de M ?

Arvids braqua la torche dans la direction indiquée. Il y avait du sang sur les bords coupants du bloc de ciment.

— Ça peut provenir de n'importe quoi, dit Nancy Joyce. Un sans-abri qui s'est coupé en entrant. Un rat ou une chauve-souris blessés, n'importe quoi !

— Vous avez raison. Mais tant qu'on ne saura pas de façon certaine à quoi s'en tenir, je ne veux pas que vous entriez là-dedans.

— Robert, c'est idiot ! Nous sommes face à une énigme scientifique. Laissez-moi faire mon travail !

— Vous avez fait votre travail en venant jusqu'ici, répliqua Gentry. Vous avez vu le guano sur la voie. Vous avez pris des photos. Ça suffit.

— Non ! Je n'aurai pas terminé tant que nous n'aurons pas *trouvé* les chauves-souris. Vous sentez ce courant d'air, de l'autre côté du mur ?

— Oui.

— Il est chaud et humide. C'est là que les chauves-souris sont parties. Je *dois* y aller.

— Plus tard, peut-être. Quand nous y aurons jeté un coup d'œil.

— Mais c'est insensé ! J'ai traversé des sables mouvants, j'ai exploré des grottes en m'éclairant avec des allumettes, j'ai...

— Vous étiez en pleine nature. Ici, vous êtes à New York.

— Ah, je vous en prie !

— Ecoutez-moi bien, dit Gentry. Ces gens des souterrains, dont Arvids nous parlait tout à l'heure, sont parfois très jaloux de leur territoire. J'ai eu maille à partir avec eux à l'époque où je venais ici. Et il peut y avoir là derrière un risque d'éboulement.

— L'inspecteur a raison, intervint Arvids.

— C'est à moi de prendre mes risques, répliqua Nancy Joyce.

— Désolé, dit Gentry, mais c'est hors de question.

— Je ne peux pas croire que…

— Ce n'est pas parce que c'est vous, dit Gentry.

— C'est insultant !

Gentry s'excusa. Il avait trouvé une torche dans l'un des casiers. Il l'essaya, puis revint vers Arvids.

— Passez-moi la radio.

Arvids la lui tendit.

Nancy Joyce serrait les lèvres.

— Et qu'allez-vous faire, au juste, quand vous serez là-dedans ?

— Chercher des chauves-souris.

— Chercher des chauves-souris ! Et comment pensez-vous interpréter ce que vous verrez ? Les espèces, la couleur du guano, les nids…

— Je noterai très précisément ce que je verrai et j'en rendrai compte. C'est *mon* travail.

— Ça ne suffira pas ! Vous ne serez pas capable de distinguer une espèce locale d'une espèce venue d'ailleurs, une chauve-souris malade d'une chauve-souris en bonne santé. Il faut s'y connaître pour savoir les observer.

— Vous reviendrez plus tard.

— Si vous trouvez des chauves-souris et si elles sont comme celles de Westchester, il se pourrait qu'il n'y ait jamais de *plus tard*.

— Dans ce cas, votre présence ne changerait pas grand-chose.

— Je ne suis pas d'accord. J'ai déjà fait face à des situations imprévues.

— Moi aussi. Ecoutez, je vous comprends, et je suis vraiment désolé.

Gentry jeta un coup d'œil à Arvids et, d'un signe de tête, lui désigna le tunnel principal. Le jeune agent revint vers eux.

— Venez, Miss Joyce.

Elle serra les poings.

— Gentry, non !

Il ne répondit pas.

— C'est stupide ! (Elle se détourna de lui pour regarder vers le tunnel principal, puis fit volte-face.) Ne faites pas ça. Grands dieux, je n'aime pas ça du tout.

— Je regrette, dit Gentry. Mais je suis déjà passé par là.

— Moi aussi !

— ... s'il y a un risque à prendre, il est pour moi et pour personne d'autre.

— C'est moi la spécialiste !

— Ça m'est égal. Vous ne venez pas. Je ne veux même pas que vous restiez ici.

Arvids se rapprocha gauchement de la zoologiste.

— Venez, docteur.

— Bon Dieu, vous êtes bien les mêmes, tous ! dit-elle, furieuse. Tous tant que vous êtes !

Un train passa. Puis Arvids la reconduisit vers le tunnel principal tandis que Gentry repassait derrière la grue.

12

Gentry n'aimait pas rudoyer les gens honnêtes, et le fait d'avoir expulsé la jeune femme pesait lourdement sur sa conscience. Il avait l'impression de n'avoir fait que cela avec Priscilla pendant tout le temps qu'avait duré leur mariage — en l'obligeant à faire ce qu'il voulait, à ne pas avoir d'enfants et à ne pas avoir de vie à eux parce qu'il voulait faire tomber Akira Mizuno et n'avait que cela en tête. Il ne s'était pas senti ainsi depuis longtemps, et il n'aimait pas ça.

Tu aurais peut-être dû invoquer le règlement, pensa-t-il. Les assurances interdisent la présence de civils sur une scène de crime. S'il lui était arrivé quelque chose, elle ou ses héritiers auraient pu faire un procès à la ville. C'était la vérité ; c'était dans les textes. Et c'était un moyen de se préserver en laissant le mauvais rôle à la ville de New York. Sauf que ce n'était pas pour cette raison qu'il avait agi ainsi.

Il se glissa difficilement derrière la grue, là où la mince jeune femme semblait être si à l'aise quelques instants plus tôt. Il passa les jambes dans l'ouverture en laissant son dos glisser contre la plate-forme de la grue. Ce n'était pas un endroit pour claustrophobes. Quand ses pieds touchèrent enfin le sol, il se contorsionna dans l'obscurité. Si les chauves-souris, ou quelque habitant des souterrains prêt à défendre son territoire, le guettaient là-dedans, il allait vers de sérieux ennuis. Il continua à se tortiller et, quand il fut passé tout entier de l'autre côté, alluma sa torche et balaya l'espace autour de lui.

La pièce dans laquelle il se trouvait était un peu plus grande qu'un garage. Elle avait des murs de brique et le sol était constitué d'une épaisse grille de fer. Des marches métalliques s'enfonçaient dans le sol tout au fond, comme un escalier de secours. Il y avait au plafond des conduites ouvertes et un entrelacs de fils électriques. Il ne vit pas de chauves-souris, mais l'odeur du guano était nettement plus forte ici qu'ailleurs. Des gouttes de sang, à ses pieds, conduisaient en ligne droite à l'autre bout de la pièce. Il les suivit.

Il se demanda pour quel usage on avait construit cette pièce. Pourvue d'un sol, elle avait peut-être servi d'entrepôt ou de bureau pour le personnel de maintenance… Il leva les yeux. Elle était assez grande pour contenir un générateur d'électricité, et les conduites qu'on voyait au plafond avaient peut-être servi à évacuer les gaz et les fumées.

Il se dirigea vers les marches, lentement et sur la pointe des pieds. Nancy Joyce lui avait fait comprendre qu'il ne servait à rien de marcher sans faire de bruit. Il s'y appliquait néanmoins, pour écouter. Il éclaira la première marche. Il semblait y avoir d'autres salles sous celle-ci. Ce qui était logique. La gare avait été construite sur plusieurs niveaux pour gagner de l'espace. Et si cette pièce abritait un générateur, on avait naturellement aménagé un accès par en dessous.

Plus il avançait, plus l'odeur de guano était forte. Et les gouttes de sang, sur le sol, faisaient des taches de plus en plus larges. Cela faisait penser à ce qui se passe quand on reçoit un coup de poing sur le nez et qu'on s'efforce vainement de contenir l'hémorragie. Il fallait maintenant descendre cet escalier. Avant de s'y décider, il tenta d'appeler Ari Moreaux, pour qu'on sache où il était. Il n'obtint que des parasites. Privé de liaison avec l'extérieur, sans le moindre plan pour se repérer et en présence de sang sur le sol, il n'était pas raisonnable d'aller plus loin. Mais Gentry ne voulait pas revenir sur ses pas pour dire à Nancy Joyce qu'il avait renoncé à inspecter les lieux.

Il ne savait pas où menait cet escalier. En braquant sa torche électrique vers le bas, il vit qu'il descendait d'une vingtaine de marches. Et sur les marches, toujours, ces gouttes de sang.

Ce sont peut-être des gens des souterrains qui se sont battus pour de la nourriture ou pour des vêtements, songea-t-il, en essayant de se persuader lui-même. Mais sans succès. Son sixième sens lui disait que la chose ou la créature qui avait laissé cet inexplicable tas de guano dans le tunnel était également responsable de cette traînée sanglante.

Il commença à descendre, en se tenant d'une main ferme à la rampe humide et rouillée. Il posait la pointe du pied sur chaque marche avant d'y peser de tout son poids. Les marches gémissaient et tanguaient légèrement vers la gauche, vers l'intérieur de la pièce, comme si la structure tout entière s'était détachée du mur. C'était peut-être le cas. La dernière visite de sécurité remontait peut-être à une cinquantaine d'années.

La traînée de sang sur les marches était de plus en plus épaisse. En approchant du palier du second niveau, il s'arrêta. Une odeur lourde, métallique, flottait dans l'air — ce n'était plus l'odeur du guano, mais quelque chose d'autre. Il éclaira le sol autour de lui. Ses yeux, accoutumés à l'obscurité, aperçurent des formes indistinctes. Beaucoup trop grandes pour être des chauves-souris, et immobiles. Mais le faisceau de sa torche ne portait pas assez loin pour les atteindre. Il reprit sa descente.

En arrivant au niveau du sol, la pointe de son pied

heurta quelque chose sur la marche grillagée. Il abaissa sa torche. Regarda. Poussa un juron.

Quelques jours après avoir intégré la police, Gentry avait aidé à retirer de l'Hudson le corps gonflé d'eau et déjà en putréfaction d'une jeune femme. Il avait pénétré dans un repaire de fumeurs de crack où pourrissait le cadavre d'un gamin mort depuis plus d'une semaine. Il avait vu des piétons renversés par des voitures et un autre réduit en bouillie par la chute d'une grue. Des gens victimes d'agressions, poignardés dans le dos ou dans la poitrine. Il avait porté secours à un agent abattu d'une balle en pleine gorge. Ces événements étaient restés gravés dans sa mémoire comme autant de tragédies, mais aucun ne l'avait préparé à voir ce qui l'attendait dans cette pièce.

Le sol était couvert de sang et de cadavres. Il y en avait quatorze en tout, dont ceux de deux très jeunes enfants. Tous étaient habillés, quelques-uns se trouvaient dans des sacs de couchage, et certains étaient étendus la face contre le sol. Il y avait aussi deux cadavres étalés en travers des autres corps, comme si ces deux-là avaient tenté de fuir ou de porter secours à quelqu'un avant de tomber à leur tour. Gentry vit que les visages tournés vers lui, et les cous, étaient semés d'innombrables petites plaies. Les victimes avaient mis leurs mains ensanglantées devant leurs yeux comme pour les protéger de quelque chose, et elles y étaient encore. Il y avait du guano sur les cadavres et de grandes flaques de sang poisseux, pas encore coagulé, stagnaient sur le sol grillagé autour de certains d'entre eux.

Il s'agenouilla à côté du cadavre le plus proche, celui qu'il avait heurté du pied. La femme ne ressemblait pas aux autres victimes, ni par sa tenue ni par ce qu'on devinait de sa condition sociale. C'était une jeune femme — du moins ce qu'il en restait. Elle portait une tenue de sport et un casque de cycliste. Elle était étendue sur le dos, un pied à côté de la première marche. Elle avait les épaules déchirées, la gorge enfoncée, et la poitrine arrachée. La cage thoracique avait été ouverte, ses os écartés de part et d'autre. Le cœur, les poumons et la plus grande partie du visage presque entièrement dévorés.

Il regarda attentivement le sang sur la grille. Il était encore humide. Il n'y était pas depuis plus de trois ou quatre heures. Ceci s'était passé peu après le passage de l'ouvrier qui avait découvert le guano. Il se demanda si les chauves-souris avaient attaqué en arrivant ou en repartant, si elles avaient voulu occuper cet endroit, ou s'il n'était pour elles qu'un abri temporaire.

Il voyait déjà Nancy Joyce pointer sur lui un doigt vengeur : *Je vous l'avais bien dit !* Mais il avait perdu un coéquipier, il ne voulait pas qu'un autre prenne des risques. A plus forte raison, quelqu'un qui n'était même pas membre de la police.

Gentry se redressa. La tête lui tournait et il sentait poindre la nausée. Saisissant la rampe toute proche, il ferma les yeux et respira à fond. Mais respirer à fond, dans cet endroit, ne pouvait qu'empirer les choses. Son nez et ses poumons s'emplirent d'une odeur de mort et de guano. Il serra les dents et aspira l'air comme on le lui avait appris à l'académie de police. Pour ne pas sentir les odeurs, et éviter l'hyperventilation.

Quand il se sentit mieux, il ouvrit les yeux, respira encore une fois entre ses dents, puis descendit lentement les marches jusqu'au troisième niveau. Là, il n'y avait ni cadavres ni chauves-souris. Seulement les gouttes de sang qui avaient filtré à travers la grille.

Il remonta au deuxième niveau pour examiner tous les corps, l'un après l'autre. Il voulait s'assurer que tous ces gens étaient bien morts. Non seulement parce que si l'un d'eux vivait encore il pourrait le secourir, mais pour être certain qu'il n'y avait pas parmi eux un dément simulant la mort.

Il n'y avait plus personne de vivant.

Comme il reculait d'un pas pour s'écarter des cadavres, il remarqua les peintures faites à la bombe sur le mur le plus éloigné. Des portraits d'assez bonne facture et un panorama de ciel bleu intense. Dans un angle de la pièce étaient empilés des sacs-poubelles bourrés de vêtements ; on avait étalé des morceaux de moquette sous certains sacs de couchage. Ces gens, visiblement, habitaient dans cette partie des souterrains. Ils n'avaient pas fait intrusion dans une zone peuplée de chauves-souris comme ceux de Westchester.

Les chauves-souris étaient venues chercher quelque chose. Et il y avait cette femme au casque de cycliste. Il se retourna pour la regarder. Il ne voulait pas chercher des papiers sur elle avant que les médecins légistes aient pris leurs clichés. Mais il se demandait quel était son rapport avec tout cela.

Comme il détournait les yeux, il aperçut soudain une large traînée de sang. Elle commençait à une trentaine de centimètres de l'oreille de la femme pour se diriger vers l'escalier en s'amenuisant, et se prolongeait sur les marches en gouttes peu espacées les unes des autres.

Voilà, songea-t-il, d'où venait le sang qu'il avait vu en descendant l'escalier. Mais il y avait quelque chose de bizarre. Gentry s'accroupit pour examiner le sang de plus près. Les gouttes devenaient plus petites d'une marche à l'autre, comme si quelqu'un avait saigné en *montant* l'escalier. Ce qui signifiait que l'assassin, après son crime, était reparti par là. Et la forme des gouttes comme leur espacement indiquaient un saignement lent et régulier en contradiction avec l'idée de fuite et de précipitation. Il se demanda s'il fallait en conclure que le crime était l'œuvre d'un être humain plutôt que d'une chauve-souris.

Il orienta la torche vers le haut.

— Oh, merde, dit-il.

Il y avait du sang sous la grille au-dessus de lui. Des traces larges, hachurées, comme des griffures faites par un énorme volatile.

Ou par des chauves-souris ? s'interrogea-t-il.

Mais là encore, quelque chose semblait bizarre. Ces traces sanglantes étaient plus épaisses en haut qu'en bas. Et elles suivaient exactement le trajet des gouttes sur les marches…

Comme si le sang avait coulé de là.

Et il comprit soudain ce qu'il voyait et qui n'avait aucun sens. Il aurait fallu que quelqu'un, quelque chose, soit reparti sans emprunter ces marches.

Il aurait fallu que l'assassin se soit suspendu à la grille du plafond.

13

Gentry retourna dans le tunnel principal pour demander de l'assistance. Le capitaine Moreaux lui dit qu'on lui envoyait une équipe le plus vite possible.

Gentry lui demanda s'il savait où était Nancy Joyce. Ari Moreaux lui répondit qu'elle était allée au musée d'Histoire naturelle.

Logique. C'était là que son assistant avait apporté le moulage pris sur un os du cerf.

Envahi par un sentiment de culpabilité, Gentry redescendit dans la pièce jonchée de cadavres. Mais il resta au pied des marches. Seul un grondement lointain troublait de temps à autre le silence au passage d'un train.

Il lui était difficile de reconstituer dans toute son horreur ce qui s'était passé dans cet espace clos. La souffrance. La rapidité — ces gens avaient été massacrés à l'endroit où ils se trouvaient. Et cela, en outre, le ramenait à ce qu'il avait toujours pensé, malgré toutes ces années où il avait fréquenté l'église, poussé par son père. A savoir que les êtres humains étaient des animaux. Non seulement les assassins, mais aussi les victimes. Quel que soit le respect dont on entourait les funérailles, et les discours sur l'immortalité de l'âme, il subsistait toujours entre la chair et la viande une décourageante ressemblance.

Le capitaine Moreaux mit près d'une heure à arriver, avec Arvids et quatre autres agents de sécurité du secteur nord. Deux des hommes furent pris de malaise. Dans la chaleur, l'odeur devenait insupportable. Le groupe fut rejoint par trois agents de la police des transports, et cinq de l'Unité d'intervention rapide. Cette force mobile de trois cent cinquante hommes d'élite n'est pas rattachée à une circonscription particulière. Ses agents sont divisés en dix brigades chargées d'intervenir aux côtés de la police locale dans des situations extrêmes allant de la prise d'otages aux secours en milieu aquatique. Le lieutenant Gary Holmes, qui dirigeait la brigade du sud de la ville, avait pris son service à deux heures du matin, et il était près de dix heures quand il arriva sur les lieux avec ses hommes.

Gentry resta un moment dans ce que tous appelaient déjà « la boucherie ». Les policiers sont toujours prompts à trouver des noms pour les endroits marqués par la violence ou le danger. Gentry n'y voyait pas un manque de respect, mais une façon de se défendre contre l'horreur des situations dans lesquelles il leur fallait intervenir.

Un agent de Metro North prit des clichés de la scène avant que ceux de l'UIR ne commencent à emballer les corps dans les sacs prévus à cet effet. Tandis que Gentry attendait au pied de l'escalier métallique, deux hommes fouillèrent avec douceur le cadavre de la femme au casque de cycliste pour l'identifier. Ils trouvèrent une petite sacoche attachée à sa ceinture. Son portefeuille se trouvait à l'intérieur ainsi qu'une bombe de gaz incapacitant, un couteau suisse et un trousseau de clés orné d'un badge « I Love New York ». On n'avait pas pris l'argent. Arvids examina le permis de conduire. La femme s'appelait Barbara Mathis et habitait sur Riverside Drive. Sur sa photographie, elle était souriante et artistiquement maquillée. Elle avait vingt-huit ans. A peu près le même âge que Nancy Joyce.

La plupart des corps devaient être confiés au service de médecine légale de la ville. Avant qu'on les enlève, Gentry alla trouver le capitaine Moreaux.

— Ari, j'ai un service à vous demander. Je voudrais qu'on transporte les restes de Mrs. Mathis à la Division de la recherche scientifique.

— Chez Chris Henry ?

Gentry opina de la tête.

Moreaux fit une grimace.

— Aïe. Le médecin légiste n'aimera pas beaucoup ça.

— Je le sais. Mais le médecin légiste va avoir de quoi faire avec tous les gens des souterrains. Cette dame venait d'ailleurs.

— C'est clair…

— J'ai besoin de savoir d'où, et de le savoir très vite. Chris nous donnera une réponse rapide, et sûre.

Moreaux réfléchit un instant.

— D'accord. Je vais arranger ça.

Gentry le remercia. Il remarqua la pâleur de Moreaux tandis que celui-ci prenait le portefeuille avant de retourner à son bureau. C'était à lui qu'il revenait maintenant de prévenir la famille de la jeune femme.

Avant de partir à son tour, Gentry alla remercier Arvids pour son aide.

— Inspecteur, appela Arvids, comme il s'engageait dans l'escalier.

Gentry s'arrêta et se retourna.

— Autant que vous le sachiez, Miss Joyce était encore très remontée contre vous quand elle est partie.

— Ça ne m'étonne pas. Et on ne peut pas le lui reprocher.

— Ce que je voulais dire, c'est que vous devriez peut-être lui parler. Pour qu'elle ne se sente pas hors du coup. Elle veut se rendre utile. Et — il montrait la pièce derrière lui — il va bien falloir trouver une explication à ça.

— Ne vous en faites pas, Arvids. Je ne la laisserai pas en dehors.

Arvids le remercia. Bon sang, songea Gentry, qu'est-ce que ça signifie ?

On sortait beaucoup plus facilement des tunnels qu'on y entrait. Pour faciliter le travail de l'équipe d'évacuation, la circulation avait été détournée des voies menant aux salles souterraines. L'inspecteur fut surpris de retrouver un air aussi frais et un temps ensoleillé en arrivant dans la gare. La foule y était moins importante qu'à son arrivée.

Gentry s'arrêta à une cabine téléphonique pour appeler Chris Henry. Il le prévint que le corps de Barbara Mathis lui serait amené dans l'heure, et lui demanda de procéder d'urgence à son autopsie. Il voulait savoir le plus vite possible si la jeune femme avait subi une agression sexuelle et s'il y avait sur elle quelque chose permettant de localiser l'endroit où elle était morte — particules de poussière dans les yeux ou les poumons, miettes dans la bouche, etc. Il remercia Chris et promit de le rejoindre dès qu'il le pourrait.

En quittant Grand Central, Gentry pensait à nouveau aux chauves-souris. Sur le chemin qui le conduisait au commissariat, il se demanda si une éventuelle invasion serait un petit ou un sérieux problème ; ou un petit problème devenant gros une fois que les médias s'en seraient emparés. Nancy avait eu raison sur un point. Il aurait voulu en savoir plus sur les chauves-souris. Contrairement à ce qui se passait lorsqu'il avait affaire à des criminels du genre humain, il n'avait aucun moyen de prévoir ce qu'elles s'apprêtaient à faire, à supposer qu'elles fassent quelque chose. Il y avait de quoi enrager.

Des gens flânaient le long de la Quarante-Deuxième Rue, absorbés dans leurs pensées ou devisant entre eux. Certains regardaient Bryant Park, ou Times Square, ou le Chrysler Building. Ils ne s'inquiétaient pas de la face cachée de la ville, des dangers qui les guettaient derrière les murs ou sous leurs pieds. Et c'était mieux ainsi. Les quarante mille agents de police de la cité étaient là pour leur offrir ce luxe. Il était fier de la façon dont il assumait cette responsabilité, même dans des moments comme celui-ci, face à des situations qui semblaient évoluer si vite qu'il se sentait dépassé.

Après le silence de l'univers souterrain, il lui sembla qu'un vacarme inhabituel régnait dans le commissariat de Midtown South. Il prit un café, ferma la porte de son bureau, et resta quelques minutes à contempler la rue de sa fenêtre avant d'attaquer la pile de dossiers qui encombrait sa table.

Le téléphone sonna. Il décrocha d'un geste brusque.

— Ici l'inspecteur…

— Que se passe-t-il dans le métro, Robert ?

— Kathy ! Comment vas-tu ?

— Mal.

— Désolé…

— C'est bon, Robert. Je t'ai posé une question. Que se passe-t-il ?

— Rien.

— Arrête ces conneries, dit-elle sèchement. La circulation du métro a été interrompue, et j'ai reçu un tuyau sérieux d'après lequel on aurait trouvé le cadavre en sale état d'une femme en tenue de cycliste, au milieu d'un tas d'autres cadavres de sans-abri. Vrai ou faux ?

— Si tu dis que le tuyau est sérieux, pourquoi me le demander ?

— Parce que j'ai besoin de recouper l'information et qu'on n'a pas voulu m'en dire plus.

— Qui te l'a donnée ?

— Tu n'as pas à me le demander.

Et soudain, il comprit. « Je vous ai vue à la télé hier soir avec Kathy. » Pas Kathy Leung, Kathy. Agent Arvids Stiebris, petit crétin, tu t'es laissé avoir comme un bleu par la belle ! Et il avait fait les yeux doux à Nancy, aussi, le Roméo !

— Je vais te dire ce qui s'est passé, Kathy, reprit Gentry. Si tu me rends un service.

— On verra. Quel genre de service ?

— Je veux que tu traites ça comme une curiosité, un événement isolé. Si jamais la presse à sensation s'en mêle à cause de toi, si on se retrouve en état de siège dans le métro, je m'arrangerai pour qu'Arvids Stiebris soit muté dans un endroit d'où il ne pourra plus rien faire pour toi.

— Marché conclu, dit Kathy, très vite.

— Nous avons trouvé là-bas une jeune femme coiffée d'un casque de cycliste. Et aussi les cadavres de plusieurs sans-abri. Nous ne savons absolument pas qui était cette femme, ajouta-t-il, en mentant délibérément pour protéger la famille. Mais il semble qu'ils aient tous été tués par des animaux.

— Quelle sorte d'animaux ?

— Nous n'en sommes pas certains.

— Des chiens ? Des rats ?

— Nous n'en sommes pas certains.

— Quel âge avait cette femme ?

— Dans les trente ans, ou un peu moins.

— Comment est-elle arrivée là ?

— Nous n'en savons rien. Elle travaillait peut-être pour des œuvres sociales — on ne sait pas.

— On a interrompu la circulation pendant combien de temps ?

— Le temps d'évacuer les corps.

— Bien. Tout ça ne m'en apprend pas beaucoup plus. Si tu me disais la vérité, maintenant ?

— Pardon ?

— Tu te moques de moi. Et ce guano de chauve-souris qu'on a trouvé sur la voie ?

Jusqu'où l'avait-il renseignée, ce petit salaud ? Elle savait donc tout ?

— Kathy, du guano de chauve-souris sur les voies du métro, ce n'est rien d'extraordinaire, dit-il. Tu n'as qu'à demander à Al Doyle, du Bureau de la santé.

— C'est ce que je vais faire. En attendant, que s'est-il réellement passé ?

— Je te l'ai dit, nous n'en savons rien.

— Qu'est-ce que tu en *penses* ? Est-ce qu'il y a un rapport entre ces morts et les chauves-souris ? Est-ce qu'on doit faire le rapprochement avec ce qui s'est passé à Westchester ?

— Ça non plus, nous n'en savons rien.

— Qu'est-ce que vous *savez* ?

— Rien de plus que ce que je t'ai dit, assura Gentry. Peut-être que ton mystérieux informateur sera en mesure de t'en dire plus. Si tu retournais le voir ?

— C'est ce que je vais faire. Mais franchement, j'aime mieux en parler avec toi. Je préférerais que tu m'aides — qu'on s'aide mutuellement.

— Je le sais. C'est pour ça que tu as accepté de sortir avec moi après l'arrestation de Mizuno ?

— Pas seulement…

— Mon amour-propre en a pris un coup.

— Ecoute, Robert. J'ai quitté le Connecticut pour Westchester — comme promotion, on fait mieux. Je veux m'en sortir, merde ! Si ces événements ont un lien entre eux, c'est un scoop, et il est pour moi. Je ferai la une des journaux, et à moi New York ! Aide-moi et je t'aiderai à l'avenir. Tu fais du bon boulot, il faut que ça se sache.

— Je n'ai pas besoin qu'on m'aide, merci.

— Peut-être pas pour le moment. Mais un jour tu en auras besoin.

Gentry ne répondit pas à cela. Il n'envisageait pas de coopérer avec Kathy. A l'époque où il travaillait en civil, il avait pour principe de ne se fier qu'à ceux qui se battaient avec lui. Et s'il demandait de l'aide ou des informations, il payait en liquide, pas en confiance.

— Kathy, je regrette. C'est non.

— Inspecteur, je veux ce scoop, je *l'aurai*.

— Je le sais.

— Je peux appeler Nancy Joyce, au zoo du Bronx. Nous l'avons employée en tant que consultante, l'autre soir.

— Très bien.

Kathy raccrocha.

Gentry reposa l'appareil. Il regarda au-dehors. Une odeur de goudron chaud montait d'un toit, de l'autre côté de la rue. Il regrettait de ne pas pouvoir aider Kathy. Il admirait l'indépendance et la ténacité, et elle en possédait à revendre. Et il avait toujours de l'affection pour elle. Mais tant qu'il ne saurait pas exactement ce qui s'était passé dans le métro, il ne dirait rien.

Il appela Moreaux pour savoir si celui-ci savait maintenant où se trouvait Barbara Mathis avant la découverte de son corps. Le capitaine lui apprit qu'une patrouille avait trouvé sa bicyclette et ses trousses de maquillage sur Riverside Drive, à la hauteur du numéro 10, à cinq heures vingt-deux. Il y avait des traces de sang sur la selle. Les policiers avaient trouvé son adresse dans l'une des trousses, s'étaient rendus à son domicile et avaient prévenu son mari à son bureau. Il leur avait indiqué sa destination et avait confirmé le fait qu'elle n'y était pas arrivée.

— Dans quel état était le vélo ? demanda Gentry.

— Absolument intact, répondit Moreaux. Le cadre, la peinture… Il était par terre près du trottoir. Un peu plus tard dans la journée, avec la circulation, il aurait sans doute été écrasé.

Gentry le remercia. Il s'installa devant son ordinateur et appela le réseau inter-villes *Stat Unit* pour avoir une liste des agressions d'automobilistes et des vols de voitures dans des parkings enregistrés pendant la soirée de la veille dans une zone allant du Bronx à l'Upper West Side. Il n'y avait rien. Souvent, ceux qui « empruntaient » une voiture pour faire une virée en bande détroussaient quelqu'un au passage. Une femme seule à bicyclette pouvait être une proie idéale, facile à renverser et à enlever.

Parfois, les kidnappeurs tuaient leur victime et se débarrassaient ensuite du corps : c'est ce qui était arrivé à la jeune femme que Gentry avait sortie de l'Hudson. Mais il n'était pas dans les habitudes de ces joyeux lurons de s'arrêter en chemin pour descendre dans un tunnel du métro, y étriper leur victime et y abandonner son cadavre. En outre, un choc avec une voiture laissait généralement des traces sur une bicyclette.

Gentry redescendit dans le hall d'entrée pour remplir son gobelet de café. Puis il parcourut les procès-verbaux d'accidents rédigés la veille et le matin par les agents de son unité. Une collision entre une charrette tirée par un cheval et un coursier à vélo. La chute d'une jardinière sur une femme qui conduisait sa petite fille à l'école. Et ainsi de suite — vingt et un rapports en tout. Il les signa tous sauf un et les mit de côté pour qu'on les classe. Puis, laissant sa porte ouverte au cas où le téléphone sonnerait, Gentry se rendit dans la salle de garde avec le rapport non signé — une enquête sur un départ de feu survenu le matin même dans un cinéma de Broadway. Apparemment, la rupture d'un fil électrique avait provoqué un court-circuit dans la cloison de la cabine de projection. Il y avait eu un peu de fumée et personne n'avait été blessé.

— Vous savez pourquoi ce fil électrique s'est rompu ? demanda Gentry.

— Apparemment, on a planté un clou dedans pendant les travaux de rénovation, expliqua l'agent. C'est ce que les pompiers ont pensé.

— Vous êtes allé dans la cabine ?

— Oui.

— Vous n'avez pas remarqué une odeur bizarre ?

— Non. Seulement celle des matériaux isolants qui avaient brûlé.

— Ça sentait quoi ?

L'agent haussa les épaules.

— Ça sentait le caoutchouc brûlé, inspecteur.

— Pas l'ammoniaque ?

— Non.

— Il n'y avait pas de cafards qui couraient autour ?

— Pas que je sache.

— Merci, dit Gentry.

— Je peux vous demander pourquoi ces questions ? dit l'agent.

— Oui. Je me disais que des chauves-souris avaient pu se glisser derrière la cloison et ronger les fils. Le guano a une odeur d'herbe brûlée et les insectes le fuient comme la peste.

Gentry retourna à son bureau et signa le rapport. Il se remit à l'ordinateur et tapa le mot « chauves-souris ». Il limita la recherche aux deux jours précédents, mais en y incluant tout l'Etat de New York. La base de données lui indiquerait ainsi tous les incidents en rapport avec des chauves-souris ayant entraimé une intervention des policiers locaux ou fédéraux.

Il y en avait quatre. Outre les incidents survenus au zoo de Central Park et l'attaque de Westchester, un automobiliste occupé à changer une roue sur l'Interstate 87 à hauteur de Kingston, New York, avait été mordu par « un groupe » de chauves-souris. Il était parvenu à rentrer dans sa voiture pour se rendre dans un hôpital. Dans la soirée précédente, une femme qui quittait son travail au centre commercial de South Hills, à Poughkeepsie, avait été attaquée dans le parking. Alerté par ses cris, un agent de sécurité qui faisait sa ronde à ce moment l'avait tirée à l'intérieur de sa propre voiture. Dans un cas comme dans l'autre, les chauves-souris étaient reparties aussitôt.

La sonnerie du téléphone retentit et Gentry bondit. Au moment où il décrochait, il se rendit compte que Kingston, Poughkeepsie, Westchester et New York étaient situés sur une même ligne droite longeant l'Hudson.

— Inspecteur Gentry à l'appareil.

— Robert, c'est Chris Henry.

— Salut. Tu as bien reçu ce que je t'ai annoncé ?

— Oui, dit Henry. Je te remercie… disons. C'est une horreur. Quid des organes manquants ?

— Les agents de Metro North continuent à les chercher. S'ils les trouvent, tu les auras.

— Bien. J'espère que tu ne veux pas des résultats complets tout de suite. Ça va prendre du temps.

— C'est bien ce que je pensais.

— Je peux te dire ce que tu sais sans doute déjà. Celui qui a fait ça, quel qu'il soit, est un vrai détraqué. J'ai fait un premier examen rapide pour repérer des traces d'agression sexuelle. Il n'y a rien. Mais j'ai remarqué une chose. Des marques très bizarres sur deux fragments de côtes.

— Bizarres ?

— Oui. Des entailles profondes, comme des coups de couteau. Mais plus larges et plus rondes que celles qu'aurait pu faire une lame. Je n'avais jamais rien vu de pareil.

— Tu n'as pas une idée sur ce qui a pu provoquer ça ?

— Un lion, dit Chris, avec un rire étouffé. Si ce n'est pas ça, je donne ma langue au chat.

Gentry sentit une petite contraction au niveau de l'estomac. Nancy avait parlé elle aussi d'une marque de dents qui faisait penser à un grand félin.

L'inspecteur demanda à Henry de prendre des mesures précises de ces entailles et de l'appeler ensuite. Puis il raccrocha.

Un lion, songea-t-il. Mais quel rapport avec des chauves-souris ? Aucun. Cela n'avait pas de sens. Il s'apprêtait à appeler Nancy au musée quand son téléphone sonna.

C'était elle.

— Vous voilà revenu, dit-elle. Je suis contente qu'il ne vous soit rien arrivé.

Il y avait comme une note acide dans son enthousiasme. Mais c'était peut-être, se dit Gentry, son propre sentiment de culpabilité qui la lui faisait entendre.

— Merci. Je ne suis là que depuis quelques minutes. J'allais vous appeler.

— Avez-vous trouvé quoi que ce soit susceptible de m'intéresser ?

— Les chauves-souris, dit-il, étaient bel et bien là…

— Vous voulez dire qu'elles y étaient encore ?

— Non. Mais il y avait quinze victimes. Toutes mortes.

Elle se taisait.

— La plupart semblaient avoir été tuées dans leur sommeil, reprit-il. Elles étaient déchiquetées et couvertes de guano.

— Le guano avait l'air récent ?

— Exactement comme celui du tunnel, dit Gentry. J'attends les résultats du labo. Et il y a autre chose… D'après le médecin légiste chargé de son autopsie, l'une des victimes semble avoir été attaquée par un lion.

— Il a dit ça sérieusement ?

— Ce n'était pas une conclusion scientifique, mais une remarque à première vue. Nancy, si nous en discutions de vive voix ?

— Pourquoi ?

— Parce que je veux vous mettre au courant et parce que je veux que vous m'excusiez pour ce qui s'est passé ce matin dans le tunnel. Je regrette aussi la façon dont ça s'est passé. Seulement… il ne pouvait pas en être autrement.

— Vraiment ?

— Vraiment. C'est une longue histoire.

Nancy Joyce se tut à nouveau. Puis elle demanda :

— Pouvez-vous venir au musée ?

— Je peux.

— Très bien. Dès que j'en aurai fini avec le professeur, nous pourrons discuter. Nous sommes au cinquième étage, laboratoire du Pr Lowery. Il y a un ascenseur privé — demandez-nous à l'un des gardiens.

— Merci. J'y serai dans une vingtaine de minutes.

Gentry raccrocha et écouta les huit messages de sa messagerie vocale. Il en fit suivre quelques-uns aux inspecteurs Anthony et Malcolm, sauvegarda les autres, et se hâta de descendre. Toute personne désireuse de le joindre pouvait l'appeler sur son bipeur ou sur sa messagerie vocale. Il s'arrêta au bureau du capitaine Sheehy pour lui dire qu'il aimerait consacrer son temps aux meurtres de Grand Central Station. Le capitaine fut surpris de voir Gentry s'intéresser à une affaire criminelle de cette gravité, mais accéda à sa demande, sous réserve qu'il n'empiète pas sur les plates-bandes de la Brigade criminelle qui enquêtait également sur ces morts. Sheehy ne voulait pas d'un pataquès du genre guerre des polices. Gentry déclara qu'il ne voyait pas de raison pour que les deux enquêtes se chevauchent. Puis, comme une voiture de patrouille était sur le départ, il en profita pour se faire emmener.

Pendant le trajet, son bipeur sonna. Il regarda l'écran, pensant que c'était Chris Henry. Ce n'était pas lui.

C'était Ari Moreaux.

14

La station de métro de Christopher Street dessert la partie ouest de Greenwich Village et l'université de New York. Vers le sud, elle offre des accès au World Trade Center, à la statue de la Liberté et au ferry d'Ellis Island, et une correspondance pour Brooklyn. Vers le nord, elle rapproche les voyageurs de Times Square, du Lincoln Center, de l'université de Columbia et de Grant's Tomb.

Passé l'heure de pointe du début de matinée, le quai s'emplissait lentement d'une foule clairsemée. Il y avait des touristes scrutant leurs guides et leurs plans, deux étudiants aux visages inexpressifs et à la démarche lasse dans leurs vêtements flottants, un guitariste qui jouait près des tourniquets, l'étui de son instrument ouvert à ses pieds pour recevoir les oboles. Seul à l'extrémité du quai, un homme d'affaires, les écouteurs de son walkman sur les oreilles, était plongé dans le *Wall Street Journal* dont il tournait sèchement les pages.

Hormis les notes étouffées d'*Oingo Boingo* qui s'échappaient de la guitare, le quai était silencieux. Puis la première petite chauve-souris brune arriva. Son vol en ligne brisée, au-dessus des voies, attira l'attention de l'un des étudiants.

— Eh..., fit-il, d'une voix ensommeillée.

Ouvrant un ceil morne, il montra l'animal de son doigt pâle et décharné.

La fille tournait le dos aux voies. Elle se retourna pour regarder la chauve-souris qui arrivait sur eux en zigzaguant. Comme celle-ci se posait sur le bonnet de laine du garçon, il parut soudain revenir à la vie et partit à reculons en levant ses bras maigres pour chasser la créature dont les serres lui perçaient le cuir chevelu.

— Casse-toi, saleté !

La fille s'avança d'un pas et voulut la frapper. Le garçon se mit à tourner sur lui-même tandis que, quatre autres chauves-souris surgissaient du tunnel. Deux d'entre elles piquèrent sur la fille et s'en prirent violemment à ses longs cheveux noirs et verts, et les deux autres plantèrent leurs dents dans la nuque du garçon. La fille se mit à hurler de douleur tandis que les chauves-souris lui tiraient la tête en arrière.

Les touristes tournèrent enfin les yeux dans leur direction, et le guitariste cessa de jouer. Tous se précipitèrent vers les deux jeunes gens en appelant au secours. L'homme d'affaires, à une trentaine de mètres de là, ne vit rien, n'entendit rien. Il avait les yeux rivés à son journal et les oreilles pleines d'opéra.

Assise dans la cabine à l'épreuve des balles où elle s'appliquait à compter des coupures de cinq dollars, Meg Ricci entendit des gens crier sur le quai. Levant les yeux derrière ses lunettes, elle vit les étudiants et les touristes qui couraient en tous sens avec de grands gestes des bras. Elle vit le guitariste faire des moulinets avec son instrument. Puis elle vit les ailes qui battaient sur eux et les petites chauves-souris de couleur sombre qui les attaquaient aux mains et au visage. Se précipitant sur son téléphone; elle appela la police.

Pendant que Meg parlait au téléphone, il se passa quelque chose d'autre. Un homme très correctement vêtu qui se trouvait à l'extrémité du quai avait retiré les écouteurs de son walkman et, au moment où il se tournait pour regarder, une grande ombre l'enveloppa. Elle descendit sur lui, comme de la peinture qui se déverse, et parut s'évanouir en basculant vers la gauche. Quand elle eut disparu, l'homme n'était plus là.

Meg expliqua exactement ce qu'elle avait vu avant de réaliser à quel point c'était invraisemblable. Le policier de garde, à l'autre bout du fil, lui demanda posément de répéter. Ce qu'elle fit.

Quelques secondes plus tard les chauves-souris mirent brusquement fin à leur attaque. Elles voletèrent un instant autour de leurs victimes comme des feuilles qui tourbillonnent, puis, filant au-dessus des voies, s'engouffrèrent dans le tunnel à la suite de la grande forme noire.

Pendant que l'agent lançait un appel, Meg fit une entorse au règlement. Saisissant sa trousse de premiers secours sous le guichet, elle sortit de la cabine et enjamba le tourniquet. Elle prit le temps de demander aux gens qui arrivaient de ne pas entrer sur le quai, et se porta au secours de ceux qui étaient tombés.

Deux agents arrivèrent un peu plus tard. Pendant que l'un appelait une ambulance et empêchait de nouveaux voyageurs de pénétrer dans la station, l'autre alla aider Meg.

Avec le plus grand calme, et tout en désinfectant et en pansant les plaies des étudiants, elle parla à l'agent de l'attaque des chauves-souris et de cet homme bien habillé qui était certainement tombé du quai. Elle avait vu, pensait-elle, sa veste s'envoler. Ou peut-être le reflet de ses propres cheveux noirs dans la glace de la cabine.

L'agent alla jeter un coup d'œil au bout du quai. Il sauta sur les voies. Quand il revint, il avait des écouteurs de walkman à la main. Les tampons de mousse étaient humides de sang.

Il appela la police des transports pour qu'on lui envoie du renfort et demanda qu'on ferme la station.

Sans se départir de son calme, Meg retourna à la

cabine et appela son supérieur pour prendre ses instructions. Il lui dit de fermer la caisse et la cabine et de faire ce que lui dirait la police.

Le renfort arriva. On nota le nom de Meg, son adresse et son numéro de téléphone, et on lui dit qu'elle pouvait s'en aller.

Elle prit le premier bus pour le Queens.

15

Le musée d'Histoire naturelle fut construit en 1874. Situé à l'ouest de Central Park entre la Soixante-Dix-Septième et la Quatre-Vingt et Unième Rue, il est surtout connu aujourd'hui pour ses collections de fossiles et de squelettes de dinosaures. Mais il fut conçu, à l'origine, pour être une vitrine de la nature contemporaine et des dernières découvertes archéologiques. Ses scènes de la vie des animaux, depuis les oiseaux jusqu'aux bisons en passant par les poissons, restent la plus populaire de ses attractions.

Mais les galeries et les vastes salles d'exposition ne sont que la partie visible du muséum, qui assure par ailleurs d'importantes fonctions de recherche, d'exploration et d'éducation. Le cinquième étage — fermé au public — est depuis longtemps un paradis pour les chercheurs et pour les étudiants. C'est là que, dans des cabinets et des meubles à tiroirs centenaires aussi bien que dans des chambres cryogéniques ultramodernes, sont conservés d'innombrables spécimens d'animaux, de végétaux et de fossiles à étudier.

Compte tenu de ce qui s'était passé dans le tunnel, Gentry était d'aussi bonne humeur que possible. Il envisageait une réconciliation avec un certain optimisme. Nancy Joyce lui plaisait, il admirait son courage et sa détermination, et il se sentait mal après ce qu'il lui avait fait. Non pas repentant, car il l'aurait refait s'il l'avait fallu. Mais mal. Il voulait seulement avoir une chance, à un moment ou à un autre, de tout lui expliquer — sauf qu'il n'aurait à aucun prix agi différemment.

Il sortit de l'ascenseur au cinquième étage. Un jeune homme maigrelet passait par là, portant un plateau en matière plastique sur lequel Gentry vit de petits ossements, des tendons et quelque chose qui ressemblait à du sang. Il lui demanda où se trouvait le laboratoire du Pr Lowery. Le jeune homme pointa le doigt devant lui et lui dit de tourner à gauche puis à droite.

Gentry le remercia et regarda le plateau.

— Je peux vous demander ce que c'est ?

— Mon déjeuner, répondit le jeune homme. Du poulet chasseur.

Gentry le suivit le long du corridor. Il y avait au mur des portraits et des photographies encadrés remontant jusqu'à l'expédition des années vingt dans le désert de Gobi. Les portraits de ces hommes et de ces femmes évoquaient des bourses d'études et d'innovation. L'inspecteur s'appliqua à ne pas les regarder. Il ne tenait pas à se sentir déplacé avant d'arriver au laboratoire.

Gentry ne s'était jamais senti à l'aise dans les enceintes académiques. Il avait passé un semestre au City Collège avant de renoncer pour choisir la police new-yorkaise. Il aimait découvrir les choses par lui-même, et non à travers des cours ou des conférences. C'était l'un des multiples traits de caractère qu'il aimait chez son typographe de père. L'homme ne lui avait jamais parlé de haut. Il lui parlait, et il parlait avec lui, et c'était toujours d'égal à égal. Même quand cet égal était âgé de sept ans.

Le sentiment de malaise qu'éprouvait Gentry lui venait sans doute, pour une bonne part, du fait que sa mère avait travaillé comme secrétaire d'un doyen d'université snob et intellectuel, le Dr Horst Acker. « Chef Tweed », comme ils avaient l'habitude de l'appeler, son père et lui. Sa mère avait fini par quitter son père pour lui. A sept ans, le jeune Gentry détestait de toute son âme ce salaud de fumeur de pipe à la mine rubiconde, et il s'était sauvé de chez sa mère au bout de trois mois pour courir se réfugier chez son père. Sa mère l'avait laissé partir, et c'était très bien ainsi : Gentry n'avait pas une adoration pour elle.

Avant que Gentry n'atteigne le laboratoire, son bipeur sonna à nouveau. Il regarda le numéro ; cette fois, c'était bien Chris Henry. Donnez un os à ce chien, et personne ne pourra le croquer plus vite que lui, songea Gentry. Il poursuivit son chemin.

Parvenu devant la porte en verre dépoli du labo, il frappa. Son cœur cognait dans sa poitrine, plus fort que lorsqu'il était passé dans le trou pour pénétrer dans le tunnel de service. Il entendit une voix à l'accent suisse et vit l'ombre de Nancy Joyce s'approcher de la porte. Elle hésita une fraction de seconde, puis ouvrit.

— Salut, dit-il.

— Entrez.

Il y avait quelque chose de légèrement distant dans sa voix, dans sa bouche qui ne souriait pas. Mais aussi, dans son regard, une lueur de curiosité qui n'échappa pas à Gentry.

Il entra dans une pièce deux ou trois fois plus grande que son bureau au commissariat. La jeune femme referma la porte en la retenant pour qu'elle ne claque pas. Gentry jeta un rapide coup d'œil vers la droite. Une grande table occupait une partie de l'espace le long du mur. Elle avait à peu près les dimensions d'une table de billard et était éclairée par une série de lampes puissantes, placées bas. Un homme âgé de haute taille, vêtu d'une blouse blanche, était penché au-dessus, le dos tourné vers Gentry. Il ne se retourna pas à l'entrée du policier.

— Nous avons travaillé sur le moulage de l'entaille relevée sur l'os du cerf, dit Joyce. Il a fallu attendre qu'on nous apporte un spécimen conservé ici. Nous l'avons, et nous achevons la scanographie.

— Je vois. J'ai reçu un appel en venant ici. Puis-je me servir d'un téléphone ?

— Là, dit-elle, en montrant un bureau du doigt.

Le téléphone était coincé entre une gerbille et un autre petit rongeur naturalisés. Gentry appela d'abord Ari. Sa ligne était occupée. Il appela le laboratoire de la police. Chris Henry lui dit qu'il achevait tout juste de prendre les mesures de l'entaille profonde relevée dans une côte de la jeune cycliste. Gentry les nota. Il tendit la feuille à Nancy Joyce.

— Qu'est-ce que c'est ?

— Les résultats de laboratoire que j'attendais. Quatorze des cadavres que j'ai découverts dans le souterrain étaient des cadavres de sans-abri. Ils étaient sérieusement amochés. Mais pas autant que la cycliste disparue du côté de Riverside Drive ce matin-là de bonne heure.

— Celle dont le corps portait des morsures bizarres ?

— C'est ça. Et il y a deux choses que je ne vous ai pas encore dites. Elle a été éventrée et étripée, exactement comme le cerf. Et il y avait de grandes traces de sang sur la grille, au-dessus.

Les traits de Nancy Joyce s'assombrirent. Gentry montra les chiffres sur le papier.

— Ce sont les dimensions des marques que nous avons trouvées sur une côte de la jeune cycliste.

Nancy Joyce lut.

— Les mêmes que sur le cerf, dit-elle. Professeur ?

— J'ai entendu, répondit le professeur. Vous êtes certain de l'exactitude de ces mesures, Mr. Gentry ?

— Inspecteur Gentry. Oui, absolument certain.

— Dans ce cas, entrez-les dans l'ordinateur, Nannie.

Nancy Joyce acquiesça d'un hochement de tête et s'assit devant l'ordinateur. Pendant qu'elle tapait, Gentry s'approcha de la table. Au fond de la pièce, sur sa gauche, se trouvait un évier de taille industrielle. Les murs disparaissaient entièrement sous les étagères et les rayonnages chargés de livres. Et d'autres livres, des revues, des papiers, des bocaux renfermant des objets flottants et des animaux naturalisés occupaient le moindre centimètre carré de surface. Une légère odeur de formol et de moisissure flottait dans l'atmosphère.

Gentry se campa à côté du professeur. Avec sa longue figure blême, ses yeux vert bronze et ses cheveux gris et rares lissés en arrière, Kane Lowery avait quelque chose d'un homme d'Eglise. Trois plats en aluminium de forme rectangulaire étaient alignés devant lui. Celui de gauche contenait, à l'évidence, le moulage réalisé à partir de l'os de cerf. Dans le second reposait une chauve-souris morte dont les ailes déployées avaient une envergure d'une dizaine de centimètres. Lowery tenait au-dessus du deuxième plat un instrument de la taille d'un gros stylo qui émettait un bourdonnement continu ; un câble le reliait à l'arrière de l'ordinateur et le professeur déplaçait lentement, de gauche à droite, le rayon laser qui s'en échappait.

Lowery s'éclaircit la voix.

— Robert ? dit Nancy Joyce.

Il se retourna. De son doigt replié, elle lui faisait signe d'approcher.

Gentry s'écarta du Pr Lowery. Les petits bruits de gorge par lesquels ils communiquaient entre eux l'agaçaient au plus haut point, et il était déçu par Nancy. Pour quelqu'un qui se plaignait de ne pas être traitée comme une professionnelle, elle ne l'aidait guère face à l'évidente mauvaise volonté du professeur.

Mais il n'en mourrait pas. Il n'était pas venu là pour faire ami-ami avec Kane Lowery. Et, contrairement à Nancy, il n'était pas obligé de travailler avec lui.

Il s'approcha.

— Que fait exactement le professeur ?

— Il prend les mesures des dents de la chauve-souris

à l'aide d'un rayon laser. (Elle montra du doigt l'écran de l'ordinateur.) Les chiffres de la colonne de gauche indiquent les dimensions de l'entaille dans l'os du cerf. Quand il aura fini, la colonne de droite donnera celles de la dentition d'une petite chauve-souris brune comme celles qui ont attaqué l'autre soir. S'il le faut, nous mesurerons également ses griffes et…

— Vous expliquerez cela plus tard, Nannie, intervint le professeur. Je termine.

— Je vois, dit-elle. Voici les chiffres. (Elle lut la colonne qui venait d'apparaître.) L'angle, à la base de la dent, est de quarante-deux degrés.

— Et de quarante-six à la pointe, dit le professeur.

— Exact. Deux centimètres huit de la base à la pointe.

— Ce qui nous donne… ?

Nancy Joyce regarda la première colonne de chiffres.

— Les proportions sont exactement les mêmes. (Elle regarda les mesures que Chris Henry venait de communiquer à Gentry.) Mon Dieu, dit-elle.

— Quoi ? demanda Lowery.

— Tout correspond — les trois spécimens de dents.

Le professeur posa le laser et se retourna vers eux en glissant ses grandes mains dans les poches de sa blouse.

— Incisives avec séparation médiane caractéristique. Légère empreinte en forme de W laissée par les bords et les cuspides d'une molaire.

— C'est incroyable, dit Nancy Joyce.

— Mais indéniable, répliqua Lowery.

— C'est-à-dire… ? demanda Gentry.

— Le cerf trouvé à Westchester a été attaqué et en partie dévoré par un prédateur géant, dit le professeur. De même, semble-t-il, que votre cycliste. Et, d'après la dentition, il apparaît que le prédateur en question était une chauve-souris, dans un cas comme dans l'autre. Plus précisément, une chauve-souris de la famille des vespertilionidés. (Le professeur sourit pour la première fois.)

C'est stupéfiant. Et la simulation de production du tas de guano retrouvé dans le métro, à laquelle nous avons procédé hier, confirme la théorie — enfin, c'est désormais beaucoup plus qu'une théorie, n'est-ce pas ? — selon laquelle il y a dans les souterrains de la ville un très grand spécimen de vespertilion. Ce peut être la même créature que celle de Westchester, ou une autre.

— Je ne peux pas croire ça, dit Nancy Joyce. Il y a forcément une autre explication !

— Laquelle, par exemple ? demanda Lowery. Un ours ? Un lion ? Ce serait moins invraisemblable ?

— Oui, d'une certaine façon, dit la jeune femme.

— Et vous croyez qu'un lion aurait laissé ce tas de guano ? Brisé les branches de l'arbre ? Vous croyez un lion capable de transporter le cadavre d'une femme à travers les rues de la ville et jusque dans le métro sans se faire remarquer ?

Nancy Joyce se contenta de secouer lentement la tête.

— Je ne sais pas, professeur. Je ne sais que penser.

— Vous pensez donc à une chauve-souris *géante*, dit Gentry.

— C'est bien ce qu'il semble, Mr. Gentry.

— Ce ne peut être qu'une sinistre plaisanterie. Une chauve-souris géante… d'où sortirait-elle ?

— Honnêtement, je n'en ai pas la moindre idée, dit Lowery. Mais c'est une chose d'imaginer une « sinistre plaisanterie » comme celle-ci, et une autre de la mettre à exécution. Pourquoi se donner tout ce mal ?

— On a bien vu des gens simuler des enlèvements par des extraterrestres et des apparitions de monstres dans le Loch Ness. Pour faire parler…

— Etes-vous bien certain que les faits que vous citez relèvent de la simulation ? demanda Lowery.

Ils se turent. On n'entendait plus que l'imperceptible ronronnement de l'ordinateur qui affichait toujours ses colonnes de chiffres et le bruit étouffé de l'ascenseur dont les portes s'ouvraient et se refermaient quelque part derrière la cloison. Nancy Joyce et Lowery se regardaient comme le prédateur et sa proie. Le professeur, les bras croisés, fronçait les sourcils d'un air farouche. Il semblait attendre qu'elle conteste ses conclusions pour lui assener un fait qui lui clouerait définitivement le bec.

Gentry se dit qu'il pouvait prendre les coups.

— A supposer que vous ayez raison, quelle serait exactement la taille de ce « géant » ?

— Ça, nous n'en savons rien.

— Vous ne pouvez pas tout simplement extrapoler à partir de…

— Non, le coupa sèchement Lowery. Ça ne marche pas comme ça.

— Pourquoi pas ?

Nancy Joyce expliqua.

— Plus le torse de la chauve-souris, sa tête et ses pattes sont gros, plus les ailes de l'animal ont de poids à porter, autrement dit de portance. Mais si on agrandit les ailes, les muscles qui les actionnent devront aussi être plus gros et plus forts. Ce qui suppose des ailes encore plus grandes pour supporter ce supplément de poids. Vous me suivez ?

— A peu près.

— Si la chauve-souris est un vespertilion, enchaîna Lowery, en réfléchissant à voix haute, alors la musculature que Nannie vient de décrire aboutit à un spécimen fortement déformé. Une sorte de taureau ailé, à peu de chose près.

— Mais pourquoi ? insista Gentry. Ne voit-on pas des oiseaux assez grands, mais pas déformés pour autant ?

— Il en existe, admit Nancy Joyce. Mais les oiseaux ont une anatomie radicalement différente de celle des chauves-souris. Leurs plumes offrent une portance considérable, et ils n'ont que deux muscles antagonistes pour voler. Les chauves-souris possèdent trois paires de muscles pectoraux pour le mouvement des ailes vers le bas et un ensemble complexe de petits muscles dorsaux pour le mouvement vers le haut. Mais le mouvement de leurs ailes s'apparente plus à une vibration rapide qu'à un battement. Il y aurait donc une grande différence entre, disons, un albatros d'une envergure d'un mètre vingt et une chauve-souris de la même taille.

— Bien, dit Gentry. Je crois comprendre. Mais expliquez-moi autre chose. Pouvez-vous imaginer ce que devrait être cette hypothétique chauve-souris pour emporter un cerf dans un arbre ou transporter un corps humain de Riverside jusque dans un tunnel du métro sous la Quarante-Cinquième Rue ?

— Malheureusement, répondit Nancy Joyce, ça ne nous mènerait pas à grand-chose. Comme le disait le professeur, nous n'avons peut-être pas affaire à une seule chauve-souris géante.

— Je n'ai pas dit qu'elles volaient en tandem, précisa Lowery. Dans ce cas, le déplacement d'air provoqué par chacune gênerait l'autre.

— Eh bien, vous pourrez discuter de ce point plus tard, dit Gentry. La question à laquelle j'aimerais trouver une réponse est celle-ci : si cette chauve-souris géante existe, pensez-vous qu'elle va rester ici, ou se contenter de passer ?

Nancy Joyce répondit qu'elle n'en savait rien. Lowery resta muet. Gentry soupira bruyamment.

— Ce qui m'intrigue le plus, reprit Lowery au bout d'un instant, c'est que je me demande comment une telle créature a pu naître, si elle existe. Et pourquoi les chauves-souris plus petites paraissent se rassembler autour d'elle. Et comment elle a fait pour rester cachée jusqu'ici.

— Elle n'était peut-être pas cachée, observa Gentry.

Lowery le regarda.

— Expliquez-vous, s'il vous plaît.

— Ce matin, de bonne heure, j'ai consulté le fichier de la police de l'Etat de New York. Ces derniers jours, outre l'épisode de Westchester, il y a eu deux autres attaques par des groupes de petites chauves-souris. Toujours le long de l'Hudson, en partant d'Albany. En revenant au commissariat, je ferai une recherche pour voir s'il n'y aurait pas eu d'incidents de ce type au cours d'une période antérieure.

— Faites-le absolument, dit Lowery.

Gentry, décidément, n'aimait pas les manières de cet homme. Il se tourna vers Nancy. Il était temps de faire une pause, sous prétexte d'appeler Ari Moreaux.

— Vous permettez que je me serve encore de votre téléphone ?

Elle répondit d'un hochement de tête.

Gentry s'approcha du bureau et composa le numéro. Le capitaine Moreaux décrocha aussitôt.

— Ari, ici Gentry.

— Robert, dit Moreaux, j'ai pensé que ça t'intéresserait de savoir que nous avons eu une nouvelle attaque.

— Où ?

— En ville, à la station de métro de Christopher Street. Un homme qui se trouvait sur le quai a disparu pendant l'attaque. Avec un peu de chance, nous devrions savoir bientôt ce qu'il s'est passé.

— Pourquoi ?

— L'Unité d'intervention rapide part à l'instant. Ils vont tâcher de le retrouver.

16

L'Unité d'intervention rapide de la police de New York (UIR) doit sa réputation à sa mobilité autant qu'à sa rapidité.

Moins d'un quart d'heure après avoir été prévenue qu'un homme venait de disparaître sur un quai du métro à la station de Christopher Street, une brigade spéciale était déjà sur place pour le rechercher. Les hommes étaient arrivés à bord de deux fourgons 4 × 4 chargés d'équipements de survie, d'armes défensives et de tenues pare-balles. La brigade était composée de quatre hommes et une femme, le sergent Laurie Rhodes qui en assurait le commandement. Tous portaient d'épais gilets, des casques de chantier bleus, de lourdes bottes en kevlar et des gants assez résistants pour les protéger des morsures de rats. Outre leurs revolvers réglementaires, ils étaient équipés chacun de deux torches électriques de forte puissance et de deux armes paralysantes. Chacune contenait deux cartouches chargées de propulser deux fléchettes reliées entre elles ; lorsque les fléchettes touchaient une cible, des filaments entraient en contact, libérant une décharge de cinquante mille volts suffisante pour paralyser les muscles de la zone visée pendant plusieurs secondes sans provoquer un arrêt du cœur. D'après l'employée du métro, le disparu était tombé du quai.

Celui qui l'avait poussé avait toutes les chances d'être un IMP, individu mentalement perturbé, pensait le sergent Rhodes, après qu'on lui eut décrit une sorte de grande cape noire qui évoquait pour elle quelque Fantôme de l'Opéra égaré dans les couloirs du métro. Les agents de la brigade spéciale devaient, par définition, être prêts à toutes sortes d'éventualités.

Ils descendirent du quai à l'endroit où les policiers qui les avaient précédés avaient retrouvé les écouteurs du Walkman. La circulation des rames avait été interrompue pour la durée de l'opération au nord de Houston Street et au sud de la Quarantième Rue.

Les agents Brophy, Hotchkiss, Lord et Nicco se mirent en marche le long des voies, par équipes de deux sous la conduite de leur sergent. Laurie Rhodes tenait sa radio de la main gauche et laissait la ligne ouverte pour rester en contact avec le PC installé dans un gros fourgon garé à proximité de la station, le long de Washington Square. Le commissariat central de Manhattan Sud y avait dépêché le lieutenant Francis Gary Kilar pour diriger l'opération de sauvetage.

La brigade spéciale progressait du côté gauche de chaque voie en suivant une traînée de gouttes de sang.

— Si je me fiais uniquement à ce que je vois, dit Laurie Rhodes à Kilar, je penserais que la victime a été heurtée par une rame et qu'elle y est restée accrochée en perdant son sang. Les gouttes suivent le tracé des rails à mi-distance entre les deux voies.

— Vous avez déjà vu quelque chose qui ressemble à ça, sergent ? demanda Lord.

— Ouais, répondit Laurie Rhodes. Le jour où mon chat a attrapé une souris et l'a emportée à travers la moquette du living-room.

— Les souris sont peut-être venues se servir, suggéra Lord.

— En tout cas, dit Kilar, il est certain que la victime n'a pas été heurtée par une rame. Je viens d'en recevoir la confirmation. Aucun métro ne circulait sur ce tronçon de ligne au moment où c'est arrivé.

— Donc, je n'ai pas d'explication, dit Laurie Rhodes. Il y a du sang, mais aucune empreinte de pas. Pas trace du Walkman non plus. Rien.

Ils s'étaient avancés d'environ deux cents mètres dans le tunnel. Laurie Rhodes, de sa torche électrique, éclairait lentement et méthodiquement les parois, le plafond, les piliers.

— Ce que vient de dire Lord me fait penser qu'on n'a pas vu de Jimmies depuis qu'on est là, observa Laurie Rhodes. C'est bizarre !

C'est ainsi que les policiers, en hommage à une réplique célèbre de l'acteur de cinéma James Cagney, appellent les rats du métro. Les « Jimmies » circulent le long des rails à la recherche des restes de nourriture jetés sur les voies à proximité des stations. Et quand on traverse les voies, on les voit souvent se sauver.

— Sergent Rhodes ? appela soudain Kilar.

— Oui ?

— Attendez.

Laurie Rhodes leva la main gauche. Tout le monde s'arrêta.

Quelques secondes plus tard, Kilar annonça :

— Sergent, on vous conseille de rebrousser chemin.

— Pardon ?

— On vous conseille de rebrousser chemin. Nous venons de recevoir un ap… merde ! Une seconde, je ne comprends pas comment marche ce machin-là !

Lord et Hotchkiss partirent d'un rire nerveux.

Laurie Rhodes confirma qu'elle avait bien entendu, et attendit. Le lieutenant Kilar venait de lui donner un conseil, non un ordre. C'était maintenant à elle de décider ce que ferait son équipe. Elle pencha la tête à droite pour scruter le tunnel devant elle ; balaya une nouvelle fois l'espace du faisceau de sa torche. En haut, en bas, à gauche, à droite, en diagonale des deux côtés, avec des gestes très lents. Elle ne vit rien.

Elle attendit, en se mordant les joues. Elle regardait toujours devant elle. Si elle se retournait pour s'adresser à l'équipe, les hommes la regarderaient. Et plus personne ne surveillerait les voies.

Il s'écoula moins d'une minute avant que le lieutenant Kilar parle à nouveau.

— Sergent Rhodes, nous allons, le sergent Terry et moi-même, vous mettre en liaison avec Miss Nancy Joyce, qui appelle du musée d'Histoire naturelle.

— Pourquoi ?

— Elle vous l'expliquera elle-même.

Un blanc. Laurie Rhodes imaginait très bien le lieutenant de plus en plus énervé tandis que, assisté d'un sergent Terry tout aussi technophobique que lui, il s'efforçait de transférer la communication téléphonique sur la fréquence radio. Elle savait aussi que Kilar n'était pas homme à renoncer. Il frapperait du poing sur la table et menacerait Terry de brancher la radio en un certain endroit de son anatomie, mais il ne renoncerait pas.

Laurie Rhodes avança encore de quelques pas. Elle dirigea le faisceau dans toutes les directions du tunnel, puis revint vers le groupe. Son casque lui grattait désagréablement la nuque et le gilet lui tenait chaud. Question confort, ce n'était vraiment pas ça. Mais elle était là pour faire quelque chose de précis et, bon sang, elle le ferait.

Une voix de femme, soudain, dans les grésillements de la radio.

— Allô ? Vous m'entendez ?

— Je vous entends. Sergent Laurie Rodes. Vous êtes Miss Joyce ?

— Oui, reprit la voix, d'un ton pressant. Je viens de parler avec votre lieutenant. Je pense que vous n'êtes pas correctement équipée pour ce que vous risquez de rencontrer dans ce tunnel.

— Pourquoi ? Qu'est-ce que je risque de rencontrer ?

— Une colonie de chauves-souris.

— Des chauves-souris ?

— Oui. Des chauves-souris extrêmement agressives, appartenant sans doute à la même colonie que celles qui ont tué un groupe de sans-abri, ce matin, dans les souterrains de Grand Central Station. Elles risquent aussi d'être beaucoup plus grosses — nous n'en sommes pas certains.

— Assez grosses pour qu'on les abatte ?

— Peut-être… si vous êtes assez chanceux pour les voir, et pour les voir à temps.

— Compris. (Elle réfléchit quelques secondes.) Laissez-moi tout de même vous préciser quelque chose. Nous portons des casques, des gilets très épais, des gants de protection contre les rats et des bottes. Vous croyez vraiment que ce n'est pas suffisant pour nous protéger ?

— Sergent, ça ne ralentira même pas les chauves-souris si elles attaquent, dit Nancy Joyce. Quelle que soit votre tenue, elles se glisseront dessous. Elles vous feront tomber. Et vous ne pourrez plus vous relever. Je vous en prie, cessez vos recherches.

Laurie Rhodes regarda les voies. Elle les éclaira de nouveau, encore plus lentement.

— Je n'aperçois pas la moindre chauve-souris, dit-elle, et nous avons un blessé quelque part près d'ici.

— Les chauves-souris ne stockent pas leur nourriture, dit Nancy Joyce. Elles la dévorent sur-le-champ. Il est probable que cet homme est déjà mort.

— Miss Joyce, vous voulez dire qu'elles l'ont mangé ?

— Sergent, je n'en sais rien. Je vous en prie, sortez de là.

Laurie Rhodes resta un moment sans bouger. Puis elle fit encore quelques pas dans le tunnel. La traînée de sang, entre les voies, s'était rétrécie. Puis elle s'interrompait. Laurie Rhodes continua d'avancer, les semelles de ses chaussures crissant sur la poussière noire accumulée entre les voies. Elle éclaira le tunnel devant elle, puis au-dessus. Elle n'apercevait toujours pas la victime, mais celle-ci ne pouvait pas être loin, forcément.

— Sergent ? appela Nancy Joyce.

Laurie Rhodes hésita. Si elle n'avait risqué que sa propre vie, elle serait restée pour rechercher ce disparu. Mais elle n'était pas seule en cause. Elle rebroussa donc chemin, à regret, pour rejoindre l'équipe.

Elle n'y parvint pas. Deux chauves-souris se jetèrent sur ses jambes, à la hauteur des mollets. Il ne leur fallut pas plus d'une seconde pour mordre la chair à travers l'étoffe du pantalon.

— Saletés ! cria-t-elle.

Posant la radio et la torche par terre, elle voulut frapper les deux bêtes. Avant qu'elle y parvienne, une douzaine d'autres s'abattirent sur elle. Elle sentit une série de morsures précipitées comme une rafale de mitraillette. Elles mordaient le dos de son gilet, ses bras, et ses jambes.

Les deux hommes les plus proches, Brophy et Hotchkiss, se précipitèrent sur elle. Les bêtes étaient trop petites, Laurie Rhodes bougeait trop, et ils ne pouvaient pas faire usage de leurs armes. D'aussi près, il valait mieux essayer de leur faire lâcher prise. Les officiers se mirent à frapper les chauves-souris et à les prendre à pleines mains, mais elles se retournaient contre eux. Quelques secondes plus tard, il y en avait plus d'une vingtaine.

— Vous repartez ? demanda la voix de Nancy Joyce.

Laurie Rhodes ne répondit pas.

— Vous m'entendez ? cria Nancy Joyce.

Laurie Rhodes prit la radio.

— Lieutenant !

Il y eut un déclic. Le lieutenant avait coupé la communication avec le musée pour reprendre la ligne.

— Sergent Rhodes, que se passe-t-il ?

Elle voulut répondre, mais laissa tomber la radio en se contorsionnant pour frapper les chauves-souris.

— Sergent, quel est votre problème ?

— Elle avait raison ! hurla Laurie Rhodes. Ces saloperies de chauves-souris ! Il y en a partout !

L'une d'elles rampait sur son avant-bras. Se glissant par l'échancrure du gant, elle la mordit dans le gras de la paume.

— Fous le camp, sale rat ! cria Laurie Rhodes.

Elle frappa violemment le sol de la main, écrasant l'animal ; arrachant son gant, elle le secoua pour l'en faire tomber. La chauve-souris ensanglantée roula sur le gravier. Les ailes brisées, elle était encore vivante, et tenta de s'éloigner en rampant. Laurie Rhodes l'aplatit d'un coup de talon.

— Saleté !

— *Sergent Rhodes !* glapit Kilar.

Avant qu'elle ait pu remettre son gant, une, deux chauves-souris jaillirent de la pénombre. Leurs serres minuscules s'enfoncèrent dans la chair de chaque côté de sa main. Leurs dents pénétrèrent comme des agrafes. Leur souffle était chaud et précipité. Laurie Rhodes poussa un nouveau hurlement et secoua frénétiquement la main. Elle sentit une douleur fulgurante dans le poignet et le sang coula le long de sa manche.

— Mon Dieu, elles ne veulent pas lâcher, ces saletés !

— J'envoie immédiatement une autre brigade, lui dit Kilar.

— Donnez-leur des armures ! cria Laurie Rhodes. Je vais essayer d'évacuer mes hommes !

Rendue furieuse par la douleur, elle arracha les chauves-souris de sa main et voulut se porter au secours des deux hommes qui l'avaient rejointe. L'agent Brophy était tombé à genoux ; l'agent Hotchkiss s'était jeté contre la paroi du tunnel pour écraser les bêtes qui rampaient sous son gilet de protection. Laurie Rhodes fut obligée de s'arrêter car deux chauves-souris descendaient sur elle en piqué. Elles passèrent derrière elle et se glissèrent sous son casque pour la mordre aux oreilles.

Les agents Lord et Nicco s'élancèrent vers leur sergent.

— Non ! cria-t-elle. Filez d'ici ! On vous suivra !

Les deux agents s'immobilisèrent. La douleur arracha un cri aigu à Laurie Rhodes. Une chauve-souris qui s'était introduite dans sa botte lui mordait la cheville. Elle tomba sur un genou en pressant la botte à deux mains. La chauve-souris glissa sur son talon, évitant ainsi d'être écrasée. Laurie Rhodes, les yeux écarquillés, se mit à taper du pied contre le sol, de toutes ses forces, tandis que la bête mordait à plusieurs reprises. D'autres, pendant ce temps, l'attaquaient aux bras, aux jambes, aux oreilles. Une autre à la nuque. Son deuxième genou heurta durement le sol.

— Je vous dis de filer ! cria-t-elle à ses hommes.

C'est alors que Laurie Rhodes vit quelque chose bouger dans la pénombre. Juste derrière les deux agents, au moment où une grosse chauve-souris venait se coller à son cou et la mordait sous le menton. Elle cria une nouvelle fois à ses hommes de s'en aller.

Les agents Lord et Nicco firent demi-tour. Le menton enfoncé dans la poitrine pour étouffer la douleur, Laurie Rhodes empoigna sa puissante torche et balaya l'espace d'un geste circulaire. Un bras ensanglanté, un bras d'homme, venait d'apparaître, pendant d'une poutrelle au-dessus de sa tête. Le reste suivit, lentement. Le corps plein de sang tomba la tête la première et s'écrasa lourdement entre les voies, la face contre le sol. Un nuage de poussière noire s'éleva tout autour, et d'un trou béant au centre.

Laurie Rhodes poussa un grognement en arrachant la bête agrippée à la chair de son menton. Elle la serra très fort comme on serre une boule de papier et la jeta par terre au moment où quelque chose d'autre apparaissait derrière les deux agents.

Laurie Rhodes regarda fixement. L'apparition se trouvait juste au-delà de la zone éclairée par la torche, et elle plissa les yeux pour mieux voir. Une forme noire sur laquelle des gouttes de sang luisaient comme des étoiles. Des yeux sombres aux reflets cramoisis et des dents comme de la glace barbouillée de rouge. Une ébauche de nez et deux fentes humides encadrant la bouche.

La forme ne resta qu'un court instant. Deux objets, semblables à de grands crochets, jetèrent un éclat en jaillissant de l'ombre. Ils se plantèrent dans les agents Lord et Nicco et les soulevèrent. Les deux hommes restèrent un instant à plus d'un mètre au-dessus du sol, agités de violentes secousses, puis retombèrent comme si on les avait jetés. Les crochets et les ailes apparurent en un éclair sur le fond noir, puis les dents et les yeux s'évanouirent.

Laurie Rhodes parvint à tirer son revolver de l'étui. Mais les chauves-souris s'acharnaient, et d'innombrables morsures l'avaient affaiblie. Elle tomba sur une main. Le sang et la sueur l'aveuglaient. Elle fit un effort terrible pour rassembler ses forces. Mais d'autres chauves-souris arrivèrent, l'attaquant au front et aux poignets. Elles mordaient maintenant de façon ininterrompue, ou plutôt rongeaient de plus en plus profondément ses épaules, son cou, ses genoux. Comme autant d'agrafes rougies à blanc et tout près d'atteindre l'os. Toujours à genoux, Laurie Rhodes bascula en avant et son menton heurta le sol.

Puis elle se sentit soulevée.

— *Venez !* cria l'agent Hotchkiss. *On va sortir d'ici !*

Laurie Rhodes était abasourdie, comme quelqu'un qui se réveille d'un cauchemar.

— Aidez-moi ! dit encore Hotchkiss. Je n'y arriverai pas tout seul !

Le policier lui entourait la taille de ses bras pour la relever. Il y parvint à demi.

Elle banda tous ses muscles pour tenir sur ses jambes.

— Brophy, murmura-t-elle. Et Brophy ?

— Il arrive !

Elle se retourna à grand-peine et le vit qui courait, puis trébuchait derrière eux. Des chauves-souris, telles de monstrueux moucherons, formaient autour de sa tête une nuée tourbillonnante.

— Occupez-vous de lui, dit-elle.

— C'est lui qui m'a demandé de vous aider. Il était — *putain* de bestioles ! (Il écrasa d'une claque une chauve-souris sur sa cuisse.) Il était debout. Vous réglerez ça… (Il se frappa la jambe.) … entre vous (il se frappa la cuisse) … plus tard !

Ils partirent en courant le long des voies. Hotchkiss tirait et portait à moitié Laurie Rhodes. Comme ils dépassaient les deux agents qui étaient tombés par terre, elle tendit la main pour prendre sa radio. Elle voulait s'assurer que des secours médicaux leur seraient envoyés en même temps que les renforts. Mais il n'y avait plus rien à sa ceinture. Elle se rappela alors qu'elle avait laissé choir l'émetteur.

Soudain, elle entendit un cri derrière elle. Elle se retourna, en essayant de distinguer quelque chose à travers la sueur et le sang qui l'aveuglaient. Elle vit Brophy exécuter un invraisemblable saut périlleux. Puis l'ombre se referma sur lui, comme de l'encre, engloutissant en même temps les lumières qui éclairaient faiblement les parois du tunnel.

— Oh mon Dieu ! dit-elle.

— Ne parlez pas, courez ! cria Hotchkiss.

Laurie Rhodes regarda devant elle tandis qu'un autre cri retentissait. Puis un autre, et un autre encore. Puis les cris dégénérèrent en d'affreux glapissements de douleur.

— Continuez à courir ! dit Hotchkiss. (Il avait le

souffle court, le regard braqué devant lui.) Ne vous retournez pas ! Courez !

Laurie Rhodes retrouva un peu de force, assez pour mettre un pied devant l'autre. Au bout d'un moment, elle fut presque capable d'avancer seule. Les chauves-souris continuaient à la mordre, et quelques-unes l'avaient lâchée pour s'en prendre à l'homme qui la soutenait. Elles l'attaquaient au visage et s'introduisaient sous son casque. Mais l'homme baissait la tête comme un taureau furieux, la secouait pour leur faire lâcher prise, et continuait à avancer.

Bientôt la faible lueur de la torche fut effacée par la lumière en provenance de la station encore lointaine. Les chauves-souris parurent se raréfier.

— A l'aide…, quelqu'un ! lança Hotchkiss.

Il tomba soudain, et Laurie Rhodes avec lui. Mais ils ne restèrent pas sur place. Dans un ultime effort pour lutter à la fois contre les quelques chauves-souris qui continuaient à les attaquer, et contre la douleur et l'épuisement, Laurie Rhodes se releva en chancelant. Hotchkiss luttait, la respiration sifflante. Elle l'aida à se relever à son tour et ils repartirent en courant.

Cette fois, Laurie Rhodes appela au secours.

Presque aussitôt, trois agents du commissariat du sixième secteur qui avaient entendu les cris arrivèrent à leur rencontre. Ils aidèrent les deux blessés à sortir du tunnel et les firent allonger sur des bancs contre le mur courant le long du quai. L'un d'eux lança un appel radio pour une ambulance. Un autre dit qu'il allait se porter au secours des autres membres de l'UIR.

Surpris, il sentit qu'on le tirait par la manche. C'était Laurie Rhodes. Elle tirait avec ses doigts ensanglantés, la chair à vif.

— N'y allez pas !

— Mais enfin, sergent…

— Non ! dit-elle, d'un ton rageur. Pas sans lampes à

infrarouges !... des armures !... des armes lourdes ! Promettez-le-moi !

L'agent hésita.

— Promettez !

Il promit.

Laurie Rhodes était étendue sur le dos. Elle ferma ses yeux brûlants.

— Elle vous tuerait, murmura-t-elle. Elle vous tuerait.

— Qui ?

— Elle, répondit Laurie Rhodes.

Et elle perdit connaissance.

17

L'inspecteur Gentry et Nancy Joyce arrivèrent dans un véhicule de police au St. Vincent Hospital, sur la Septième Avenue, où avaient été amenés le sergent Rhodes et l'agent Hotchkiss.

Le service des urgences avait immédiatement transféré Laurie Rhodes en salle d'opération. Elle avait deux côtes gravement fracturées, un poumon perforé — de l'extérieur, et non par les côtes brisées — et sur tout le corps une douzaine de blessures sérieuses provoquées par des morsures. La partie arrière supérieure de sa cuisse droite et l'un de ses talons avaient pratiquement disparu. Les lobes de ses oreilles avaient été dévorés. Elle avait perdu beaucoup de sang.

Hotchkiss souffrait de plaies profondes au visage, au cuir chevelu, au dos et aux jambes. Il était blême, en état de choc, et avait du mal à marcher. Mais Gentry et Nancy Joyce ayant demandé à le voir, il accepta. Son médecin et un lieutenant de l'UIR, un grand costaud au crâne dégarni, étaient à son chevet.

Gentry se sentait toujours honoré d'approcher quelqu'un qui s'était montré aussi courageux que les membres de la brigade spéciale de l'UIR. Ils savaient qu'il y avait du danger et n'avaient pas hésité à foncer droit dessus. Gentry avait beaucoup de peine pour ceux qui étaient morts, mais cette peine était en partie effacée par la fierté que lui inspirait cet homme.

L'inspecteur s'approcha du lit en souriant. Les deux hommes s'écartèrent.

— Inspecteur Gentry, du secteur sud. Je tenais à vous dire, agent Hotchkiss, que nous sommes nombreux à être fiers de vous.

— Elles nous ont déchiquetés, répondit le jeune Hotchkiss d'une voix pâteuse, entre ses lèvres tuméfiées.

— Vous y êtes allés en sachant que ça pouvait mal tourner, dit Gentry. Ça ne vous a pas arrêté.

Le lieutenant Kilar mit sa main sur l'épaule de l'agent.

— Et vous avez aussi sauvé la vie de votre sergent, Laurie Rhodes. C'est *ça* qui compte.

Nancy Joyce s'approcha à son tour. Les deux hommes s'écartèrent.

— Agent Hotchkiss, dit-elle, je suis Nancy Joyce. Je travaille au zoo du Bronx. Comment vous sentez-vous ?

— Vous croyez que j'ai besoin… d'un vétérinaire ?

— Non, dit-elle en souriant.

S'agenouillant à côté de lui, elle lui effleura la joue du dos de ses doigts. C'était, sur ce visage rond, le seul endroit qui paraissait intact. L'agent de police lui sourit des yeux.

— Je voudrais vous poser quelques questions. Je peux ?

Il acquiesça d'un hochement de tête.

Elle sourit à son tour.

— Que pouvez-vous me dire à propos de ces chauves-souris ?

— Pas grand-chose. Il faisait noir.

— Vous avez une idée de leur taille ?

Il réfléchit un instant.

— Elles étaient à peu près comme des souris. Des souris avec des ailes.

— De quelle couleur ?

— Je n'en sais rien. Désolé.

— Ce n'est pas grave. Vous vous en sortez bien. Qu'ont-elles fait tout de suite ?

— Elles ont attaqué le sergent Rhodes.

— Où se trouvait le sergent par rapport à vous ?

— Dans la direction du sud, à deux mètres environ.

— Les chauves-souris sont-elles arrivées en groupe ?

— Elles ont attaqué en plusieurs vagues, il me semble. On n'y voyait pas bien.

— Et elles se sont toutes jetées sur le sergent Rhodes ?

Il hocha la tête.

— Jusqu'à ce qu'on vienne à son aide.

— Que s'est-il passé, alors ?

— Il y en a qui se sont séparées des autres, dit Hotchkiss. On avait l'impression qu'elles voulaient nous écarter, Brophy et moi, nous pousser de côté tout en nous mordant.

— Et pendant que vous ressortiez du tunnel ? Elles vous ont suivis ?

— Quelques-unes, pendant un certain temps. Puis elles nous ont laissés. Tout d'un coup.

— Une dernière question, dit Nancy Joyce. Les deux agents qui étaient avec vous…

— Lord et Nicco.

— Lord et Nicco, répéta Nancy Joyce. Que leur est-il arrivé ?

Toute trace de sourire disparut des traits d'Hotchkiss. La douleur du souvenir se lisait dans l'affaissement de sa bouche, dans son regard lointain.

— La victime est tombée d'une poutrelle…

— Qui ?

— La victime, expliqua le lieutenant Kilar. L'homme qu'ils étaient venus chercher.

— Il est tombé…, répéta Nancy Joyce. A quel moment cela s'est-il passé ? Qu'avez-vous vu ?

— Une forme, reprit lentement Hotchkiss. Tout ce que j'ai vu, c'est une grande forme noire, qui bougeait.

— Vous ne pensez pas que cette forme aurait pu être une chauve-souris, aussi ?

— Quoi ? demanda Kilar.

Les yeux d'Hotchkiss s'embuèrent.

— Je ne sais pas. Il m'a semblé que Lord et Nicco s'élevaient au-dessus du sol, et retombaient. Ensuite, ils n'ont plus bougé. Comme Brophy se battait avec les chauves-souris, elles étaient sur lui plus que sur moi, il m'a crié d'aller chercher le sergent Rhodes pour la faire sortir de là. C'est ce que j'ai fait. Puis on a entendu Brophy… Il… euh… il n'était pas à la fête, il hurlait…

Hotchkiss éclata en sanglots.

Le médecin qui était resté derrière Nancy Joyce s'approcha.

— Laissez-le se reposer.

Elle hocha la tête et se releva. Elle regarda Hotchkiss.

— Merci, dit-elle.

Hotchkiss répondit d'un hochement de tête et fit un effort pour s'arrêter de pleurer tandis qu'elle s'éloignait. Le lieutenant et Gentry la rejoignirent au moment où elle franchissait le seuil.

— Docteur, qu'est-ce que c'est que ces conneries ?

— Je vous demande pardon, lieutenant ?

— Vous ne pensiez pas sérieusement ce que vous disiez. Une chauve-souris géante ?

— C'est effectivement l'hypothèse sur laquelle nous travaillons. Une chauve-souris d'une taille et d'une force inhabituelles, répondit Nancy Joyce.

Kilar émit un ricanement.

— Si c'est une plaisanterie, je ne suis vraiment pas d'humeur à en rire.

— Lieutenant, ce n'est pas une plaisanterie, intervint Gentry.

Kilar se tourna vers lui.

— Qu'en savez-vous ?

— On a trouvé un cerf en haut d'un arbre, expliqua Gentry. Des gens ont été emportés sur de grandes distances et mutilés. Nous avons relevé des marques de dents semblables à des dents de chauve-souris, mais beaucoup, beaucoup plus grandes.

— Vous avez aussi des chauves-souris dans la tête, dit le lieutenant. Tous les deux. C'est ridicule !

— De quoi s'agit-il, d'après vous ?

— Très exactement de ce que nous avons dit aux médias.

— Qu'il y aurait un cinglé dans le tunnel…

— C'est ça. Un individu mentalement perturbé qui se balade avec une hache ou un couteau et affole les chauves-souris qui vivent là-dessous. Pas facile de faire la différence entre les coups de dents et les coups de couteau sur des cadavres salement esquintés…

— C'est n'importe quoi et vous le savez ! dit sèchement Gentry.

— Non, inspecteur, répliqua Kilar, sur le même ton. Mais des chauves-souris, des rats ou des crocodiles géants, voilà ce que j'appelle n'importe quoi !

— Lieutenant, dit Nancy Joyce, j'ai cru comprendre qu'une autre équipe s'apprêtait à aller dans ce tunnel.

Kilar jeta un regard à Hotchkiss. Il leur fit signe de sortir dans le couloir et referma la porte sur eux.

— C'est exact, docteur. Nous avons fait fermer trois lignes de métro. Nous avons les médias aux fesses. Le maire a demandé à Gordy Weeks, de l'Office de gestion des crises, de prendre les choses en main si ça n'était pas réglé avant l'heure de pointe. Je ne veux pas que cette affaire échappe à l'UIR. Pas question. Dès que le maire sera venu féliciter l'agent Hotchkiss pour son acte de bravoure, je retourne au PC et je donne le feu vert à la nouvelle équipe. Il y a quelqu'un ou *quelque chose* derrière tout ça, et nous allons l'arrêter.

— Comment vos hommes seront-ils protégés ? demanda Nancy Joyce.

— Ils auront des tenues de protection thermiques, qui sont épaisses et très bien isolées. Ils seront équipés de bouteilles d'oxygène, de lunettes protectrices, de gants électrifiés, de guêtres, de protège-bras et de protège-chevilles. Ils vont donc y aller. (Il baissa la voix :) Ils récupéreront les corps et ils ressortiront. Après quoi, nous y retournerons, et cette fois nous irons un peu plus loin.

— Le problème, dit Nancy Joyce, c'est que si les chauves-souris — non pas la grande, mais les petites chauves-souris habituelles — décident d'attaquer, toutes ces protections risquent de se révéler insuffisantes.

— Les hommes seront armés, aussi.

— Les chauves-souris ne sont pas des cibles de tout repos.

— Ecoutez, Miss, dit Kilar. Je ne suis pas assez savant pour vous contredire là-dessus. Vous connaissez Al Doyle, du Bureau de la santé, qui s'occupe de la lutte contre les espèces nuisibles ?

Nancy Joyce secoua la tête.

— Ce type est très calé. Il va se rendre sur place, il est déjà en route, et il étudiera cet aspect de la question. Il sait comment nous sommes équipés, et il dit que nous ne risquons rien. Mais si vous voulez venir aussi, vous pourrez lui parler…

— Lieutenant, dit Nancy Joyce, les chauves-souris ne font pas partie des animaux nuisibles. Nous avons examiné la salive prélevée dans les plaies. Apparemment, elles ne sont pas malades, et certainement pas atteintes de la rage.

— Al va tout de même s'en occuper.

— Ce n'est pas ce que je voulais dire, répondit-elle, entre ses dents. La façon dont elles attaquent, puis repartent toutes ensemble paraît liée à un facteur géographique. C'est un comportement atypique chez les chauves-souris — atypique chez les *espèces nuisibles*. Personne n'avait jamais rien vu de tel jusqu'à présent. Ni moi, ni un chasseur de rats, personne. Ce que j'essaie de vous dire, c'est que vous devez agir avec beaucoup, beaucoup de prudence.

La radio de Kilar se mit à crachoter. On voulait le prévenir que la limousine du maire arrivait. Le lieutenant répondit qu'il allait prévenir l'équipe médicale et descendre ensuite pour l'accueillir.

— Comme je viens de vous le dire, reprit-il en se tournant vers Nancy Joyce, si vous voulez nous faire profiter de vos connaissances, vous serez la bienvenue.

— Merci pour l'invitation, mais je crois que notre approche n'est décidément pas la même, dit-elle en tournant les talons.

Kilar s'approcha vivement de Gentry.

— J'ai perdu des hommes de valeur, aujourd'hui, dit-il, en le fusillant du regard. Vous devriez savoir qu'il y a un moment où il faut arrêter de déconner.

— Je m'arrêterai quand je serai certain qu'on n'envoie pas à la boucherie d'autres hommes de valeur…

— Merci du conseil. Si vous apprenez quoi que ce soit d'utile, vous voudrez bien me le faire savoir ?

Gentry répondit d'un hochement de tête. Kilar rentra dans la chambre.

Gentry partit en toute hâte pour rattraper la jeune femme. Ils prirent l'ascenseur ensemble.

— Je suis désolé pour ce qui vient de se passer, dit-il.

— Bien.

— Vraiment. C'est un sale après-midi pour vous.

— Vous ne voyez pas la moitié de ce que je vois.

— Eclairez-moi.

— Un cas flagrant d'APC, un de plus.

— APC ?

— Arrogance phallique caractérisée. L'idée que les hommes font tout mieux.

— Pourquoi « un de plus » ? Vous pensez que moi aussi, hier, dans le tunnel… ?

— Non ?

— Nancy, s'il vous plaît ! Je croyais vous avoir expliqué…

— Oui, vous avez expliqué. Je n'ai pas dit que je vous avais cru.

— Eh bien, ce n'était pas de l'APC, dit Gentry. Pas plus que ce qui vient de se passer. Le lieutenant n'a peut-être pas beaucoup d'imagination et je vois mal comment je pourrais lui reprocher de ne pas croire qu'une chauve-souris géante se balade dans le métro. Mais il prend le problème au sérieux, et il aurait vraiment voulu que vous l'aidiez. Il vous a demandé de venir au poste de commandement.

— Pour seconder ce type.

— Non. Mais c'est comme ça partout, c'est dans l'ordre des choses. Il y a une hiérarchie entre les gens.

— Entre les sexes, vous voulez dire.

Gentry pivota d'un quart de tour pour lui faire face et s'immobilisa. Elle fit de même.

— Ecoutez, je ne dirai pas que ces choses-là n'existent pas au sein de la police de New York. Mais la façon dont le lieutenant vous a traitée n'avait rien à voir avec ça. Même chose en ce qui me concerne. Vous *devez* le croire.

— J'essaierai, dit-elle.

Comme il était devant elle, elle le contourna pour repartir. Il la rattrapa. Arrivée devant l'ascenseur, elle donna un coup de poing sur le bouton.

— Qu'ils restent, avec leur « hiérarchie », dit-elle. Mais l'ordre des choses risque d'en prendre un coup. Rappelez-vous ce que vous avez vu dans le tunnel. Ceci n'est pas un boulot pour des pseudo-experts.

L'ascenseur arriva et ils entrèrent dans une cabine vide. Nancy Joyce se cala dans un angle, les yeux baissés.

— Comme je vous l'ai déjà dit, Nancy, je suis désolé que ça ne se soit pas passé comme vous le souhaitiez.

Ils restèrent silencieux un moment. Le silence des gens qui reprennent leur calme.

— Je ne sais plus, dit Gentry, si je vous ai remerciée d'être venue.

— Je tenais à venir.

— Eh bien, merci de toute façon. Quelle que soit cette chose, nous allons la trouver et lui régler son compte.

Elle se taisait à nouveau. Gentry ne savait plus que dire, aussi ne dit-il rien.

La porte de l'ascenseur s'ouvrit, ils sortirent et suivirent un couloir plein de monde menant vers la Onzième Rue. Gentry dut accélérer le pas pour ne pas se laisser distancer.

— Qu'allez-vous faire ? demanda-t-il.

— Je pensais retourner à mon bureau et me mettre à l'ordinateur. Je suis à peu près au courant de tout ce qui s'écrit sur les chauves-souris, mais il se peut que j'aie raté une recherche quelque part. Il arrive que les informations concernant ces animaux se retrouvent sous des rubriques différentes.

— Vous voulez dire à « gibier mort », ou à « personnes disparues » ? dit Gentry.

Elle acquiesça.

— Je me disais aussi que vous aviez peut-être mis le doigt sur quelque chose avec ce chemin qui longe l'Hudson dont vous m'avez parlé. Je veux le vérifier.

— De mon côté, en tant que policier, j'ai accès à pas mal de rapports qui ne sont pas du domaine public.

— Ça risque d'être utile.

— Je me disais que nous pourrions peut-être travailler ensemble en regroupant nos informations.

— Vous n'avez pas à travailler sur d'autres affaires ?

— Toujours. Mais celle-ci me tient particulièrement à cœur. Elle ne ressemble à rien de tout ce que j'ai pu connaître jusqu'à présent. (Il lui sourit.) Qu'est-ce que vous en pensez ?

— Marc, mon assistant, peut me décharger des conférences dans les écoles.

— Parfait. Alors ? On peut travailler ensemble ?

Elle réfléchit un instant.

— C'est vrai que ce n'est pas une mauvaise idée.

— Dans ce cas, j'ai une proposition à vous faire. Le métro est bloqué pour un bon moment, et ça va être une vraie galère pour rejoindre le Bronx. Mon appartement se trouve à deux pas d'ici. Si nous y allions ?

— Eh bien, dit-elle, en réprimant un sourire. Vous m'invitez à voir votre guano ?

— Absolument. C'est ce qui se fait de mieux de nos jours, comme attrape-minettes.

Elle sourit un peu plus.

— Vous pourrez utiliser mon ordinateur, et on mangera un peu si vous avez faim. Par ailleurs, si on trouve quelque chose dans le métro, je serai prévenu et on pourra y aller tout de suite.

Elle hocha la tête. Gentry sourit à son tour.

Par chance, le maire arrivait quand ils quittèrent l'hôpital. Personne, dans la foule des journalistes qui se pressaient devant l'entrée — Kathy Leung était parmi eux —, ne remarqua Nancy Joyce.

Gentry s'arrêta à une cabine téléphonique pour appeler le groupe de communication inter-villes de la police de New York, le *Stat Unit*. Il voulait qu'on lui communique le plus vite possible toutes les données concernant des attaques de chauves-souris. Cette petite unité, essentiellement composée de civils, se consacre à la collecte et à la diffusion d'informations au profit des polices urbaines. Le délai d'attente est généralement d'un jour ou deux. Mais Gentry jouissait d'un traitement de faveur. Il n'oubliait jamais d'envoyer des fleurs ou des billets pour les matches des Knicks, l'équipe de basketball de New York, aux responsables du service à l'occasion de leur anniversaire. Une habitude qu'il avait prise à l'époque où il travaillait aux stups et ne pouvait se permettre d'attendre plus de quelques heures des informations sur des suspects repérés à Bridgeport, New Haven ou White Plains.

Il demanda donc à Max Schneider de rechercher les attaques de chauves-souris qui auraient pu se produire depuis un an dans la partie nord-est des Etats-Unis, en remontant jusqu'au Canada. Max promit de le biper dès qu'il aurait trouvé quelque chose.

Après une courte halte dans une petite boutique d'Hudson Street où ils achetèrent une pizza à l'oignon et à la saucisse, Nancy Joyce et Gentry se rendirent chez le détective.

18

En chemin, Nancy parut se détendre un peu. Du coup, Gentry cessa de penser à elle assez longtemps pour se faire à l'idée d'une grande chauve-souris errant dans le sous-sol de New York. Grande, pas « géante ». C'était trop. C'était bon pour les contes de fées, comme les dragons, les centaures et les chevaux ailés. Tandis qu'il pouvait y avoir de grandes chauves-souris comme il y avait des pythons, des condors ou de grands requins blancs. Même s'il n'avait pas envie d'en rencontrer dans les bois où sur la plage, ce n'était pas quelque chose qui défiait la raison.

Même ce terme de « grande », pourtant, le gênait, et ses pensées le ramenaient sans cesse à des explications logiques. Un tueur psychopathe ou sociopathe, comme l'avait dit le lieutenant Kilar. Les membres d'une secte. Ou d'un groupuscule extrémiste. Un animal échappé du zoo, comme ce grand félin qui avait erré pendant plusieurs jours à travers la Floride l'année précédente. Ou comme cette autruche prise de fureur qui avait tué une femme à coups de griffes quelque part en Afrique du Sud. Gentry n'était pas absolument convaincu qu'il ne pouvait pas s'agir d'un lion.

Mais Nancy et, à l'évidence, son mentor croyaient, eux, à la grande chauve-souris. Gentry avait encore dans l'oreille la voix de Lowery rétorquant : « Par exemple ? » à Nancy qui lui disait qu'il y avait forcément une autre explication. Il paraissait tellement sûr de lui… Il avait peut-être raison, bon sang ! Gentry n'aimait pas cet homme, mais il lui était souvent arrivé de ne pas aimer des gens, à commencer par les crapules qu'il employait comme indics. Les informations qu'ils lui apportaient n'en étaient pas fausses pour autant.

Les dragons le firent penser aux dinosaures, et une idée lui vint à l'esprit.

— Nancy, dit-il, est-ce qu'une grande chauve-souris comme celle à laquelle vous pensez pourrait nous venir de très loin dans le temps ? Je me souviens d'avoir lu, quand j'étais gamin, qu'on avait retrouvé un poisson préhistorique. Il mesurait dans les deux mètres de long et il était vraiment affreux à voir. Et encore vivant.

— Pas du tout, dit Nancy. Ce poisson était un cœlacanthe. Découvert en 1938 au large de l'Afrique du Sud.

— Mais il remontait à la préhistoire.

— Pas vraiment. Il n'était pas le produit d'une dérivation génétique, mais un animal dont on croyait l'espèce éteinte et qui était resté inchangé depuis l'époque préhistorique.

— Je vois. Comme les cafards.

— Exactement comme les cafards. La science rencontre de temps à autre des phénomènes de ce type. La chouette de Blewitt, par exemple, dont on a cru l'espèce éteinte pendant plus d'un siècle avant de la retrouver dans la forêt indienne, vivante et en pleine forme, pas plus tard que l'année dernière.

— Dommage. Je croyais avoir trouvé quelque chose d'intéressant, avec cette histoire de poisson.

— L'évolution ne connaît pas la marche arrière, dit Nancy. Les éléphants ne sont pas près de retrouver leur toison pour redevenir des mammouths et les chats leurs grands crocs pour redevenir tigres. Une fois qu'un attribut est abandonné, il est abandonné.

— Mais n'a-t-on pas trouvé des mammouths congelés dans leur toison quelque part en Sibérie ? demanda Gentry. N'a-t-on pas dit qu'ils étaient parfaitement conservés et que des gens ont même mangé de leur chair ?

Elle esquissa un sourire. Plus chaleureux que le précédent.

— Ça aussi, vous l'avez lu quand vous étiez gamin ?

— Vous ne croyez pas si bien dire. Je lisais beaucoup et n'importe quoi en ce temps-là. Livres, bandes dessinées, cartes de base-ball, boîtes de céréales... Ma mère était partie, mon père travaillait au-dehors, et nous recevions très mal la télé.

— A Grand Central, hier, vous avez dit que « vous adoriez apprendre » quand vous étiez petit.

— C'est vrai. J'adorais ça, apprendre. C'est l'une des raisons pour lesquelles je me suis fait flic. Pour trouver des indices, déchiffrer, comprendre.

— Mais le problème, avec ces mammouths, c'est qu'ils étaient morts. Et de toute façon, même sous forme de fossile, on n'a jamais rien retrouvé qui aurait ressemblé à une chauve-souris géante. De même que les cafards et les cœlacanthes, les chauves-souris existent depuis plus de cinquante millions d'années sous une forme à peu près analogue à celle que nous leur connaissons aujourd'hui.

Gentry se tut à nouveau. Ceci le ramenait à la case départ, et son esprit s'était remis à chercher des explications rationnelles.

— Une dérivation génétique n'est jamais impossible, dit Nancy, en réfléchissant tout haut.

— C'est-à-dire ?

— De nouveaux animaux apparaissent parfois quand une espèce se scinde en deux formes différentes, ou plus. Ça peut être une conséquence de l'isolement géographique. La recombinaison génétique est aussi une possibilité.

— Comme la recombinaison de l'ADN ?

— Oui. C'est de la manipulation de gènes réalisée par la nature. Il arrive que des chromosomes hérités des parents échangent des segments parce qu'ils ont été cassés.

— Pourquoi cassés ?

— Il y a toutes sortes de causes possibles. Les radiations. Les facteurs chimiques. Des mécanismes internes que nous ne comprenons pas. Ces accidents peuvent créer des caractères héréditaires nouveaux.

— Combien de temps prend normalement une recombinaison génétique ?

— Elle peut se faire très vite, ou sur une longue période. Des parents mesurant moins d'un mètre soixante-dix peuvent donner naissance à un enfant de deux mètres ou plus. Mais la taille moyenne de l'espèce humaine peut s'accroître lentement au fil des siècles. Il n'y a pas de règle.

Ils arrivaient devant l'immeuble de Gentry. On avait bloqué la porte principale avec une cale pour la maintenir ouverte. Une femme était en train de répandre de l'insecticide dans l'entrée, une autre faisait de même dans l'appartement de Mrs. Bundonis. Le produit avait une odeur de moisi. Gentry s'avança, chargé de sa grande pizza. Nancy Joyce le suivait, en se bouchant le nez.

— Alors ? Qu'en pensez-vous ? demanda Gentry à la femme qui vaporisait dans le couloir.

— C'est toujours la même chose, ces invasions de cafards, répondit la femme, sans interrompre sa tâche.

— La même chose ?

— Un coup je te vois, un coup je te vois pas ! Ils ont des pattes faites pour la course et des antennes pour leur dire où ils doivent filer. Vers la nourriture, loin du danger. Ils arrivent en masse, puis on croit qu'ils sont repartis. Erreur ! Ils se cachent dans tous les endroits possibles et imaginables. Dans les tuyaux et derrière les meubles et sous les réfrigérateurs, les fourneaux, les lavabos. Et aussi dans des endroits qu'on n'imaginerait pas, comme votre cafetière électrique et l'imprimante de votre ordinateur.

— Vous en avez déjà vu une telle quantité ?

— Je n'en vois jamais des quantités, ni grandes ni petites. Quand j'arrive, en général, ils sont presque tous planqués.

— Bien. Mais avez-vous déjà entendu parler d'une invasion de cette importance ? Pourquoi se rassemblent-ils à plusieurs milliers ?

— Ils sont bizarres, les cafards. Ils trouvent toutes sortes de raisons pour déménager. Un changement de température, une inondation, un manque de nourriture…

— Des prédateurs ?

— Oh, oui.

— Des chauves-souris ?

La femme haussa les épaules.

— Pourquoi pas ? J'ai trouvé des espèces de crottes puantes au sous-sol. Ça pourrait bien être du guano.

— Mais comment des chauves-souris auraient-elles pu entrer ? demanda Gentry. Vous avez une idée ?

— Il y a une conduite dans le sol. Elle devait faire partie d'un ancien système d'évacuation des eaux vers le fleuve. Je suis tombée dessus parce que j'avais vu des cafards filer sous un vieux meuble qui se trouvait là, et que j'ai voulu le déplacer. La conduite est toute rouillée. On est si près de l'eau, ici, que tout rouille. Il faudra que votre gardien s'en occupe. Peut-être que des chauves-souris, ou même des mouettes, ont trouvé un nid de cafards près du fleuve et qu'elles ont commencé à les manger. Dans ces cas-là, ils vont d'un nid à l'autre, et ça tourne vite à la débandade.

Gentry remercia la femme. Arrivé devant la porte de son appartement, il confia la pizza à Nancy et tira les clés de sa poche.

— Cet endroit n'était pas d'une propreté irréprochable quand je l'ai laissé.

Il s'avança d'un pas dans l'entrée minuscule et alluma.

Au premier abord, ce n'était pas aussi grave qu'il le craignait. Devant eux, dans le petit living-room, les stores étaient levés et, avec le soleil, tout paraissait plus net. Il avait jeté les restes de son repas thaï pour ne pas attirer les cafards. La porte de la chambre, à droite, était fermée. Il reprit la pizza, et la tint en hauteur pour laisser entrer Nancy. Puis il referma la porte d'un coup de pied. Il regarda sa silhouette élancée quand elle passa devant lui, auréolée par la lumière de la fenêtre.

— C'est bien ensoleillé, ici, dit-elle.

Elle se retourna dans le living-room et lui fit face. Il ne pouvait pas voir son expression, mais il sentit son regard. Sa propre respiration se fit un peu plus rapide et une bouffée de désir, comme il n'en avait plus ressenti depuis bien longtemps, l'envahit. Il se détourna — non pour fuir, mais pour fixer cet instant comme on arrête l'image sur un écran.

Il se dirigea vers la kitchenette installée à gauche du living-room et posa la pizza sur une petite table à abattants.

— Où habitez-vous ?

— Dans le Bronx.

— Un quartier sûr ?

— Très. J'ai toujours un P.38 sur moi quand je pars travailler. Avec un permis de port d'arme et des balles dans le chargeur.

Gentry lui lança un regard approbateur. Non parce qu'elle était une femme armée d'un pistolet, mais parce qu'elle était intelligente.

— Vous vous exercez avec, vous l'entretenez bien ?

— Oh, oui ! J'ai grandi avec des armes à feu. Ce P.38 m'a été offert par mon père à la fin de ma dernière année de lycée.

— Il faudra qu'on aille tirer quelques cibles ensemble, un de ces jours.

— Ça pourrait être amusant.

Gentry retourna à sa pizza. Il ne pensait plus aux

chauves-souris à cet instant précis. Trop de désirs l'assaillaient à nouveau.

Il prit une feuille de papier sulfurisé sous l'évier et une feuille de papier aluminium dans un buffet.

— Vous êtes au zoo depuis combien de temps ?

— Trois ans, bientôt.

— Je suppose qu'il y a pas mal de compétition dans ces métiers. Conservateurs, chefs de département…

— Assez intense, oui. (Sa voix était retombée d'un ton et elle n'alla pas plus loin. Elle s'approcha de l'ordinateur, puis revint vers Gentry.) Je peux faire quelque chose ?

— Ma foi, oui, dit-il. Lancez l'ordinateur. Il suffit de tourner le bouton du petit transformateur qui se trouve sous le bureau, et tout le reste démarre automatiquement.

Nancy se pencha sous la chaise pliante. Le transformateur était posé par terre et la poussière avait formé des moutons tout autour. Elle tourna le bouton. L'ordinateur s'alluma, l'écran s'anima.

Nancy entra sur Internet et tapa deux mots clés : *chauves-souris* et *anomalies.* Elle se rassit tandis que Gentry mettait la pizza au four, puis leur versait à chacun du Coca-Cola.

La première liste de dix articles et sites Internet apparut après une dizaine de secondes. Nancy parcourut les titres des yeux. Le premier article parlait des chauves-souris qu'on avait récemment fait sortir des grottes où elles vivaient, dans le Colorado, pour les attirer vers des terres agricoles où elles avaient dévoré par millions des insectes nuisibles aux cultures, économisant ainsi une fortune en pesticides. D'autres articles traitaient du mode de reproduction des chauves-souris, de leur durée de vie (jusqu'à vingt-cinq ans pour certaines), et des mites qui émettaient un cliquètement à haute fréquence pour échapper aux chauves-souris en les désorientant.

— Vous voyez quelque chose d'intéressant ? demanda Gentry.

— Rien de très nouveau pour moi, répondit-elle. Et rien qui puisse nous aider, à moins que vous ne soyez curieux des dernières informations sur le plus petit mammifère du monde.

— C'est quoi ?

— Une chauve-souris qu'on ne trouve qu'en Thaïlande. Elle n'est pas plus grande qu'une pièce d'un penny.

— C'est celle-là qui aurait dû nous envahir !

— Vous auriez été bien malheureux, répliqua Nancy. Une mouche m'est entrée dans l'oreille, une fois, pendant que je dormais. Vous craignez les moustiques la nuit ? Ce n'est rien par comparaison. Ces mini-chauves-souris bourdonnent et mordent et font des crottes minuscules qui restent dans votre conduit auditif, où elles durcissent à la vitesse grand V. Ce n'est pas drôle du tout.

— Mais vous les adorez, dit Gentry.

— Quand je les vois derrière un grillage, oui.

Gentry retourna à la kitchenette pour sortir la pizza du four. Il en revint avec deux parts dans une assiette et la poche de sa chemise pleine de serviettes en papier froissées. Repoussant une pile de magazines, il posa l'assiette à côté du clavier. Puis il alla chercher sa part et revint s'asseoir sur le radiateur, à côté du bureau. Il glissa une serviette sous l'assiette de Nancy.

Elle appela une deuxième série d'articles, se redressa contre le dossier de sa chaise et prit une bouchée de pizza.

— Et vous ?

— Quoi, moi ?

— Vous habitez West Village depuis longtemps ?

— Cinq ans.

Elle prit une gorgée de Coca et une deuxième bouchée de pizza.

— Il me semblait — je ne sais pas pourquoi — que

les gens qui travaillent dans la police aimaient sortir de la ville après leur service.

— Certains, dit Gentry. Surtout ceux qui sont mariés. J'ai une voiture pour filer en cas de besoin. Mais c'est ici que je suis né et que j'ai grandi, dans Perry Street. La banlieue, j'en ai tâté quand j'étais marié. Après mon divorce, je suis revenu. C'est ici que je me plais le plus.

La deuxième liste apparut à l'écran, et Nancy fit défiler les titres. Gentry se pencha pour mieux voir. Il y avait un article sur des chauves-souris pêcheuses capables de détecter la nageoire dorsale d'un vairon dépassant de deux millimètres la surface de l'eau ; un autre sur des chauves-souris mangeuses de grenouilles qui distinguaient les proies comestibles de celles qui les auraient empoisonnées en écoutant le chant d'amour des mâles. Gentry gardait la tête tournée vers l'écran, mais son regard avait glissé vers Nancy.

Elle cliqua pour appeler une troisième liste.

— Combien de temps êtes-vous resté marié, si ma question ne vous paraît pas indiscrète ?

— Oh, non, dit-il. Huit ans. Avec Priscilla Nicole Francis. Elle était caissière dans une banque et je l'avais rencontrée en faisant ma ronde. On a acheté une petite maison à Norwalk, dans le Connecticut. Elle voulait des enfants, une vraie vie. Mais quand j'ai commencé à travailler en sous-marin, elle ne m'a plus vu que deux ou trois soirs par semaine. Et même ces soirs-là, je n'étais pas d'une compagnie très agréable. J'étais obsédé par le type que je voulais coincer. Je ne lui reproche pas d'être partie.

— Vous vous voyez encore ?

Il secoua la tête.

— Elle s'est remariée, avec un directeur de société plein d'avenir. Ils ont une belle maison et une petite fille. Je me sens très loin de tout ça.

Il y avait maintenant une note de nostalgie dans sa

voix, mais ce fut seulement en voyant Nancy baisser les yeux d'un air embarrassé qu'il s'en rendit compte.

— Excusez-moi, dit-elle. Je n'aurais pas dû vous poser ces questions.

— Ça va très bien. Mais je ne parle pas beaucoup à mes semblables, sinon pour leur dire de se calmer, de remplir un formulaire ou de me faire un rapport.

— Ou de sortir d'un souterrain.

— Ou de sortir d'un souterrain.

— Moi, c'est la même chose, dit la jeune femme, avec un petit rire. Je passe tellement de temps au zoo à observer les chauves-souris ou à parler d'elles à des groupes d'écoliers, ou à me tenir au courant des recherches et des publications que je finis par oublier de parler aux gens.

Le bipeur de Gentry s'était mis à siffler pendant qu'elle disait cela. Il regarda le cadran.

— C'est le *Stat Unit*.

— Vous avez besoin de l'ordinateur ?

— Non, j'ai une deuxième ligne pour le téléphone. Il se dirigea vers la cuisine et composa le numéro.

— En tout cas, dit-il, vous ne voyez peut-être pas grand monde mais j'ai apprécié les moments qu'on a passés ensemble. Même les mauvais.

Bien qu'elle fût à l'autre extrémité de la pièce, Gentry vit rosir ses joues pâles. Elle le remercia.

La conversation avec le patron de *Stat Unit* fut brève, et Gentry ne prit pas la peine de noter ce qu'on lui disait. Il raccrocha et revint vers elle.

— Alors ? demanda Nancy.

— C'est maigre. La seule attaque de chauves-souris qu'ils aient trouvée et qui puisse se comparer aux autres s'est produite à New Paltz. C'est à combien — quarante-cinq ou cinquante kilomètres de l'Hudson ?

— A peu près. Que s'est-il passé ?

— Il y a trois jours, un groupe de randonneurs a été attaqué dans les monts Catskill. Ils ont été obligés de se jeter dans un étang et de rester sous l'eau pour se protéger.

— Ils s'en sont sortis sans trop de mal ?

— Oui, à part des écorchures et le fait qu'ils n'y remettront jamais les pieds. Ils ont dit que les chauves-souris les avaient lâchés au bout d'un quart d'heure.

— C'est à peu près le temps qu'a duré l'attaque sur le terrain de base-ball, dit Nancy. (Elle tambourina sur la table.) Ça nous fait donc trois attaques en direction de New York. Un comportement agressif localisé dans le temps et dans l'espace.

— Ce n'étaient pas de grosses chauves-souris, fit remarquer Gentry. En ce qui concerne ces trois incidents, en tout cas.

— Eh bien, comme le disait l'un de mes vieux profs de géométrie, un point n'est qu'un point. Mais deux points font une ligne et trois points définissent un plan et un plan est une chose sur laquelle on peut s'appuyer. Quand nous aurons épluché tous ces articles, nous verrons si celui-ci a quelque chose à nous apprendre.

Elle acheva sa lecture de la troisième liste d'articles répertoriés sous les mots « chauves-souris, anomalies » et appela la quatrième et dernière liste. En l'attendant, elle mordit à nouveau dans la pizza.

Comme les titres s'inscrivaient sur l'écran, Gentry se pencha pour les lire en même temps qu'elle. Et une fois de plus, il oublia les chauves-souris.

Priscilla avait souvent plaisanté, puis elle s'en était plainte, de ce qu'en rentrant chez lui il avait toujours envie de faire l'amour. Aussi fatigué, aussi sale qu'il fût au-dehors comme au-dedans. Elle n'avait jamais voulu comprendre que c'était d'elle dont il avait besoin. Besoin de la fraîcheur et de la beauté qu'elle lui apportait. Besoin de se régénérer et de se prouver que tout cela existait bel et bien. L'intimité était pour lui le seul moyen de le réaliser pleinement. Des mots tendres chuchotés contre une joue, la douceur d'un contact, d'un souffle contre son cou. Faire l'amour était une transfusion de tout ce qu'il y avait en elle de bon et de pur et de sain à tout ce qui, en lui, était usé, mort et souillé.

Peut-être le poids d'une telle responsabilité était-il trop lourd pour une seule personne. C'était pourtant de cela dont il avait besoin. Et voici qu'à cet instant, pour la première fois depuis très longtemps, il éprouvait à nouveau ce désir d'intimité. Il se sentait à la fois excité et détendu par la tiédeur de cette nuque et de cette joue, par le parfum qui émanait d'elle — ou plutôt cette odeur légèrement musquée de peur et de transpiration séchée qui était presque l'odeur de l'amour ; par la chair tendre qu'il voyait derrière son oreille. Dans un monde parfait, où il aurait pu arrêter le temps et voler un instant d'indulgence sans crainte de rebuffade, il aurait effleuré de ses lèvres cette peau si douce.

— Vous voyez bien ? demanda-t-elle en faisant glisser sa chaise vers la gauche.

— Très bien, répondit-il.

L'instant était passé, mais il était allé en rejoindre d'autres dans sa mémoire. Il se recula un peu.

— Voilà quelque chose qui m'avait échappé, dit-elle.

Gentry regarda le titre qu'elle montrait du doigt.

— Ça vient de Tchéliabinsk, en Sibérie.

Elle cliqua sur le titre et mordit dans la pizza pendant que la machine chargeait le texte. Il apparut au bout d'une minute. C'était une correspondance publiée une semaine auparavant par l'*International Journal of Pediatrics*.

— Voilà pourquoi je ne l'avais pas vu, dit Nancy. Je m'en tiens toujours aux sites consacrés aux chauves-souris.

L'article émanait d'un spécialiste des radiations, le Dr Andrew Lipman. Lipman expliquait en exergue qu'il était retourné dans la ville russe où, huit ans plus tôt, des enfants avaient souffert de troubles mineurs causés par des radiations dans un camp de vacances ouvert depuis peu au bord du lac. Avec les spécialistes russes qu'il accompagnait, il avait découvert des fuites dans des conteneurs enfouis plusieurs années auparavant sur le site d'une usine d'armement nucléaire proche de Kopeïsk.

— Toutefois, lut Nancy, les troubles dont souffraient les enfants n'étaient pas dus aux déchets eux-mêmes, qui avaient été enfouis très profondément dans une grotte. Ils étaient dus au guano radioactif présent dans l'eau du lac. Le guano était produit par les chauves-souris vivant dans cette grotte, qui laissaient tomber leurs déjections dans l'eau d'une rivière qui alimentait le lac en question.

— Des déchets radioactifs…, dit Gentry. Il y a de quoi provoquer de sérieux dégâts dans les chromosomes ?

— Oui. Mais ça s'est passé à treize mille kilomètres d'ici.

— Vous disiez que les chauves-souris sont des animaux migrateurs. Vous pensez qu'elles auraient pu venir jusqu'ici ?

— Non.

— En tout cas, on sait bien que la radioactivité peut provoquer de formidables mutations.

— Théoriquement, oui. A condition de ne pas tuer les chauves-souris. Mais il y a tout de même loin, très loin, de la découverte de guano radioactif dans un lac russe à ce que nous avons constaté ici.

— Dans le domaine de la zoologie, sans doute, observa Gentry. C'est même ce que nous appelons, nous autres policiers, une HL — Hypothèse Lointaine. Mais il arrive qu'une HL se révèle payante, ne serait-ce qu'en vous orientant dans une direction à laquelle vous n'aviez pas pensé. Nous ferions peut-être bien de retrouver ce Dr Lipman pour lui demander s'il n'a rien remarqué d'anormal concernant ces chauves-souris.

— Je crois que ça vaut la peine qu'on l'appelle.

— Il y a quelque chose sur lui dans l'article ?

— En général on fait figurer une courte biographie à

la fin. (Elle fit défiler le texte.) Voilà. Lipman est pédiatre et il a travaillé un peu partout dans le monde pour un programme d'aide à l'enfance des Nations unies. Ce qui l'a amené en Sibérie où se posait le problème de ces enfants malades. On dit aussi qu'il…

Elle s'interrompit.

— Qu'y a-t-il ?

Elle mit le doigt sur le passage qu'elle lisait. Gentry lut rapidement le reste de la notice biographique. Le Dr Lipman avait un cabinet à New Paltz.

— C'est forcément une coïncidence, dit Nancy.

— Peut-être. Ou alors, c'est qu'il a rapporté des échantillons de là-bas.

— Seigneur. Mais même s'il l'avait fait, ce serait franchir un grand pas que d'établir un rapport entre du guano radioactif et un comportement aberrant des chauves-souris. Et cette affaire remonte à près de dix ans.

— Je pensais à des chauves-souris, pas à du guano.

Nancy Joyce leva les yeux vers lui. Sans rien dire.

— Appelons ce Dr Lipman, continua Gentry. Ne serait-ce que pour en avoir le cœur net. Pour être certains qu'il ne s'est rien passé d'anormal.

Il appela le service des renseignements, obtint le numéro du cabinet, et appela. Il leur faudrait un peu moins de deux heures pour atteindre New Paltz en voiture. Rendez-vous fut pris pour six heures du soir avec le Dr Lipman. Ils prirent un taxi jusqu'au garage de Gentry sur la Quarante-Sixième Rue, y récupérèrent sa voiture, et se mirent en route.

19

Nancy Joyce sentit sa fatigue en s'asseyant dans la Cutlass de Gentry. Elle avait déjà derrière elle une longue journée marquée par l'angoisse et la précipitation. Et sur le cœur l'attitude méprisante du lieutenant Kilar et de son chasseur de rats.

D'où sa colère. Gentry et Kilar avaient l'un et l'autre touché une corde sensible qui n'en finissait pas de vibrer.

Elle était aussi fatiguée moralement que physiquement. Mais cela, on pouvait s'y attendre. Ce qui l'étonnait, par contre, c'était ce qu'elle ressentait en même temps que cette fatigue. Tandis que Gentry se frayait un chemin à travers la circulation moyennement chargée de la West Side Highway — il ne marmonnait pas des invectives à l'adresse des autres conducteurs comme elle l'aurait fait à sa place —, Nancy Joyce se laissa envahir par une sensation de bien-être tout à fait inattendue. Les horreurs qui avaient marqué les dernières heures étaient toujours présentes à son esprit. Mais les circonstances la ramenaient à quelque chose qu'elle connaissait bien et retrouvait avec plaisir : elle était de retour sur le terrain. Et ce n'était pas, cette fois, aux côtés d'un homme qu'elle admirait autant qu'elle le craignait, mais avec quelqu'un qui était pour elle un égal. Un partenaire.

Un compagnon ?

Nancy Joyce ouvrit bien grands les yeux pour couper court à sa rêverie et passer à autre chose. Elle connaissait Gentry depuis une demi-journée. Et ils ne s'étaient pas aimés au premier regard, ni au second. Mais elle ne pouvait que constater à quel point elle se sentait proche de l'homme qui conduisait à ses côtés. Elle n'éprouvait peut-être pas pour lui une attirance irrésistible, mais elle n'avait pas non plus la moindre envie de se trouver ailleurs. Et pour une fille comme elle, d'ordinaire si casanière et éprise de sa solitude, l'expérience était nouvelle et un rien troublante.

— Laissez-vous aller, dormez un peu si vous êtes fatiguée, dit Gentry.

— Pardon ?

— Il m'a semblé que vous vous assoupissiez.

— Pas du tout, dit-elle. Je suis très bien.

Il se contenta de hocher la tête.

— Si vous voulez un peu de musique, il y a un tas de cassettes dans la boîte à gants. Je ne sais pas si c'est ce que vous aimez, mais vous pouvez toujours essayer.

Nancy ouvrit et regarda les cassettes jetées pêle-mêle.

— Ça me rappelle la façon dont je rangeais les enregistrements des conférences du Pr Lowery. Vous avez une préférence ?

— N'importe laquelle fera l'affaire. Il n'y a que du rock des années cinquante et soixante.

— Et rien de plus récent ?

— Rien. Désolé.

— Moi, c'était plutôt les années soixante, soixante-dix, dit-elle. Queen. Prince. Michael Jackson.

— Le roi de la pop. Et toutes les têtes couronnées.

— Vous avez tout compris.

Elle se mit à examiner les quelques cassettes portant des étiquettes.

— J'aimais bien tout ça, moi aussi, reprit Gentry. Mais quand je travaillais en sous-marin, le type que nous voulions coincer écoutait tout le temps les derniers disques de rock dans sa voiture. Son grand favori était Police, ce qui ne manquait pas d'ironie, je pense. Voilà comment se créent les associations d'idées : depuis, je ne peux pas écouter cette musique sans penser à ce salopard.

— Pourquoi avez-vous cessé de travailler en sous-marin ?

— Parce que j'étais grillé. Je n'aurais pas continué très longtemps de toute façon.

— De toute façon ?

— Oui. Même s'il n'était rien arrivé à Bernie Michaelson — le garçon avec qui je faisais équipe.

— Qu'a-t-il fait pour vous inciter à laisser tomber ?

— Exactement ce que je lui avais dit.

Nancy le regarda en fronçant les sourcils.

— Je ne vous suis plus.

— Ça ne fait rien. C'est une longue histoire.

— Vous l'avez déjà dit, quand vous m'avez appelée au musée. « C'est une longue histoire. » J'aimerais bien la connaître, si ça ne vous ennuie pas d'en parler.

Gentry se tourna vers elle.

— Passons un marché. Je vous raconte mon histoire si vous me racontez la vôtre.

— La mienne ?

— Celle dont vous parliez quand vous m'avez dit, à l'hôpital, que je ne savais pas tout.

— Je ne vous suis toujours pas…

— Allons, rappelez-vous ! On parlait de l'APC…

— Je regrette, c'est non, dit-elle, d'un ton catégorique. (Puis elle ajouta, en baissant un peu la voix :) Je ne peux pas, Robert. Je sais pas si je serais capable de le raconter. Je ne suis même pas certaine de le *comprendre*.

Gentry reporta son attention sur la route. Nancy se remit à examiner les cassettes, mais elle avait l'esprit ailleurs. Une chose lui paraissait claire : les hommes *insistaient* toujours. Pourquoi ? Parce qu'ils voulaient vous aider ou parce que leur savoir leur conférait une sorte de supériorité…

— Bernie Michaelson a été mon partenaire pendant sept ans, dit soudain Gentry.

Nancy Joyce cessa de fouiller parmi les cassettes. Elle releva la tête. Les mains de Gentry se crispèrent lentement autour du volant.

— Il voulait depuis toujours être flic, et rien d'autre. Fils de flic, petit-fils de flic, vous voyez le genre. Il a d'abord été mon fantôme — celui qui sert de compère au flic quand il achète dans la rue. Dans ces cas-là, voyez-vous, il n'est pas question de porter un gilet pare-balles. Ça fait une épaisseur, et si quelqu'un vous tape dans le dos, vous êtes cuit. Le fantôme reste dans les parages tant que vous n'êtes pas parti, ou achète pour vous si vous ne venez pas. Mizuno, le type qu'on avait dans le collimateur depuis des années, passait l'été à Columbia et l'hiver à Bridgeport, dans le Connecticut. Pendant la saison de basket, il restait chez lui tous les soirs pour suivre les matches à la télé. Tous les soirs, sans exception. Quand on a estimé qu'on avait assez de preuves — enregistrements, empreintes digitales, numéros de comptes bancaires, traces écrites —, on a organisé une souricière avec les flics locaux. Mais au jour dit, l'équipe des Knicks s'est fait rétamer d'entrée de match, et Mizuno a décidé de laisser tomber et d'aller voir sa copine à Fairfield. Ses deux gardes du corps se sont levés pour aller chercher la voiture et s'assurer que la voie était libre. On savait, Bernie et moi, que les types de la Brigade des stups de Bridgeport seraient là exactement dans deux minutes. Si les gorilles étaient sortis à ce moment-là, ils avaient toutes les chances de les voir arriver et prendre position. Il fallait absolument que tout le monde reste là où il était, devant la télé, au moins deux minutes de plus.

« Ce Mizuno m'aimait bien parce qu'il me trouvait drôle. Alors j'ai proposé de lui raconter une blague qu'il ne connaissait pas encore. Et j'ai demandé aux gardes du corps de rester parce que j'avais besoin d'eux pour la mettre en scène. Je pouvais toujours inventer une histoire et faire durer pour gagner du temps. Mais Mizuno n'était pas d'humeur à écouter des blagues. Il a dit aux gardes du corps d'y aller, et il s'est levé à son tour. Moi, j'étais debout entre lui et la télé. La porte était à quelques pas sur ma gauche. Bernie était assis à côté de Mizuno. On s'est regardés. On n'avait plus le choix : il fallait les neutraliser tous les trois en attendant l'arrivée des renforts.

« J'ai fait un petit signe de tête à Bernie pour lui dire de s'occuper de Mizuno. Moi je m'occuperais des deux autres. Le problème, c'était qu'on ne pouvait pas avoir d'armes sur nous quand on était avec le patron. Il fallait donc que je pique celle du gorille qui venait vers moi, et que Bernie pique celle de Mizuno. J'y suis arrivé. Bernie a raté son coup. Mizuno lui a tiré une balle dans la jambe et une autre dans la poitrine. Je lui en ai logé une dans l'épaule avant de me retourner vers les gardes du corps. Les types des stups sont arrivés à ce moment et les ont tous désarmés. Bernie est mort pendant son transport à l'hôpital. J'ai quitté les stups quinze jours plus tard. Le commissaire divisionnaire Veltre m'a transféré aux accidents. C'est important, mais il y a un peu moins de stress.

Nancy était restée silencieuse pendant tout le récit. La boîte à gants était toujours ouverte.

— Robert, c'est triste.

Il hocha la tête.

— Je n'arrive même pas à imaginer ce que ça a pu être.

— Assez dur, pendant un certain temps, reconnut-il. Ça l'est encore, par intermittence, et il ne se passe guère de jour sans que je me rejoue la ritournelle du qu'est-ce que j'aurais pu ou dû faire et pourquoi avoir fait ceci et pas cela. Je n'arrive pas à m'ôter de l'idée que la Brigade des stups aurait pu régler l'affaire sans nous. Que le mieux, pour Bernie et moi, aurait peut-être été de ne rien faire du tout.

— Peut-être que les choses se seraient encore plus mal passées.

— C'est possible. C'est en tout cas ce dont mon nouveau et meilleur ami, le père Adams, essaye de me convaincre depuis six mois. On se retrouve une fois par semaine pour discuter. Mais c'est dur là-dedans — il se frappa le crâne — et quelque chose me dit toujours que c'est moi qui ai tout fait rater. D'où le petit accrochage qu'on a eu dans le tunnel, vous et moi. J'adore travailler avec des gens. Depuis toujours. Avec mes indicateurs, dans la rue, quand j'étais aux stups, avec mes médecins légistes, et même avec notre lamentable équipe de *softball*[1]. Ça m'a plu de travailler avec vous. Mais si quelque chose devait arriver à quiconque avec moi, il faudrait que ce soit un accident, ou que Dieu en personne s'en mêle. Et non parce que je n'aurais pas su protéger ceux qui m'accompagnaient.

La route suivait l'Hudson. Des bateaux de plaisance glissaient sur l'eau ensoleillée. Nancy referma la boîte à gants sans avoir choisi de cassette. Elle regarda le George Washington Bridge devant eux.

— Ça arrive à tout le monde de se planter, dit-elle. Ça vous arrive parfois alors qu'on pensait bien faire. On en aurait juré. On y avait réfléchi, on avait pesé le pour et le contre, on avait eu des semaines pour se décider, et non des secondes. Dans cet univers — celui des conservateurs de musée, des assistants conservateurs, des directeurs, des directeurs-adjoints, des assistants — la concurrence est aussi acharnée que vous le disiez. Il y a une cinquantaine de détenteurs d'un doctorat ès sciences pour chaque poste qui se libère. En décrocher un, c'est vraiment une

1. Variante du base-ball, qui se joue sur un terrain plus petit avec une balle plus grande et plus molle. *(N.d.T.)*

victoire pour soi-même. La possibilité de dire « allez vous faire pendre ailleurs » à tous ceux qui vous croyaient folle quand vous étiez gamine à cause des choses qui vous plaisaient, parce que vous rêviez de devenir trapéziste dans un cirque ou de remonter l'Amazone en pirogue.

— Ou de vous consacrer aux chauves-souris.

— Ça aussi. Mais si vous acceptez qu'on vous aide pour remporter cette victoire, vous y perdez toute estime pour vous-même, et c'est pire qu'un échec. Vous ne saurez jamais si vous auriez réussi sans aide. Et si vous ne vous seriez pas senti mieux d'avoir échoué.

— Lowery, dit Gentry.

Nancy se contenta d'un hochement de tête. Elle sentait des larmes lui venir aux yeux.

— Je regrette d'avoir abordé ce sujet, dit Gentry. Vous n'avez pas à…

— Si, j'en ai envie. (Elle pleurait et riait à la fois.) Regardez-moi, je suis folle. Je passe en une seconde de la rancune aux confidences. Mais vous avez fait pour moi quelque chose qu'on ne fait pas si souvent. Vous avez renoncé à ce que vous vouliez pour ne pas me contrarier. Et vous m'avez témoigné de la confiance en me parlant de quelque chose qui vous est très personnel. Quand on est une fille, ces choses-là vous vont droit au cœur, beaucoup plus que le genre : « Viens chez moi je te montrerai mon guano » — que je n'ai toujours pas vu, à propos !

Gentry sourit.

— Oui, poursuivit-elle, avec un soupir. Le Pr Lowery. Il a été mon mentor et mon premier amant.

Le sourire de Gentry perdit un peu de son éclat.

— Je dépendais entièrement de lui, dit-elle. Il était conservateur du musée à cette époque, il est maintenant professeur honoraire. Un chercheur passionné. Il supervisait les expérimentations. Je pensais, au début, qu'il voulait m'aider à épanouir mes capacités. Et c'était vrai en partie. Puis j'ai commencé à me dire qu'il essayait de tirer « quelque chose » de moi. Comme dans l'histoire d'Eliza Doolittle. Vous prenez une étudiante lambda, une fille tristounette, renfermée, élevée dans une famille ni chic ni riche, et vous en faites la championne dans le domaine qui est le vôtre. Vous lui mettez les outils en main, vous la guidez, vous lui offrez un enseignement, des expériences auxquelles personne n'a accès. Vous l'emmenez avec vous à travers le monde et vous faites en sorte que ses articles paraissent dans les meilleures revues, même si vous n'êtes pas d'accord avec leur contenu. (Elle s'interrompit quelques secondes, avec un petit rire amer.) Nous avions un grand débat entre nous, pour savoir si les chauves-souris éprouvaient ou non des émotions rudimentaires. Mais il était toujours derrière moi.

— Parce que l'enjeu n'avait rien de scientifique, dit Gentry. Depuis le début.

— Non. Vous avez raison. C'était une question d'ego. Faites d'elle une femme qui réussit dans un métier d'homme, et c'est à vous qu'elle le devra. A *vous*, pas à elle. Je me suis laissée porter par le courant parce qu'il allait où je voulais aller. Et j'avais trop peur pour dire à ce personnage imposant : « Attendez un peu. » Mais une fois que vous êtes parvenue jusque-là et que vous regardez en arrière, vous vous apercevez que même si vous êtes aussi calée que possible, même si vous êtes peut-être la meilleure, vous ne le *sentez* pas comme ça. Me voici donc première de la classe dans le monde des chauves-souris. Une femme qui a réussi. La spécialiste des chauves-souris. Mais au fond de moi, je suis toujours la petite amie de Lowery. Et le pire, c'est que je continue à courber l'échine. Comme vous avez dû le voir.

— Oui, dit Gentry. Cette façon de vous appeler « Nannie »... Mais il n'est pas trop tard, vous savez.

— Pour le congédier ?

— Sans brutalité. Mais vous n'avez pas à vous soumettre non plus. Je crois que c'est mauvais pour vous. Et ce serait mieux, aussi, que de vous énerver chaque fois que quelqu'un vous donne l'impression de vouloir vous dominer.

— Je ne sais pas si ça résoudrait tout, Robert. D'ailleurs, le problème tient en partie — en grande partie — à ce que je reste attachée au Pr Lowery. Je ne l'aime pas d'amour, et je ne suis pas certaine de l'avoir jamais aimé, mais je ne veux pas lui faire de peine.

Ils se turent un moment. Puis Gentry haussa les épaules.

— Ma foi, tout ça ne me regardait pas, pour commencer. Et je veux vraiment vous remercier.

— De quoi ?

— De votre confiance.

— Je vous en prie, dit-elle. Maintenant qu'on s'est bien épanchés, on pourrait peut-être écouter un peu de musique ?

Elle prit une cassette au hasard et la glissa dans l'appareil.

Deux heures plus tard, après que le soleil se fut couché sur les Catskill, et après avoir écouté Simon et Garfunkel, Garry Puckett et Union Gap, Gentry et Nancy Joyce arrivèrent à New Paltz.

20

Le cabinet du Dr Lipman occupait plusieurs pièces à l'arrière d'une maison de trois étages, vieille de plus d'un siècle, bâtie en pleine campagne sur un terrain de trois hectares planté d'arbres très serrés. Le pédiatre commençait à examiner son dernier patient de la journée quand Gentry et Nancy Joyce s'engagèrent dans la longue allée de gravier. Un silence total régnait. Une épaisse végétation empêchait de voir le ciel, et le sous-bois était sombre. La rivière coulait lentement le long d'une courbe, sa surface à peine ridée accrochant les derniers reflets du couchant. Une vraie forêt de conte de fées, songea Nancy. Et, à l'inverse de la veille — constata-t-elle avec satisfaction —, il y avait dans l'air des insectes et quelques discrètes chauves-souris.

— Les chauves-souris ont un comportement étrange, dit Gentry.

— Très.

— Ça me rappelle les gamins qui se droguaient. Du moment qu'ils avaient leur dose, tout allait bien.

— C'est ce qui se passe avec tous les produits à accoutumance, dit Nancy. La nicotine, l'alcool…

Gentry ramassa un bâton et entreprit d'en détacher l'écorce.

— Il se pourrait que nous ayons un sérieux problème sur les bras, n'est-ce pas ?

Elle hocha la tête.

— Comment fait-on pour exterminer les chauves-souris ?

— Nous n'avons jamais eu à le faire. Mais je dirais avec du poison, ou du gaz. Le problème avec le métro de New York, ce sont les innombrables galeries qu'il doit y avoir, tous les recoins où elles peuvent se tapir. Et il ne suffirait pas, comme pour les rats, de semer des boulettes empoisonnées. Si ces chauves-souris sont toutes insectivores, ce sont les insectes qu'il faudra d'abord empoisonner. Je ne sais pas si c'est possible. Et il y a notre chauve-souris géante. Si elle existe, elle doit être très rapide et très forte.

— Elle est forte, pour ça oui, dit Gentry.

Elle lui jeta un regard.

— Vous vous rappelez ces empreintes sur la grille, à Grand Central ? demanda-t-il. S'il y avait une grande chauve-souris, elle était peut-être là, pendue par les pattes et la tête en bas.

— C'est ce qu'elles font.

— Oui, mais comme vous le disiez, il faudrait de sacrés muscles pour porter tout ce poids.

— En effet, reconnut Nancy Joyce. Mais elle a pu aussi ramper le long du plafond en se servant de ses pattes et de ses premiers doigts, ceux qui se trouvent à la pointe des ailes. Ce serait logique, ajouta-t-elle. La chauve-souris se serait nourrie, serait revenue dans le tunnel et y aurait laissé ce tas de guano, son système digestif étant stimulé après qu'elle eut mangé et volé.

Ils entendirent une voiture démarrer et retournèrent au cabinet. Ils trouvèrent le Dr Lipman en discussion avec sa réceptionniste.

— Je suis à vous tout de suite, dit-il.

Andy Lipman semblait avoir dépassé de peu la soixantaine. Râblé, mesurant dans les un mètre soixante-cinq. Un visage rond, une grande bouche et le regard vif sous d'épais sourcils bruns. Il était bronzé, et chauve, à l'exclusion d'une mince couronne de cheveux châtain clair. Il avait un nœud papillon rouge, une chemise blanche, et un jean un peu serré à la taille.

Lipman remercia la réceptionniste et lui dit de rentrer chez elle, puis traversa la salle d'attente, la main tendue.

— Quand vous avez appelé, dit-il à Nancy, je n'ai pas réalisé que vous étiez la zoologiste Nancy Joyce, du zoo du Bronx. Je me suis permis de demander à Warren de jeter un coup d'œil sur le Net. Vous avez beaucoup publié.

— En effet, monsieur.

— Je discute toujours un peu avec les gamins que je soigne, dit Lipman. Je leur demande ce qu'ils ont fait dernièrement. Certains m'ont parlé de la sortie qu'ils avaient faite avec la « dame des chauves-souris ».

— C'était moi, dit Nancy. Lipman regarda Gentry.

— Inspecteur Robert Gentry, de la police de New York.

— Vous me voyez enchanté. Et curieux, aussi.

Il leur désigna un divan nettement fatigué.

— Asseyez-vous. Dites-moi ce que je peux faire pour vous.

Nancy Joyce s'assit. Gentry resta debout. Lipman se coula dans un fauteuil face au divan.

— Docteur, dit Nancy, avez-vous entendu parler de l'attaque de chauves-souris qui a eu lieu hier au soir sur un terrain de base-ball ?

— Oui.

— Plusieurs incidents analogues se sont produits ces derniers temps. Le premier à New Paltz il y a quelques jours. Le dernier ce matin à New York — plus meurtrier que les autres, j'en ai peur.

— C'est désolant.

— Les indices relevés dans plusieurs de ces endroits conduisent à envisager la présence d'une chauve-souris de l'espèce des vespertilionidés, mais d'une taille hors du commun. Produit d'une mutation. Après avoir lu votre article, nous nous sommes demandé s'il n'y aurait pas un rapport entre les chauves-souris que vous avez observées en Russie et ce qui se passe ici.

— Ce que nous avons besoin de savoir, dit Gentry, c'est si vous n'auriez pas rapporté quelque chose de l'un de vos voyages en Sibérie. Quelque chose qui aurait affecté le comportement de cette population animale ?

Lipman regarda Gentry.

— Dois-je appeler mon avocat ?

— Docteur, dit très vite Nancy, ceci n'est pas une enquête officielle. Nous ne cherchons pas à accuser quiconque. Nous essayons simplement d'appréhender un problème en remontant à l'origine.

Lipman croisa les mains sur ses genoux.

— L'origine du problème, c'est l'égoïsme. Le recours aux expédients. La Russie, l'Union soviétique, y excellait. Avez-vous jamais entendu parler de Dzerjinsk ?

Nancy répondit que non. Gentry secoua la tête.

— C'est une ville de trois cent mille habitants, à quatre cents kilomètres à l'est de Moscou. Dans ses usines, quarante années durant, on a produit des gaz toxiques. Gaz urticants, gaz asphyxiants, carburant pour missiles, DDT — tout. Après la disparition de l'Union soviétique, savez-vous ce qu'on a fait de tout le poison qui n'avait pas été distribué ? On l'a enterré. On a retrouvé des bidons rouillés, dilatés dans le sol. On m'a fait venir quand des milliers d'enfants sont tombés malades. Qu'est-ce qui était, d'après vous, à l'origine de cette maladie ? Le charbon. Le charbon qu'on brûlait dans les maisons. Le charbon qui avait absorbé des quantités mortelles de dioxine avant d'être extrait du sol. (Il eut un petit rire.) La solution adoptée par les Russes n'a pas consisté à nettoyer la ville pour éliminer ces poisons. Non. On s'est contenté de dire aux habitants : « Ne vous chauffez pas avec le charbon d'ici, ne mangez pas les fruits et les légumes cultivés ici. » C'était pathétique.

— Il n'y a pas de quoi être surpris, dit Nancy. Les Soviétiques n'ont pas voulu reconnaître qu'il y avait un problème à Tchernobyl jusqu'à ce qu'on ait détecté la hausse de radioactivité en Suède.

— Je n'en ai pas été surpris, répondit Lipman. Seulement triste, pour les gens. La solution a été la même, face au problème de radioactivité sur le site de Tchéliabinsk. On fait le black-out et on minimise. Pour savoir comment soigner les enfants, j'ai cherché s'il n'y avait pas quelque chose d'enfoui dans une grotte, quelques fûts comme ceux de Dzerjinsk. Mais personne n'en avait la *moindre* idée. Ils s'en fichaient, c'est tout.

— Un bouillon toxique, dit Nancy.

— Datant de moins de cinquante ans. Et qui peut dire où encore, dans le monde, se trouvent des « bouillons » comme celui-ci ? En Chine, en Irak, sur d'autres sites de l'ex-Union soviétique — que Dieu nous aide ! Les risques potentiels de catastrophes écologiques sont énormes. Mais revenons à Tchéliabinsk. Au cours de la première visite que j'y avais faite, les Russes avaient exterminé toutes les chauves-souris de la grotte. Il y en avait des milliers. Des dizaines de milliers. Je n'ai pas vu, moi-même, la colonie, mais j'ai entendu dire qu'elles n'étaient pas… normales.

— De quel point de vue ? demanda Nancy.

— L'un des militaires qui étaient descendus dans la grotte avait dit ensuite que certaines, dans ce qui semblait être la nursery, avaient la taille de renards.

— Comment les a-t-on détruites ?

— Par le feu. Les militaires utilisaient des lance-flammes. Les quelques chauves-souris qui ont réussi à s'enfuir en glapissant étaient en feu. C'était horrible. Les ingénieurs ont fait un barrage pour retenir la rivière qui coulait dans la grotte, en ont fermé l'entrée avec des explosifs, et ont ensuite drainé le lac proche du camp.

On a emporté l'eau et comblé le lac avec des rochers et de la terre. Le taux de radioactivité était négligeable, et tout allait bien. Sauf…

Il s'arrêta.

— Continuez, dit Nancy.

— Je suis resté pour aider l'équipe médicale des Nations unies qui s'occupait des enfants. La plupart avaient été placés en observation dans une clinique de la région. Ils souffraient d'un syndrome aigu de contamination radioactive — maux de tête, nausées, vomissements, malaises. Tous pouvaient marcher. Je faisais en sorte qu'ils restent au soleil le plus possible. Ici, parfois, je soigne mes patients dehors. J'ai toujours cru aux vertus thérapeutiques du soleil. J'avais toujours avec moi ma grande valise médicale. On ne sait jamais de quoi on aura besoin quand on est dans un pays étranger. J'avais entre autres choses des morceaux de banane séchée. La banane séchée a une forte teneur en potassium, qui est un excellent agent nettoyant des fluides corporels, et les enfants en mangent volontiers…

— Une chauve-souris s'est introduite dans la valise, dit Nancy.

Lipman, les mains jointes, dressa les pouces et les frappa l'un contre l'autre. Il semblait las.

— Chassée de chez elle. Affamée. Souffrant du froid. Elle s'est glissée dans votre valise.

— Je la laissais, parfois, reconnut-il. J'allais et venais avec les enfants. Je ne pensais pas…

— Que s'est-il passé ?

Lipman baissa les yeux.

— Pendant mon voyage de retour, la valise a voyagé avec moi en bagage à main et elle a passé la douane sans être inspectée. Ce sont les petits privilèges du travail humanitaire. Je l'ai posée sur la banquette arrière de la voiture et, comme je suis arrivé chez moi très tard, je l'y ai laissée jusqu'au lendemain matin. En la récupérant, j'ai senti une odeur bizarre et je l'ai ouverte. A l'intérieur, les morceaux de banane séchée avaient disparu et il y avait des crottes. J'ai retiré mes instruments et mon journal de voyage. Il y avait derrière une chauve-souris.

— Comment était-elle ? demanda Nancy.

— C'était, disons, quelque chose que je ne montrerais jamais à mes enfants. Elle était difforme. Un corps épais, puissamment musclé, tout en épaules et en pattes, avec un très gros ventre. On distinguait mal la tête tellement elle semblait enfoncée dans la poitrine. Mais elle avait une très grande bouche et de très gros yeux rouges et protubérants — comme les grosses billes avec lesquelles jouaient les enfants. Les oreilles aussi étaient grandes, mais je ne les ai pas vues clairement. Les ailes étaient repliées sur les flancs, mais je revois encore le gros ergot en forme de crochet qui se trouvait à l'extrémité.

— C'est ce qu'on appelle le premier doigt, dit Nancy. Le pouce.

— Qu'est devenue cette chauve-souris ? demanda Gentry.

— En la voyant, j'ai été surpris, expliqua Lipman. J'ai bondi en arrière et la valise s'est renversée. La chauve-souris en est sortie.

— Elle s'est envolée.

— Non.

— Elle avait les ailes brûlées ?

— Il ne semblait pas, mais je ne les ai pas vues déployées. La chauve-souris a filé le long du tapis, là. Elle mesurait environ vingt centimètres de long, et elle se déplaçait lentement, avec difficulté.

— Mais elle n'a pas ouvert ses ailes ? demanda Nancy.

— Non. Je voulais l'aider, la malheureuse. Mais quand je me suis approché, elle s'est précipitée sur la fenêtre qui est là — il montra la double fenêtre qui s'ouvrait au-dessus du divan —, elle a déchiré la moustiquaire et elle a sauté de l'autre côté. Le temps que je sorte, elle avait disparu.

— Où a-t-elle pu aller ? Vous avez une idée ?

— Non. Pas à ce moment-là, en tout cas. J'ai appelé le commissaire à l'environnement pour le prévenir qu'il y avait du côté de Walkill un animal potentiellement dangereux. Je ne pensais pas à la radioactivité, mais aux problèmes que pose toujours un animal hors de son milieu naturel. On l'a cherchée le long de la rivière, mais en vain. Je n'ai plus entendu parler d'elle pendant un mois.

— Que s'est-il passé à ce moment-là ? demanda Gentry.

— Des randonneurs l'ont retrouvée un peu plus loin sur le chemin. Elle était morte. Ils l'ont photographiée. J'ai vu la photo dans le bulletin d'une association écologiste locale, et on ne pouvait pas s'y tromper, c'était bien cette chauve-souris-là. Même face, même allure générale, bien que le corps ait été en partie desséché pour être resté au soleil. Il y avait tout de même une différence.

— Elle n'avait plus de gros ventre, dit Nancy.

Lipman la regarda, surpris.

— C'est exact. Comment le savez-vous ?

— Elle n'était plus pleine, répondit-elle.

21

— J'ai une question, dit Gentry.

L'inspecteur conduisait lentement. La nuit était tombée depuis peu. A l'ouest, une étoile brillait d'un éclat intense dans le ciel bleu-noir. Gentry se dirigeait vers une zone de forêt proche de la Route 32 Nord. D'après le journal c'était là, à moins de deux kilomètres de la maison du Dr Lipman, qu'on avait découvert la chauve-souris morte. Gentry ne savait pas ce que Nancy espérait y trouver alors que huit ans étaient passés depuis, et elle ne le lui avait pas dit. Mais il pensait lui aussi que, puisqu'ils n'étaient pas loin, autant valait y jeter un coup d'œil.

La jeune femme avait les jambes repliées, les genoux contre le tableau de bord. Elle tenait le plan sommaire dessiné par le pédiatre sur une feuille d'ordonnance.

— C'est Jupiter, dit-elle.

— Pardon ?

— La planète qu'on voit là-haut.

— Oui. Pourquoi ?

— Je vous ai vu la regarder. J'ai cru que vous alliez me demander si je la connaissais.

— Non, ce n'était pas ça, ma question. Mon père avait servi dans la Marine, il nous montrait souvent les étoiles en les appelant par leur nom.

Nancy parut un peu embarrassée. Elle redressa le plan sur ses genoux.

— Excusez-moi, dit-elle, je n'aurais pas dû.

— Quoi ?

— … penser que vous ne la connaissiez pas.

— Oh, je vous en prie. J'ai fait la même chose dans le tunnel du métro en vous expliquant ce qu'était le troisième rail.

— On ne se promène pas tous les jours entre les voies du métro, dit-elle. Mais beaucoup de gens regardent le ciel.

— Ce n'était pas mon cas. C'est pourquoi mon père insistait toujours. Il me décrivait Jupiter et Vénus et Orion et l'étoile Polaire. Moi, j'étais un gamin de la rue. Du genre qui dribble contre le trottoir avec son ballon, qui donne des coups de bâton dans les flaques et qui va à la pêche à travers les grilles d'égout. Si ça peut vous mettre à l'aise.

Elle parut se détendre un peu.

— Si vous voulez vraiment me saper le moral, reprit Gentry, dites-moi que vous connaissez par cœur la distance de la terre au soleil.

Elle se mit à rire.

— A peu près huit cents millions de kilomètres.

Gentry fit une grimace.

— Vous savez, j'étais souvent dehors la nuit, dit Nancy. Comme j'étais très curieuse de ces choses-là, je regardais en l'air.

— Vous m'étonnez, dit-il.

— La vérité, Robert, c'est que je suis une terrible mademoiselle Je-sais-tout. C'est ce que disaient tous les gamins.

— Il fallait les envoyer paître. Ils étaient jaloux.

— Non, gamins. De petits animaux grégaires à deux pattes. D'ailleurs, je n'ai pas envie d'en parler. C'était quoi, votre question ?

— Au sujet des radiations. Comment se fait-il que

dans certains cas la radioactivité provoque des mutations chez les êtres vivants et que dans d'autres elle les tue ?

— Tout dépend du degré d'exposition des différentes cellules, expliqua Nancy. J'ai suivi un cours de troisième cycle sur les effets des radiations sur les tissus vivants.

— Mademoiselle Je-sais-tout, plaisanta-t-il.

— J'ai eu l'examen de justesse, dit-elle en souriant. Il y avait un tas d'aspects physiques et chimiques qui me dépassaient. Mais on compte, fondamentalement, quatre types d'effets des radiations sur les corps vivants : effet somatique aigu, effet somatique grave, effet sur le développement et effet génétique. Ils dépendent beaucoup de l'intensité des radiations et de la capacité des tissus à renouveler les cellules lésées. La peau ou la paroi de l'intestin, par exemple, se reconstituent assez rapidement après une exposition peu importante, alors que les atteintes au système pileux, aux yeux et au cerveau sont irrémédiables. Les tissus du fœtus — dans lesquels les cellules irradiées peuvent provoquer des effets en cascade produisant à leur tour des cellules lésées — sont particulièrement sensibles à la radioactivité.

— Bon, je crois que j'ai compris. Revenons à notre grosse chauve-souris. Quelle est la durée de gestation chez ces animaux ?

— De trois à six mois.

— Et combien de petits par nichée ?

— Les chauves-souris normales n'ont pas de nichées. Elles ont un ou deux petits par grossesse. Pour ce vespertilionidé particulier, je ne sais pas. Les cellules irradiées peuvent se diviser de façon bizarre.

— Donc, un fort degré d'exposition peut faire du mal à une mère et provoquer des mutations chez le fœtus, mais il se peut qu'elle y survive assez longtemps pour porter le fœtus à terme. Et que le petit soit viable.

— Oui.

— Mais il n'est pas radioactif lui-même ?

— Non. La radioactivité ne se transmet pas au fœtus. Seulement ses conséquences.

— La mère agit donc comme un filtre.

— D'une certaine façon. Mais les changements peuvent être géométriques. Un petit mutant transmettra peut-être à sa descendance des malformations plus importantes que les siennes.

Gentry lui jeta un bref regard.

— Et donc, une grosse chauve-souris en provenance de Russie pourrait donner naissance à…

— Une chauve-souris encore plus grosse, compléta Nancy.

— Merde, dit Gentry.

— Oui. Ralentissez. (Ils arrivaient sur un tronçon de route plus sombre.) Là.

La route s'interrompait à l'orée d'un terrain boisé. Gentry haussa les épaules en soupirant.

— Vous savez, je peux accepter à peu près tout ce que vous avez dit. Mais je ne suis pas certain de vous suivre jusqu'au bout.

— C'est-à-dire ?

— Jusqu'à croire qu'un ou plusieurs prédateurs de cette espèce pourraient vivre ici, dans ce village, sans qu'on les voie.

— Pourquoi pas ? Vous croyez que les gens d'ici voient souvent des ours ?

— Ce n'est pas la même chose.

— Vous avez raison, dit Nancy. Une chauve-souris, ça vole. Ça se nourrit pendant la nuit. Son régime alimentaire est beaucoup plus varié que celui d'un ours, d'un lynx ou d'un cerf. Elle dispose d'un éventail de proies beaucoup plus large, ce qui réduit d'autant son impact sur la faune locale. Et elle a, en allant vers l'ouest, toute l'étendue des Catskill pour chasser en paix.

— D'accord. Admettons qu'elle passe inaperçue. Qu'elle vole trop bas pour être visible, même par le radar d'un aéroport. Et tâchez de répondre à la question suivante.

— Je vais essayer.

— Vous savez tirer avec un Magnum 44 ?

Elle sourit.

— Sur une chauve-souris en vol ?

— Bien. J'ai deux Ruger Super Blackhawk dans le coffre arrière. Et je n'irai pas à la chasse aux chauves-souris mutantes sans eux.

Ils roulèrent encore quelques minutes avant d'atteindre une clairière. Il n'y avait pas d'autre véhicule en vue. Gentry s'arrêta et ils descendirent de voiture. Il prit les deux pistolets dans la trappe du cric, où il les laissait toujours, et une torche électrique dans le coffre à outils. Quand il referma le coffre, celui-ci claqua avec un bruit étrangement définitif.

La température avait fraîchi depuis qu'ils avaient quitté le Dr Lipman. Une brise insistante agitait la pointe des arbres, comme un signe avant-coureur de la mauvaise saison et de sa tristesse. Les branches gémissaient doucement. Gentry entendit siffler un train dans le lointain. L'inspecteur se rappelait être entré avec beaucoup moins d'anxiété dans des repaires de trafiquants. Il connaissait ces ennemis-là. Les drogués déjantés ou des dealers à la gâchette facile. C'était quelque chose de… *primaire* — tel était du moins le mot qui lui vint à l'esprit.

En attaquant le chemin en pente, ils sentirent la terre et les cailloux s'effriter sous leurs pieds. Ils avançaient lentement, conformément à la recommandation pressante de Nancy. Elle ne tenait pas à tomber sur ce qu'elle appelait un « territoire virtuel » de chauves-souris comme celui dans lequel avaient pénétré la veille le petit joueur de base-ball et son père. Si cela lui arrivait, il était convenu qu'elle rebrousserait chemin immédiatement et que Gentry viendrait à son secours.

Des animaux invisibles s'enfuyaient en faisant craquer les branches mortes. Gentry regardait droit devant lui. Il tenait la torche ; Nancy marchait devant. Il aimait bien l'allure qu'elle avait avec ce lourd Magnum qui se balançait tranquillement contre sa cuisse. Il aimait bien son allure, point.

— Regardez dans les arbres, pas seulement par terre, dit-elle. Au cas où il y aurait encore une dépouille d'animal.

— C'est ce que je fais, répondit Gentry. Vous avez vu des chauves-souris ?

— Pas une seule. Hier soir il n'y avait *que* des chauves-souris dans la forêt. Ce soir, il y a de tout sauf des chauves-souris.

— Donc, nous perdons notre temps.

— Au contraire. Ce que je voulais dire, c'est qu'il *devrait* y avoir des chauves-souris. Je comprendrais qu'une colonie importante ait décimé une bonne partie de la faune et obligé les insectes survivants ou les lézards à fuir ou à se cacher. Mais je ne comprends pas ce qui aurait pu faire fuir *seulement* les chauves-souris, et pas tout le reste avec.

Elle s'arrêta. Gentry fit de même. Elle se retourna vers lui.

— Bon sang de bon sang !

— Qu'y a-t-il ?

— Robert, et si les chauves-souris ne s'étaient pas *enfuies* ?

— Je ne comprends pas.

— Rappelez-vous cette espèce de chemin le long de l'Hudson, dont vous parliez.

— Oui ?

— Ici, il n'y a pas de chauves-souris. Il y en avait assez peu lorsque je suis allée dans la forêt hier soir. On estime qu'il y en a beaucoup dans les tunnels et les souterrains de New York. Si elles étaient, tout simplement, en train de déménager ?

— De migrer, vous voulez dire ?

— Non. De déménager. D'une façon très organisée.

— Est-ce possible ?

— Les chauves-souris communiquent entre elles, dit-elle, en réfléchissant tout haut. On ignore jusqu'à quel point, mais on pense qu'elles sont très proches des dauphins, de ce point de vue. Elles émettent de brèves pulsations — des « cliquètements » — à une fréquence tellement rapide qu'elles ressemblent au coin-coin des canards. Et elles utilisent surtout ces sons pour chasser.

— C'est ce qu'on appelle l'écholocation.

— Oui. Mais de leur arrière-gorge, dans le larynx, elles émettent un sifflement à très haute fréquence qui peut changer de registre très rapidement. Nous pensons que ces sons servent à communiquer tous les messages, depuis le repérage des sources de nourriture jusqu'à l'attirance sexuelle et les ordres d'organisation.

— C'est très joli, tout ça, observa Gentry. Mais pourquoi les chauves-souris iraient-elles s'installer à New York ?

— Je n'en sais rien. Pourquoi changent-elles de lieu ? Pour s'abriter ou pour se nourrir.

— Le métro et les cafards.

— Il n'y a pas que ça, dit Nancy. Les petits pigeons, les souris, les rats, les poissons... New York offre un vrai festin aux chauves-souris.

— Tout comme les Catskill, ou Westchester et tout le Connecticut. Pas vrai ?

Nancy se remit à marcher.

— Pour une colonie ordinaire, oui. Mais s'agit-il d'une colonie ordinaire ?

Elle s'arrêta devant un panneau qui indiquait le chemin vers divers sites et points de vue. Gentry dirigea le faisceau de la torche dans cette direction.

Une barre de fer peinte en rouge et blanc était placée en travers d'un autre chemin de terre, à environ un mètre du sol. En son centre se trouvait un écriteau avec des horaires.

— Une décharge, dit Nancy.

Gentry éclaira au-delà de la barrière.

— C'est parfait, dit-elle. Il n'y a personne la nuit. Les restes de n'importe quel animal auront été enfouis par un bulldozer et l'odeur des déchets aura recouvert celle du guano.

— Vous voulez qu'on y aille ? demanda Gentry.

Elle se courba pour passer sous la barre.

— Je crois bien que oui, marmonna-t-il en la suivant.

Ils descendirent sur plus d'un kilomètre la piste de terre creusée d'ornières. La pleine lune qui s'était levée au-dessus des montagnes jetait une lumière blafarde sur les pentes recouvertes d'une épaisse forêt. Il n'y avait, pour meubler le silence, que le crissement de leurs semelles sur les pierres, le bruit des feuilles agitées par le vent nocturne et de temps à autre la fuite d'un animal dans le sous-bois. Ils avancèrent à pas lents, Nancy rappelant à Gentry qu'ils devaient immédiatement rebrousser chemin si une chauve-souris se jetait sur l'un d'eux. Gentry opina et lui fit observer qu'il avait trouvé moins inquiétant de faire des descentes dans des appartements quand il était aux stups. Ce danger-là, il le connaissait et le comprenait. En outre, tout était fini après quelques minutes d'intense activité. Mais, à cet instant, il ne savait pas à quoi il devait s'attendre, ni quand.

En arrivant à la décharge, ils débouchèrent sur une vision surréaliste. Des montagnes de déchets, bleues et blanches comme des pics lunaires, se dressaient au-dessus d'une étendue de terre aplanie. Ces grands tas irréguliers projetaient des ombres pointues, interminables, au-delà de leur base et par-dessus d'autres amas de détritus. A droite, près d'un hangar, un bulldozer attendait comme un monstre endormi.

— Où voulez-vous chercher ? demanda Gentry.

— Je n'en sais trop rien. Je crois que je vais choisir un endroit au hasard.

Et elle prit la direction des collines qui surplombaient

la décharge. La première pente se trouvait à environ trois cents mètres. Quand elle l'atteignit, elle la contourna lentement par la base, en éclairant tour à tour les arbres et le sol.

Gentry était resté à l'entrée de la décharge. Malgré son arme, il se sentait tout nu.

Après quelques minutes, Nancy s'immobilisa à un endroit où la pente devenait abrupte. Elle l'examina de haut en bas. Puis elle tomba à quatre pattes.

— Robert ?

Sa voix, soudain, semblait venir de très loin.

— Oui ?

— J'ai trouvé quelque chose !

Il se hâta de la rejoindre. Ce n'était pas la peur qui ralentissait sa démarche, mais la nausée : une étrange odeur de pin et de pourriture flottait dans l'air. Plus vite il aurait dépassé ces déchets, mieux il se sentirait. Il s'accroupit à côté de la jeune femme.

— Qu'est-ce que c'est ? demanda-t-il.

Elle lui montra du doigt un sillon profond et humide creusé par l'eau. On voyait le long des bords quelque chose de noir.

— On dirait du guano dissous, dit-elle en frottant une petite quantité de matière noire et boueuse entre ses doigts, puis en humant. (Elle dirigea le faisceau de la torche vers le haut de la pente.) Et il se peut qu'il vienne de là-haut.

Gentry leva les yeux.

Au-dessus d'eux, à environ deux mètres, débouchait une très grosse canalisation.

22

Gentry insista pour la précéder jusqu'au sommet de la pente.

Nancy ne discuta pas. Elle voulait qu'il ait le sentiment de participer à l'affaire autrement qu'avec ses armes et sa voiture. Et elle s'en voulait encore de cette réflexion à propos de Jupiter. Elle détestait l'idée de passer pour une prétentieuse, ce qu'elle n'était pas. Surtout auprès de quelqu'un qui se montrait en tout point un professionnel aussi irréprochable qu'elle l'était elle-même. Même lorsqu'il l'avait empêchée d'aller plus loin dans les souterrains de Grand Central Station, il ne l'avait pas fait par mépris pour son intelligence ou son savoir-faire.

Et Gentry avait sa part dans tout ça, même si, sans doute, il ne s'en rendait pas compte. Grâce à lui, elle avait l'impression de faire partie d'une équipe, d'être une partenaire dans cette recherche plutôt qu'une acolyte. Quand elle allait sur le terrain avec le Pr Lowery, il la poussait sans cesse à se dépasser physiquement et intellectuellement, la forçant à faire des choses de plus en plus difficiles. Mais elle avait toujours des moments de solitude car il regardait tout cela de haut. Il ne faisait jamais d'efforts lui-même, ne lui permettait jamais de penser qu'elle avait fait quelque chose pour lui. C'était ainsi qu'elle s'était laissé séduire par le professeur. Parce qu'elle l'aurait voulu plus proche d'elle à un moment de sa vie où elle en avait vraiment besoin : sa première année d'université, ses premiers grands voyages. Elle le voulait plus accessible. Tout cela ne l'ayant conduite qu'à devenir encore plus « sa chose ». Gentry n'avait pas du tout l'air d'appartenir à cette catégorie d'hommes. Même lorsqu'il avait un revolver au poing, même lorsqu'il lui avait ordonné de quitter ce maudit souterrain, elle avait senti chez lui quelque chose de gentil.

— Donc, si on reprenait tout depuis le début ? proposa Gentry pendant qu'ils grimpaient.

— D'accord.

— La maman chauve-souris échappe au Dr Lipman. Elle va jusqu'à la rivière. Elle la suit et donne naissance à son petit quelque part en chemin.

— Pas dans un endroit découvert, dit Nancy.

— Pourquoi ?

— Parce que les faucons chassent le long de la rivière. Ils lui prendraient son petit.

— Donc la mère trouve un endroit calme et reclus pour y faire naître sa progéniture, reprit Gentry.

— Près de l'eau et de la nourriture.

— Qu'a-t-elle pu faire ensuite ?

— En principe, la mère s'occupe de son petit, puis elle part à la recherche de nourriture. Mais un jour elle ne revient pas, sans doute parce qu'elle est morte des suites de son irradiation. C'est peu de temps après qu'on l'a retrouvée, sinon des charognards auraient dévoré son cadavre.

— Et le petit aurait pu se débrouiller ensuite ?

— C'est concevable, du moment qu'il y avait de l'eau et des insectes ou de la végétation, selon l'espèce à laquelle il appartient. Les petites chauves-souris sont assez vite autonomes.

— Et il aurait continué à vivre seul ?

— Sans doute pas. A l'époque des amours, les

chauves-souris mâles et femelles sont parfois très agressives.

— C'est quelque chose qui se voit souvent ?

— Dans les zones tempérées, ça se passe généralement à l'automne. Ce qui leur permet d'avoir leurs petits au printemps ou pendant l'été, quand la nourriture est abondante. A mon avis, la chauve-souris aura plutôt essayé de se joindre à une colonie existante. Si elle est aussi grosse que nous le pensons, elle aura pu s'y imposer sans difficulté.

Gentry s'arrêta en atteignant la canalisation. On avait du mal à rester debout à cet endroit en raison de la pente, et il dut se retenir à un arbre. Il parcourut la gueule béante de la canalisation avec le faisceau de la torche.

Elle devait faire un mètre vingt de diamètre, et le ciment était presque vert à cause du minerai présent dans l'eau.

— C'est très vieux, dit Gentry. On voit le logo de la WPA à moitié effacé.

— La WPA ?

— Works Progress Administration — un programme gouvernemental de grands travaux lancé lors de la Crise, pour créer des emplois. On a sans doute posé à cette époque tout un réseau de canalisations reliées les unes aux autres à travers la ville.

— Je vois, dit Nancy. Une chauve-souris née dans ces canalisations pouvait donc circuler un peu partout. Elle pouvait écouter aux autres sorties, s'assurer qu'il n'y avait personne, et s'en aller sans qu'on la voie.

— Sans doute. Mais une chauve-souris est-elle assez intelligente pour faire ça ?

— Une chauve-souris ordinaire, non.

— Nous n'avons pas affaire à une chauve-souris ordinaire. Non contente d'être plus grosse et plus forte que les autres, il se pourrait aussi qu'elle soit plus intelligente.

— C'est très possible, dit Nancy. Mais on n'a pas

besoin d'intelligence pour circuler dans un réseau de canalisations et écouter s'il y a du danger. C'est de l'instinct. De l'instinct de conservation. En tout cas, c'est l'une des raisons qui pourraient expliquer qu'on ne l'ait jamais vue.

Gentry se pencha prudemment au-dessus de l'ouverture. Il fronça le nez. Nancy, bien qu'elle se tînt à plus d'un mètre, sentit l'odeur qui en sortait. C'était bel et bien du guano. Le détective éclaira l'intérieur.

Il poussa un cri en se rejetant en arrière.

— Qu'y a-t-il ? cria Nancy.

— B… bon Dieu !

Elle le rejoignit précipitamment, saisit la torche pour regarder à son tour.

Un visage, un regard braqué sur eux… c'était une tête de mouton. La tête leur faisait face, mais le reste du corps n'était plus qu'un magma d'os brisés et de chairs sanguinolentes éparpillées le long de la canalisation.

— Excusez-moi, dit Gentry. Je ne m'attendais pas à ça.

— Ça va. J'aime bien les types qui n'ont pas peur de crier.

Passant la tête dans l'ouverture, elle braqua la torche. La carcasse du mouton portait des entailles longues et profondes semblables à celles qu'on avait relevées sur le cerf la veille. Nancy resta quelques secondes sans bouger.

— Quelque chose ne va pas ? demanda Gentry.

— Ça sent le guano, dit-elle. (Elle entra à demi dans la canalisation.) C'est ça. Il est resté collé aux membres inférieurs. Seigneur !

— Comment ?

— Il y a encore deux moutons là-dedans…

— Bon appétit tout le monde !

— … et… oh, mon Dieu !

— Qu'y a-t-il ?

— J'en vois un qui vit encore.

Nancy se laissa glisser hors de la canalisation et, d'un geste, invita Gentry à reculer. Puis, reculant d'un pas elle-même, elle leva le pistolet et tira à l'intérieur de la canalisation. Le bruit de la détonation retentit à travers la décharge. Le mouton eut un ultime soubresaut avant de retomber dans une flaque de sang. Nancy abaissa son arme.

— Robert, dit-elle, ces animaux viennent d'être tués. Le sang est encore liquide, et le guano ne date pas de deux heures.

— Ce qui signifie… que la grosse chauve-souris est revenue ?

— Je ne le crois pas, dit-elle, d'un ton sinistre. Ça signifie plutôt, je pense, que la grosse chauve-souris n'est pas seule.

23

Un jour, pensa Adrienne Hart, *le quartier de la finance aura une vie nocturne.*

La jeune courtière en Bourse détestait voir ces rues désertes après la fermeture des bureaux et le départ des financiers. Il n'y avait ni cinémas ni musées ni galeries, la plupart des appartements et des hôtels étaient plus au nord, et tous les magasins autour de Wall Street, sans exception, entraient en hibernation jusqu'au lendemain matin. Un jour, quand elle aurait de l'argent, elle ouvrirait un café-théâtre qui ferait venir les gens ici. Adieu les grosses coupures, bonjour les gros titres : ce serait d'elle qu'on parlerait dans les journaux. Après des années dans cet univers dominé par le mâle, elle ne manquait pas d'histoires à raconter.

En attendant, le World Trade Center était mortellement désert, et la descente rapide et feutrée depuis le soixante-septième étage constituait une sinistre et silencieuse expérience de *cocooning*.

Elle jeta un coup d'œil à sa montre et oublia immédiatement l'heure qu'il était. Aucune importance. Le temps de récupérer sa voiture au garage, de rejoindre sa maison du New Jersey et de se mettre au lit, il serait minuit. Elle se relèverait à cinq heures et demie pour avoir les cotes des marchés de Londres, Hong Kong et

Tokyo. Telle était la vie d'Adrienne Hart, vingt-six ans, en dehors des week-ends pendant lesquels elle allait à Philadelphie retrouver son fiancé.

Tout se passa si vite qu'elle eut à peine le temps de réagir. Une violente secousse ébranla l'ascenseur, la plaquant contre la paroi. Elle glissa dans un angle, perdit son attaché-case, et écarta les bras pour ne pas tomber. La cabine cessa de trembler.

Adrienne resta sans bouger, dans l'attente de ce qui allait suivre.

Un instant plus tard le toit carré explosait, pulvérisé de l'extérieur, brisant le plafonnier, et la cabine fut plongée dans l'obscurité. Dans sa chute, le panneau frappa la jambe gauche de la jeune femme, l'entaillant au-dessus du genou. Sous le coup de la douleur, Adrienne se ressaisit, lâcha un juron et s'écarta de la paroi.

La cabine poursuivait sa descente et un courant d'air chaud entrait par l'ouverture du toit. Adrienne chercha des yeux le tableau de commandes. Elle tendit la main vers le bouton de l'alarme.

Sa main ne devait jamais l'atteindre.

Quelque chose s'abattit sur la cabine. Quelque chose de grand, humide et silencieux qui étouffait tous les bruits. Adrienne n'entendit plus le chuintement de l'air dans la cage d'ascenseur ni les craquements du plancher, mais seulement son propre souffle précipité. Elle ne vit pas non plus le tableau de commandes, que la chose lui masquait. Elle ne vit plus qu'une épaisse obscurité, des ondes noires, puis brun foncé, puis noires à nouveau.

Ensuite il y eut du rouge. Face à elle. Deux yeux flamboyants et fixes qui faisaient penser à des feux de circulation, mais ne pouvaient pas en être, qu'auraient-ils fait là, juste devant elle ?

Elle se tourna vers la droite, tendit la main à nouveau pour chercher, frénétiquement, le tableau de commandes. Elle toucha quelque chose qui ressemblait à du satin.

Fin et doux et fluide… Mais la chose se rapprochait. La jeune femme se demanda ce qui avait bien pu tomber ainsi à travers…

Comme l'ascenseur ralentissait au terme de sa course, Adrienne sentit soudain une violente pression sous chaque aisselle. Elle se figea. Elle ne pouvait plus bouger. C'était là, sous ses aisselles, la même sensation qu'elle éprouvait, enfant, lorsqu'elle marchait sur des béquilles. Sauf que cette fois, les béquilles étaient à l'envers. La pointe s'enfonçait dans sa chair. Elle eut l'impression qu'on la soulevait, mais très brièvement. La pression éclata soudain en une douleur assez fulgurante pour oblitérer celle de sa jambe. Une coulée de feu la traversa des épaules vers la nuque, puis le long des bras et jusqu'au bout des doigts. En une fraction de seconde, l'épouvantable brûlure réveilla tous les nerfs. Puis elle explosa à nouveau dans ses épaules, avec une intensité accrue. Adrienne Hart sentit les os s'arracher à leurs tendons dans la partie supérieure de son dos et quelque chose s'enfonça dans la chair au même endroit. La douleur était si intense qu'elle aurait donné n'importe quoi — sa vie, même — pour y échapper.

Tandis qu'elle s'élevait, son corps fut secoué de violents frissons, des pieds jusqu'à la nuque. Des ondes de chaleur et de froid se succédèrent, accompagnant les battements désordonnés de son cœur dans sa poitrine. Sa bouche s'ouvrit pour jeter un cri silencieux. Sous l'effet de la douleur, la vision noire et rouge qui tourbillonnait devant ses yeux vira au blanc.

Puis, miséricordieusement, elle mourut.

24

Nancy et Gentry s'arrêtèrent au petit commissariat de New Paltz pour signaler la présence des cadavres de moutons à proximité de la décharge. Le sergent, une femme du nom de Katherine Mintz, les en remercia. Après leur avoir demandé ce qu'ils faisaient dans cet endroit — ils essayaient de résoudre, expliquèrent-ils, une vieille énigme concernant une chauve-souris du Dr Lipman —, elle leur dit que le propriétaire des moutons, Brian Silverman, avait téléphoné deux heures auparavant pour se plaindre de leur disparition. Gentry demanda si Silverman avait vu ou entendu quelque chose d'anormal. Rien, répondit Katherine Mintz ; ni traces de sang, ni empreintes de pas, ni aucun bruit de lutte. En sortant pour donner à manger à ses bêtes, il s'était aperçu qu'elles n'étaient plus là.

Gentry se servit du téléphone pour appeler l'Unité d'intervention rapide à Manhattan. Nancy écouta la conversation sur un autre appareil. Le lieutenant Kilar était toujours en opération, mais Gentry apprit du sergent Terry que la deuxième équipe était parvenue à récupérer sans incident les corps des policiers de la première équipe ainsi que celui du disparu. Le courant était resté coupé et la circulation interrompue sur la ligne, où l'on avait vu quelques petites chauves-souris dans les couloirs des stations. Al Doyle s'y était rendu avec une troisième équipe de l'UIR pour les éliminer selon la méthode classique : laque en aérosol et raquettes de tennis. Les chauves-souris, ralenties par la laque qui collait les fines membranes de leurs ailes, devenaient faciles à abattre à coups de raquette. Trente-sept, en tout, avaient été éliminées. La direction du métro, l'UIR et Doyle avaient alors décidé de maintenir cette ligne 2 fermée mais d'autoriser la reprise du trafic sur la ligne 1 qui lui était adjacente. D'après le sergent Terry, le lieutenant Kilar restait persuadé que la victime avait été tuée par un être humain et non par une chauve-souris. Ils en sauraient plus, ajouta le sergent, quand le médecin légiste aurait achevé son autopsie. Nancy Joyce était un peu désolée pour Kilar. Après cette autopsie, tout ce qu'il croyait savoir de cette affaire demanderait à être sérieusement repensé. Surtout quand, comme le suggérait Gentry, ils compareraient le rapport avec celui qu'avait rédigé Chris Henry après l'autopsie de Barbara Mathis.

Ils achetèrent des sandwiches avant de reprendre la route. Nancy voulait retourner à Manhattan plutôt que de rentrer chez elle dans le Bronx. Elle était fatiguée, mais elle tenait à être en ville au cas où la chauve-souris géante se manifesterait à nouveau. Si Gentry n'y voyait pas d'inconvénient, dit-elle, elle était prête à dormir par terre ; ce ne serait pas moins confortable que les champs de pierres et les corniches rocheuses sur lesquelles il lui était arrivé de camper.

Ils restèrent silencieux pendant presque tout le trajet de retour. Gentry avait abaissé la vitre de sa portière et allumé la radio, et ils écoutèrent les commentaires sur « le tueur en série du métro ». Pour Joe Veltre, devenu chef de la police, il s'agissait très probablement d'« un individu sans domicile fixe vivant dans les tunnels » qui était toujours en fuite après avoir massacré un groupe de ses congénères dans les souterrains de Grand Central Station et attaqué un homme à la station de Christopher Street. Des autobus avaient été mis à la disposition de ceux qui ne voulaient pas prendre le métro. Et, pour rassurer ceux qui s'y risquaient malgré tout, des brigades de policiers avaient été envoyées dans toutes les stations. Gentry fit observer que la police faisait exactement ce qu'il convenait de faire, conformément à ce qu'elle croyait être le problème. Malheureusement, ajouta Nancy, si les chauves-souris se comportaient comme précédemment, toutes ces mesures se révéleraient inefficaces.

Ils écoutèrent aussi quelques commentaires d'une terrible insouciance sur « l'invasion » du Village par les chauves-souris. Des journalistes semblaient croire à une rumeur d'après laquelle le tueur en série qui hantait les tunnels du métro avait provoqué une panique chez ces animaux.

Nancy se demanda ce qu'ils diraient quand on leur apprendrait qu'il s'agissait d'une chauve-souris géante. Combien seraient-ils à la croire ? Il n'y en aurait peut-être aucun. Elle avait toujours du mal à y croire elle-même. Elle était aussi impatiente de voir enfin cette créature — ces créatures — et d'étudier cette nouvelle race de chauves-souris, qu'elle était terrifiée par leur puissance. Et ce n'était pas seulement leur force physique qui lui faisait peur. La simple présence d'une grande chauve-souris n'aurait pas suffi à rendre féroces les autres vespertilions plus petits. Ces animaux étaient généralement peureux ; une créature de grande taille, quelle qu'elle fût, aurait dû les faire fuir. Ce qui inquiétait Nancy Joyce, c'était l'idée qu'une chauve-souris géante ait pu communiquer avec les autres, et en l'occurrence leur commander d'attaquer les gens qui empiétaient sur leur territoire. Si c'était le cas, alors la situation pouvait tourner à la catastrophe.

La radio ne relata aucun autre incident lié à la présence de chauves-souris. Mais Nancy savait que cela ne durerait pas. Si cette géante était sortie après être restée cachée huit ans, il y avait forcément une raison. Peut-être était-elle devenue trop grande pour sa cachette, ou pour se contenter de la nourriture qu'elle trouvait sur place. Et si elles étaient plusieurs, c'était une autre raison possible. Nancy Joyce préférait ne pas y penser tant qu'elle ne saurait pas exactement à quelle sorte de chauves-souris elle avait affaire.

Elle proposa à Gentry de le relayer au volant, mais il lui dit de se détendre et elle lui en fut reconnaissante. Elle trouvait agréable de se faire conduire en laissant ses pensées divaguer. Elle ferma les yeux et s'enfonça un peu plus dans son siège. Ses bras, ses épaules et ses jambes étaient inertes. Cette sensation de lourdeur dans les membres lui rappelait l'époque où elle accompagnait le Pr Lowery dans ses expéditions, escaladant des falaises, rampant sur le sol, se hissant sur le toit des granges pour prendre des photographies destinées aux livres du professeur. Il fallait toujours qu'elle fasse ses preuves, et cela n'allait pas sans peine.

En arrivant à Manhattan, Gentry ramena la voiture au parking et ils marchèrent jusqu'à son appartement. A dix heures, ils regardèrent les informations à la télé. Ils virent Doyle, qui se félicitait lui-même et félicitait la police de New York pour le succès de l'opération de lutte contre les animaux nuisibles menée dans le métro. Gentry éteignit la télé.

— Tu as fait très fort, Al, dit-il. Mais ce n'était que la première manche. Nancy, vous pratiquez les jeux vidéo ?

— Seulement *Pac-Man*, quand j'étais petite.

— Eh bien, tout ça me fait penser aux *Envahisseurs de l'espace* ou à *Astéroïdes*. On élimine tous les ennemis d'un premier niveau et on se sent assez fier. Puis on se retrouve au second niveau et ça devient trois fois plus méchant et trois fois plus rapide. Et on se fait nettoyer en deux secondes.

— Avec tout de même une différence de taille, observa Nancy.

— Je sais, dit Gentry. Il y a toujours un bouton pour arrêter le jeu.

25

Dori ralentit en arrivant sur le George Washington Bridge, où la circulation se faisait moins fluide.

A ses débuts comme conductrice de bus, six ans auparavant, Dori Dryfoos avait opté pour l'équipe du matin. Mère célibataire, elle s'était dit qu'il serait agréable de transporter les hommes d'affaires qui faisaient quotidiennement la navette entre New York et le New jersey. Elle les voyait comme des gens bien mis, sachant s'exprimer et dignes de confiance. Tout le contraire de l'ancien sportif alcoolique et coureur de jupons qu'était son ex-mari. Peut-être, même, qu'elle finirait par faire la connaissance de certains de ces messieurs, qu'elle rencontrerait un célibataire et qu'il lui offrirait un café, ou l'inviterait à dîner, l'emmènerait au cinéma... Tout cela pouvait arriver. Mais n'arriva jamais.

La réalité s'était avérée tout autre. La moitié de ces hommes d'affaires étaient déjà branchés sur leur ordinateur ou restaient plongés dans leur journal, quand ils n'étaient pas du genre à voyager avec un téléphone portable collé à l'oreille. L'autre moitié n'avait d'yeux que pour les filles jeunes, sûres d'elles et de leur avenir, qui prenaient le bus en même temps qu'eux. Quelques-uns gratifiaient Dori d'un « bonjour » en lui tendant leur ticket. Quelques-uns seulement. Et les femmes la traitaient avec condescendance.

Ce n'était pas seulement pour ne plus voir cette clientèle matinale que Dori avait demandé à passer dans l'équipe du soir. Ce bénéfice-là venait en plus. Elle l'avait fait pour pouvoir rester chez elle pendant la journée, auprès de Larry, trois ans, son fils. La garderie ne lui convenait pas, tout simplement ; l'infortuné Larry s'asseyait dans un coin et pleurait. En travaillant le soir, Dori pouvait au moins border le petit garçon avant de le laisser à la baby-sitter. Larry semblait beaucoup plus content ainsi. Et pourquoi pas ? Personne n'aime se sentir abandonné.

A sa grande surprise, Dori aimait ce travail de nuit. C'était à la fois plus détendu et plus stimulant. A huit heures, le conducteur de l'après-midi garait le bus au terminal du New jersey, où il était nettoyé et recevait un plein de carburant. Doris prenait son service à neuf heures et finissait à cinq heures du matin, peu avant que ne commence la ruée matinale sur le George Washington Bridge. C'était parfait.

La clientèle nocturne était toujours agréablement éclectique et un peu farfelue. Il y avait des oncles et des tantes qui rentraient chez eux après une journée passée dans leur famille ; des adolescents qui se rendaient à Manhattan sans qu'on sache très bien pourquoi, des vigiles, balayeurs de rue, disc-jockeys et autres travailleurs de la nuit, et même de temps en temps une bonne sœur, un danseur de claquettes ou une prostituée. Dori connaissait par leur prénom quelques-uns de ces habitués. Il fallait bien l'admettre : les prostitués mâles avaient des manières plus polies que les hommes d'affaires.

— Excusez-moi, mademoiselle.

Dori jeta un coup d'œil derrière elle. Une frêle vieille dame aux cheveux tout blancs se tenait debout dans l'allée centrale.

— Oui, m'dame ?

— Les W.-C. ne marchent pas ?

— Pas que je sache. Pourquoi ?

— Je crois que la porte est fermée de l'intérieur.

— Il y a peut-être quelqu'un.

— Non. J'étais assise devant. Personne n'y est entré.

— La porte est sans doute bloquée, dit Dori. Il est vieux, ce bus. Peut-être qu'un de ces messieurs, à l'arrière, voudra bien la pousser pour vous.

— Merci, dit la vieille dame. Je vais le leur demander.

Obligée de ralentir à l'entrée du pont sur lequel la circulation restait assez intense en fin de soirée, Dori suivit des yeux dans son rétroviseur la vieille dame qui repartait vers l'arrière du véhicule en se tenant aux dossiers pour ne pas perdre l'équilibre. Elle s'arrêta près d'un jeune homme, un étudiant sans doute, à en juger par son allure. Musclé, blond, net. Le jeune homme sourit à la vieille dame, écouta ce qu'elle lui disait, et se leva pour l'aider. La petite cabine des toilettes se trouvait sur la gauche du véhicule. Le garçon saisit la poignée et donna une poussée vigoureuse.

Le flot des véhicules redémarrait à l'entrée du pont. Dori lâcha le miroir des yeux pour regarder devant elle. On ne voyait pas souvent ce genre de choses le matin, pensa-t-elle. Des gestes de simple courtoisie. Des gens qui ne rechignaient pas à lever les fesses de leur siège pour venir en aide à l'un de leurs semblables.

Soudain, un cri terrible déchira l'air. Dori enfonça légèrement la pédale de frein et jeta un coup d'œil au rétroviseur. Le jeune homme reculait en chancelant. Dori le vit s'abattre sur les genoux d'une jeune femme assise de l'autre côté des toilettes. Il agitait frénétiquement les mains face à des choses qui sortaient en voletant par la porte restée ouverte. La vieille dame tomba en arrière, son corps heurtant durement le sol au revêtement caoutchouté. Elle ne se releva pas.

Au premier abord, sous l'éclairage faiblard du bus, les objets volants ressemblaient aux fumerolles qui s'échappent d'un feu de camp ou à des feuilles mortes emportées par une bourrasque. Elles partaient en tourbillonnant dans toutes les directions. A leur approche, la plupart des dix-sept passagers agitaient les bras, criaient et se recroquevillaient sur leur siège. Comme le mouvement se propageait dans sa direction, Dori comprit enfin.

Des chauves-souris.

Des cris aigus retentirent dans le bus tandis que Dori écrasait la pédale de frein. Le véhicule s'immobilisa ; les chauves-souris ne s'arrêtèrent pas. Quatre petites bêtes brunes foncèrent sur Dori. Elle sentit battre contre elle leurs ailes sèches et douces. « *Lâchez-moi !* » gronda-t-elle tandis qu'elles lui lacéraient le visage et le cuir chevelu.

Elle se pencha en avant et tendit la main vers la manette qui commandait l'ouverture de la porte. Elle dut battre en retraite pour se protéger les yeux. Elle secoua violemment la tête, mais les chauves-souris ne lâchèrent pas prise. Elles s'agrippaient à ses boucles brunes, à ses oreilles, à ses doigts minces. Chaque mouvement provoquait une nouvelle douleur. Dori avait l'impression d'être tombée au milieu de ronces et de ne pouvoir en sortir.

Les cris emplissaient le bus. La tête enfouie dans son épaule droite, Dori se frotta vigoureusement le visage de l'avant-bras. Puis elle se retourna vers le tableau de bord et chercha la manette de la main gauche, à tâtons. L'ayant trouvée, elle tira de toutes ses forces.

La porte-accordéon s'ouvrit. L'air frais s'engouffra. Les chauves-souris continuèrent à attaquer.

Dori poussa un cri de désespoir. Se levant à demi, elle se jeta contre la vitre sur sa gauche. Le bus repartit en roue libre. Elle frappa contre la vitre, encore et encore, des mains et du front, le sang des chauves-souris se mêlant à son propre sang et leurs cris aux siens.

Le bus se déporta vers le rail de sécurité, contre

lequel il s'immobilisa dans un raclement de tôle. Il y eut des crissements aigus de coups de frein et un petit véhicule utilitaire percuta le bus par l'arrière, le faisant bondir en avant. Des coups de klaxon rageurs fusaient de toutes parts. Derrière Dori, les passagers hurlaient et lançaient des appels. Mais Dori ne les entendait plus. Il n'y avait plus pour elle que les chauves-souris, et la souffrance.

On ne voyait plus de chauves-souris voler, mais il y en avait deux ou trois sur chaque passager. Ceux-ci s'étaient, pour la plupart, repliés dans l'étroit espace entre leur siège et le dossier du siège précédent. Ils se mettaient en boule pour se protéger, la tête baissée. Quelques-uns étaient tombés dans la travée centrale et tentaient de s'arracher les chauves-souris qui s'acharnaient sur eux quand, affolés par la douleur, ils ne lançaient pas frénétiquement des coups de pied en l'air. Mais aucun ne parvenait à se débarrasser des minuscules attaquants qui battaient des ailes autour de lui. Pas pour longtemps, en tout cas.

Soudain, le silence se fit dans le bus.

Une à une, les chauves-souris lâchaient les passagers et s'enfuyaient vers la porte, leur vol désordonné striant l'air en tous sens.

Une femme d'un certain âge accourut, abandonnant sa voiture ; elle baissa la tête tandis que les chauves-souris passaient à côté d'elle en zigzaguant. Dès qu'elle n'en vit plus, la femme se précipita à l'intérieur et s'agenouilla près de Dori. La conductrice était par terre, recroquevillée sur elle-même, et sanglotait doucement.

— Vous n'avez rien ? demanda la femme.

— Si, ça fait mal ! répondit Dori.

Elle avait le visage et le dessus des mains couverts de fines écorchures.

Plusieurs hommes arrivèrent. Ils se portèrent au secours des femmes et des autres passagers.

— J'ai prévenu police secours, dit la femme. Ils arrivent. On va s'occuper de vous.

Dori tenta de se relever. Elle tremblait. La femme la repoussa gentiment.

— Ne bougez pas.

— Mes passagers…

— Restez donc tranquille, Ms. Dryfoos, dit la femme, en lisant le nom inscrit sur son insigne. On s'occupe d'eux aussi.

— Et les chauves-souris ? demanda Dori.

— Elles ne sont plus là. Elles se sont envolées.

Dori, du tranchant de la main, essuya le sang sur ses yeux. Tremblant toujours, elle dit :

— Frein à main, et montra du doigt quelque chose sous le volant : Poussez-le.

— Bien sûr.

En se relevant, la femme regarda à travers le pare-brise. Et se figea sur place.

— Ms. Dryfoos, dit-elle d'un ton pressant, comment fait-on pour fermer la porte ?

— La manette… là, répondit Dori. Pourquoi ? Qu'est-ce qu'il y a ?

La femme tira vivement sur la manette.

— Parce que les chauves-souris reviennent, dit-elle. Il y en a une quantité.

26

Gentry, assis sur le canapé, profitait de la brise encore estivale qui entrait par la fenêtre, en suivant la fin d'une émission policière. Les yeux mi-clos, il s'abandonnait à un vague sentiment de bien-être. Il était content que Nancy se soit rapidement endormie dans sa chambre, dans son lit. Nancy Joyce n'avait pas besoin qu'on veille sur elle. Mais elle avait terriblement besoin de sommeil, et il était heureux de constater qu'elle se sentait assez bien chez lui pour s'y abandonner.

Le sentiment de bien-être disparut avec l'annonce d'un bulletin d'information qui vint interrompre l'émission. Gentry sortit instantanément de sa torpeur.

— Bonsoir, ici Patrick McDermot, annonça le présentateur local. De nouveaux faits viennent de se produire à Manhattan. Kathy Leung, notre reporter, va intervenir en direct. Kathy ?

Si Kathy était à New York, ce ne pouvait être que pour les chauves-souris.

— Nancy ! cria Gentry au moment où Kathy apparaissait à l'écran. Nancy, venez voir !

Il l'entendit se lever et s'approcher d'un pas mal assuré.

— Pat, dit Kathy, voici maintenant une heure qu'un bus en provenance du New jersey et qui s'apprêtait à franchir le George Washington Bridge a été attaqué par des chauves-souris. D'après les passagers du bus, les chauves-souris sont sorties *en masse* de la cabine des toilettes pour attaquer les dix-sept passagers et la conductrice. Il n'y a pas eu de morts, mais ceci n'était que le prélude au *grave problème* qui menace maintenant la ville de New York.

Nancy entra dans le living-room en traînant des pieds. Elle avait les épaules voûtées et les yeux rouges.

— Que se passe-t-il ?

— Une attaque sur le George Washington Bridge, répondit Gentry.

Nancy retrouva aussitôt ses esprits. Elle resta debout pour regarder la suite.

— Vous voyez maintenant, poursuivit Kathy, le ciel au-dessus de l'Hudson. Tout de suite après l'attaque à l'intérieur du bus, des *milliers* de chauves-souris ont commencé à se rassembler au-dessus du fleuve. Il est stupéfiant de les voir ainsi dans le ciel tandis que leur masse ne cesse de s'accroître.

— Kathy, demanda le présentateur, d'où viennent-elles, ces chauves-souris ?

— Eh bien, Pat, elles semblent venir de partout à la fois. Nous avons contacté les responsables du trafic aérien aux aéroports JFK et La Guardia, à Newark et plus au nord jusqu'à Newburgh. Partout, les radars ont enregistré des mouvements qui n'étaient *pas* imputables à des avions. Il s'agissait, nous a-t-on dit, de chauves-souris.

— Vous avez des jumelles ? demanda Nancy.

— Dans le placard.

Il lui montra l'entrée du doigt. Nancy s'y précipita.

— Qu'allez-vous faire ? demanda Gentry.

— Je veux aller jusqu'au fleuve, dit-elle. Voir ce qu'il en est.

Gentry prit son bipeur, enfila ses chaussures et la suivit en courant.

C'était à une rue seulement de la West Side Highway. La circulation était clairsemée : Nancy n'attendit pas et passa au vert. Elle traversa en courant, Gentry à côté d'elle. Ils coururent sur la jetée à l'extrémité de Christopher Street. La jetée, reconstruite depuis peu, avançait de plusieurs centaines de mètres dans l'Hudson et, les jours d'été, les gens y venaient en foule pour se dorer au soleil. Ce soir-là, il n'y avait qu'une vingtaine de personnes. Toutes debout et les yeux fixés vers le nord. Sans doute étaient-elles déjà là, pour jouir de la douceur de la soirée, quand l'une d'elles avait remarqué ce qui était en train de se passer.

Parvenue au bout de la jetée, Nancy pointa les jumelles vers le nord.

— Mon Dieu !

Gentry regarda le fleuve. Quatre vedettes de la police étaient arrêtées à hauteur de la Quatre-Vingtième Rue. Leurs projecteurs étaient braqués sur le ciel en amont. La scène évoquait un vieux film de guerre : des faisceaux de lumière blanche s'entrecroisant sur le noir du ciel et éclairant des avions ennemis arrivant par vagues. Mais, à la place des avions, c'étaient des chauves-souris. D'autres vedettes devaient prendre position au nord et au sud du pont pour détourner la circulation.

— Elles ont l'air d'aller vers le sud, dit Gentry.

— Non, elles se dispersent, l'informa Nancy.

— Vous voulez dire qu'elles s'écartent les unes des autres ?

— Non. Le groupe continue à grossir. Les chauves-souris vont et viennent d'avant en arrière. C'est comme une boucle qui se reforme sans cesse.

— Que font-elles ?

— Je n'en sais rien. Elles attendent, peut-être. L'ensemble n'a pas l'air de bouger. Les chauves-souris qui sont déjà là attendent celles qui arrivent. Et une fois là, celles-ci restent dans le même périmètre.

— Pourquoi ?

— Je me demande…, dit Nancy, qui réfléchissait à haute voix.

Le bipeur de Gentry se mit à siffler. C'était un numéro dans Manhattan qu'il ne connaissait pas.

— Vous vous demandez quoi ?

— Vous tenez absolument à le savoir ?

— Oui.

— Je vous le dirai quand nous serons rentrés. J'ai besoin d'y réfléchir encore.

Gentry repartit en courant vers la berge, trouva une cabine de téléphone, et composa le numéro.

Quelqu'un décrocha à la première sonnerie.

— Oui ?

— Bonsoir. Inspecteur Robert Gentry…

— Inspecteur, dit la voix, enrouée et monotone, ici Gordon Weeks, du Bureau de l'office de gestion des crises.

Ça a donc mal tourné, pensa Gentry. Gordy Weeks était le grand chef, le « dompteur », comme l'avaient baptisé les journalistes. Dans une situation de crise, l'ancien marine tirait toutes les ficelles. Même Taylor, le maire, s'en remettait à lui. Taylor, pourtant — qui avait fait longtemps partie du FBI —, n'hésitait pas à prendre les choses en main dans la plupart des circonstances.

— On me dit que vous avez travaillé avec Miss Nancy Joyce, du zoo du Bronx, dit Weeks.

— En effet.

— Nous cherchons à la joindre.

— Elle est avec moi. Je vous appelle d'une cabine. Nous sommes sur le ponton de Christopher Street, en train de regarder les chauves-souris.

— Vous pouvez l'amener au World Trade Center ?

— Bien sûr.

— *Robert !*

Nancy traversait la route en courant. Une voiture freina en catastrophe pour ne pas la heurter. Elle ne parut pas s'en apercevoir. Il ne l'avait jamais vue aussi agitée.

— Ne raccrochez pas, dit Gentry, au téléphone. Nancy Joyce arrive. Je crois qu'il y a quelque chose.

— Je ne vous le fais pas dire, répliqua Weeks. Des chauves-souris. Du George Washington Bridge jusqu'au port de plaisance de la Soixante-Dix-Neuvième Rue. J'ai besoin d'un spécialiste, rapidement, et on m'a dit à l'UIR qu'elle aurait peut-être des explications…

— Une seconde, monsieur, s'il vous plaît ! dit Gentry. Elle est très agitée. Elle a peut-être trouvé quelque chose.

— Ecoutez, j'ai le chef de la police sur une autre ligne, coupa Weeks. Rappelez-moi dès que possible.

Gentry promit de le faire. Le patron de l'OGC raccrocha. Nancy arrivait, hors d'haleine. Elle s'appuya à la cabine.

— Robert, il faut que j'aille au-dessus des chauves-souris.

— Au-dessus ? Vous voulez dire en amont sur le fleuve ?

— Non, je veux dire plus haut. Vous pourriez me trouver un hélicoptère ?

— Je suppose. Pourquoi ?

— Parce que je crois savoir ce qui se passe, et je voudrais m'en assurer.

— Que se passe-t-il ?

— La cour se rassemble. Le roi est déjà là. Et je pense que la reine ne tardera pas à arriver.

27

Tandis qu'ils se hâtaient pour retourner chez Gentry, l'inspecteur dit à Nancy que si l'OGC avait, comme cela paraissait probable, pris en charge la gestion de cette crise, il lui faudrait l'autorisation de Gordy Weeks pour effectuer ce vol de reconnaissance au-dessus des chauves-souris.

— Nous n'avons pas le temps d'aller le voir et de lui faire une conférence, dit-elle. Vous pensez qu'il m'écoutera si je lui téléphone ?

— Je le crois, dit Gentry.

— Qu'il m'écoutera, moi ?

— Il vous a demandée personnellement et il connaissait votre nom. Je ne connais Gordy Weeks que de réputation, mais je sais qu'il n'est pas homme à s'embêter avec la paperasse, la bureaucratie, les problèmes d'amour-propre des uns et le sexe des autres quand il s'agit de régler un problème. Et il n'a pas de temps à perdre. On va sans doute être obligés de fermer le port et le couloir aérien qui longe l'Hudson à partir de La Guardia — imaginez que les chauves-souris aillent se fourrer dans les moteurs. Il vous écoutera, et ce sera oui ou non, mais tout de suite.

— Est-ce qu'il a le bras long ?

— En période de crise, Weeks en appelle directement à Taylor. Et je ne crois pas que le maire lui ait jamais refusé ce qu'il demandait.

Sitôt de retour à l'appartement, Gentry composa le numéro pendant que Nancy réfléchissait rapidement. Robert avait raison. Un haut responsable tel que Weeks, aux prises avec une situation dramatique et totalement nouvelle, n'aurait guère le temps d'écouter — ni de discuter. Il fallait donc qu'elle se fasse comprendre très vite.

Pour elle, il était clair désormais que la femelle importée de Russie avait eu au moins deux petits, des jumeaux, sinon plus. La même chauve-souris n'avait pas pu attaquer l'équipe de l'UIR à New York et tuer ces moutons à New Paltz. Et une chauve-souris mâle ne serait pas partie seule pour préparer un nid destiné à un autre mâle. Mais un mâle pouvait faire cela pour une femelle. Après avoir trouvé un nid et s'y être installé, il avait lancé son appel et, de chauve-souris en chauve-souris, l'appel était parvenu à la femelle sous forme d'une séquence de cliquètements assez précise pour lui indiquer où venir le retrouver.

Et il avait, aussi, stocké de la nourriture en prévision de son arrivée.

Si une chauve-souris femelle était en route pour New York, si elle avait quitté New Paltz quelques heures plus tôt, elle pouvait arriver d'un moment à l'autre. Les milliers de petites chauves-souris formant sa garde d'honneur se rassemblaient déjà pour lui offrir un rempart protecteur. Elles avaient sans doute, elles aussi, répondu à l'appel du mâle.

Si tout cela était vrai, il fallait absolument que Nancy Joyce repère la femelle à son arrivée. Et qu'elle sache où elle allait, afin de localiser le mâle. C'était en survolant la scène qu'elle aurait le plus de chances d'y parvenir.

Weeks vint répondre au téléphone et elle lui exposa tout cela. Quand elle eut fini, Weeks l'informa que Al

Doyle était à ses côtés au poste de commandement pour l'aider à gérer la situation. Doyle estimait que les chauves-souris faisaient partie d'un vaste mouvement de migration, et qu'elles allaient probablement s'en aller car — comme celles du métro — elles appartenaient à l'espèce des vespertilionidés, qui ne se nourrit pas de fruits mais d'insectes volants ou rampants.

— Mais, ajouta Weeks, Al est incapable de m'expliquer ce qui vient de se passer au World Trade Center et qui nous a été rapporté par un gardien. Ce gardien est entré dans une cabine d'ascenseur pleine de sang, dont le toit avait été enfoncé et, en éclairant la cage avec sa torche électrique, il a vu une femme qu'on tirait vers le haut le long du câble. Il dit que ce qui la tirait ainsi était noir, de la taille d'un bœuf, et avait des ailes.

Le gardien était ancien dans son poste, on ne l'avait jamais vu boire ni se droguer. Et son témoignage corroborait ce que le lieutenant Kilar, de l'UIR, avait consciencieusement noté dans son rapport sur le massacre du métro : que la spécialiste des chauves-souris du zoo du Bronx, le Dr Nancy Joyce, croyait à la présence d'un « spécimen anormalement grand » dans les tunnels et les souterrains du métro de New York.

— J'ai peine à le croire, dit Weeks. Mais il y a des morts, et je dois explorer toutes les pistes qui se présentent. Prenez votre hélicoptère.

Weeks expliqua à Nancy qu'il avait besoin de ses hélicoptères pour des missions de reconnaissance et de transport. Ses collaborateurs demanderaient donc à l'UIR de prêter l'un de ses appareils, qui viendrait la chercher d'ici un quart d'heure à l'embarcadère. Le patron de l'OGC ne mettait que deux conditions à son accord : qu'elle maintienne une liaison radio avec Marius Pace, son assistant, et qu'elle ne rate pas son coup.

Elle promit.

Elle garda les jumelles et prit l'appareil-photo. Gentry

l'accompagna à l'embarcadère. Il n'avait, lui, qu'une chose à lui demander : qu'elle revienne saine et sauve.

Nancy promit.

Dix minutes plus tard, elle prenait l'air en compagnie de deux policiers dans un Aviation Unit Ball-412 de l'UIR.

28

Depuis des années qu'elle observait les chauves-souris, Nancy Joyce n'avait jamais eu l'occasion de monter dans un hélicoptère. Elle n'avait pas quitté l'embarcadère depuis cinq secondes qu'elle se disait déjà qu'elle se serait volontiers passée de cette expérience.

L'appareil s'élevait à la verticale, ce qui n'avait rien d'un décollage habituel. Pas pour elle, en tout cas. Tandis qu'il s'éloignait brusquement de l'embarcadère, sur une trajectoire légèrement incurvée, elle se sentit projetée vers le haut et en avant, avec l'impression d'être dans une auto-tamponneuse qui aurait soudain ajouté une troisième dimension à ses mouvements habituels.

Mais ce n'était pas tout. L'hélicoptère était incroyablement bruyant. Bien qu'assise à côté du pilote, Nancy Joyce aurait été obligée de hurler si elle avait voulu lui parler. Mais dès qu'ils furent en l'air, le copilote lui passa un casque qui lui recouvrait entièrement les oreilles. Il lui permettait d'échapper au vrombissement assourdissant des rotors, mais aussi de communiquer avec les deux autres passagers et avec Marius Pace sans crier.

L'appareil, en outre, était très rapide pour quelqu'un comme elle, habitué à circuler dans des taxis qui se frayaient laborieusement un chemin à travers les rues et les avenues encombrées de New York. Ils étaient déjà dix rues plus loin et au-dessus des chauves-souris quand elle acheva d'ajuster le casque et le micro qui allait avec.

Ces pensées n'avaient fait que lui traverser l'esprit. Elle fit un effort pour concentrer toute son attention sur l'horizon. Sur les chauves-souris.

— Miss Joyce, dit le pilote, on m'a simplement prévenu que vous vouliez observer les chauves-souris. Il va falloir me dire où, et de quelle hauteur.

— Je veux voir le fleuve en direction du nord. A quelle altitude sommes-nous maintenant ?

— Cinq cent cinquante mètres.

— Et les chauves-souris ?

— A deux cents, deux cent vingt-cinq mètres au plus.

— Est-ce que votre rotor provoque un déplacement d'air vers le bas ?

— Oui. Si nous descendons à moins de quatre cents mètres, nous leur ferons l'effet d'un mixer.

— Donc, descendez à un peu plus de quatre cents mètres. Mais elles risquent de monter. Dans ce cas, nous devons être prêts à nous éloigner.

— Compris.

— Miss Joyce ? dit une voix au léger accent britannique. Ici Marius Pace…

— Bonjour, dit-elle. Excusez-moi. Je ne voulais pas vous ignorer.

— Vous ne m'avez pas ignoré. Vous étiez occupée. Gordon m'a dit que vous cherchiez à voir une très grande chauve-souris.

— C'est exact.

— Grande comment ?

— Je n'en sais trop rien.

— Comme un aigle ? Un condor ?

— Comme un Cessna, plutôt, dit-elle.

— Vous voulez dire comme un petit avion ?

— Oui.

— C'est assez grand, en effet. Et si vous voyez cette chauve-souris, vous avez l'intention de la poursuivre ?

— Seulement pour savoir où elle va, expliqua Nancy Joyce. Si c'est possible, je voudrais m'approcher suffisamment pour voir à quoi elle ressemble, et prendre des photos.

— Je comprends, dit Pace. Très bien. A partir de maintenant, je reste à l'écoute. Si vous avez besoin de quoi que ce soit, demandez-le.

Elle regarda au-dehors au moment où l'hélicoptère descendait vers le tapis mouvant des chauves-souris. Elles étaient vingt ou trente mille, éclairées par en dessous, à aller et venir au-dessus de la surface brillante de la mer. C'était majestueux, stupéfiant, et inexplicable. Pire, elle ne savait pas ce qui allait se passer. Si l'une des grandes chauves-souris arrivait, et au moment où elle arriverait, que feraient toutes les autres ? S'en iraient-elles, ou non ? Et si elles restaient, comment se comporteraient-elles ?

Nancy Joyce n'avait pas vraiment pensé, jusque-là, à un danger pour elle-même. Si ces chauves-souris étaient, comme les autres, jalouses de leur territoire, les choses pouvaient très mal tourner. Elle se rendait compte aussi, soudain et après coup, qu'en la voyant partir Gentry était réellement inquiet pour elle. C'était la première fois depuis longtemps que quelqu'un, hormis son assistant, manifestait un tel sentiment à son égard. C'était agréable.

Elle se demanda comment le professeur considérait toute cette affaire. On avait, des fenêtres de son appartement, une très belle vue sur le fleuve. Et elle se demanda aussi comment les chauves-souris les considéraient, eux, les humains. Ce qu'elles pouvaient bien penser, sentir. Elles détectaient le moindre mouvement des autres chauves-souris, des insectes, des oiseaux, des hélicoptères, des gens. Un flux d'informations incommensurable.

— Vous pouvez faire du sur-place ?

Il le pouvait.

L'hélicoptère s'immobilisa.

En regardant au-dessous d'elle la masse compacte des chauves-souris, Nancy Joyce sentit croître son impatience. Derrière l'hélicoptère, leur nuage s'étendait presque, vers le sud, jusqu'à la Quarante-Deuxième Rue. A l'ouest, il atteignait le rivage du New Jersey. Des hélicoptères de la police d'Etat montaient déjà la garde audessus des Palisades. Des chauves-souris continuaient à arriver de toutes les directions.

C'est alors qu'elle vit quelque chose. Quelque chose de grand, au-delà des chauves-souris.

Elle releva les jumelles, et le pilote abaissa le nez de l'appareil pour l'aider à mieux voir. Le George Washington Bridge était caché et un éclat de lumière laissait de temps à autre deviner sa présence.

— Descendez ! dit-elle, soudain.

— Où ? demanda le pilote.

— Sous les chauves-souris !

— Vous voulez dire à travers…

— Non, contournez-les. J'ai besoin d'être au-dessous. Il y a quelque chose, là-bas, quelque chose qui vole bas. Et qui va arriver sous les chauves-souris.

L'hélicoptère vira vers l'ouest, vers Manhattan. La manœuvre fut si soudaine que Nancy aurait été précipitée contre la porte sans sa ceinture de sécurité. Puis le pilote les fit descendre plus bas tandis qu'elle se redressait sur son siège pour braquer les jumelles.

— Et maintenant ? demanda le pilote tandis qu'ils descendaient plus bas que les chauves-souris.

— Gardez cette altitude, et dirigez-vous vers le nord, lentement.

Le pilote s'exécuta. Ils dépassèrent une dizaine de rues, jusqu'à la Quatre-Vingt-Dixième. Et continuèrent. Nancy regardait devant eux. Il y avait quelque chose. Quelque chose était passé sous le nuage de chauves-souris et avançait lentement. Elle déboucla sa ceinture de sécurité pour mieux voir.

— C'est elle ! dit-elle, au comble de l'excitation.

Mr. Pace ? Dites à Mr. Weeks que nous l'avons trouvée ! Nous l'avons trouvée et elle est *énorme* !

La chauve-souris était encore hors de portée des projecteurs, mais Nancy Joyce savait qu'elle était là car elle devinait ses contours tandis qu'elle s'avançait vers eux en masquant au passage les lumières du rivage.

Et bien sûr elle volait bas. New Paltz était loin, et en l'absence du soleil il n'y avait pas de courants ascendants pour l'aider à s'élever. A côté d'elle, les autres chauves-souris étaient plus que minuscules. Elle avait trois ou quatre mètres d'envergure — d'aussi loin, dans l'obscurité, ce n'était pas facile à évaluer. Un corps épais, comme un long tonneau, avec des protubérances sur le dos. Nancy Joyce pensa que c'étaient des muscles. Une tête ronde et plate. On distinguait mal les oreilles, qui semblaient pourtant de la même taille que la tête, et très rapprochées. Vers l'arrière, et sous le corps, une masse sombre — les pattes, sans doute, pensa Nancy Joyce.

— Bon Dieu, dit le copilote. Vous croyez que toutes les autres chauves-souris sont là pour…

Il fut interrompu par une secousse de l'hélicoptère.

Le pilote et le copilote regardèrent les cadrans du tableau de bord.

— Qu'est-ce que c'était ? demanda le copilote.

Une nouvelle secousse lui répondit, un choc d'une brutalité effrayante, sous l'appareil.

— On dirait que quelque chose nous cogne par en dessous ! dit le pilote.

Puis il y eut un troisième choc, plus violent que les autres, du côté du pilote cette fois. Ils eurent l'impression qu'on tirait l'appareil vers la gauche. Renonçant à suivre des yeux la chauve-souris géante qui s'approchait au loin et son escorte innombrable, Nancy Joyce se rapprocha du pilote juste au moment où une tête monstrueuse apparaissait sous le patin d'atterrissage gauche. Nancy Joyce la regarda s'élever lentement, suivie par deux crochets blancs aussi grands et aussi épais que des défenses d'éléphant. Deux mètres, au moins, séparaient les deux crochets.

— Dépêchez-vous, allons-nous-en d'ici ! cria-t-elle.

Le copilote se retourna.

— Ah, merde…

Deux gros yeux couleur de rubis s'approchèrent de Nancy, et une bouffée de vapeur sortie de la bouche immonde embua la vitre. L'instant d'après, l'un des crochets s'abattait sur la vitre. Celle-ci résista, mais la pointe, en raclant, creusa un profond sillon dans l'épaisseur du verre.

L'hélicoptère fit une embardée et le pilote vira en direction du sud. Le vaisseau de guerre *Intrepid* apparut devant eux, brillamment illuminé.

— Que se passe-t-il ? demanda Pace.

— C'en est une ! cria Nancy Joyce, au moment où le crochet frappait à nouveau.

Ce n'était pas un crochet, elle le savait, mais le pouce armé de la chauve-souris. Cette fois, la pointe acérée traversa la portière blindée.

— Une *quoi* ? demanda Pace.

— Une chauve-souris géante ! hurla Nancy. Elle est sur l'hélicoptère !

— Que faut-il faire ? demanda Pace, de sa voix calme.

Le pilote fit tanguer l'hélicoptère en amorçant sa descente vers la berge du fleuve.

— C'est vous qui faites ça, ou c'est elle ? cria Nancy Joyce.

— C'est moi, répondit le pilote. J'essaye de la décrocher…

— Arrêtez ça ! Vous pouvez descendre dans l'eau ?

— Je peux me poser dessus…, dit le pilote.

— Je veux dire, y plonger le train d'atterrissage ? Les chauves-souris ont horreur de se mouiller. Le poids de l'eau les ralentit.

— Je peux essayer, dit le pilote, crispé sur ses commandes, en ramenant l'hélicoptère à bâbord pour descendre vers le fleuve.

La buée avait disparu de la vitre, et Nancy Joyce regarda attentivement la créature. Le rotor couchait les poils de sa fourrure, mais elle ne lâchait pas prise. Il y avait maintenant de la fureur dans ce regard, et les larges narines palpitaient.

— Elle appelle les autres, murmura Nancy Joyce. Il faut absolument nous débarrasser d'elle — elle appelle les autres chauves-souris !

L'appareil volait parallèlement à la surface de l'eau. Ils étaient à moins de deux mètres. Moins d'un mètre. Quelques dizaines de centimètres…

Nancy Joyce regarda en l'air. Des chauves-souris se détachaient de la masse pour foncer vers eux. C'était bien cela. Elle les appelait, et elles lui obéissaient. C'était incroyable.

Nancy Joyce fut violemment secouée au moment où le train d'atterrissage toucha l'eau. Des gerbes s'élevèrent de chaque côté, et le pilote redressa immédiatement l'appareil. La chauve-souris était toujours là, la tête rejetée en arrière, la bouche serrée, ses grands yeux incandescents fixant les passagers.

Le pilote plongea à nouveau, labourant la surface un peu plus profondément et pendant plusieurs secondes. Puis il reprit de l'altitude. La chauve-souris était noire et trempée, mais son crochet restait agrippé à la portière.

— Tenez-vous bien ! cria le pilote.

Nancy regarda vers l'avant. Ils arrivaient sur le port de plaisance, en dessous du World Financial Center.

— N412, que se passe-t-il ? demanda la voix de Pace.

— Une seconde ! répondit le copilote.

L'hélicoptère fonçait vers le bateau le plus proche. Le train d'atterrissage était au niveau de la tourelle du pont supérieur.

— On joue à se faire peur ! lança le copilote dans son micro. Merde, merde…

Le yacht était à une dizaine de mètres. La chauve-souris se retourna comme pour le regarder et, soudain, tendit le pouce dans sa direction. La vitre se détacha et le vent s'engouffra dans la cabine, en rugissant au visage de Nancy Joyce. La chauve-souris se retourna vers elle, l'air furieux. Puis, relâchant l'étreinte de ses serres sur le train d'atterrissage, elle se laissa choir et ils la virent s'éloigner comme un parachute en déployant ses ailes immenses.

Le pilote vira sèchement à bâbord pour ne pas heurter le bateau. Il l'évita d'une cinquantaine de centimètres. Redressant rapidement l'appareil, il le stabilisa et repartit vers le nord en tournant au-dessus de la pointe de Manhattan. Puis il prit de l'altitude.

Nancy regarda par la portière sans vitre. Elle rentra précipitamment la tête en criant :

— Elle revient !

La chauve-souris était à une dizaine de mètres du rotor arrière, à bâbord. On voyait les énormes muscles de son dos et elle battait vigoureusement des ailes. Un mâle, sans aucun doute. Avec, dans son sillage, des centaines et des centaines de petites chauves-souris.

Nancy Joyce savait que la géante avait du mal à suivre l'hélicoptère. Non seulement l'eau l'alourdissait, mais elle la refroidissait aussi, et faisait baisser sa température. Les chauves-souris ne volent pas lorsqu'elles sont mouillées — ou lorsqu'elles ont froid.

— N412, répondez ! appela la voix de Pace.

— Nous avons réussi à la déloger, expliqua le pilote, mais maintenant elle nous poursuit. Elle doit faire du 120-130 à l'heure.

— Elle ne tiendra pas longtemps, dit Nancy Joyce.

— Nous non plus, avec ce trou dans la carlingue, répondit le copilote. Ça nous freine terriblement.

Ils survolaient l'est de Manhattan.

— Je vais me poser sur l'héliport, annonça le pilote.

J'ai besoin de renfort. La grosse chauve-souris va nous tomber dessus.

— Nous ne sortirons jamais vivants de cet hélicoptère, dit Nancy Joyce. Elle fera tout pour protéger sa sœur.

— Sa sœur ? demanda Pace.

— Oui. La chauve-souris légèrement plus petite qui arrive du nord est une femelle. Le mâle a attaqué parce que nous étions sur son chemin. Pour lui, nous représentons une menace.

— Très bien, dit le pilote. Et nous, qu'est-ce qu'on fait maintenant ?

Nancy Joyce se pencha entre le pilote et le copilote. Elle montra du doigt les tours en pierre du Brooklyn Bridge qui se dressaient devant eux.

— Allez par là-bas, dit-elle. Faites-nous passer entre les haubans et le tablier.

— Entre ? Miss Joyce, il y a un fouillis de câbles dans ce coin-là…

— Je le sais. Mais la chauve-souris ne le sait pas. Et elle ne les verra peut-être pas. Il fait nuit, elle doit être fatiguée, et il se peut que nos moteurs brouillent sa perception des échos. Je lui réserve aussi une petite surprise.

— N'en dites pas plus.

Le pilote poussa les gaz au maximum et l'hélicoptère bondit en avant. Ils étaient à un kilomètre et demi du pont. Il leur fallait moins d'une minute pour l'atteindre.

Nancy Joyce se retourna. La grande chauve-souris s'était rapprochée et volait à côté d'eux. Il était clair qu'elle essayait de s'accrocher de nouveau à l'hélicoptère en évitant les rotors. Maintenant qu'elle la voyait bien, Nancy Joyce ne savait plus si elle la trouvait belle ou hideuse. L'appendice nasal faisait penser à un sablier, avec deux grosses narines horizontales en forme de croissant à la base et une arête osseuse protubérante remontant vers le sommet de la tête où elle formait un rebord protecteur autour des yeux. Les oreilles étaient grandes et dessinées comme des pétales de rose. Elles partaient de la face, juste au-dessus de la protubérance osseuse et s'incurvaient gracieusement sur les côtés, au-dessus de la tête, si bien que leur tiers supérieur était presque orienté vers l'arrière. Contrairement à la plupart des chauves-souris, dont les oreilles sont orientées de face, celle-ci devait entendre dans toutes les directions. La bouche, très large, formait une fente profonde tout près du menton, et les yeux étaient presque luminescents. Belle ou hideuse, cette chauve-souris était stupéfiante à voir.

La jeune femme prit son appareil-photo. Tournée vers l'arrière, elle se pencha vers le trou laissé par la disparition de la vitre. La chauve-souris gagnait rapidement du terrain. La force et l'endurance de cette créature étaient tout simplement incroyables.

Nancy Joyce se retourna pour regarder le pont. L'hélicoptère passait à toute vitesse au-dessus de Fulton Fish Market et de South Street Seaport. Le pont, long de près de cinq cents mètres, était maintenant devant eux.

— Je vais virer à gauche et monter, annonça le pilote. Six… cinq… quatre…

Nancy se retourna à nouveau. Elle se pencha au-dehors. La créature se rapprochait.

— … trois…

Elle leva l'appareil. La tête de la chauve-souris apparut en gros plan dans le viseur.

— … deux… un…

Elle prit un cliché au flash.

— … zéro !

L'hélicoptère vira brusquement à tribord et s'éleva. Nancy, déportée vers la gauche, heurta durement la paroi. Elle laissa choir son appareil, mais mit son pied sur la portière pour se retenir et regarda la chauve-souris géante au moment où celle-ci se jetait sur le réseau de câbles. Elle le percuta de plein fouet, la tête tordue sur le côté puis rejetée en arrière sous le choc. Les câbles d'acier s'enfoncèrent dans les avant-bras, qui reliaient les ailes au torse, jusqu'à trancher les membranes des ailes. Le corps resta un instant dressé entre les câbles, tandis que les pattes fouettaient l'air. Puis elles s'immobilisèrent, le corps s'affaissa sur lui-même et la chauve-souris resta pendante, comme crucifiée, sur les haubans de la tour ouest du Brooklyn Bridge.

Au-dessous, il y eut d'abord un tohu-bohu de klaxons et de coups de frein, puis tout se figea sur le pont. Le copilote administra une grande claque sur l'épaule de son compagnon, et mit Marius Pace au courant. Tandis que l'hélicoptère décrivait une courbe gracieuse pour repartir vers l'East River, Nancy Joyce se laissa retomber sur son siège derrière le copilote. Elle avait le dos humide de transpiration, et il commençait à faire très froid. Elle regarda au-dehors.

Le flot des chauves-souris les avait dépassés à toute vitesse. Elles voletaient aux abords du pont, mais ne s'écartaient pas et ne passaient pas entre les câbles. Après quelques secondes elles se tournèrent vers Manhattan, et elles ne formaient plus un groupe compact, mais quelques centaines d'individus. Elles disparurent dans l'obscurité.

Nancy Joyce ne savait absolument pas si elles avaient rejoint les autres chauves-souris sur l'Hudson ou si elles étaient parties. Ce type de contrôle par un individu sur une gigantesque colonie constituait un phénomène sans précédent.

Au moment où l'hélicoptère touchait enfin le sol, elle se dit qu'elle n'avait qu'une certitude. Où que soit allée la femelle, elle ne tarderait pas à savoir que son frère était mort.

Nancy Joyce venait de voir de quoi était capable un gardien. Elle ne pouvait même pas imaginer ce que ferait une chauve-souris géante assoiffée de vengeance…

29

La chauve-souris passa en rampant par-dessus le cadavre. Repliant ses pattes inférieures, elle plaqua son ventre contre le sol. Sa courte queue resta inerte sur le ciment, et elle déploya ses ailes. Elles étaient froides et lourdes de fatigue, et la tiédeur du sol les réchauffait. Les yeux rouges fixèrent le torse de la morte.

Elle ne voyait pas le sang dans l'obscurité, mais elle le sentait. Il avait formé deux longues rigoles en s'écoulant des aisselles. La chauve-souris flaira du haut de la poitrine jusqu'au ventre. Le corps était ouvert dans le sens de la largeur. Elle approcha sa bouche des organes à la chair tendre. Il y avait là une autre odeur. Puissante. Son odeur.

Elle hésita. Huma l'air autour d'elle à la recherche de l'odeur. Mais elle était presque imperceptible. Il n'était plus là.

Il avait chassé ces choses qui la désorientaient, qui volaient en décrivant des cercles. Puis sa voix s'était tue. Il avait cessé d'appeler, et il n'était pas venu la rejoindre.

Elle était sans lui pour la première fois de sa vie. Elle sentait ce manque. Elle se sentait seule.

Elle reprit son repas. Quand elle se serait repue de ces chairs tendres, elle appellerait la colonie des mangeuses d'insectes. Elles ne seraient pas loin. Les petites chauves-souris viendraient à elle sans crainte, comme elles étaient allées vers lui chaque fois qu'il l'avait fallu. Car une chauve-souris ne connaissait que trois sortes de voix : le commandement, le défi, le consentement. L'appel s'élèverait alors jusqu'au registre suraigu qui déclenchait la frénésie des mangeuses d'insectes, et elles attaqueraient. Et pendant qu'elles attaqueraient, pendant que les mangeuses d'insectes éloigneraient d'elle les autres prédateurs, la chauve-souris géante quitterait son nid et suivrait son odeur à travers ces cavernes. Elle le retrouverait. Et elle le ramènerait avec elle.

Son frère. Son compagnon.

30

Les chauves-souris avaient commencé à se disperser au-dessus de l'Hudson.

Bien qu'elles aient été encore très nombreuses dans la ville, George Taylor, le maire, n'avait pas décrété l'état d'urgence. Il y avait déjà dans les trains et sur les routes une telle affluence que le maintien de l'ordre devenait problématique ; dramatiser la situation ne pouvait que provoquer la panique et détourner les forces de police des endroits où leur présence était nécessaire : il fallait empêcher les gens — en particulier les journalistes — de descendre dans le métro et d'encombrer les rues, et éviter tout débordement de la part des groupes qui se rassemblaient pour des « soirées chauves-souris ». On avait rouvert les lignes aériennes au-dessus de l'Hudson, demandé à la population d'éviter les déplacements inutiles, de ne pas sortir les chiens pour éviter que leur odeur ne provoque des attaques de chauves-souris, et les équipes de nettoyage étaient mobilisées pour intervenir en cas de découverte de guano. Le responsable des services sanitaires et ses collaborateurs s'étaient réunis à une heure et demie du matin pour débattre des mérites respectifs de la pelle et du jet d'eau. Des sans-abri armés de balais-éponges travaillaient sans relâche aux carrefours et aux entrées des tunnels. De nombreux habitants étaient déjà couchés au moment où les vespertilionidés s'étaient rassemblés au-dessus de Manhattan et leurs fenêtres étaient restées ouvertes, si bien que la police était submergée d'appels affolés de citoyens hurlant qu'ils avaient des chauves-souris dans leur chambre, leur cuisine ou leur salle de bains. Un homme dont l'appartement bénéficiait d'une double exposition avait appelé le 911 pour dire qu'alors qu'il était dans son lit, à compter des moutons pour s'endormir, un vol était entré par une fenêtre et ressorti par l'autre.

Robert Gentry entendit quelques-unes de ces anecdotes pendant qu'un véhicule de la police l'emmenait à toute vitesse de l'embarcadère de Christopher Street à l'héliport pour y retrouver Nancy. A son arrivée, les infirmiers du service d'urgence de l'UIR étaient déjà en train de soigner les écorchures qu'elle avait reçues au cours de l'attaque. Elle paraissait un peu sonnée, mais elle lui fit un grand sourire du plus loin qu'elle l'aperçut. Gentry se dit qu'après la confrontation avec la grande chauve-souris, même lui avait ses chances.

Elle dit aux infirmiers qu'elle ne voulait pas aller à l'hôpital. Elle tenait à être présente quand on dégagerait le cadavre pris dans les câbles du Brooklyn Bridge. Elle monta donc dans le véhicule qui avait amené Gentry. L'inspecteur était fier d'elle, mais il ne put pratiquement pas ouvrir la bouche pendant le trajet jusqu'au pont, car le pilote de l'UIR, qui s'était joint à eux, avait mille questions à poser. Gentry regrettait qu'il n'ait pas eu, comme son copilote, la bonne idée de rentrer chez lui.

Al Doyle et Gordy Weeks étaient déjà sur les lieux quand ils y arrivèrent, debout dans le vent du côté de Dover Street, entourés par des policiers de Manhattan et de Brooklyn et par des dizaines de journalistes. Malgré l'heure tardive, des bouchons s'étaient formés aux deux extrémités du pont.

Weeks voulait que l'opération se fasse le plus vite possible pour qu'on puisse ensuite réparer les dégâts et rétablir la circulation avant l'heure de pointe du matin. Mais le pont était un édifice classé et il fallait agir avec précaution. Marcy Chemlow, responsable du Service des transports urbains, se proposait de faire appel à un bateau-pompe pour déloger la chauve-souris morte avec des canons à eau. Al Doyle s'y opposa en déclarant qu'une autopsie était indispensable et que l'eau sous pression risquait d'endommager encore la dépouille. L'inspecteur Steve Snider, qui commandait l'UIR, suggéra d'utiliser plutôt un hélicoptère pour la dégager par le haut à l'aide de cordages. Mais le pilote qui avait été attaqué par l'animal craignait que l'air pulsé par les rotors ne fasse tomber celui-ci avant qu'on ait le temps d'assurer les cordages. Et le poids de la chauve-souris, ajouté à celui des hommes, l'inquiétait : la bête, visiblement, offrait une masse compacte de muscles et de chair.

Le maire arriva en pleine discussion. Après s'être entretenu en aparté avec Taylor, puis de nouveau avec Chemlow et Doyle, Weeks opta pour un procédé classique, rapide et à moindre risque : il ne voulait pas voir l'énorme carcasse s'écraser au sol, et peut-être blesser une ou plusieurs personnes sous l'œil des caméras. Le Service des transports urbains enverrait donc une brigade d'ouvriers spécialisés dans la maintenance des ponts et des tunnels. Ceux-ci monteraient jusqu'à la bête et lui passeraient des sangles autour du corps pour qu'on puisse la descendre en douceur sur la chaussée du pont. La carcasse serait ensuite chargée dans un camion.

Profitant d'un instant où Weeks était seul, Nancy Joyce s'approcha pour se présenter. Gentry resta à l'écart. Elle avait sa partie à jouer.

Le patron de l'OGC, un grand Afro-Américain à la chevelure gris-argent, parut sincèrement heureux de rencontrer la jeune femme. Il lui déclara que son action « avait une très forte cote à l'indice Weeks », car elle avait vu juste en annonçant l'arrivée de la grande chauve-souris.

— J'aime travailler avec des gens qui ne se trompent pas, ajouta-t-il.

Gentry ne voulait pas avoir l'air d'écouter et faisait mine d'examiner le pont. Mais il était fier d'elle, une fois de plus.

Nancy remercia le patron de l'OGC, et demanda si on savait quelque chose sur l'autre chauve-souris.

— Elle est repartie en direction du nord-est et on pense qu'elle a filé dans le sous-sol du côté de la Quatre-Vingt-Dix-Septième Rue, répondit Weeks. Elle suivait visiblement la piste de celle qui a enlevé une jeune femme ce matin sur Riverside Drive. Malheureusement, nous n'étions pas équipés pour la poursuivre dans les tunnels.

— Qu'allez-vous faire, maintenant ?

— Il faut qu'on en discute. J'ai besoin de votre opinion. Pour l'instant, nous avons fermé toutes les lignes du West Side et posté des brigades de policiers à toutes les entrées du métro. Ils sont équipés de fusils Ithaca — des armes lourdes — au cas où la chauve-souris déciderait de se montrer. J'ai parlé avec le maire et le chef de la police avant de venir ici. Nous nous apprêtons à envoyer des équipes de l'UIR dans les tunnels, à tous les points de jonction. Quand ceux-ci seront sécurisés, nous enverrons nos robots à six roues équipés de caméras pour inspecter les tunnels. Avec un peu de chance, ça nous permettra de localiser ce monstre et nous laisserons le Bureau de la santé s'en occuper.

Al Doyle s'était approché. Weeks lui présenta Nancy. L'homme correspondait bien à la description qu'en avait faite Chris Henry. Petit, épaules voûtées, Doyle avait le front bas, un grand nez, un petit menton fuyant et des dents proéminentes. Il ressemblait à une souris.

Sitôt faites les présentations, Nancy Joyce se retourna vers Weeks. De là où il se trouvait, et rien qu'à voir le mouvement de ses épaules, Gentry sentit passer un froid.

— Comment allez-vous protéger vos hommes contre les petites chauves-souris ? demanda-t-elle.

— Les équipes placées aux entrées portent leurs tenues de plongée « Viking ». Al Doyle m'assure qu'elles offrent une protection suffisante. Et pour descendre dans les tunnels, ils auront en outre un masque intégral et des bouteilles d'oxygène, si bien qu'ils seront recouverts de la tête aux pieds.

— Ce qui leur assurera dix à quinze secondes de protection, lui dit Nancy.

— Ces tenues ont été testées contre les piranhas dans les fleuves d'Amérique du Sud, intervint Doyle. Elles devraient suffire, contre des chauves-souris.

— Non, dit Nancy Joyce.

— Mais pourquoi ? demanda Weeks.

— Les piranhas n'ont pas de griffes. Ils n'attaquent pas de façon répétée au même endroit du corps.

Weeks se tourna vers Doyle en haussant les sourcils. Doyle fixait Nancy de ses petits yeux. Les deux hommes n'avaient pas l'air contents.

— Par ailleurs, il y a actuellement dans cette ville quelques centaines de milliers de chauves-souris, reprit Nancy. Nous avons vu que le grand mâle était capable de les appeler à plusieurs kilomètres de distance. Je pense que la femelle l'est aussi. Si elle sort du tunnel, elle aura avec elle une formidable escorte. Le simple poids de ces animaux sur vos tenues Viking entravera les mouvements de vos hommes. La chaleur dégagée par leurs corps fera rapidement grimper la température à l'intérieur. Et les battements de ces milliers d'ailes produiront un bruit des plus désagréables.

— Que faut-il faire, alors ? demanda Weeks.

— Je suis d'accord pour qu'on surveille les entrées, au cas où elle se montrerait, répondit Joyce. Mais pour descendre dans les tunnels, j'attendrais. Si nous trouvons un moyen de brouiller les signaux qu'elle émet, ou de les imiter pour la faire sortir, alors nous pourrons la capturer et la tuer rapidement. Ensuite, les autres chauves-souris s'en iront, et si elles ne s'en vont pas il faudra les éliminer par les moyens habituels. (Elle regarda Doyle.) Comme les rats.

— Comment faire pour imiter ses signaux ? demanda Weeks.

— Quand la grande chauve-souris a descendu l'Hudson, elle répondait sans doute à l'appel du mâle, dit Doyle. Si nous parvenions à reproduire ces sons, nous pourrions l'amener n'importe où.

— Est-ce possible ? demanda Weeks à Nancy.

— En théorie, oui. En pratique, il faudra peut-être des mois pour reproduire l'appel du mâle.

— Pourquoi ?

— Pour plusieurs raisons. D'abord, les chauves-souris émettent des sons sur un registre qui va de vingt à cent kilohertz, expliqua Nancy. Les humains ne perçoivent plus rien au-delà de vingt kilohertz.

— Donc, nous ne pouvons pas entendre ce que nous voudrions obtenir, dit Weeks.

— C'est possible, mais avec un matériel conçu pour cela. Nous pouvons nous procurer ce matériel d'ici un jour ou deux. Ce n'est pas un gros problème. Là où ça devient plus difficile, c'est que le cri des chauves-souris est constitué d'éléments en HF et d'éléments en BF. Les premiers couvrent un spectre très large et sont de très courte durée — de cent à cinquante kilohertz en un millième de seconde. Ce qui signifie que chaque fréquence doit être isolée et répertoriée. Et même si nous arrivons à reproduire les bruits eux-mêmes, nous n'aurons pas pour autant le « bourdonnement » spécifique qui a appelé la femelle ou fait venir les autres chauves-souris. Il est possible que ce bruit soit une combinaison de sons en HF et en BF, n'importe quelle combinaison dans n'importe quel registre et de n'importe quelle durée. Il faudrait peut-être des mois, voire des années, pour le savoir.

— Nous avons besoin de solutions rapides, c'est clair, dit Weeks. Vous avez quelque chose à nous proposer ?

— Oui. Avant tout, il faudrait essayer de récupérer les bandes qui ont été enregistrées à l'arrivée de la grande chauve-souris. Nous y trouverons peut-être des choses intéressantes. La façon dont elle réagit à la lumière, dont elle se fait obéir par les autres chauves-souris, et peut-être des points faibles à exploiter par vos tireurs d'élite.

Weeks demanda par radio à Marius Pace de contacter toutes les stations de télévision pour obtenir des copies de leurs bandes.

— Quoi d'autre ? demanda Weeks.

— Pas grand-chose, reconnut Nancy. Nous en saurons peut-être plus après avoir examiné la chauve-souris morte. Structure cellulaire, éventuelles attaques microbiennes, circulation sanguine et respiration — tout cela nous donnera des informations sur la quantité de sommeil et de nourriture dont elle a besoin.

— Docteur Joyce, dit Weeks, vous serez disponible au moment où on fera cette autopsie ?

— En vérité, répondit Joyce, à moins que quelqu'un ait une objection, j'aimerais y procéder moi-même.

Weeks enfonça ses mains dans les poches de son imperméable blanc. Il regarda Nancy.

— Al ?

— Nous travaillons depuis longtemps avec le Dr Berkowitz, du zoo de Central Park, dit Doyle.

— Berkowitz n'est pas un spécialiste des chauves-souris, dit Nancy.

— Hormis le fait que vous travaillez depuis longtemps avec le Dr Berkowitz, voyez-vous un inconvénient à ce que Miss Joyce procède à cette autopsie ? demanda Weeks.

Les gros sourcils et les lèvres minces de Doyle se froncèrent sous le coup de la contrariété.

— Si elle veut y assister, il n'y aura pas de problème.

— Mr. Doyle, dit Nancy, j'ai déjà disséqué des chauves-souris appartenant à plus de soixante-dix espèces différentes. Je sais ce qu'il faut chercher et comment le trouver sans léser les autres tissus.

— Al, dit Weeks, Miss Joyce a prouvé depuis le début qu'elle était la personne la mieux à même de réagir à cette situation. *J'aimerais* qu'elle conduise l'autopsie et rédige le rapport. C'est possible ?

Gentry observait la scène avec intérêt. Weeks ne laissait guère de marge de manœuvre à Doyle.

— Berkowitz ne nous permettra probablement pas d'utiliser les installations du zoo.

— Ce n'est pas un problème, dit Nancy, très vite. J'amènerai la chauve-souris au laboratoire du Pr Lowery, au musée d'Histoire naturelle. Je souhaite, d'ailleurs, qu'il travaille avec moi là-dessus.

— Le Pr Kane Lowery ? demanda Doyle, toujours pincé.

— Mais oui.

— Il est très fort.

— Mais oui.

— Donc, nous sommes tous d'accord ? dit Weeks. Finissons-en avec cette question, je dois m'en aller, maintenant.

Doyle hocha la tête.

— Nous allons amener la chauve-souris au laboratoire du Pr Lowery. Mais c'est à moi que vous remettrez votre rapport, docteur Joyce, et je déciderai des suites à donner. Et vous vous abstiendrez de tout contact avec les journalistes.

— Je me fiche des journalistes, dit Nancy.

Gentry fronça les sourcils.

— Parfait, dit Weeks. Merci, Al. Merci à vous deux.

Il s'éloigna pour parler au maire, qui regardait les ouvriers installer des garde-fous avant de se hisser sur les haubans. Attachée à ses pas, une petite cohorte de collaborateurs le tenait informé sur l'activité des chauves-souris un peu partout à travers la ville. D'après ce qu'entendit Gentry, le principal problème venait pour le moment des chiens, que la présence de ces animaux dans les cheminées ou leur passage devant les fenêtres rendait furieux. Weeks déclara que les chiens n'étaient pas le premier de ses soucis.

Doyle alla rejoindre les responsables du Service des transports. Gentry se rapprocha de Nancy Joyce. Elle regardait le fleuve. Les lumières du pont jetaient sur les eaux sombres des reflets étincelants.

Gentry regarda Nancy. Le vent soulevait ses boucles brunes, découvrant sa nuque. Pendant un instant, son courage, son intelligence, sa détermination, ses yeux, la douceur de sa peau, la courbe délicate de ses épaules, ses doigts minces, sa façon de se camper sur ses pieds légèrement écartés, tout cela lui apparut en même temps avec une intensité qui lui coupa le souffle. Il n'avait jamais connu un instant pareil.

— Je peux sans doute vous trouver un café et un imperméable, si vous voulez, dit-il.

— Non, merci. (Elle fronçait les sourcils.) Il a fallu que je lâche le nom de Lowery pour que ce salopard de Doyle me laisse la chauve-souris.

— En tout cas, vous l'avez.

— Oui, mais ça restera une affaire entre mecs.

— Je crois que je ne vois pas les choses comme vous. Doyle a sauté sur la proposition parce que c'était sa seule porte de sortie. Qui pourrait refuser à un scientifique de cette envergure d'examiner la chauve-souris ? Ça va lui permettre de se couvrir vis-à-vis de la presse et de Berkowitz. Et de toute façon, comme je vous le disais tout à l'heure, Weeks est de votre côté.

— Ça, au moins, c'est vrai. (Elle le regarda.) Vous savez ce que j'aimerais, maintenant ?

— Quoi ?

— Un endroit où je pourrais m'asseoir et fermer les yeux.

— Je pense qu'on va pouvoir arranger ça, dit Gentry. Il y a deux fourgons de l'UIR garés à l'angle de Front Street. Ils vont sans doute rester là pour le cas où on aurait besoin de repêcher quelqu'un, ou de faire face à une nouvelle attaque de chauves-souris. Je suis certain qu'on vous laissera vous y reposer.

— Formidable. Mais je veux d'abord appeler le Pr Lowery pour le prévenir de mon arrivée.

— Avec *votre* trophée, dit Gentry. N'oubliez pas de le lui dire.

— Il doit déjà le savoir.

Elle se dirigea vers le fourgon le plus proche. Gentry la présenta aux policiers et elle put se servir du téléphone. Les hommes de l'UIR étaient ravis qu'elle vienne se reposer dans leur véhicule. L'un d'entre eux, un jeune, qui était au courant de ses exploits, lui fit une déclaration en règle assortie d'une demande en mariage.

— Désolé, messieurs, dit Gentry. Mais il faudra vous inscrire et attendre votre tour.

Nancy s'étendit à l'arrière sans faire de commentaire. Gentry se sentit un peu gêné. Il se rendait compte, après coup, que sa plaisanterie n'en était pas tout à fait une.

Il fallut un peu plus de quatre heures pour dégager la chauve-souris et l'emmener. Quand elle fut descendue et emballée dans une toile — les ailes soigneusement repliées —, Doyle supervisa son chargement sur un véhicule de l'UIR conçu pour les secours aux accidentés de la route. A l'intérieur, on posa la chauve-souris sur deux doubles matelas pneumatiques et on l'immobilisa avec de solides cordages.

Kathy Leung, flanquée de son athlétique cameraman, tenta de franchir les barrières mises en place par la police. On la refoula. L'accès au pont restait interdit aussi longtemps que la chauve-souris ne serait pas descendue et les dégâts réparés. Kathy tenta alors d'appeler

Gentry. Elle criait très fort, mais il fit semblant de ne pas l'entendre. Il n'était pas très fier de lui. Quatre ans auparavant, Sam Lawrence, spécialiste des affaires criminelles au *New York Times*, avait obtenu une interview d'Akira Mizuno dans le Connecticut. Gentry était présent dans la pièce, ce jour-là, à l'arrivée de Lawrence. Les deux hommes se connaissaient car ils étaient tous deux clients du Lord Camelot, un restaurant proche des bureaux du *Times* sur la Quarante-Cinquième Rue, et s'y croisaient une ou deux fois par semaine. Si Lawrence avait choisi de révéler l'identité de l'« ami » présent chez Mizuno ce jour-là, son article aurait fait du bruit. Mais il s'en était abstenu. La presse aurait une meilleure réputation, pensait Gentry, si des histoires comme celle-ci étaient connues du public.

Il attendit qu'on ait descendu la chauve-souris et que Doyle en ait terminé avec elle pour réveiller Nancy. Il se sentait lui-même un peu patraque à cause du manque de sommeil. Mais il voulait être certain que Doyle ne ferait pas livrer le précieux chargement à Berkowitz pendant que la jeune femme dormait. Le chasseur de rats était aussi un bureaucrate roué, capable de dire à Weeks : « *La sécurité d'abord. Comme je n'ai pas pu la trouver, nous avons emmené la chauve-souris au labo de Berkowitz.* »

A peine allongée dans le véhicule de l'UIR, Nancy s'était endormie, et n'avait plus bougé. Gentry la regarda. Derrière lui, de l'autre côté de l'East River, l'aube pointait.

Gentry voyait sans peine la femme derrière la zoologiste. Il n'avait pas toujours regardé ainsi sa propre épouse ou les autres femmes qui étaient passées dans sa vie. Mais chez Nancy, en dépit de ses accès de colère ou d'indignation, il percevait une douceur que la vie n'avait pas entamée.

Il se pencha à l'intérieur du fourgon, en prenant appui

sur le dossier du siège avant, tendit l'autre main et lui secoua doucement l'épaule.

Elle s'éveilla en sursaut.

— Il y a un problème ?

— Non, dit Gentry, calmement. On a descendu la chauve-souris. Il n'y a plus qu'à la transporter jusqu'au musée.

— Très bien. (Elle se dressa sur son séant, jeta un coup d'œil à sa montre.) Il est presque six heures. Ils ont fait assez vite.

— Vous vous sentez mieux ?

— Oui, dit-elle. Nettement.

Elle replia ses longues jambes et pivota sur elle-même pour sortir du fourgon. Gentry recula, et elle se laissa glisser au sol.

— Il faut prévenir le Pr Lowery ? demanda Gentry.

— Je vais le faire. En général, il arrive à sept heures pour travailler.

Gentry lui demanda si elle voulait qu'il lui prenne quelque chose au « fourgon-cantine » que le Service des transports avait envoyé pour permettre aux différentes équipes de se sustenter avec du café et des petits pains. Oui, elle voulait bien manger quelque chose. Ils y allèrent, puis revinrent au fourgon.

Gentry vérifia que le papier autorisant Nancy à prendre la chauve-souris en charge était bien arrivé. Une collaboratrice de Gordy Weeks, chargée d'escorter le Dr Joyce jusqu'au musée, l'avait effectivement apporté. Heidi Daniels, jeune biologiste de vingt et quelques années, avait aussi pour mission de prendre des notes et d'en faire un rapport à l'intention d'Al Doyle.

Nancy remercia Gentry pour tout ce qu'il avait fait, puis grimpa à l'arrière du fourgon avec Heidi et un sergent de l'UIR.

La jeune femme, tendue et préoccupée, n'avait pas parlé de revoir Gentry. Peut-être n'en avait-elle pas l'intention. Peut-être, pour elle, la chose allait-elle de soi.

C'était le cas pour Gentry. Mais le silence de Nancy le laissa pantois.

Après son départ, Gentry, un peu sonné, se fit conduire au commissariat. Il avait de la paperasse à faire et des messages l'attendaient certainement sur son répondeur. En outre, il voulait se tenir informé de toutes les disparitions d'individus ou d'animaux qui seraient signalées, et de tout ce qui risquait de fournir des informations sur ce qu'il était advenu de la chauve-souris femelle.

De tout ce qui lui fournirait un prétexte pour appeler Nancy.

Il voulait aussi, si possible, prendre un peu de repos. Quelque chose lui disait qu'avec toutes ces chauves-souris dans la ville, une soirée mouvementée risquait de commencer pour New York dès que le soleil serait couché.

31

Marc Ramirez vint en fin d'après-midi se joindre au groupe de chercheurs chargés de l'autopsie. Il arriva au cinquième étage vêtu d'une veste en cuir noir, son casque de protection contre les chauves-souris sous le bras.

Il remarqua tout de suite Heidi, et ne la quitta pas des yeux tout en saluant Nancy Joyce et le Pr Lowery. La jeune femme ne lui accorda qu'un bref regard.

— Comment ça va ? demanda Nancy Joyce.

— Dehors ? dit-il, en se tournant vers la jeune femme.

Il y avait quelques millions de journalistes pour guetter l'arrivée de la bête.

— Je voulais dire au zoo.

— Ah. Il n'y a pratiquement personne. Même les chauves-souris attirent moins de monde que d'habitude. Les gens se bousculent aux sorties de la ville. C'est pire qu'une veille de Noël.

Ramirez jeta sa veste sur une chaise, puis regarda la grande table noire. Nancy se tenait au centre, le Pr Lowery était à sa gauche et Heidi Daniels à sa droite. Ils portaient tous trois des blouses et des masques. Le jeune homme ouvrit un casier à côté du bureau et y prit un masque et une blouse qu'il enfila aussitôt.

— Je m'attendais à une ruée, comme ça se passe quand un chanteur meurt et que les gens se jettent sur ses disques, dit Ramirez en s'approchant. Mais non. Depuis hier soir, plus personne ne veut entendre parler de chauves-souris.

— La plupart des gens ne sont pas curieux par nature, dit le Pr Lowery, sans se retourner.

— A mon avis, c'est plutôt qu'ils ont une trouille bleue, professeur, répondit Ramirez. Et après ce qu'on a vu aux infos ce matin, je les comprends.

Lowery laissa la remarque sans réponse. Bien qu'elle fût penchée sur la chauve-souris, Nancy Joyce perçut son agacement. Il avait toujours été ainsi : il laissait tomber son avis du haut de sa sagesse, et on y souscrivait, ou pas ; mais si on n'y souscrivait pas, il n'avait pas de temps à perdre avec vous. Et dans un domaine aussi restreint, les conséquences pour votre carrière pouvaient s'avérer douloureuses.

Mais le jeune thésard, dans sa bienheureuse insouciance, ne semblait pas y attacher d'importance.

Il vint se mettre entre Heidi et Nancy Joyce. Heidi s'écarta pour lui faire de la place et il lui sourit à travers son masque. Il eut droit à un nouveau regard assorti d'un hochement de tête, et la jeune assistante se replongea dans ses notes.

Puis Ramirez vit la chauve-souris.

— *Madre de Dios !* fit-il.

La gigantesque créature était à plat ventre sur la toile, les ailes pendant de chaque côté. On avait tourné la tête contre le mur pour que le corps entier tienne sur la table, avant de pratiquer une incision le long des épaules et de la nuque. On voyait l'enchevêtrement des muscles rouge sombre qui formaient des protubérances aux épaules, dans le cou et jusqu'au bas du dos. Nancy Joyce retirait les muscles au scalpel, l'un après l'autre, sous le regard attentif de Lowery. Une caméra vidéo sur pied, derrière Lowery, filmait la dissection.

— Vous vous rappelez ce que vous me disiez l'autre soir à propos des chauves-souris en tant qu'animaux carnivores défendant leur territoire ? dit Ramirez à Nancy Joyce. *La voilà*, ma thèse de doctorat !

— Incroyable, non ?

— Oui. Et vous l'avez bien eue !

— De justesse.

Ramirez lui jeta un rapide regard.

— Comment ça va ?

— J'ai connu des soirées plus calmes.

Lowery poussa un soupir excédé. Ramirez se tut. Mais pas pour longtemps.

— C'est une vespertilionidée ?

— Oui, répondit Nancy. *Myotis mystacinus*.

— Elle pèse combien ?

— Trois cent un kilo cinq cents. Il y a un bon poids de muscles là-dedans, mais moins qu'on le croirait. La proportion de graisse est très élevée dans la partie inférieure du thorax, environ quarante-six pour cent du poids total.

— Logique, dit Ramirez. Elle doit brûler une sacrée quantité de carburant pour voler.

— En effet. Ce qui explique cet énorme appétit et la nécessité d'abandonner les insectes pour d'autres créatures vivantes.

— Et il reste une femelle dans la nature ?

— Oui.

— Elle doit faire… combien ? Soixante-quinze pour cent de la taille du mâle ?

— Si la différence moyenne habituelle est respectée, oui. Je n'ai pas pu en juger en la voyant. Elle était trop loin. Mais c'est stupéfiant, Marc. Nous venons de regarder dans la cage thoracique de celle-ci. Le cœur et les poumons sont surdimensionnés d'environ sept pour cent par rapport aux chauves-souris normales, et tous les autres organes sont proportionnellement plus petits.

— Plus d'oxygène et un flux sanguin accru pour un poids en vol proportionnellement moins important, suggéra Ramirez.

— C'est aussi ce qu'il me semble.

Ramirez secoua lentement la tête.

— Mais alors, sur quelle partie de l'organisme s'est porté l'effet des radiations ?

— Je ne me suis pas encore servie du microscope, répondit Nancy. Mais la base de données indique une mutation de ce type chez les souris. Dans leur cas, comme dans celui-ci sans doute, la mutation se manifeste à partir des tissus musculaires. Les radiations modifient le gène qui code la myostatine…

— C'est ça, dit Ramirez. La protéine de régulation de la croissance étant inhibée, la croissance se poursuit après la naissance, et en une seule génération vous avez un monstre.

— Exactement.

Ramirez parut réfléchir un instant.

— Elle a quel âge, cette chauve-souris ?

— Huit ans, à peu près.

— Ça fait donc longtemps qu'elle peut avoir des petits.

— Oui, et je vois très bien où vous voulez en venir. J'y ai pensé moi aussi. En général, l'excès de musculature entraîne une baisse de fertilité. C'est ce qu'on observe chez les humains champions de poids et haltères. Mais quand un animal comme celui-ci est enfin gravide…

— Son compagnon fait tout ce qu'il peut pour assurer la sécurité de la future progéniture, enchaîna Ramirez. Il cherche un endroit abrité, à bonne température, proche de l'eau et de la nourriture et assez tranquille pour y installer la mère et le petit. Il prépare un nid. Puis il va la chercher.

— Ou, d'après ce que nous avons vu hier soir, il ou elle fait venir une escorte, dit Nancy.

Lowery secoua la tête.

— Ce type de communication entre chauves-souris serait sans précédent, et je ne vois pas en quoi il serait la conséquence d'une irradiation.

— Je ne pensais pas à une conséquence directe,

comme une plus grande intelligence, répondit Nancy. Mais nous ne pouvons absolument pas savoir quel effet un larynx plus grand et un registre vocal plus bas peuvent produire sur une colonie.

— Vous n'avez pas encore examiné le larynx ? demanda Ramirez.

— Non, dit Nancy. Les gens des services de lutte contre les espèces nuisibles voulaient d'abord des informations sur les aspects mécaniques. De quoi est capable la chauve-souris, quelles peuvent être ses faiblesses, au cas où ils devraient…

Il y eut trois claquements secs quelque part dans le lointain. Nancy cessa de travailler.

— Qu'est-ce que c'est ? demanda Lowery.

— On aurait dit des coups de feu.

Les autres se taisaient. Le bruit se répéta ; trois détonations étouffées.

— C'est peut-être une voiture, dit Lowery. Il y a des gens qui s'amusent à rouler sur les emballages en plastique pour les faire éclater.

— Je connais les armes à feu, dit Nancy. C'était un fusil, peut-être une carabine.

Posant son scalpel et retirant son masque, elle se dirigea vers la porte. Avant qu'elle ne l'atteigne, un choc ébranla le bâtiment. Le verre dépoli de la porte trembla et on entendit un craquement sonore derrière le mur du fond.

— Ça vient peut-être du chantier, dit Heidi. On construit bien un nouveau planétarium du côté nord ?

Nancy Joyce ouvrit la porte et passa la tête dans l'entrebâillement. Elle tendit l'oreille. Le même craquement se répéta. Il semblait venir de l'entrée du bâtiment. Puis des cris s'élevèrent, assez loin.

Le téléphone de Lowery se mit à sonner, ce qui la fit sursauter. Comme elle était la plus proche du bureau, elle décrocha.

— Laboratoire du prof…

— Ici Rebecca Oliver, du service de sécurité ! cria une voix de femme à l'autre bout de la ligne. Il y en a partout !

— Quoi ?

— Des *chauves-souris* ! Il y en a plein le rez-de-chaussée ! Et une grosse ! Elle essaye de…

Plus rien. La ligne était coupée. Nancy se tourna vers les autres. Puis elle regarda la grande chauve-souris sur la table de dissection.

— Merde, dit-elle.

— Qu'y a-t-il ? demanda Ramirez.

— Les chauves-souris sont ici. Les petites, et la grande. Et le téléphone est coupé…

Elle fixait le bureau d'un œil absent. Les chauves-souris possèdent un sens de l'odorat très développé, qui leur permet de localiser leurs semblables, surtout pendant la période des amours. Et cet odorat s'aiguise encore chez les femelles quand elles sont pleines et éprouvent des difficultés à voler, car il les aide à suivre les mâles partis à la recherche de nourriture.

— Elle est ici, dit-elle. La femelle. Elle a suivi l'odeur de son mâle.

— Mais elle est descendue dans le sous-sol à des kilomètres d'ici ! s'exclama Lowery, en retirant son masque.

— Oui. Et elle a retrouvé sa trace.

— En effet, dit Ramirez, et l'histoire d'amour continue, n'est-ce pas ?

Nancy se tourna vers lui.

— Que voulez-vous dire ?

— Que va faire la dame quand elle s'apercevra que son gros vilain copain est mort ? Elle risque de très mal le prendre !

Nancy opina. Elle se retourna vers la dépouille de la géante. On avait dû faire appel à six hommes pour l'amener jusqu'à la table. Il n'y avait plus aucun moyen de la redescendre au rez-de-chaussée et de la mettre dans un bac cryogénique pour la soustraire à la femelle.

Une série de chocs entrecoupés de grognements leur parvint à travers le sol. Le bâtiment se remit à trembler et toutes les lumières s'éteignirent.

— Chers passagers, je crois qu'il est temps de rejoindre les canots de sauvetage, dit Ramirez.

La pièce fut secouée par un coup plus violent que les précédents. Des bocaux se renversèrent et des chauves-souris empaillées tombèrent de leurs perchoirs. Il y eut un craquement étouffé de l'autre côté du mur, derrière l'évier.

— Qu'est-ce qu'il y a, là derrière ? demanda Ramirez.

— L'ascenseur, répondit Lowery.

— Le métro arrive sous le musée, dit Nancy, qui réfléchissait à haute voix. Elle est montée jusqu'ici par la cage de l'ascenseur.

Elle aurait bien voulu avoir encore le Magnum que Gentry lui avait donné à New Paltz.

Un nouveau bruit, derrière la cloison, claqua comme un coup de fouet.

Ramirez prit Nancy par le bras pour l'entraîner vers la porte.

— Je propose que nous laissions un peu d'intimité à ces tourtereaux, dit-il.

Heidi et le Pr Lowery étaient déjà à la porte. Ils l'ouvrirent, et se figèrent sur place.

— Mon Dieu ! cria Heidi.

Les chauves-souris affluaient par centaines dans le corridor. Lowery tendit la main et referma brutalement la porte. Les chauves-souris s'écrasèrent contre le panneau de verre dépoli en battant follement des ailes.

Lowery se précipita vers le bureau pour prendre le téléphone. Il n'y avait plus de tonalité. Il le jeta à ses pieds.

— Bon, réfléchissons ! Qu'avons-nous ici pour nous protéger ?

Nancy regardait fixement les ailes de la chauve-souris morte.

— Les ultrasons peuvent les désorienter, un froid intense également, dit Lowery. Réfléchissez un peu, Nannie !

Elle réfléchissait, mais ne trouvait rien. Elle avait déjà vu ces deux monstrueux crochets en action.

Le mur se lézarda au-dessus de l'évier. Quelques fragments de plâtre se détachèrent.

La porte tremblait sans interruption et Nancy vit apparaître, au ras du sol, un museau minuscule.

Arrachant sa blouse, elle courut la tasser sous la porte, pour boucher l'interstice. Pendant qu'elle faisait cela, Marc regarda autour de lui. Il débrancha le récepteur du téléphone et, s'agenouillant à côté de Nancy, s'en servit pour écraser la tête du petit animal.

— Attrape ça, toi ! dit-il, d'un ton rageur.

La chauve-souris glapit et ne bougea plus. Toujours avec le récepteur du téléphone, Marc la repoussa dehors et Nancy acheva de calfeutrer la porte.

Elle se releva.

— Ça ne tiendra pas longtemps.

— Je crois que ça n'a pas beaucoup d'importance, dit Marc en regardant le trou qui venait d'apparaître dans le mur du fond. Que fait la cavalerie, bon sang ?

— Elle est probablement aux prises avec quelques milliers de chauves-souris dans les étages inférieurs, répondit Nancy.

Le laboratoire n'était plus éclairé que par la puissante lampe de secours au-dessus de la table. Heidi prit un scalpel et partit à reculons vers le bureau. Elle heurta une chaise et trébucha, l'air surpris. Repoussant la chaise, elle s'accroupit sous le bureau, le dos au mur. Une trace humide dessinait sa bouche grande ouverte sous le masque de chirurgien.

— Attendez, dit Lowery. Ceci, peut-être… (Il prit un extincteur accroché au mur à côté de la porte.) Nancy, prenez l'autre, derrière la table, et venez ici. Nous pouvons l'asperger en pleine figure, dans les oreilles.

Brandissant le tuyau, le professeur recula en direction de l'armoire métallique. C'était la première fois que Nancy le voyait se départir de son calme.

Une énorme plaque de plâtre se détacha avec fracas, laissant un trou de presque un mètre de large. Le nez du monstre, en forme de sablier, apparut dans la brèche, puis son œil droit, et l'un de ses crochets, avec lequel il fit tomber un nouvelle plaque de plâtre.

Derrière eux, sous la porte, la blouse de Nancy s'était mise à bouger. Les chauves-souris la déchiquetaient.

Heidi poussa un cri. Ramirez essaya de la rassurer. Le Pr Lowery attendait, face au mur.

Et Nancy Joyce regardait autour d'elle, priant le ciel de lui envoyer une idée.

32

Gentry travailla toute la matinée, pour rattraper le temps perdu. A midi, il se rendit dans le bureau du chef pour suivre la conférence de presse du maire. Taylor déclara qu'il avait chargé « les plus éminents spécialistes des chauves-souris du pays » d'étudier le problème. Ce qui était vrai, à ceci près que Doyle et Berkowitz figuraient à ses côtés. Taylor, soixante-six ans, et qui en était à son deuxième mandat, dit encore que les recherches se poursuivaient pour retrouver l'autre chauve-souris géante, et que les lignes de métro ne seraient pas rouvertes tant qu'on ne l'aurait pas repérée et qu'on ne lui aurait pas « réglé son compte ». Quant aux petites chauves-souris, il affirma qu'elles ne constituaient qu'un « désagrément mineur » pour la majorité des New-Yorkais, et Kathy Leung se fit vertement rembarrer pour avoir émis l'hypothèse qu'elles pouvaient devenir agressives comme dans le comté de Westchester.

Doyle intervint pour renchérir dans le même registre :

— Nous pensons qu'elles ont été perturbées par la présence du grand mâle, que nous avons détruit, dit-il.

C'est Nancy qui a fait ça, connard, pensa Gentry.

— Comme on a pu le voir hier au soir, ajouta Doyle, l'arrivée de la femelle n'a eu aucun effet sur les chauves-souris qui se trouvaient au-dessus de l'Hudson.

Bob Wallace, un journaliste scientifique de la station WABC, demanda *comment* les chauves-souris avaient été perturbées par la présence du grand mâle.

— Nous avons chargé quelqu'un de travailler sur cet aspect de la question, répondit Doyle.

Nancy Joyce, vermine ! pensa Gentry.

Le maire annonça que, la chauve-souris femelle s'étant réfugiée dans la partie sud de la ville, Grand Central Station resterait ouverte. Au départ de la Quatre-Vingt-Dix-Septième Rue, les rames circuleraient à vitesse réduite et des policiers assureraient la garde tout le long des voies. Dans la police, enfin, tous les congés étaient suspendus jusqu'à nouvel ordre afin que les quarante mille policiers restent disponibles pour aider la population de New York à faire face à cette « situation inhabituelle ». Cette dernière annonce souleva un tollé dans le commissariat.

Le maire n'avait pas l'intention d'imposer un couvre-feu, mais il recommandait vivement aux New-Yorkais de rester chez eux après le coucher du soleil. La présence d'un aussi grand nombre de chauves-souris dans la ville rendait les rencontres « inévitables », et il déconseillait également aux habitants de se rassembler sur les toits pour des « soirées chauves-souris ». Les hélicoptères de la police avaient repéré la nuit précédente de nombreux rassemblements de ce type.

Gentry passa le début de l'après-midi à dormir — il avait aussi du sommeil à rattraper. Cette aptitude à « recharger ses batteries » avait toujours stupéfié Bernie Michaelson. Gentry devait parfois travailler dans la clandestinité plusieurs jours et plusieurs nuits d'affilée, mais il ne le savait jamais à l'avance. Il s'était donc entraîné à dormir n'importe où et à n'importe quel moment, mais aussi à s'assoupir et à se réveiller en un clin d'œil.

Après s'être reposé, il prit sa radio dans un tiroir du bureau et la régla en sourdine pour ne pas manquer d'éventuelles informations, puis il se replongea dans la lecture des procès-verbaux d'accidents. Il y en avait des dizaines, certains en rapport direct avec la situation : des accrochages entre voitures provoqués par l'irruption de vespertilionidés dans les véhicules, un passant assommé d'un coup de balai par un marchand de journaux qui défendait son kiosque contre les envahisseurs, des chutes de jardinières déséquilibrées par des gens qui voulaient les empêcher de nicher sur leurs fenêtres... Gentry se demanda combien ils seraient, dans les prochains jours, à découvrir avec horreur que ces dégâts n'étaient pas garantis par la plupart des compagnies d'assurances, qui les faisaient figurer dans la catégorie « fatalités ».

A plusieurs reprises, au cours de la journée, Gentry se retint d'appeler Nancy. Il la savait occupée par l'autopsie, et il espérait qu'elle le préviendrait quand ce serait terminé, ou si elle trouvait quelque chose. Il y avait bien longtemps que Gentry ne nourrissait plus de pensées obsessionnelles. Que l'objet en soit une femme était pour lui surprenant, excitant et quelque peu dérangeant. Il s'était habitué au confort d'une existence sans complications.

Il appelait de temps à autre l'ordinateur central de la police, et constatait chaque fois que la dernière disparition enregistrée était celle de l'employée du World Trade Center. Les enquêteurs avaient suivi les traces de sang le long de la cage d'ascenseur et constaté qu'elles s'interrompaient à la hauteur du cinquantième étage. Un coup de fil à Marius Pace lui confirma que les recherches pour retrouver la grande chauve-souris se concentraient sur une zone comprise entre West Village et Wall Street. Les cinq cents policiers et employés du service de sécurité du métro manœuvraient comme un corps d'armée et, malgré leur nombre, progressaient très lentement dans chaque tunnel, car ils ne faisaient pas un pas sans en avoir d'abord inspecté les moindres recoins.

Puis il apprit que la chauve-souris géante et des

dizaines de milliers de petites étaient remontées vers le nord le long des lignes B et D. Une voiture de patrouille stationnée à Times Square appelait le commissariat central. Il augmenta le volume.

— Nous sommes à l'angle de Broadway et la Quarante-Deuxième Rue, et il y a une invasion massive ici ! disait le sergent. Elles remontent par Broadway et la Cinquième Avenue pour converger vers Times Square !

Gentry entendit des cris et des hurlements de klaxons par sa fenêtre ouverte.

— Sergent, répondit le commissariat, nous venons de recevoir des instructions sur la conduite à suivre. Ordonnez à vos hommes de faire entrer tout le monde dans les immeubles. Les gens seront moins exposés à l'intérieur.

— Compris. Mais il me faut du renfort. Les gens courent partout… certains se font piétiner. Il y a déjà du pillage !

— Sergent, les renforts ont été demandés. Je répète : avant toute chose, faire entrer tout le monde dans les immeubles.

Le sergent se tut un instant. Mais Gentry, par la fenêtre, entendait toujours des cris et des bruits de vitres brisées. Il prit son 9 mm sur le bureau et le glissa dans l'étui qu'il portait en bandoulière, enfila sa veste pour sortir et se joindre aux secours. Mais il voulait d'abord savoir dans quelle direction se dirigeait la chauve-souris géante.

La voix du sergent s'éleva à nouveau dans les grésillements de la radio.

— Central, mes hommes ont installé trois postes de secours : au Cinéma Palace, au Virgin Mégastore et au Marriott Marquis Hotel. Vous m'entendez ?

— Très bien. On va y diriger les renforts.

— Mais c'est vraiment la panique, ici ! reprit le sergent. Et ça empire de seconde en seconde ! On ne voit plus que des chauves-souris. Elles se jettent sur les gens comme des oiseaux de proie. Dehors, tout le monde est touché, y compris mes hommes. Si nous réussissons à entrer, j'espère qu'on pourra mettre tous ces gens en sécurité à l'intérieur, et tenir. Je vais sortir de la voiture et essayer… Mon Dieu ! *Mon Dieu !*

Il y eut un court silence. Puis Gentry entendit et sentit une explosion. Il se retourna vers la fenêtre juste à temps pour voir, au loin, une lueur éclairer la nuit.

— *Eloignez tout le monde !* hurla le sergent.

— Que se passe-t-il ? demanda le policier de la salle de commandement. Sergent, qu'est-ce qu'il y a ?

— Un taxi vient de percuter des réservoirs d'azote liquide — *Faites reculer ces voitures, bordel !* — situés contre un immeuble de bureaux, à l'angle de Broadway Avenue et de la Quarante-Troisième…

Silence.

— Merde ! cria le sergent. Ah, merde ! Mon Dieu !

— Sergent ?

— Central, la plate-forme a cédé ! La grue va tomber ! *Elle tombe !*

Gentry resta planté devant la fenêtre avec un terrible sentiment d'impuissance. Il entendit un grincement de métal qui se pliait à dix rues de distance. Les cris des hommes et des femmes à Times Square. Il sentit, puis il entendit l'énorme masse qui s'abattait sur le sol. Les lumières se mirent à danser au-dessus de sa tête. Des livres glissèrent des étagères derrière lui et des cadres se décrochèrent du mur dans le couloir. Des cris s'élevèrent dans le commissariat. La voix du sergent s'était tue.

Mais il y avait seize canaux sur la radio de Gentry. Abasourdi, tremblant, il chercha et trouva la fréquence d'émission du commissariat du secteur nord. Les chauves-souris avaient atteint la partie ouest de Central Park, après avoir traversé Columbus Circle sans s'y arrêter. De toute évidence, elles suivaient le trajet du métro.

Le commissariat central recevait des informations en provenance de quartiers situés plus au nord. La salle de commandement annonça que trois policiers avaient été tués et soixante-dix-huit autres blessés tandis que les chauves-souris remontaient rapidement la ligne de métro vers la station de la Quatre-Vingt et Unième Rue. C'était là qu'elles s'étaient arrêtées.

Au musée d'Histoire naturelle.

Gentry retrouva instantanément ses esprits. Fourrant la radio dans la poche de sa veste, il cria à l'inspecteur Jason Anthony de venir avec lui. Ils coururent jusqu'à la voiture, Anthony mit la sirène en marche et ils foncèrent vers le musée.

33

La porte du laboratoire du Pr Lowery était violemment secouée et il faisait plus sombre à l'intérieur au fur et à mesure que les petites formes brunes recouvraient le verre dépoli. Nancy Joyce regarda le mur du fond qui s'effritait, en implorant le ciel de lui accorder un instant de répit. Un objet, sur la table, attira son regard, et elle se précipita pour le prendre.

— Ça ! dit-elle.

— Nannie, revenez ! hurla Lowery.

— Tout de suite !

— Mais que voulez-vous faire ? demanda Ramirez.

Elle avait déjà saisi le brûleur à gaz.

— Je vais mettre le feu à cette blouse !

— Quelle blouse ? demanda Ramirez.

— Ne faites pas ça ! dit Lowery. La fumée va…

— Déclencher les sprinklers qui sont au plafond, dit-elle, sans lui laisser le temps de poursuivre. Ils éteindront le feu avant que la fumée nous gêne. Mais le froid et l'eau devraient gêner les petites chauves-souris si elles parviennent à entrer.

— Vous avez tout à fait raison, dit Ramirez.

Nancy alluma le brûleur et s'accroupit. Les coups contre la porte et les glapissements des chauves-souris faisaient un vacarme assourdissant, mais au moins ce vacarme empêchait-il d'entendre le bruit du plâtre qui continuait à tomber du mur du fond. Elle approcha la flamme de la blouse. La blouse ne s'enflamma pas.

— Saloperie de tissu ignifugé ! cria-t-elle.

Des chauves-souris commençaient à percer l'étoffe, pointant leurs museaux et leurs griffes. Se relevant d'un bond, Nancy tira le fauteuil pivotant sous l'un des sprinklers, monta dessus et y appliqua la flamme du brûleur.

— *Vas-y !*

Les trois premières chauves-souris passèrent sous la porte. Elles foncèrent sur Ramirez au moment où il se jetait sous le bureau, à la grande frayeur d'Heidi, et il faillit s'empaler sur le scalpel que brandissait cette dernière. Après s'être blotti contre elle, il tendit le bras pour attraper, sur le bureau, la tapette à souris qu'il agita comme une raquette de ping-pong pour repousser les chauves-souris qui attaquaient. Heidi, de son côté, essayait bravement de les frapper en plein vol, à main nue.

Au fond du laboratoire, le trou était maintenant assez grand pour permettre à la géante d'y passer la tête, et elle se servait de ses deux serres pour l'élargir encore. Les petites chauves-souris commençaient à envahir la pièce quand les deux sprinklers entrèrent en action. Sous l'averse nourrie et régulière, elles cessèrent leur attaque et se mirent à voleter un peu partout.

— C'est mieux comme ça, murmura Nancy.

Les gouttes d'eau perturbaient leur système d'écholocation. Nancy redescendit du fauteuil et se rapprocha de Lowery qui avait empoigné l'un des deux extincteurs. Elle gardait le brûleur à la main pour s'en servir en cas de besoin. Il y eut un bref instant de calme. Elle aurait aimé entendre un mot du professeur. Un simple « Bien joué » aurait suffi.

Puis un pan entier du mur du fond, de la largeur d'une porte, s'abattit avec un bruit sinistre. Un nuage de poussière blanche se mêla à l'eau qui tombait du plafond ; le mélange recouvrit la chauve-souris géante à l'instant où elle s'avançait à travers la brèche.

Elle passa d'abord son aile gauche repliée, puis son corps brun foncé, et son aile droite. Puis elle se tourna face à la pièce en déployant ses ailes. Nancy se déplaça pour mieux voir le bas de son ventre.

Il était très distendu. La chauve-souris était pleine.

La tête énorme se tendit lentement vers la table, les narines froncées humant l'air de la pièce. Puis elle vit le mâle. Repliant ses ailes, elle rampa vers lui. Nancy recula vers la porte pour la laisser passer. En s'approchant, la bête monstrueuse renversa une chaise et une table de dissection en acier inoxydable. Lowery s'était plaqué contre l'armoire métallique et restait immobile, tremblant sous l'eau froide. Une douzaine de petites chauves-souris s'étaient cachées pour échapper à l'averse et quelques-unes essayaient de voler au-dessus. On entendait, au loin, la sirène d'une voiture de pompiers.

La chauve-souris géante atteignit la table. Déployant ses ailes, elle se jucha d'un bond à côté de l'autre animal. Puis elle replia à nouveau ses ailes pour se pencher sur la face de la créature inerte et silencieuse étendue sous elle.

Nancy Joyce s'essuya les yeux et la regarda attentivement. Il y avait un débat entre les zoologistes pour savoir si les chauves-souris monogames éprouvaient un « sentiment » quelconque à l'égard de leur compagne ou de leur compagnon. Le Pr Lowery était depuis toujours un tenant de la théorie de « l'instinct de conservation et rien d'autre ». Nancy Joyce, quant à elle, ne partageait pas son sentiment de supériorité vis-à-vis des animaux.

Elle aurait préféré un autre moyen de clore ce débat.

Les petites chauves-souris continuaient de se jeter contre le verre dépoli de la porte. De temps en temps, l'une de celles qui se trouvaient déjà dans le laboratoire s'approchait de quelqu'un, mais renonçait très vite, chassée par l'eau. On entendait maintenant des cris en provenance des pièces voisines. Nancy préférait ne pas penser à ce qui était en train de s'y passer. Les nuées de chauves-souris, de plus en plus épaisses. Le sang. La mort.

La tête de la géante était penchée en avant, ses oreilles orientées vers le mâle. Nancy Joyce l'observait avec une attention fiévreuse, étrangement indifférente au danger qui la menaçait.

Combien de jours, combien de nuits ont-ils passés ensemble ? se demanda-t-elle.

La chauve-souris morte avait été bien plus qu'un partenaire sexuel pour la femelle — son compagnon, son frère, et le père du petit à naître. Les battements de son cœur et le bruit de sa respiration devaient lui être aussi familiers que les siens. Le contact de ce corps contre le sien avait été la seule chaleur qu'elle ait jamais connue. Il l'avait conduite vers des endroits où elle pouvait se nourrir, s'abreuver et se mettre à l'abri, et il avait défendu leur nid contre les menaces de l'extérieur. Pour la femelle, cette chauve-souris morte avait peut-être été la plus grande partie de la vie elle-même.

La géante recula d'un pas et ouvrit ses ailes toutes grandes. L'aile droite heurta le mur derrière la table, faisant choir le second extincteur et voler en éclats le plafonnier de l'éclairage de secours qui se trouvait au-dessus. Nancy Joyce, qui n'avait pas lâché le brûleur, ouvrit à fond le robinet d'arrivée du gaz. La longue flamme crépita sous l'averse. Dans la lueur orangée qui s'en dégageait, Nancy vit la géante tourner la tête vers elle. L'eau dégoulinait sur sa face, ses ailes, sa robe sombre. Les yeux rouges à l'éclat minéral se fixèrent sur Nancy et sur Lowery. Puis la bouche s'ouvrit largement, tournée vers le haut, et il en sortit un son que Nancy n'avait jamais entendu chez une chauve-souris, ni chez aucune autre créature. Il commença très bas, comme une plainte, pour s'élever vers l'aigu jusqu'à une telle stridence qu'elle dut poser le brûleur pour se couvrir les oreilles de ses mains. Lowery lâcha son extincteur, qui roula à ses pieds. Bien qu'elle pressât de toutes ses forces ses paumes sur ses oreilles, Nancy eut l'impression que ce cri lui perçait les tympans en faisant exploser des objets en verre dans les placards avant de passer de l'audible à l'inaudible.

La chauve-souris resta sur la table, la bouche grande ouverte, tandis que son cri silencieux faisait jaillir les autres chauves-souris de leurs cachettes.

Le panneau en verre dépoli de la porte explosa à son tour. Les chauves-souris se précipitèrent à l'intérieur, certaines, dans cette bousculade, restant accrochées aux éclats qui hérissaient l'embrasure. Elles emplirent la pièce, volant dans toutes les directions, désorientées par l'eau qui tombait du plafond. Quelques-unes, que l'eau ne touchait pas parce qu'elles volaient au-dessous des autres, commencèrent à mordre Nancy. Elle lâcha le brûleur, qui tomba par terre et s'éteignit dans une flaque d'eau. Glissant sur le carrelage mouillé, elle perdit l'équilibre et se reçut brutalement sur le dos. Elle parvint à se retourner sur le ventre pour se protéger le visage. Des chauves-souris la mordirent au dos, aux jambes.

— Nannie…

Elle releva la tête.

Lowery était par terre au pied de l'armoire, recroquevillé sur lui-même en position fœtale, les bras repliés sur la tête pour se protéger des bêtes qui s'agglutinaient sur lui.

— Nannie !

Il tendit la main, à tâtons, pour attraper quelque chose.

L'extincteur. L'objet avait roulé à environ un mètre de lui.

Renonçant à se mettre debout, Nancy se traîna vers l'extincteur sur le sol glissant. Les chauves-souris la recouvrirent, déchirant sa chair des griffes et des dents. Elle avait déjà été attaquée par des chauves-souris, mais jamais en aussi grand nombre. Elle fit ce qu'elle avait appris à faire depuis longtemps par les nuits froides : elle se détendit. Ce qui n'atténua en rien la douleur, mais lui évita de sursauter et de faire des gestes convulsifs chaque fois qu'une bête la mordait ou la griffait.

Comme elle approchait de l'extincteur, la géante, soudain, sauta à terre. Le sol trembla sous son poids. Presque du même mouvement, elle abattit son crochet droit sur le dos de Lowery et le tira vers elle sur le sol mouillé tout en se retournant vers Nancy Joyce. Le crochet, blanc comme l'ivoire, s'enfonça profondément dans l'épaule du professeur, d'où jaillit aussitôt un flot de sang ; Lowery se recroquevilla et voulut l'arracher mais la chauve-souris n'y prêta aucune attention. Très vite, Lowery se laissa retomber et ne bougea plus. La chauve-souris leva son autre crochet.

Il n'était plus temps de réfléchir. Nancy Joyce se vit transpercée à son tour. Roulant sur elle-même en direction de la chauve-souris, elle empoigna l'extincteur. L'énorme bête bondit vers elle, mais Nancy s'était déjà retournée sur le dos pour braquer sur elle le bec de l'extincteur et lui projeter en pleine face une giclée de mousse carbonique.

La bête recula en chancelant, sans lâcher le Pr Lowery. Nancy tira à nouveau, cette fois en visant la bouche. Les autres chauves-souris cessèrent aussitôt d'attaquer pour voleter à travers la pièce en cherchant à s'abriter de l'averse.

Nancy Joyce regarda Lowery. Il perdait des flots de sang. Ses bras et ses jambes pendaient, inertes.

— Marc ! cria-t-elle.

— Oui !

— Sortez ! Vite !

— *Maintenant ?*

Le jeune homme se glissa hors de sa cachette, en tirant après lui Heidi qui lui résistait. Il l'aida à se remettre debout, en la tenant toujours par la main.

— *Filez !* Je vais la retenir !

— Je vais chercher du secours ! dit-il.

Il sortit en courant, Heidi sur ses talons, tandis que Nancy se retournait vers la chauve-souris. Celle-ci avait lâché le Pr Lowery et secouait violemment la tête. L'eau emportait la mousse qui la recouvrait. Nancy appuya sur la détente de l'extincteur.

La chauve-souris recula contre l'évier, et ses grandes ailes se raidirent tandis qu'elle rejetait l'air de ses poumons. Nancy comprit qu'elle ne la tiendrait pas en respect très longtemps. Mais elle ne voulait pas courir. La créature la poursuivrait à travers le musée et ferait de nouvelles victimes. Après avoir projeté une autre giclée de mousse, elle décrivit un large cercle avec son bras et lança de toutes ses forces l'extincteur sur la bête. Il la frappa à l'avant-bras gauche. Nancy saisit alors la poignée de l'armoire métallique, ouvrit la porte à la volée, se glissa à l'intérieur et referma sur elle.

C'était sec, là-dedans, même si l'eau qui dégoulinait de ses cheveux continuait à lui couler dans les oreilles et dans la bouche. Elle se mit à trembler de froid et de peur, puis à pleurer, en revoyant la fin atroce du Pr Lowery.

Elle tendit l'oreille. Dans son esprit, la même phrase se répétait obstinément.

Lowery est mort.

Elle avait le souffle court et l'air se réchauffait à l'intérieur de l'armoire.

Dans l'obscurité, tout semblait plus sonore, plus proche. La grande chauve-souris, en battant des ailes, faisait le bruit d'un tapis qu'on secoue. Nancy n'aurait su dire si elle s'approchait ou non.

Utiliser le second extincteur n'aurait rien changé. Mais non. Ça n'aurait rien changé.

Elle entendit des cris dans les étages inférieurs.

Tu as fait ce qu'il fallait.

Puis le silence, mais pour très peu de temps. Le monde

bascula soudain, tandis que l'armoire métallique était arrachée du mur et traînée à grand fracas à travers le laboratoire. L'instant d'après, elle heurta brutalement quelque chose. Il y eut un court répit, puis elle bascula à nouveau et cogna…

Le trou dans le mur. Quelqu'un, quelque chose y faisait passer l'armoire.

Prise de panique, Nancy Joyce entendit sa propre respiration s'accélérer. Elle pensa au cerf dans l'arbre, à la cycliste emportée dans le tunnel, à l'homme enlevé sur le quai du métro à la station de Christopher Street.

La chauve-souris essayait de l'emporter.

34

Pied au plancher, l'inspecteur Anthony remonta la Huitième Avenue en direction de Columbus Circle. Pendant qu'ils roulaient, Gentry décrocha le téléphone de la voiture pour appeler le bureau du Pr Lowery.

Les lignes étaient coupées, le laboratoire ne répondait plus. L'inspecteur ne parvint pas à joindre le service de sécurité du musée. Il s'en voulait terriblement de ne pas avoir accompagné Nancy.

La voiture fit le tour de Columbus Circle. Coupant la circulation qui arrivait dans l'autre sens, Anthony fonça le long du jardin public. Tandis qu'ils remontaient vers le nord, Gentry observait, atterré, la panique qui régnait dans les rues. Anthony dut à plusieurs reprises donner des coups de volant, s'arrêter et repartir pour éviter des gens qui couraient à l'aveuglette, et parfois tombaient en essayant d'échapper aux chauves-souris. Cette vision lui rappela la façon dont les cafards étaient sortis des murs de son immeuble. Les gens n'avaient pas l'air de courir *vers* quelque chose, ils fuyaient et c'était tout. Ils ne pensaient qu'à eux-mêmes. Non par égoïsme, mais par nécessité. Les chauves-souris faisaient de chaque individu, de chaque partie du corps de cet individu, un champ de bataille.

Et les gens perdaient ces batailles.

— Nous ne pouvons rien faire pour les secourir ? demanda Anthony.

— Si nous sortons de cette voiture, les chauves-souris nous feront tomber, répondit Gentry. Et si nous nous arrêtons pour y faire monter quelqu'un, nous risquons d'être très vite débordés.

Débordés par les chauves-souris et par les gens. Débordés par la panique et par la peur.

L'inspecteur leva la tête en passant devant une série de beaux immeubles habités par une clientèle cossue. On voyait ici et là de petits feux aux fenêtres. Ils avaient sans doute été provoqués par des luttes autour des chandelles allumées pour le dîner, par des chauves-souris qui s'étaient approchées trop près des brûleurs à gaz ou par les torches improvisées avec lesquelles on essayait de les éloigner. Gentry entendait aussi le hurlement suraigu des détecteurs de fumée qui semblait ajouter encore à l'excitation des chauves-souris.

Les commissariats des secteurs nord et sud émettaient sur la même fréquence et Gentry fit prévenir les casernes de pompiers des Dixième et Cinquante-Neuvième Rues. Il ne savait pas comment les combattants du feu affronteraient les chauves-souris — avec leurs manches à eau, peut-être —, mais il fallait bien qu'ils essaient. Il n'aurait plus manqué que la ville brûle, maintenant !

La voiture s'arrêta en face du musée. Les vieilles tours gothiques étaient couvertes de chauves-souris. Gentry dit à Anthony de l'attendre : il ne voulait pas avec lui d'un policier inexpérimenté en matière de chauves-souris et qui risquerait d'être blessé, ou de le gêner. Tirant sa veste sur sa tête, il traversa la rue en courant et fonça dans les escaliers jusqu'à la rotonde.

Il ne fut pas surpris de trouver des chauves-souris partout. A la lumière crue de l'éclairage de secours, il les vit qui décrivaient des cercles au ras du haut plafond, entraient et sortaient du squelette de brontosaure géant dressé sur ses pattes postérieures, et voletaient dans la pénombre des couloirs. Il fut surpris de constater qu'elles n'attaquaient pas, même si on voyait qu'elles venaient de le faire : il y avait partout des blessés, employés du musée ou simples visiteurs, qui venaient visiblement de subir un assaut et commençaient tout juste à reprendre leurs esprits.

Gentry retira la veste qui lui couvrait la tête. Le calme relatif des petites chauves-souris signifiait que la géante était partie, ou qu'on l'avait tuée. Tout en gravissant quatre à quatre les marches de l'escalier, il pria pour la deuxième hypothèse.

Il atteignit le quatrième, dernier étage ouvert au public. Là, il dut demander à un garde en piteux état de lui indiquer comment accéder au cinquième. L'homme, qui avait les joues et les mains en sang, lui montra le chemin. Gentry, hors d'haleine, courut vers la porte et tira trois balles dans l'objectif de la caméra de surveillance. La porte s'ouvrit. Il fonça jusqu'au palier du cinquième, puis le long du couloir vers le laboratoire du Pr Lowery. Il entendait des coups sonores et répétés qui semblaient venir de là.

Seuls quelques vols de chauves-souris, qui paraissaient égarées, glissaient dans les couloirs déserts. Puis il vit deux personnes qui venaient à sa rencontre en boitillant. Il reconnut Heidi Daniels.

— Heidi, où est Nancy ?

— Elle est restée dans le labo ! répondit Marc Ramirez, d'un ton pressant.

— Que s'est-il passé ?

— La chauve-souris femelle est entrée en cassant le mur et…

Gentry n'entendit pas la suite. Il repartit à toutes jambes en se maudissant à chaque pas. Il aurait dû être là. Il aurait dû.

L'éclairage de secours fonctionnait encore dans le couloir. Le laboratoire était tout au bout. Gentry s'approcha sans prendre de précautions ; à quoi bon marcher sur la pointe des pieds avec les chauves-souris ?

En arrivant au laboratoire, il en vit quelques-unes qui buvaient dans une flaque d'eau, devant la porte. Il entendit le doux bruit de l'averse à l'intérieur, et les coups obstinés qui continuaient. *Bang*... silence... *bang*. Les chauves-souris ne l'embêtèrent pas, bien qu'il fût tout près.

Il vit le sol, à l'intérieur, jonché d'éclats de verre. Son cœur cognant dans sa poitrine, il leva son arme en retenant sa respiration et plongea à travers l'embrasure.

Pour s'être, des années durant, introduit dans toutes sortes de planques à drogue et autres cachettes où il n'était pas attendu, Gentry avait appris à tout voir en une fraction de seconde lorsqu'il faisait irruption quelque part : vision de face, vision périphérique, haut et bas, tout était enregistré en même temps. L'ampoule de secours du couloir éclairait faiblement le laboratoire, mais c'était suffisant. Chaque centimètre carré de mur, de meuble et de plafond disparaissait sous un tapis noir et ondulant de chauves-souris. Tout, sauf le gigantesque cadavre étendu sur une table. Une pluie fine tombait sans interruption, et le Pr Lowery gisait à côté du bureau, dans une mare d'eau et de sang. Il ne bougeait pas. Et, derrière le rideau de pluie, se trouvait le chef de gang.

La chauve-souris géante.

La créature était presque entièrement dans l'ombre tandis qu'elle s'efforçait de faire passer l'armoire métallique par la brèche du mur en tirant dessus avec ses énormes crochets. Les bruits que Gentry avait entendus provenaient de ses efforts maladroits pour faire basculer la grande armoire de l'autre côté de la cloison.

La créature, soudain, ne bougea plus. Gentry avait le bras droit tendu, sa main gauche soutenant le poignet, l'index sur la détente. L'armoire, maintenue par les crochets, barrait en diagonale le corps de la chauve-souris. Gentry ne voyait ni sa tête, ni ses pattes, ni ses ailes.

Soudain, la créature poussa un gémissement. Une plainte qui rappela à Gentry un musicien qu'il avait l'habitude de rencontrer lorsqu'il patrouillait dans la rue. L'homme jouait avec un archet de violon sur des goulots de bouteilles. Il en sortait un son creux et haut perché, soutenu, presque un sanglot. Les autres chauves-souris ne réagirent pas. Ce bruit-là n'était pas, à l'évidence, celui qui les rendait folles.

Gentry releva encore un peu son arme et tira deux fois, à gauche et à droite. La plainte de la chauve-souris géante se transforma en un glapissement de douleur. L'armoire s'abattit bruyamment sur le carrelage.

La double détonation du 9 mm sema la panique chez les petites chauves-souris, qui abandonnèrent leurs perchoirs. Elles se mirent à voleter par centaines à travers la pièce, en essayant d'échapper à l'eau qui tombait du plafond. Les gouttes semblaient les désorienter. Gentry abaissa son arme et s'avança sous la pluie. Il voyait, au-delà de l'essaim, l'armoire couchée sur le flanc. Les grands crochets avaient disparu.

Il s'avança de quelques pas, s'arrêta, scruta la pénombre striée par le vol des chauves-souris. Mais pourquoi ne pas avoir tenu compte de ce qu'il avait vu dans le métro ? Cette idée lui traversa l'esprit en un éclair quand il aperçut la bouche grande ouverte du monstre et ses dents acérées dans la brèche de la cloison. Et, *dessous*, les yeux couleur de rubis.

La tête était à l'envers.

La maudite créature était pendue la tête en bas. Si les coups de feu tirés par Gentry l'avaient touchée, c'était probablement à la queue.

Le détective leva son pistolet pour tirer encore, mais la géante avait disparu. Il remit l'arme dans son étui et traversa le laboratoire en courant, la tête baissée pour éviter les bêtes qui allaient et venaient sans but apparent.

— Nancy ! cria-t-il. Nancy, vous n'avez rien ?

Pas de réponse. Glissant sur le sol mouillé, il perdit

l'équilibre, faillit s'étaler et se reçut à genoux contre l'armoire. La porte était devant lui. Elle s'ouvrit.

Nancy Joyce se trouvait à l'intérieur, recroquevillée sur elle-même. Elle leva les yeux vers lui, tremblante, et il l'entoura de ses bras.

— Ça va aller, maintenant, dit-il en la secouant un peu. Ça va aller…

— Facile à dire, répondit-elle, avec un frisson. Vous l'avez eue ?

— Non. Mais elle a filé.

— Elle était fatiguée, sans doute. Elle est pleine, et à un stade très avancé.

— Nous parlerons de ça plus tard, dit Gentry d'une voix douce en l'aidant à s'extraire de l'armoire. On va déjà vous sortir de là.

Il dut procéder par étapes — la tête, puis l'épaule droite, l'épaule gauche, la jambe gauche, la jambe droite, le torse, les hanches… Il la serra contre lui pour la réchauffer.

Il prit le manteau de Ramirez dans l'armoire. Le manteau était trempé et il le rejeta à l'intérieur. Il n'y avait rien pour la couvrir.

Nancy regarda la brèche dans la cloison.

— J'ai cru entendre un coup de feu et un cri, dit-elle.

— Vous ne vous êtes pas trompée. Mais j'ai raté mon coup. Elle s'était pendue à quelque chose, de l'autre côté de la cloison. Je l'ai seulement touchée à la patte ou à la queue.

Se retournant vers lui, elle effleura de la main sa joue mouillée et mal rasée.

— Vous n'avez pas raté votre coup. Vous m'avez sauvé la vie.

Puis elle regarda Lowery derrière lui. A son expression, Gentry avait déjà compris qu'elle savait exactement ce qu'elle allait voir.

Gentry se glissa entre elle et le corps du professeur.

— Laissons l'équipe médicale s'occuper de lui. Je veux vous faire sortir d'ici…

Une chauve-souris se jeta sur eux. Puis une autre.

— Qu'est-ce que ça veut dire ?

— C'est la femelle, expliqua Nancy. Elle a cessé de gémir, mais elle n'est pas silencieuse pour autant. Elle est sans doute en train de retourner dans le métro.

— Venez ! dit Gentry, en l'entraînant vers la porte.

Les chauves-souris attaquaient de nouveau, de plus en plus nombreuses, et il se demanda s'ils arriveraient seulement jusqu'aux escaliers. La traversée du couloir fut un cauchemar. Ils glissaient dans l'eau, essayaient de repousser les bêtes enragées avec de grands gestes des bras. Gentry faisait son possible pour protéger la jeune femme, mais les chauves-souris qui se contentaient d'aller et venir au ras du plafond lorsqu'il était arrivé étaient maintenant passées à l'attaque. Les coups de feu leur avaient fait peur et elles s'étaient dispersées. Il voulut recommencer.

Ça ne marchait plus.

Il tenait Nancy sous son bras gauche et la serrait contre lui en se servant de son propre corps et de sa veste comme d'un bouclier. Elle lui entourait la taille de ses bras, sa tête mouillée baissée contre sa poitrine. Il sentait les battements de son cœur. Le sien commençait aussi à s'affoler : après quelques pas, il comprit qu'ils n'iraient guère plus loin. Les chauves-souris s'agglutinaient littéralement sur eux. Il n'y voyait plus rien, n'entendait plus, ne savait même plus dans quelle direction se diriger. Et il lui semblait qu'on le frappait des chevilles au cuir chevelu avec des centaines de gros élastiques. Chaque morsure faisait sursauter une partie de son corps.

Il s'arrêta, retira sa veste, voulut en envelopper la tête de Nancy.

— Allez-y ! cria-t-il. Sauvez-vous !

Nancy refusa en repoussant la veste des deux mains, à

l'aveuglette, pour l'obliger à la reprendre ; puis, s'immobilisant soudain, elle se mit à tâter l'étoffe. En haut, du côté gauche.

— Qu'est-ce qu'il y a, là-dedans ? demanda-t-elle.

— Ma radio…

Elle lui arracha le vêtement. Comme elle tombait à genoux et fouillait frénétiquement la veste d'une main tout en chassant les chauves-souris de l'autre, Gentry se laissa choir à côté d'elle et l'aida à sortir la radio.

Il la lui tendit, puis rabattit la veste sur eux.

— Allumez-la ! hurla-t-elle.

— C'est fait.

— *Plus fort !* Je veux des parasites, le plus de parasites possible !

Gentry prit la petite radio. Il l'approcha de son visage, tout en se protégeant et en protégeant Nancy de son bras recourbé, et tourna le bouton du volume à fond pour avoir des parasites. Il ne tarda pas à obtenir un bruit de rouleaux s'écrasant sur le rivage.

Il tendit la radio à Nancy.

— Et maintenant ?

— Ça les perturbe ! cria-t-elle en prenant la radio qu'elle brandit en soulevant la veste.

Les chauves-souris cessèrent instantanément d'attaquer. Elles se mirent à voleter sans se poser nulle part. Quand Nancy fut certaine qu'elles ne reviendraient pas, elle retira la veste.

— Très bien, dit-elle. Relevons-nous, et sortons d'ici.

Gentry se redressa et l'aida à en faire autant. Ils se dirigèrent vers les escaliers. C'était stupéfiant. Les chauves-souris s'approchaient et repartaient aussitôt, comme si elles s'étaient heurtées à quelque champ magnétique.

— C'est comme ce que vous disiez au sujet de ces mites qui émettent des sons à haute fréquence, n'est-ce pas ? observa Gentry. Ça interrompt le flux normal d'informations.

— Ce n'est pas tout à fait la même chose. Ce bruit-là

ne coupe pas les signaux qu'envoie la chauve-souris. Il les brouille.

Ils repartirent clopin-clopant, saignant de leurs innombrables blessures. Gentry était, une fois encore, fier de Nancy. Il pensa ensuite aux piqûres contre la rage qu'il leur faudrait subir après une telle attaque, puis à ce qui restait leur unique problème : comment en finir avec cette chauve-souris géante ? S'ils n'y parvenaient pas, la ville de New York risquait d'être détruite en quelques jours.

Dans la rotonde du musée, les chauves-souris avaient retrouvé toute leur agressivité, se jetant sur tout ce qui bougeait pour mordre et déchirer. La radio permit à Nancy et à Gentry d'atteindre la sortie ; elle la laissa ensuite à un responsable du musée qui essayait de rassembler les employés dans un bureau sans fenêtre. Et elle replongea avec Gentry sous la veste de ce dernier.

L'inspecteur Anthony attendait toujours devant le musée dans sa voiture bien fermée, tandis que des myriades de chauves-souris arrivaient de Central Park. On entendait partout des chiens hurler, et on en voyait un grand nombre courir dans les rues, affolés, sans doute, par les ultrasons qu'émettaient les chauves-souris. Des cris s'élevaient un peu partout — sur les trottoirs, où des gens étaient tombés, aux fenêtres des appartements bordant Central Park West, dans les voitures et dans les autobus. De nombreux véhicules s'étaient arrêtés ou s'étaient encastrés les uns dans les autres, percutant parfois des arbres ou des bornes d'incendie, ou se renversant sur les trottoirs. Des chauves-souris étaient entrées par les fenêtres ouvertes et les passagers, à l'intérieur, essayaient de les chasser.

On entendit des hurlements sur la droite. En traversant la chaussée avec Nancy, Gentry releva un pan de la veste qui lui recouvrait la tête et regarda derrière eux. Le ciel s'était empli de chauves-souris. Elles formaient comme des strates de nuages se déplaçant à des vitesses différentes et dans différentes directions. Non loin de là, dans la Soixante-Seizième Rue, d'où étaient partis les cris, une nuée venait de s'abattre sur un groupe de fêtards rassemblés sur le toit d'un immeuble pour une « soirée chauves-souris ». Les tentes dressées en guise d'abris antiguano étaient déjà toutes déchirées et les bêtes s'accrochaient aux lambeaux de toile qui flottaient, fantomatiques, dans la pénombre.

Gentry ouvrit la portière et aida Nancy à entrer dans la voiture. Comme une chauve-souris se jetait sur lui, il fouetta l'air de sa veste, la plaqua au sol et marcha dessus. Puis il ramassa la veste et la mit sous son bras. La bête écrasée resta sur le bitume. Gentry regarda à nouveau derrière lui.

L'air était littéralement saturé de chauves-souris. On avait l'impression de voir s'agiter les milliers de balles de ping-pong noires d'un gigantesque loto. Elles étaient partout, et partout en mouvement. L'inspecteur vit plusieurs personnes se bousculer contre le muret de brique qui ceignait le toit de l'immeuble. Un hurlement horrifié retentit au moment où un homme bascula par-dessus. Il parvint à agripper le rebord d'une jardinière en béton et d'autres participants à la fête se précipitèrent pour lui porter secours tandis qu'il se balançait au-dessus du vide. Mais un essaim tourbillonnant s'abattit sur eux, les forçant à reculer, et l'homme tomba onze étages plus bas. Il ne cria pas, mais on entendit nettement le bruit mat de son corps s'écrasant sur le trottoir.

Gentry se glissa à l'arrière de la voiture, derrière le siège du passager. En claquant la portière, il coinça une chauve-souris. Il rouvrit pour la laisser tomber et referma vivement.

— Mais que se passe-t-il, bon Dieu ? cria Anthony.

— On est tous redevenus des insectes, marmonna Gentry.

— Je ne comprends pas.

— Ce n'est pas grave, répondit Gentry.

Il demanda à Anthony de les conduire au QG de

l'OGC, dans l'immeuble du World Trade Center. En espérant qu'on y serait encore opérationnel.

Anthony fit demi-tour, brancha le gyrophare et la sirène, et fonça le long de Central Park West. Ils croisèrent une file de voitures de pompiers qui avaient répondu à leur appel. Les hommes, adossés à leurs véhicules, se servaient des manches à eau pour repousser les chauves-souris. De toute évidence, la grande femelle était encore assez près pour que ses cris commandent à la multitude.

— Je vais éviter la voie rapide, dit Anthony. D'après la radio, elle est embouteillée par les voitures abandonnées, les épaves, et les gens qui cherchent toujours à quitter la ville.

— D'accord, répondit Gentry. Mais ne t'arrête pas. Ces saletés de bêtes en profiteraient pour nous tomber dessus.

— Compris.

Il prit la Soixante-Quatrième Rue, puis Columbus Avenue à la hauteur du Lincoln Center. Les chauves-souris n'avaient pas attaqué qu'aux abords de Central Park. Quelques habitués du Metropolitan Opera, venus assister — ironie du sort — au cent vingt-cinquième anniversaire de la création de *La Chauve-Souris* de Johann Strauss, couraient dans l'entrée et se cachaient sous les tables dans la cour monumentale du bâtiment. Plusieurs corps, couverts de chauves-souris, flottaient dans le grand bassin rond éclairé par des projecteurs.

Gentry se tourna vers Nancy. Elle regardait droit devant elle, et son visage n'exprimait rien. Il lui prit la main et la pressa dans la sienne. Elle se retourna vers lui au moment où ils passaient sous un réverbère et il vit toute la tristesse de son regard.

Anthony ralentit pour éviter un corps étalé sur la chaussée. Un instant plus tard, il poussa un cri, freina brutalement et se mit à se taper sur les cuisses. Gentry se pencha par-dessus le dossier de son siège pour regarder.

Une chauve-souris était en train de mordre le chauffeur à la face interne des cuisses, et deux autres étaient entrées dans la voiture en rampant sous le tableau de bord.

— *Fous le camp de là !* hurla Anthony.

Comme il essayait d'arracher la chauve-souris cramponnée à sa cuisse, les deux autres se jetèrent sur ses mains. Et plusieurs bêtes arrivèrent à leur suite.

— Où est ta radio ? demanda Gentry.

— Dans la portière, côté passager !

Au moment où Gentry tendait la main pour la prendre, quatre chauves-souris jaillirent sous le tableau de bord pour lui sauter au visage. Il se rejeta en arrière sur son siège.

Une chauve-souris voulut mordre Nancy au menton : elle la cueillit de la main droite, en plein vol, pour l'écraser contre la vitre. Il y eut un choc mou et un bref glapissement.

Tandis que la chauve-souris se détachait de la vitre et tombait, Nancy se pencha au-dessus du tableau de bord. Elle mit la climatisation en marche et la régla à la puissance maximale.

— Orientez les ventilateurs vers les chauves-souris ! dit-elle à Anthony en se retournant pour aider Gentry qui se débattait contre ses agresseurs.

De ses doigts ensanglantés, Anthony orienta les déflecteurs pour qu'ils lui soufflent de l'air au visage et sur les genoux. Les chauves-souris ralentirent aussitôt, et le jeune policier put les chasser. Elles revinrent à la charge, mais avec moins d'acharnement. Les empoignant les unes après les autres, il les écrasa comme des boules de papier avant de les jeter par terre. Bientôt, il n'y en eut plus aucune dans la voiture et ils n'en virent pas arriver de nouvelles.

Délivré, Gentry regarda Nancy.

— Elles ont horreur du froid, n'est-ce pas ? dit-il.

— En effet.

— Et vous continuez à m'épater. Comme les chauves-souris.

— J'en suis toujours à me demander si elles essayent de fuir le cri de la grande femelle ou si, au contraire, elles lui obéissent. En tout cas, s'il y a un moyen d'entrer quelque part, elles le trouvent toujours.

Gentry se tourna vers le jeune policier.

— Tu peux encore conduire ?

— Oui. Et merci, madame.

— A votre service, dit-elle.

Ils s'étaient arrêtés dans la Cinquante-Sixième Rue. Anthony pressa le bouton du haut-parleur et revint sur la chaussée.

— Faites marcher la climatisation dans les véhicules ! cria-t-il en s'approchant des autres voitures immobilisées.

Gentry tendit la main et prit la radio. Les commissariats se partageaient les fréquences, à trois par fréquence. La radio d'Anthony était encore réglée sur celui du secteur sud. Dans sa salle de commandement, à l'autre extrémité de la bande, l'agent Caroline Aandoscia essayait de comprendre ce que lui disaient plusieurs personnes qui parlaient en même temps. Qui criaient, plutôt, sans doute parce qu'elles étaient attaquées. Gentry baissa le volume et posa la radio sur le siège. Ils entendirent une autre salle de commandement qui réclamait du renfort à Grace Church, à l'angle de Broadway Avenue et de la Dixième Rue. Les chauves-souris étaient entrées dans les tuyaux d'orgue de l'église pleine à craquer. Comme les gens tentaient de s'enfuir, elles s'étaient engouffrées, encore plus nombreuses, par les portes ouvertes.

— Vous ne croyez pas qu'on devrait y aller ? demanda l'inspecteur Anthony. On ne sait pas combien d'unités sont encore opérationnelles.

— Nous n'avons pas le temps, répondit Gentry. Il faut avant tout ramener le Dr Joyce.

— Dites vos prières, lâcha-t-elle à voix basse, s'adressant à la radio.

Gentry regarda par la portière. C'était comme dans un vieux film de science-fiction lorsque, après le passage du monstre ou des envahisseurs, on retrouve des rues jonchées de cadavres, de voitures renversées, de fenêtres brisées et de décombres balayés par le vent. Et tout cela n'avait pas pris une heure. Les gens qui étaient sortis de chez eux malgré la mise en garde du maire étaient tombés en marchant, en courant, ou en s'apprêtant à traverser une rue. Sur la chaussée comme sur le trottoir, les livreurs à bicyclette gisaient à l'endroit où ils avaient été attaqués. Les chiens qui n'avaient pas succombé sous l'attaque se battaient entre eux ou faisaient des bonds en essayant de happer les chauves-souris. Anthony ne cessait de donner des coups de volant pour éviter des morts ou des blessés. Il y avait partout des cadavres de pigeons. Gentry vit passer des chauves-souris lancées à la poursuite d'un oiseau. Ces sales bêtes, en tout cas, n'avaient pas de préférences.

Les quelques personnes encore capables de marcher essayaient d'atteindre l'entrée de l'immeuble le plus proche en ignorant les bêtes qui tourbillonnaient autour de leur tête. Ceux qui avaient réussi à se mettre à l'abri — dans de petites échoppes ou dans des kiosques à journaux qu'on pouvait refermer rapidement — regardaient par les fenêtres ou appelaient au secours. Mais il n'y avait pas de secours en vue.

— Si nous diffusions les parasites de la radio par haut-parleur ? demanda Anthony. Ça ne les mettrait pas en fuite ?

Nancy secoua la tête.

— L'interférence a joué comme une force magnétique de faible intensité. Au-delà d'un périmètre très réduit, elle ne pourrait rien contre le cri de la grande femelle.

La voiture repartit au moment où des chauves-souris

de plus en plus nombreuses venaient se cogner contre les vitres et rebondir. Elles formaient des nuées encore plus épaisses dans cette partie de la ville, et on les voyait voler dans toutes les directions comme des confettis noirs pris dans le souffle d'un ventilateur. En bas de la Quarante-Deuxième Rue, la gare routière de Port Authority offrait un spectacle de fin du monde. Les voyageurs et les policiers semblaient avoir été foudroyés par des gaz toxiques. Ils gisaient les uns à côté des autres, et parfois les uns sur les autres, sous le grand auvent abritant la façade.

Vers l'est, les derniers étages de l'Empire State Building étaient sombres — non pas à cause d'une panne de courant, mais parce que le haut du gratte-ciel était entièrement recouvert de chauves-souris. Il y avait certainement des gens prisonniers dans la petite galerie marchande et à l'intérieur de la flèche. On apercevait une lueur de temps à autre, quand la couverture vivante se déplaçait, ou quand une vitre se brisait et qu'un ou plusieurs corps tombaient de l'autre côté.

Les hurlements stridents des sirènes de voitures et des alarmes de banques s'élevaient de toutes parts. Des véhicules de police et des ambulances passaient à toute vitesse. Gentry n'aurait su dire comment on choisissait les gens à secourir. On donnait sans doute la priorité aux médecins, aux chirurgiens et aux responsables municipaux, songea-t-il. A tous ceux dont on avait besoin pour mener cette guerre contre les chauves-souris. Gentry n'avait jamais vu un système s'effondrer aussi vite et aussi complètement.

Il se tourna vers Nancy.

— Si tant est que l'OGC est encore en état de fonctionner, il est certain que Weeks aura besoin de vous parler. Al Doyle a perdu ce matin, à la conférence de presse du maire, le peu de crédibilité qu'il lui restait. Il a dit à tout le monde qu'il n'y avait aucune raison de s'inquiéter, que c'était la chauve-souris mâle qui commandait à toutes les autres. Vous êtes d'accord pour aller retrouver Weeks ?

Elle fit oui de la tête.

— Cette grande femelle court toujours. Et c'est bien plus dangereux que tous ces gens ne se l'imaginent. Elle est pleine, à l'évidence ; je l'ai très bien vu quand elle est entrée dans le laboratoire. Elle aura probablement son ou ses petits dans les jours qui viennent, et c'est pour cette raison qu'elle est venue à New York. Une fois nés, les petits pourront crier au bout de quelques jours, ils se feront entendre aussi bien qu'elle des autres chauves-souris avec, probablement, les mêmes effets. S'il y a deux ou trois géants dans les tunnels du métro, circulant librement sous la protection des autres chauves-souris, il deviendra pratiquement impossible de les approcher. (Sa voix faiblit et elle détourna les yeux.) Pour une fois qu'il aurait vraiment pu m'aider, il n'est pas là.

Gentry lui prit la main.

— Je suis vraiment, vraiment désolé pour le Pr Lowery.

— Moi aussi. (Elle lui rendit son regard.) Mais c'est moi qui suis responsable, vous savez.

— Responsable de quoi ?

— De tout ça. La destruction, la mort.

— Pourquoi ?

— Parce que j'ai tué le mâle.

— Ah, ne dites pas d'idioties !

— C'est la vérité. J'aurais dû prévoir ce qui est arrivé. J'ai toujours pensé que les chauves-souris étaient capables d'éprouver des émotions, et j'aurais dû y réfléchir avant de disséquer ce mâle. Je n'aurais jamais dû laisser le corps à un endroit où la femelle pouvait le retrouver.

— Vous ne pouviez pas vous en douter. Elle était dans les tunnels du métro à des kilomètres de distance.

— Vous pensez comme un humain, et non comme une chauve-souris.

— Oui, ma foi, ça fait partie de mes problèmes, depuis longtemps déjà…

Elle le regarda un instant sans rien dire. Puis elle serra les lèvres et baissa la tête.

— Ecoutez, Nancy. Je voudrais simplement vous aider à relativiser un peu ce qui vous arrive. Nous étions tous sous pression, et quelle pression ! Nous avons tous fait ce que nous estimions devoir faire, depuis le début. Et pour autant que je puisse en juger, vous avez agi plus vite, et mieux, et avec plus de discernement que n'importe qui à votre place.

Elle garda la tête baissée. Elle semblait avoir envie de pleurer. Gentry aurait aimé qu'elle se laisse aller et pleure un bon coup. Comme il avait pleuré lui-même deux heures après que Bernie Michaelson se fut fait descendre. Ces pleurs étaient une pluie bienfaisante qui emportait toutes sortes de scories. Certaines concernant Bernie, d'autres la perte de sa femme, d'autres, même, des choses que le père Adams essayait encore de comprendre. Mais ces pleurs-là étaient nécessaires, sans aucun doute.

Comme ils approchaient de la Vingt-Troisième Rue, Gentry entendit quelque chose qui lui fit dresser l'oreille. Il prit vivement la radio de l'inspecteur Anthony et monta le son.

« … le Refuge Prolly, angle Vingt-Troisième Rue et Septième Avenue. Je répète : la chauve-souris géante vient d'attaquer le Refuge Prolly, angle Vingt-Troisième Rue et Septième Avenue. On demande des secours d'urgence… »

Anthony n'avait pas besoin qu'on le lui dise. Bifurquant aussitôt à gauche, il prit à toute allure la direction du refuge pour femmes battues.

35

Ils arrivèrent trop tard.

Il y avait plusieurs voitures de police et des camions de pompiers devant l'immeuble de trois étages abritant le refuge pour femmes battues. Tous les véhicules étaient garés sur le trottoir pour permettre aux policiers et aux pompiers de pénétrer dans l'immeuble en s'exposant le moins possible aux attaques des chauves-souris. On avait branché un tuyau sur une bouche d'incendie pour arroser celles qui se trouvaient à l'intérieur pendant qu'on évacuait les femmes et les enfants dans des fourgons médicalisés de l'UIR. Les policiers, protégés par des casques et des tenues épaisses, les rabattaient ainsi au sol et les y maintenaient sous des trombes d'eau. Tout au fond du bâtiment, on s'était servi des extincteurs sous pression. Quand on se fut assuré que tous les pensionnaires et les membres du personnel étaient partis, on tira des cartouches à plombs sur les chauves-souris qui étaient par terre.

La géante était repartie peu de temps avant l'arrivée de la première voiture de police. Au même moment, d'après les policiers, toutes les autres avaient abandonné leur comportement agressif, y compris celles qui s'étaient déjà introduites à l'intérieur du refuge. Elles paraissaient excitées et désorientées, mais sans violence. Les nouvelles en provenance des autres commissariats indiquaient que les attaques avaient cessé dans tout Manhattan et qu'on était en train d'exterminer les envahisseurs par tous les moyens possibles.

Pendant que Gentry allait aider les autres policiers, Nancy se précipita vers les fourgons pour parler avec les gens qu'on évacuait.

Du haut en bas de la Vingt-Troisième Rue, les New-Yorkais essayaient littéralement de se remettre sur leurs pieds. Ceux qui pouvaient encore marcher aidaient ceux qui ne le pouvaient plus. Et beaucoup de gens restaient sans bouger, là où ils étaient tombés, le regard fixe. Nancy songea que cette vision devait se répéter dans tout Manhattan, depuis la Quatre-Vingt et Unième Rue jusqu'au lieu inconnu où nichait la grande chauve-souris.

Cette vision, et ce silence. On entendait ici et là des appels au secours ou des gémissements. Mais le fait qu'on les entende rendait encore plus impressionnant le silence qui régnait sur la ville. Plus de voitures, plus d'autobus, pas le moindre avion dans le ciel, plus de cyclistes criant aux piétons de s'écarter. Plus de bouffées de musique s'échappant des voitures ou des *boom-boxes* tonitruantes, plus de conversations à haute voix sur les trottoirs, plus d'appels ou d'invectives échangés entre des groupes de gamins, plus de pièces tintant dans les sébiles des sans-abri. Plus de bruits de chantiers. Plus personne pour vous proposer des montres volées, vendues à la sauvette dans une valise, ou des chaussettes roulées en boule dans un carton sur un coin de trottoir. C'était, uniquement troublé par les sirènes et les alarmes, un calme anormal, comme celui qui règne au cœur de la tempête.

New York était comme Nancy elle-même. Sonnée. La jeune femme ne parvenait toujours pas à croire que ce qui s'était passé au musée était vrai, et que le Pr Lowery était mort. Elle était contente d'avoir ces gens à interroger et ce problème avec lequel se colleter : comment trouver et détruire la chauve-souris géante ?

D'après l'unique témoin oculaire adulte, une femme qui se trouvait dans la salle de jeux avec quelques enfants, la créature était entrée en passant à travers une grande lucarne du dernier étage avant de descendre directement dans cette salle. La femme raconta qu'elle avait rassemblé les enfants dans un angle et s'y était accroupie avec eux, en s'efforçant de les protéger. Elle était persuadée que sa dernière heure avait sonné, mais la chauve-souris n'avait pas prêté la moindre attention à leur présence. Elle avait examiné la pièce pendant un moment, puis, en déployant ses ailes, s'était mise à renverser des meubles et des rayonnages. Puis elle avait poussé un gémissement d'une voix très forte, et était repartie dans le couloir pour s'envoler par la même lucarne. En tout, elle était restée moins d'une minute dans le refuge.

L'un des enfants, un petit garçon du nom de Chaka, se leva du banc sur lequel il était assis à l'intérieur du fourgon. S'approchant de Nancy, il lui déclara que la chauve-souris avait l'air méchante, mais qu'elle ne l'était pas.

— C'est un peu idiot de se présenter comme ça, n'est-ce pas ? demanda Nancy.

Elle le prit par la main.

— Tu as froid, dit-il.

— Oui, très froid. On m'a arrosée.

— Comment ?

— On jetait de l'eau pour éteindre un incendie. Et j'avais oublié mon parapluie.

Chaka sourit.

— Tu pourrais me dire encore quelque chose sur cette chauve-souris ? demanda Nancy.

— Elle est grande.

— Oui. Mais elle n'a fait de mal à personne ?

Chaka secoua la tête.

Une petite fille, sur un banc, dit soudain :
— Elle ressemblait à Oscar le Rouspéteur.
Nancy se tourna vers la petite blonde.
— Voyons. C'est bien le nom d'une marionnette dans *Sesame Street* ?
La petite fit oui de la tête.
— Elle avait l'air méchante, dit encore Chaka, mais elle a rien fait à personne. Elle avait l'air triste, et c'est tout.
Nancy le remercia, les remercia tous, et ressortit du fourgon. Elle repartit vers l'immeuble en réfléchissant au problème.
La chauve-souris n'était pas venue pour se nourrir. Elle n'était pas venue pour mettre bas. Mais elle avait quitté le métro pour chercher *quelque chose* et elle s'était mise à gémir, ou à pleurer, en ne trouvant pas cette chose.
Quoi ?
Nancy se dit que la réponse était peut-être dans la salle de jeux.
Elle entra. On repoussait à coups de balai les bêtes mortes, blessées ou assommées qui jonchaient le sol. A pas prudents, elle suivit le couloir inondé jusqu'à l'escalier situé à l'arrière de l'immeuble. Parvenue au troisième étage, elle se campa sous la lucarne aux vitres brisées. La salle de jeux était en face. Elle y entra.
Une odeur de chien mouillé flottait dans la pièce. Elle vit des jouets brisés, des restes de goûter, un poste de télévision jeté à terre, des étagères chargées de cassettes et de jeux vidéo, renversées. Immobile, les mains sur les hanches, elle parcourut la pièce du regard.
Gentry ne tarda pas à la rejoindre.
— Je crois qu'on a détruit presque toutes les chauves-souris, dit-il. Les flics les ramassent à la pelle pour les emporter dans des sacs-poubelles. Comment avez-vous trouvé les gens auxquels vous avez parlé ?

— Assez secoués. Vous êtes certain que tout le monde est sain et sauf ? Il ne manque personne ?

— Personne. Je viens de discuter avec les policiers, en bas. Les deux hommes de l'UIR qui étaient de garde dans le métro ont été bousculés et se sont retrouvés par terre quand elle est sortie en fonçant à travers la station, mais elle ne les a pas attaqués.

Nancy secoua la tête.

— Alors je n'y comprends rien.

— Peut-être qu'elle économisait ses forces ? Peut-être que je l'ai blessée quand je lui ai tiré dessus, au musée, et qu'elle voulait sortir pour se reposer, respirer de l'air frais ?

— Elle se serait reposée dans les tunnels du métro, dit Nancy. D'ailleurs, il n'y a pas de traces de sang.

Gentry regarda autour de lui.

— Bon sang de bon sang, je ne l'ai même pas touchée à la queue !

— Non, dit Nancy. Vous l'avez ratée. Vous vous êtes contenté de lui faire peur et de me sauver la vie. Vous vous rappelez ce que vous m'avez dit, dans la voiture ? Qu'on ne devait pas être trop exigeant avec soi-même ?

— J'ai dit que *vous* ne le devriez pas. Moi, j'ai des raisons pour ça.

— Bon.

Nancy savait qu'il ne plaisantait pas. Elle choisit de ne pas insister pour le moment. Elle continua à tourner en rond en examinant tout ce qui se trouvait dans la pièce. Les sacs de couchage étaient éventrés aux endroits où la géante les avait piétinés. Quelques cassettes vidéo avaient été écrasées et le téléviseur était encore sous tension, mais l'écran vide.

— Alors, qu'en pensez-vous ? demanda Gentry.

— Je ne sais pas. Vraiment, je ne sais pas.

— Comment faire pour penser comme une chauve-souris ?

— Il faut vous demander quelle perception sensorielle aurait pu vous attirer ici, répondit Nancy. Vous me suivez ? Revenons en arrière. La chauve-souris a quitté le musée et elle est retournée sous terre, dans les tunnels du métro. Elle y est arrivée très vite, ce qui signifie qu'elle volait. Elle volait et elle se dirigeait par écholocation, car les tunnels sont étroits et il fallait qu'elle fasse attention aux grilles et aux poteaux. Elle avait probablement l'intention de rejoindre son nid.

— Peut-être qu'elle a eu faim, et qu'elle est sortie pour chercher de quoi manger ?

— C'est peu probable.

— Pourquoi ?

— Parce qu'elle n'a *pas* mangé. Elle n'a pas attaqué les policiers de garde à la station de métro, ni les gens qui se trouvaient ici. D'ailleurs, si elle avait eu faim, elle aurait attendu d'être plus près de son repaire. Pour ne pas avoir une trop grande distance à parcourir avec sa proie. Non. En passant près d'ici, elle a entendu ou senti quelque chose qui l'a amenée à sortir du métro. Elle a volé directement jusqu'au toit et elle est descendue à l'intérieur en passant à travers la lucarne. Et elle est entrée dans la salle de jeux. Elle n'a attaqué personne, mais elle est tombée sur quelque chose qui l'a fait pleurer à nouveau.

— Attendez. Pourquoi « à nouveau » ?

Nancy hocha la tête.

— Elle avait déjà pleuré en s'apercevant que son compagnon était mort.

— Vous voulez dire pleurer, vraiment, comme un être humain ?

— Oui, vraiment, c'est ce que je pense. Bien sûr, au musée, ça a tout de suite tourné à la fureur et les autres chauves-souris se sont déchaînées en même temps qu'elle. Mais pas ici. Elle est repartie sans faire de mal à quiconque. Pourquoi ?

— Que faisaient les gamins quand elle est arrivée ? demanda Gentry.

Nancy continuait à arpenter la pièce, en observant et en réfléchissant. « Coloriage, lecture, repos, goûter… » Elle examina un sandwich au beurre de cacahuète à moitié mangé, un petit carton de lait renversé, une banane. La chauve-souris n'avait pas touché à la nourriture.

Etait-ce une odeur ? Une odeur qu'elle aurait confondue avec celle de Nancy et qui l'aurait amenée à sortir du métro et à venir jusqu'ici pour tuer ? Elle cherchait quelque chose.

— Il y avait peut-être des enfants qui regardaient la télé, dit Gentry.

— C'est possible.

Nancy s'approcha du téléviseur couché sur le flanc.

— Elle a peut-être entendu la voix de son compagnon aux informations ?

— Il devait y avoir un tas de gens en train de regarder la télé sur son chemin. Pourquoi s'est-elle arrêtée ici plutôt qu'ailleurs ? De toute façon, même si on avait diffusé un enregistrement de la voix du mâle, elle ne l'aurait pas entendu comme nous l'entendons. L'enregistrement aurait restitué une série de pulsations et non un son continu. C'est comme si vous confondiez une photo imprimée en noir et blanc dans un journal avec la réalité. (Elle s'était immobilisée devant le poste de télé et le regardait.) Mais d'un autre côté…

— Oui ?

— Il se pourrait aussi qu'elle ait entendu un bruit que nous connaissons et que nous identifions, mais qui a pris pour elle une autre signification.

— Par exemple ?

Nancy remit le récepteur de télévision d'aplomb, retrancha la prise qui pendait à l'arrière au bout de son cordon. Les parasites disparurent et l'écran se colora de bleu vif. Nancy regarda le magnétoscope posé sur une étagère derrière l'appareil. Il n'était pas sous tension.

— Ils n'étaient pas en train de regarder une cassette, dit-elle.

Gentry souleva l'un des sacs de couchage. Une petite console en plastique se trouvait dessous. Un voyant rouge était allumé.

— Non, dit-il. Ils s'amusaient avec des jeux vidéo.

Nancy enjamba le sac de couchage et s'accroupit. La cassette de jeu était à moitié sortie. Elle la repoussa et regarda l'écran. Le nom du jeu apparut. *Feather Jackson*, lut-elle. Elle pressa le bouton « Start ». Un texte se déroula sur l'écran, racontant l'histoire d'une petite fille qui volait comme un oiseau. Une musique accompagnait l'image.

— Vous devriez peut-être demander aux gamins où ils en étaient, dit Gentry.

Nancy secoua la tête d'un air absent. Elle écoutait.

Gentry se retourna pour sortir.

— Attendez ! dit Nancy, soudain.

Gentry revint s'accroupir à côté d'elle.

— Qu'y a-t-il ?

— Vous entendez ?

— La musique ?

Elle augmenta le son.

— Ecoutez ce martèlement de tambours, en fond sonore.

Gentry écouta à nouveau et se mit à hocher la tête en mesure.

— Les tambours du malheur, dit-il, et il lut le texte qui défilait sur l'écran : « Les armées du peuple Pillow approchent pour s'emparer du pays de Featherland et réduire ses habitants en… »

— Robert, vous ne comprenez pas ?

Il la regarda en secouant la tête. Elle augmenta encore le volume. La musique ne fut plus qu'un son éraillé, crépitant de parasites, mais on continua à entendre le martèlement du tambour.

— Ça ne nous donne qu'une faible idée de ce qu'entendait la chauve-souris. Une pulsation régulière, obstinée.

— D'accord. Mais elle a croisé des milliers de radios allumées sur son chemin, avec des musiques tout aussi rythmées. Pourquoi aurait-elle réagi à celle-ci en particulier ?

— En général, les percussions qu'on entend dans la musique changent de rythme, n'est-ce pas ?

— En général, oui.

— Pas celle-ci. Elle est parfaitement régulière. Il écouta.

— *Boum-doum. Boum-doum... Vous* entendez ? demanda Nancy.

— Oui...

Le récit de la légende s'acheva, et le jeu commença. Le martèlement de basses se poursuivit.

— Ça continue au-delà de l'introduction, dit Nancy, d'une voix fiévreuse. Et ça continue probablement pendant toute la durée du jeu. Vous ne *comprenez* donc pas ?

— Non.

— Robert, ce son est dans un registre audible. A quel moment, d'après vous, la chauve-souris a-t-elle entendu une pulsation aussi régulière que celle-ci ?

— Je me le demande...

Nancy se releva, éteignit le téléviseur et se dirigea vers la porte.

— Quand elle était dans le ventre de sa mère, Robert. C'est elle qu'elle est venue chercher ici.

36

Gentry et Nancy Joyce reprirent leur voiture. Nancy avait retrouvé toute sa vivacité. Ce qui n'était pas le cas de Gentry. Il avait beaucoup de mal à accepter ce qu'elle venait de lui expliquer.

— Vous croyez vraiment qu'une chauve-souris volant dans un tunnel du métro a pu entendre une musique de jeu vidéo qui lui a rappelé sa mère ?

— Les battements du cœur de sa mère.

— D'accord. Elle a entendu ça et elle est venue tout de suite ?

— Oui. C'est très possible.

— Un bruit parmi les millions d'autres bruits de la ville ?

— C'est exact. Essayez donc, encore une fois, de penser comme une chauve-souris. Elle possède une ouïe extraordinairement sensible, et multidirectionnelle. Elle peut repérer et suivre un bruit plutôt qu'un autre, exactement comme un requin détecte l'odeur du sang dans l'eau.

— Admettons. Mais il y a huit ans que sa mère est morte ! s'exclama Gentry. Comment pourrait-elle se rappeler ce bruit ?

— Ce n'est pas dans sa pensée consciente, mais *c'est là*, répondit Nancy. Le bruit a réveillé quelque chose dans cette mémoire diffuse. Réfléchissez. Elle est repartie calmement, sans faire de mal à quiconque, sans rien faire pour déchaîner à nouveau les petites chauves-souris. De toute évidence, il s'est passé dans cette salle de jeux quelque chose qui l'a calmée.

— Bon. Et si c'est vrai, pourquoi n'est-elle pas devenue furieuse en découvrant que sa mère n'était pas là ? Comme au musée ?

— Vous venez de le dire.

— Moi ?

— Tout ce que sait la chauve-souris géante, c'est que sa mère n'était pas dans la salle de jeux. Mais pour elle, la certitude s'arrête là. Elle peut croire que sa mère est toujours vivante, mais ailleurs. Tandis qu'au laboratoire du musée, elle a *vu* que son compagnon était mort. Dans cette salle de jeux, il n'y avait rien pour suggérer la mort. Peut-être que l'un des enfants a tiré accidentellement sur la prise au moment où elle est entrée. Peut-être que c'est elle qui l'a fait. Si bien que le bruit s'est arrêté d'un coup et que la chauve-souris…

— … croit que maman est toujours vivante ? demanda Gentry.

— Au zoo, nous avons un nom pour ce phénomène, dit Nancy. L'effet Dumbo. Nous faisons appel à des bruits et à des odeurs pour détacher les animaux de leurs géniteurs.

— Nancy, je ne sais plus…

— C'est *possible*, Robert. Tout ce que sait notre chauve-souris, c'est qu'il s'est déjà produit quelque chose d'analogue, un ou deux mois après sa naissance.

— L'abandon. (Gentry se releva.) Comment votre dame chauve-souris a-t-elle fait pour retrouver son mâle après la mort de celui-ci ?

— Elle l'a probablement suivi à la trace grâce à son odorat très développé.

— Son odorat. Mais alors, elle aurait dû être capable de *sentir*, aussi, que sa mère n'était pas là ?

— La mémoire olfactive ne fonctionne pas de cette façon-là. Les chauves-souris, les gens, la plupart des animaux reconnaissent une odeur s'ils la rencontrent à nouveau. Mais en son absence, ils ne sont pas capables de se la remémorer comme on se remémore des sons ou des images. Si elle a entendu quelque chose qui faisait le même bruit que sa mère, elle a cru que c'était sa mère, qu'il y ait eu ou non une odeur.

— Et d'après vous, ce bruit est le seul qui lui ait jamais rappelé les battements du cœur de sa mère ?

— Pourquoi pas ? Depuis sa naissance et jusqu'à hier, cette chauve-souris a vécu en pleine nature. Et avec une autre chauve-souris. Ils étaient, l'un pour l'autre, à la fois frère et sœur, père et mère, compagnons.

— La mort, l'inceste, Œdipe… on nage dans la tragédie grecque, observa Gentry.

— C'est courant chez certains mammifères. Et maintenant, pour la première fois de son existence, cette chauve-souris est seule. Vous ne trouvez pas normal qu'elle cherche sa mère ?

Gentry avait toujours du mal à accepter tout cela. De grandes chauves-souris mutantes. De petites chauves-souris rendues enragées par écholocation. Il n'en restait pas moins que New York était en état de siège, et qu'il fallait trouver un moyen de lutter contre ces créatures.

— Tout cela nous avance à quoi ? demanda Gentry.

— Je ne le sais pas très bien, admit Nancy.

Au-delà de Houston Street, ils trouvèrent une ville déserte, à l'exception des policiers en tenue de combat qui patrouillaient dans leurs voitures, et des chauves-souris. Elles pendaient la tête en bas aux réverbères, aux auvents, aux panneaux de signalisation et aux feux de circulation.

Un Marius Pace aux traits fatigués accueillit Nancy Joyce et Gentry dans l'entrée de l'immeuble qui abritait depuis peu les bureaux de l'OGC. Il les conduisit directement à l'ascenseur ; pendant qu'ils s'élevaient jusqu'au dix-huitième étage, il fit le point sur la situation telle qu'elle se présentait une heure auparavant, lorsque Gordy Weeks était sorti de sa réunion pour informer rapidement ses collaborateurs.

— Ce n'est pas très réjouissant, dit Pace, en consultant un bloc-notes sur lequel des gobelets de café avaient laissé des marques circulaires. Les hommes qui patrouillaient dans le métro n'ont rien pu faire contre la chauve-souris géante, et toutes les routes vers New York, les ponts et les voies ferrées sont interdits à la circulation. Plus personne n'entre ni ne sort de la ville. A Manhattan, dans le Bronx, le Queens et Staten Island les commerces sont fermés, à l'exception des magasins d'alimentation et des services de santé, mais on peut encore circuler dans les rues. Les aéroports sont également fermés, de Westchester jusqu'au New jersey, et tous les vols détournés sur Hartford, Philadelphie et Buffalo. Seuls sont autorisés les atterrissages d'urgence.

— Y a-t-il eu des incidents ? demanda Nancy.

— Oui. Pas des attaques à proprement parler, mais deux appareils ont dû se poser et être évacués tout de suite après leur décollage parce que des groupes de chauves-souris avaient été aspirés dans les réacteurs. Les tours de contrôle de tous les aérodromes se plaignent de brouillage sur leurs radars à cause des chauves-souris. Si le problème n'est pas réglé d'ici demain soir, l'armée sera mobilisée pour assurer l'approvisionnement alimentaire et une assistance médicale à la ville. Le couvre-feu sera en vigueur de six heures et demie du soir à six heures du matin. Nous avons réuni des professionnels de la communication qui sont chargés de travailler avec les médias pour tenir la population informée, et les responsables que vous allez rencontrer là-haut ont avec eux des équipes spécialisées pour faire face aux problèmes de santé, d'incendie, de pillage, de voirie, etc. Vous arrivez au bon moment. Mr. Weeks, quand on l'a prévenu que vous étiez ici, m'a dit qu'on commençait justement à discuter du type d'offensive que la ville allait maintenant lancer.

— Qui est chargé de traquer la grande chauve-souris ? demanda Nancy.

— Ça, je n'en sais rien, répondit Pace.

Les portes de l'ascenseur s'ouvrirent sur un couloir brillamment éclairé. On voyait aux murs, dans des cadres, des journaux rappelant une série de catastrophes, depuis la tempête de neige de 1888. Et le spectacle, ici, était presque aussi étonnant que celui de la rue. Des gens couraient partout, en criant et en se passant des papiers, des dossiers et des disquettes comme on se passe les témoins dans une course de relais. La salle de conférences, à l'angle du bâtiment, offrait une double vue sur l'Hudson et sur la baie de New York. Pace les fit entrer et referma la porte derrière eux. Un calme reposant régnait dans la pièce. Il y avait des estampes aux murs représentant, dans un style expressionniste très affirmé, les principaux sites et monuments de New York.

— Au cas où vous ne vous en seriez pas doutés, j'ai décrété l'état d'urgence, leur dit le maire tandis qu'ils prenaient place au bout de la longue table.

Et tout le monde de glousser.

George Taylor était assis à l'autre extrémité de la table, le dos à la porte. Il était le seul en manches de chemise et le seul à ne pas avoir devant lui un ordinateur ou un téléphone portables.

Gordy Weeks se tenait à sa gauche. Al Doyle à sa droite. Weeks présenta les autres personnes présentes : Veltre, le chef de la police, Pat Rosati, qui commandait le corps des pompiers, Kim Whalen, directeur du Bureau de la santé, Barry Lipsey, directeur des Services médicaux d'urgence, et Caroline Hardaway, chef du service de presse du maire.

Les nouveaux arrivants étaient assis entre Carlos Irizzary, le directeur du Service de protection de l'environnement, et Valari Barocas, du Service d'aide à l'enfance. L'émotion et la lassitude se lisaient sur tous les visages — regards fatigués, joues mal rasées, mâchoires serrées. Mais Gentry eut l'impression, à voir les têtes que faisaient Carlos et Valari, de se trouver dans le sous-groupe de ceux à qui on ne permettait guère que de lever le doigt de temps à autre pour lâcher quelque « y a qu'à... ». De tous les présents, seul le chef de la police, Veltre, paraissait content — fier ? — de voir Gentry. Prévenu par téléphone de son arrivée en compagnie de Nancy Joyce, Weeks avait demandé à ce qu'il participe lui aussi à cette réunion. Veltre était visiblement satisfait que « l'un des siens » soit, depuis le début, au cœur même de l'action.

Doyle ne paraissait pas spécialement content de les voir.

— Merci d'être venus, dit le maire.

George Taylor était un homme robuste et de haute taille. Il avait une voix de stentor qui semblait sourdre quelque part à la hauteur de ses genoux pour prendre toute sa résonance dans son torse puissant.

— Je sais que la journée a été longue et pénible pour vous deux, et nous apprécions tout ce que vous avez fait l'un et l'autre. (Posant sur Nancy son regard gris d'acier, il ajouta :) Je crois savoir, docteur Joyce, que vous disposez d'un certain nombre d'informations sur cette chauve-souris géante.

— En effet, monsieur.

— Si vous voulez bien nous en faire part...

Gentry se demanda comment Nancy trouvait en elle de quoi s'exprimer avec autant de force et d'assurance après tout ce qu'elle venait de vivre.

C'est parce que tu sais de quoi tu parles, songea-t-il.

— Monsieur le maire, cette chauve-souris est une mutante, née d'un vespertilion irradié en Russie.

— Vespertilionidés est le nom de l'espèce, intervint Al Doyle, en se penchant vers le maire.

— Celui de la *famille*, corrigea Nancy, sans regarder Doyle. Les vespertilionidés. Elle comprend quarante-deux genres, et trois cent cinquante-cinq espèces. On en trouve à peu près partout sur la planète — elles sont très résistantes. Cette chauve-souris particulière a quitté la région de New Paltz et est venue à New York avec le mâle pour y mettre bas. Je pense, monsieur, que la chose est imminente.

Doyle la regarda.

— Excusez-moi, dit Weeks, mais les chauves-souris font combien de petits par portée ?

— Un ou deux, répondit Doyle.

Nancy le regarda à son tour. Gentry vit ses yeux lancer un éclair. Après quelques secondes, elle les baissa, prit une courte inspiration, et continua :

— Les petites chauves-souris — qui appartiennent également à la famille des vespertilionidés — semblent s'être rassemblées sur la ville en obéissant à un signal émis par le mâle. Nous ne savons pas si la femelle les commande de la même façon. Mais nous savons que lorsqu'elle s'oriente par écholocation ou émet dans le registre des ultrasons, elles réagissent en devenant agressives.

— Autrement dit, observa Weeks, si nous la neutralisons nous les neutraliserons également.

— Oui. Et je crois avoir un moyen de le faire.

Dans le silence qui suivit, on n'entendit plus que le souffle de l'air dans les bouches de ventilation du plafond et le petit bruit sec que faisait Doyle en tournant et retournant un calepin sur la table.

— La chauve-souris géante est entrée dans le refuge pour femmes battues de la Vingt-Troisième Rue parce que — c'est du moins ce que je pense, et je sais que ce n'est pas facile à croire — elle a entendu le son d'un jeu vidéo qu'elle a confondu avec les battements du cœur de sa mère.

Doyle rejeta son calepin loin de lui et se laissa retomber contre le dossier de son siège. Le silence qui régnait dans la salle s'alourdit encore. Gentry lui-même se dit qu'une telle idée, proférée dans cet endroit, semblait tout à fait absurde.

— Qu'est-ce qui vous fait croire cela ? demanda Weeks.

Ce n'était qu'une question posée sur un ton parfaitement neutre.

— Il n'y avait rien qui soit susceptible d'attirer la chauve-souris dans cet immeuble plutôt que dans un autre. Elle n'a rien mangé. Elle n'est restée qu'une ou deux minutes. Et elle n'a attaqué personne, ce qui semble indiquer la présence d'un facteur apaisant, d'une *présence* apaisante. Dieu sait qu'elle n'était pas apaisée lorsqu'elle est repartie du musée. Dans le refuge, les enfants étaient en train de jouer à ce jeu lorsqu'elle est arrivée. Il a été interrompu, parce que le téléviseur a été débranché, mais quand nous l'avons rebranché, le son qu'il produisait ressemblait beaucoup à des battements de cœur.

— Vous l'avez remis en marche ?

— Oui.

— Pourquoi, alors, la chauve-souris n'est-elle pas revenue ?

— Il est probable qu'elle était déjà trop loin à ce moment-là.

— A supposer que ce soit vrai — cette confusion avec des battements de cœur — que proposez-vous ? demanda Weeks.

— Je propose de monter un piège pour capturer la chauve-souris, répondit Nancy. Elle a fait son nid quelque part dans le sous-sol de la ville. Nous ne devrions pas tarder à connaître l'endroit exact. Elle est tout près de mettre bas, et je crains que, en ce moment même, elle ne soit en train de stocker de la nourriture en prévision de l'événement.

— Des victimes humaines ? demanda le chef de la police.

— C'est possible. C'est même probable. Elle a besoin d'assurer sa subsistance pour plusieurs jours.

— Gordy, dit Veltre. Je veux qu'on fasse sortir mes hommes des stations de métro. Je les redéploierai dans les rues, où ils courent moins de risques d'être enlevés comme le type de Christopher Street.

— Allez-y, dit Weeks.

Veltre prit son téléphone portable et s'éloigna de la table pour donner des ordres.

— Comment sera le petit de la chauve-souris ? demanda Weeks. Vous avez une idée de sa corpulence ?

— Dix ou douze kilos, répondit Nancy. Avec une envergure d'environ soixante centimètres, peut-être un peu plus. Mais le principal problème ne viendra pas de sa taille, ni de sa mobilité, qui sera très réduite pendant les premiers jours. Ce qui risque de poser problème, c'est si la petite chauve-souris commence à émettre les mêmes appels par ultrasons que sa mère. Les chauves-souris présentes dans cette zone y réagiront probablement de la même façon qu'elles ont réagi aux appels de la femelle et du mâle.

— En se rassemblant autour d'eux, dit Weeks.

Nancy opina de la tête.

— Gordy, dit le maire, si Miss Joyce ne se trompe pas et si nous localisons avec précision le nid de cette créature, pourquoi ne pas l'attaquer avec tous les moyens dont nous disposons ?

— Parce que, monsieur le maire, dit Nancy, il vous faudra compter aussi avec la présence des petites chauves-souris.

— Vous voulez parler de sa progéniture ?

— Non. Des millions d'autres vespertilions qui se trouvent maintenant dans la ville. Quand nous nous sommes rendus au refuge, elles n'étaient pas agressives parce que la chauve-souris géante était elle-même très calme. Il faut qu'elle le reste. Si vous essayez de l'approcher par surprise, elle vous entendra. Si elle vous entend, elle appellera à l'aide, comme elle l'a déjà fait.

Weeks se retourna vers Nancy.

— Quel est votre plan, donc ?

— Je n'y ai pas encore réfléchi dans les détails, mais je propose d'attirer la chauve-souris géante hors de son nid à l'aide du son émis par le jeu vidéo. De l'amener *où* nous le voulons, soit en un point précis dans le métro, soit au-dehors, en terrain découvert. Et de la tuer d'une façon qui n'oblige personne à s'approcher d'elle.

— Tuer une femelle pleine, remarqua Caroline Hardaway, la chef du service de presse du maire, voilà qui va nous attirer les foudres des militants des droits des animaux !

— Les humains dotés d'un peu de bon sens nous applaudiront, répliqua sèchement le maire.

— La question qui se pose est donc comment tuer la chauve-souris sans l'approcher ? dit Weeks. Nous pourrions peut-être poster des tireurs d'élite sur les toits ?

— Non, dit Nancy. Les petites chauves-souris sont trop nombreuses pour qu'on puisse viser avec des fusils à lunette télescopique.

Le chef Veltre se tourna vers elle.

— Vous en êtes certaine ?

— Je pratique le tir, moi-même, depuis longtemps, répondit Nancy. Les petites chauves-souris se croiseraient dans la ligne de mire, à des profondeurs de champ différentes, et il serait impossible à vos tireurs de viser la cible avec toute la précision nécessaire.

— Pourquoi pas des gaz toxiques, alors ? demanda le maire. Nous en parlions juste avant votre arrivée, Miss Joyce. Ce que vous nous proposez fait penser à l'histoire du Joueur de flûte de Hamelin qui emmenait les rats se noyer dans la mer. Si ça marche et que nous parvenons à attirer la chauve-souris en un point précis dans les tunnels, il suffira de maintenir tout le monde à distance pendant la durée de l'opération.

— Je maintiens, moi, que ce serait beaucoup trop dangereux, dit Kim Whalen, le patron du Bureau de la santé, aussitôt soutenu par Carlos Irizzary, chef du Service de protection de l'environnement.

Ils semblaient aussi exaspérés l'un que l'autre.

— Comme si quelques centaines de milliers de chauves-souris enragées, une chauve-souris géante mangeuse d'hommes et des tonnes de merde de chauves-souris *n'étaient pas* dangereuses ! intervint Al Doyle.

— C'est vrai, admit Whalen. Mais nous ne connaissons pas la dose de gaz toxique nécessaire pour tuer cette créature.

— Sans compter les fuites inévitables, ajouta Irizzary. Surtout si nous sommes obligés de diffuser du gaz en grande quantité.

— Et ensuite il faudra l'éliminer, tout ce gaz ! dit Whalen. Il risque de contaminer l'eau, de tuer les poissons, les oiseaux…

— On peut toujours essayer avec une tonne de laque pour cheveux et une raquette de tennis géante, suggéra Veltre, qui ne plaisantait qu'à demi.

— Il y a, en tout cas, une chose à ne pas oublier, dit Nancy Joyce. Je ne sais absolument pas combien de temps la chauve-souris restera immobile après avoir compris que ce qu'elle a entendu n'était pas le bruit d'un cœur qui battait. Nous ne disposerons peut-être que de quelques secondes pour la tuer. Et je ne pense pas qu'il sera possible de la piéger une deuxième fois. Cette créature est maligne.

— A supposer que votre truc de jeu vidéo marche, dit Doyle, on pourrait utiliser du chlorure d'éthylène ?

— Mais oui, dit Weeks. Voilà une idée qui me plaît bien.

— Qu'est-ce que c'est ? demanda le maire.

— Un produit réfrigérant, expliqua Weeks. On le conserve sous forme liquide qu'on vaporise à la température ambiante et il congèle instantanément tout ce qu'il touche.

— Nous l'employons pour des anesthésies superficielles quand nous devons poser des points à des gamins, dit Barry Lipsey, le directeur des Services médicaux d'urgence. C'est d'un effet très rapide. Tout blanchit au premier contact. A forte dose, on peut provoquer une hypothermie.

— Il nous en reste des quantités depuis notre dernière campagne de dératisation, ajouta Doyle. Il suffirait de l'amener par péniche jusqu'à la Soixante-Dix-Neuvième Rue.

— Quels sont les risques ? demanda le maire.

— Franchement, je n'en vois pas beaucoup, répondit Weeks.

George Taylor se tourna vers Whalen et Irizzary.

— Vous êtes d'accord ?

Les deux hommes répondirent par un hochement de tête. Le maire se tourna une nouvelle fois vers Nancy Joyce.

— Donc, nous avons l'agent. Mais avons-nous le sujet ? Voyez-vous, docteur, je trouve un peu inquiétant, c'est le moins qu'on puisse dire, de voir que tout repose sur… c'était quoi, Al ?

— Un jeu vidéo. *Feather Jackson*.

— Ce n'est pas seulement un jeu, dit Gentry à mi-voix. C'est l'effet Dumbo.

— Le quoi ? demanda Doyle.

— L'effet Dumbo, répéta Gentry. On se sert de l'image de la mère pour attirer l'enfant. Mais vous connaissez ça, n'est-ce pas ?

Doyle ne répondit pas. Nancy eut un petit sourire. Weeks s'adressa à elle.

— Si ce que vous dites est exact, pourquoi ne pas utiliser un véritable enregistrement de battements de cœur ?

— Parce qu'avec le jeu vidéo, *ça a marché*. La chauve-souris qui lui a donné naissance avait subi une irradiation par des déchets nucléaires et par Dieu sait quoi encore, puis elle s'est retrouvée à New Paltz dans un environnement totalement nouveau pour elle. Je ne sais pas du tout quels ont été les effets du changement de climat et de régime alimentaire sur son métabolisme — j'ignore si ses battements de cœur étaient normaux ou irréguliers, s'ils étaient plus forts ou plus faibles que ceux d'une chauve-souris ordinaire. Mais le son émis par le jeu vidéo, soit par sa qualité, soit par son rythme, a *parlé* à la chauve-souris géante. Je pense que nous avons intérêt à le garder tel qu'il est.

Personne ne dit rien.

Le maire hocha la tête, d'un air pensif.

— Gordy ?

Weeks poussa un soupir :

— Miss Joyce est celle d'entre nous qui connaît le mieux les chauves-souris. (Il la regardait en parlant.) Je crois qu'il faut essayer ce qu'elle propose.

Le maire frappa la table du plat de la main.

— Allons-y donc. Si nous ne voulons pas tous finir dans le New Jersey.

Puis il remercia tout le monde, se leva, et sortit. La chargée de presse, assise à la gauche de Nancy Joyce, remercia celle-ci pour ses efforts. Veltre s'approcha de Gentry et le félicita pour le travail qu'il avait accompli depuis le début de la crise.

— De l'excellent travail, *une fois de plus*, dit Veltre.

Al Doyle s'éclipsa sans leur accorder un regard.

Tandis que tous les autres s'en allaient, Weeks vint les

remercier à son tour et leur demander de continuer à travailler avec son équipe.

— Nous avons beaucoup de travail devant nous dans les heures qui viennent, dit le directeur de l'OGC. Il faut aller chercher ce chlorure d'éthylène et déterminer l'endroit précis où nous voulons attirer la chauve-souris. Il faudra savoir, aussi, comment utiliser ce jeu vidéo, décider du volume sonore par rapport à la position de l'animal une fois que nous la connaîtrons.

— Si le son est trop fort, il sera déformé, dit Nancy, et elle risque de ne pas le reconnaître. Et le facteur temps est également très important. En général, les chauves-souris cessent de voler douze ou vingt-quatre heures avant de mettre bas.

— On va lancer cette opération le plus vite possible, lui déclara Weeks. Mais je crois que vous devriez, l'inspecteur Gentry et vous, manger quelque chose et prendre un peu de repos. Nous avons une cafétéria au rez-de-chaussée et des chambres de repos qui sont à votre disposition. On viendra vous chercher quand on aura besoin de vous. (Il sourit.) Je vais aussi vous trouver des vêtements. A voir ceux que vous portez, ce ne sera pas du luxe.

Nancy et Gentry sourirent à leur tour. Marius Pace les conduisit à la petite cafétéria. Ils prirent quelques sandwiches et des sodas, et on leur montra les « chambres de repos » du dixième étage — de petites cellules cubiques pourvues chacune d'un lit à une place, d'une cabine de douche et d'un W.-C.

Gentry s'assura que Nancy ne manquait de rien avant de rejoindre la cellule voisine. Après s'être douché, avoir mangé et s'être glissé dans l'ample combinaison bleue que Weeks avait fait apporter, il s'aperçut qu'il souffrait des multiples morsures et écorchures infligées par les chauves-souris. Comme elles étaient superficielles, elles semblaient avoir disparu sous la douche. Mais chacune de ces petites plaies cuisait. Il y avait aussi une sensation d'extrême fatigue. Maintenant qu'il avait cessé de courir et de s'agiter, tous ses muscles n'aspiraient plus qu'à une chose : le repos. Ne plus rien soulever, ne plus se mouvoir. Ils le lui disaient à leur façon, en protestant chaque fois qu'il voulait changer de position, remuer les épaules, les bras, les jambes et jusqu'au bout des doigts.

Etendu dans sa cellule, il se força à savourer le répit qui lui était offert, et le sentiment d'avoir accompli quelque chose — d'avoir survécu — en se disant qu'il entendait battre le cœur de Nancy de l'autre côté de la cloison.

37

Gentry se réveilla à trois heures du matin. Il n'était pas habitué au silence, et le silence avait fini par le déranger. Il sortit de sa cellule, réconforté à l'idée qu'il allait trouver la porte de Nancy Joyce fermée. Mais la porte était ouverte, et il rejoignit Nancy dans la salle de conférences. En entrant, il vit des plans étalés sur la table ; Nancy, Marius Pace et les tacticiens de l'OGC étaient penchés dessus et discutaient avec animation.

Marius aperçut Gentry et lui fit signe d'approcher. Nancy leva la tête et lui sourit.

— Je crois que nous avons trouvé quelque chose, Robert, dit-elle avec enthousiasme.

Il y avait un distributeur de café dans un angle de la pièce et, tout en se servant une tasse, Gentry regarda à nouveau Nancy. Elle était superbe dans sa combinaison, mais il s'inquiéta surtout de lui trouver une aussi petite mine.

Il s'approcha de la table et resta debout à côté d'elle.

— Marius, voulez-vous…

— Non, dit Pace. Expliquez-lui tout ça. Je dois appeler Gordy.

Il s'éloigna pour téléphoner.

Nancy se pencha, appuyée sur un coude. Elle mit son

doigt sur les plans du tunnel de Brooklyn Battery et du quartier d'Upper New York Bay.

— Bon, voilà, dit-elle. A environ deux rues de l'entrée de la station de métro de Manhattan, en allant vers le tunnel de Brooklyn. On attirera la chauve-souris dans le tunnel avec le son du jeu vidéo — ici, à peu près. Le tunnel sera obstrué avec des sacs de sable en direction de Brooklyn. Une fois que la chauve-souris y sera entrée, on déroulera des bâches en plastique pour le fermer du côté de Manhattan et on les bloquera en entassant des sacs de sable. Si elle tente de sortir malgré tout, les bâches la ralentiront et les tireurs d'élite auront le temps de l'abattre.

— A condition que les petites chauves-souris ne les en empêchent pas, observa Gentry.

— Ils seront dans des véhicules blindés, dit-elle.

— Deux fourgons de l'Unité de secours d'urgence, annonça Pace en raccrochant le téléphone. Des M 75 de transport de troupes.

Gentry hocha la tête. La police disposait de ces gros fourgons blindés pour les cas extrêmes où il fallait récupérer des victimes prises dans une fusillade.

— Et comme la chauve-souris géante sera coincée dans un endroit précis derrière les bâches, poursuivit Nancy, les tireurs d'élite auront, en principe, la possibilité de la repérer et d'ajuster leur tir sans être gênés par les autres chauves-souris. Dès qu'elle sera morte, les autres se calmeront. Si elle ne cherche pas à s'échapper, elle aura droit au chlorure d'éthylène. On le diffusera par le système de ventilation du tunnel. Les conteneurs ont été amenés à la soufflerie de Governors Island.

Gentry connaissait cette installation. Une forteresse hexagonale de cinq étages bâtie sur la petite île.

— Si nous ne la loupons pas, elle aura une chute brutale de métabolisme et mourra en quelques minutes, dit Nancy.

— Où serez-vous, à ce moment-là ? demanda Gentry.

Elle mit son doigt sur le plan de Governors Island.

— Là. Devant les écrans des caméras de surveillance.

Il hocha la tête à nouveau. Cette fois, il ne raterait pas l'occasion.

— Ça ne vous ennuie pas si je viens aussi ?

— Non. (Elle sourit.) J'y comptais un peu.

Pace replia son téléphone portable avec un sourire triomphant.

— Gordy est d'accord. Il appelle tout de suite le bureau du maire, et nous devrions avoir un feu vert définitif d'ici un quart d'heure. (Il regarda Nancy.) A partir de là, tout dépendra de votre petit jeu vidéo…

Il sortit avec ses collaborateurs. Nancy se laissa retomber contre le dossier de son siège. Gentry lui proposa un café. Elle refusa.

— Vous n'avez même pas essayé de dormir, n'est-ce pas ? demanda-t-il.

Elle secoua la tête.

— Je ne suis pas vraiment du genre à traîner au lit.

— Pour vous, c'est une perte de temps ?

— Oui, plutôt.

— Vous avez toujours peur de rater quelque chose ?

— C'est vrai qu'il y a de quoi faire ici. Mais ce n'est pas seulement pour ça. Quand je suis couchée, je pense toujours à des choses auxquelles je ne veux pas penser. Aux gens qui me manquent. A ceux qui ne me manquent pas. Pour le moment, je préfère ne pas penser au Pr Lowery.

— Je comprends.

— Non, ce n'est pas ce que vous croyez. Je ne suis pas très fière de ce qui me passe par la tête. Pas très fière de me dire que ce n'est pas lui qui va me manquer mais son savoir, ses conseils.

Ils se regardèrent en silence. Un silence vite brisé par l'irruption de Marius Pace.

— Mesdames et messieurs, le spectacle va commencer !

Nancy et Gentry sortirent derrière lui.

Une voiture de l'OGC les conduisit rapidement au quai A, d'où une vedette de la police de New York devait les emmener jusqu'à Governors Island. Pace les accompagna jusqu'au quai. En chemin, il remit une radio à Nancy et lui dit que Gordy Weeks, tout comme lui, serait à l'écoute des informations qu'elle pourrait leur communiquer. Il leur souhaita bonne chance et attendit pour repartir de voir apparaître la vedette dans la baie.

Les deux officiers qui se trouvaient à bord entrèrent dans la cabine tandis que Nancy et Gentry restaient sur le pont. L'inspecteur avait déjà fait cette traversée de nuit sur le ferry de Staten Island, et il éprouvait toujours la même émotion devant cette vue grandiose des gratte-ciel de New York avec leurs millions de fenêtres dessinant la ville immense à la manière d'un patchwork, les avions et les hélicoptères se croisant au-dessus, et tout autour les lumières puissantes des autoroutes et des voies rapides… mais ce soir-là, la ville était sombre, comme morte, et c'était autrement impressionnant.

La vedette, courte et compacte, traçait bruyamment sa route dans l'atmosphère chargée de sel du petit matin. On entendait les vagues gifler la coque sous le vrombissement obstiné du moteur. L'embarcation réagissait à chaque mouvement de l'eau du fleuve, agitée par un courant puissant, et Gentry se tenait fermement à la rambarde. Il n'avait pas l'habitude de la navigation — il était allé un jour à Long Island en bateau à moteur, avec Priscilla — et ne comprenait toujours pas comment l'univers pouvait ainsi se soulever et redescendre alors que ses pieds restaient irrémédiablement collés au plancher.

Il regarda vers Governors Island. Après le départ des militaires en 1966, l'île était devenue une base navale à partir de laquelle les gardes-côtes lançaient leurs opérations de recherche ou de sauvetage en mer, ou d'interception des navires de contrebande. Mais l'entretien d'une telle base, sur laquelle vivaient quatre mille marins, le personnel à terre et les familles, coûtait plus de trente millions de dollars par an, et les gardes-côtes avaient cessé leurs activités en 1997, ne laissant sur l'île qu'une équipe réduite à son minimum.

La tour abritant les turbines de la soufflerie était construite sur un étroit remblai un peu à l'écart de l'île proprement dite. Elle était dotée d'un chemin de ronde large de sept mètres, et rattachée à la terre par une étroite passerelle. Des gardes-côtes, ainsi que des policiers de Triborough Bridge et de Tunnel Authority, des ingénieurs de la ville, des hommes de la police portuaire et des pompiers maritimes travaillaient déjà à la lumière des projecteurs pour installer ce qu'ils appelaient « le réfrigérateur ».

La barge amenant le chlorure d'éthylène ayant accosté du côté nord de l'îlot, la vedette se détourna vers le sud pour déposer ses passagers. Bien qu'il se sentît encore tanguer, Gentry trouva très agréable de marcher sur la terre ferme. Les hélicoptères étaient interdits de vol, mais les bateaux affrétés par divers réseaux de télévision mouillaient tout autour de l'île pour couvrir les préparatifs de l'opération. Kathy Leung était là, bien sûr. Une barrière interdisait aux journalistes et aux équipes de tournage de s'approcher et Gentry, en passant, cria à Kathy qu'il viendrait lui parler dès qu'il aurait terminé. Cela ne parut pas la satisfaire, mais c'était ce qu'il pouvait faire de mieux.

Ni le maire ni Gordon Weeks n'avaient interdit à quiconque de communiquer des informations à la presse. Et on ne craignait pas d'être entendu par les chauves-souris. Mais les protestations des journalistes furent vaines : personne n'avait le temps de parler pour le moment. Gentry et Nancy Joyce pénétrèrent dans le bâtiment de pierre grise.

Au premier abord, Gentry eut l'impression de se trouver à l'intérieur d'un gigantesque moteur d'avion. Le sol était percé de trappes ouvertes sur des échelles métalliques conduisant à d'énormes ventilateurs et à des conduites d'air. Autour des portes étaient disposés vingt-quatre grands réservoirs de chlorure d'éthylène. Des techniciens s'affairaient pour introduire des tuyaux de caoutchouc dans les conduites d'air. Chaque tuyau était relié à un réservoir.

Au-dessus des ventilateurs et des conduites d'air se trouvaient quatre étages aux sols grillagés, accessibles par des escaliers du côté nord et par un ascenseur du côté sud. Ces sols grillagés rappelaient étrangement ceux des catacombes du métro dans le sous-sol de Grand Central Station. Gentry se demanda si les salles dans lesquelles il avait découvert les cadavres des sans-abri n'avaient pas, à l'origine, abrité un système de ventilation du métro.

Cette phase de l'opération était placée sous le commandement de Charlie Schrank, directeur de Tunnel Authority et de Triborough Bridge. Schrank était en manches de chemise. Mince et brun, affecté d'une calvitie naissante et d'un caractère enjoué, il ne se départait jamais d'un air vaguement amusé. Il parut sincèrement enchanté de serrer la main de Nancy.

— Gordy Weeks m'a dit que vous étiez une pro. Et il ne le dit pas de n'importe qui.

— Merci, répondit Nancy.

Elle lui présenta Gentry, et il les conduisit au poste de commandement — un impressionnant ensemble de tableaux lumineux, d'ordinateurs et d'écrans recouvrant tout un mur d'une vaste salle en rotonde.

— La partie audio de l'opération est gérée depuis le centre de radiodiffusion d'urgence de POGC, expliqua Schrank. Dès que nous serons prêts nous les appellerons. Leur participation cessera et nous prendrons le relais au moment où la chauve-souris entrera dans le tunnel et où l'entrée par Manhattan sera fermée.

— Comment saurez-vous où se trouve la chauve-souris ? demanda Nancy.

— Nous avons des caméras de surveillance à l'intérieur du tunnel, répondit Schrank en montrant les images en noir et blanc sur les écrans.

Gentry s'approcha. Il y avait également des images en provenance de la caméra que les policiers avaient laissée à la station de South Ferry. Mais Gentry se sentait curieusement détaché de ce qui était en train de se passer. Il avait l'habitude de se trouver au cœur de l'action, et non pas en spectateur. Il regarda les hommes qui s'activaient au-dessous d'eux. Nombre d'entre eux n'avaient jamais travaillé ensemble, mais tout semblait se dérouler sans heurts. Gentry était impressionné par l'ampleur des moyens humains et matériels mobilisés en l'espace de quelques heures. La machine avait fonctionné vite, et bien.

— Si seulement nous avions eu le temps de tester la diffusion du produit, dit Schrank.

— Beaucoup de choses vont devoir marcher du premier coup, confirma Nancy.

Elle jouait avec la fermeture Eclair de sa combinaison. Gentry ne pouvait pas deviner ce qu'elle avait à l'esprit et dans le cœur. Il était arrivé tant de choses depuis le début de cette affaire et, plus que jamais, tant de choses reposaient sur ses seules épaules.

— Que va-t-il se passer exactement ? demanda Gentry.

Il tenait à le savoir, mais c'était aussi une tentative pour distraire Nancy de ses inquiétudes.

— Les ventilateurs se trouvent à neuf mètres au fond de chaque puits, expliqua Schrank. Ils déplacent deux millions de mètres cubes d'air toutes les quatre-vingt-dix secondes. Vous voyez ces échelles ?

Gentry hocha la tête.

— Normalement, elles servent pour les réparations et les opérations de nettoyage. Aujourd'hui, nous les utilisons comme supports. Dans chacun de ces puits, un technicien est en train de fixer le tuyau à l'échelle.

— Vous avez trouvé assez de techniciens pour faire ça ? demanda Gentry.

Schrank se mit à rire.

— Oui, nous avons même un chef d'opération ! Il nous a manqué, par contre, des sangles pour attacher les tuyaux aux échelles. Nous avions besoin de quelque chose qui laisse un peu de jeu pour le moment où les ventilateurs vont se mettre en marche et faire vibrer l'ensemble.

— Qu'avez-vous pris ? demanda Nancy.

Schrank mit un doigt sur sa taille.

— Des ceintures. On a ajouté quelques trous, pour avoir juste la bonne taille. C'est bricolé comme un petit *Apollo 13* — et, comme je le disais tout à l'heure, je regrette que nous n'ayons pas eu le temps de faire des essais. Quand les tuyaux seront tous fixés et qu'on verra la chauve-souris dans le tunnel, on libérera le chlorure d'éthylène, et les ventilateurs entreront en action. Le liquide sera vaporisé et, en quelques secondes, l'agent gazeux circulera dans le tunnel, à vingt mètres de profondeur sous nos pieds.

La radio de Schrank émit un appel.

— C'est mon chef d'opération, dit-il, en sortant l'appareil de sa poche. Oui ?

Gentry regarda les hommes qui remontaient des puits en toute hâte. Il vit le chef d'opération juste au-dessous d'eux, debout à côté de la porte de l'ascenseur.

— Nous sommes prêts, ici, annonça le chef d'opération dans la radio.

— Merci, répondit Schrank. Dites à tout le monde « bravo pour le boulot ».

Il remit la radio dans sa poche, décrocha un téléphone, composa un numéro.

— Gordy ? Nous sommes prêts.

Gentry vit Nancy prendre une brève inspiration. Il tendit la main et referma ses doigts autour des siens.

Elle lui pressa la main à son tour.

Quelques secondes plus tard, le martèlement de basses qui ressemblait à un battement de cœur s'entendit à faible volume dans l'un des haut-parleurs placés devant eux.

38

La chauve-souris géante reposait dans son nid. Ses grandes ailes étaient déployées et ses oreilles détendues. Malgré les élancements de douleur qu'elle ressentait dans sa queue, ses bras, son ventre, elle essayait de dormir.

Soudain, dans le silence, elle entendit à nouveau le bruit. A l'intérieur de ses oreilles, les muscles se contractèrent l'un après l'autre à quelques millièmes de seconde d'intervalle pour localiser et définir le bruit. Les tissus graisseux situés à la base couvrirent tout ce qui n'était pas dans la visée de l'oreille externe, absorbant tous les sons, sauf celui qu'elle voulait entendre.

C'était plus rassurant que le bruit de son compagnon ne l'avait jamais été. Et cependant beaucoup moins familier. Il n'y avait rien dans son esprit pour lui dire ce qui faisait ce bruit. Mais dès qu'elle l'entendait, elle ne pouvait plus penser à autre chose.

Lentement, elle releva la tête et ramena ses ailes sur elle. C'était étrange d'être ainsi posée sur le sol et non suspendue dans les airs. Mais cette nuit n'était pas une nuit comme les autres. Elle avait vu la mort, la mort de son compagnon. Elle avait cherché à détruire celle qui le lui avait enlevé. Puis elle avait senti en elle l'appel d'une vie nouvelle. Elle était retournée à son nid pour y attendre son arrivée.

Et voici que le bruit lui parvenait à nouveau. Le bruit qui avait interrompu son vol lorsqu'elle fuyait la mort, au comble de la fureur, et l'avait emplie d'une sensation de paix et d'un désir puissant, irrésistible, qu'elle ne reconnaissait pas. Un désir si étrange et pourtant si intime…

Le bruit venait d'ailleurs. Malgré sa peine à se mouvoir, il fallait qu'elle le rejoigne. Qu'elle en trouve la source. Qu'elle le flaire, le voie, le touche. Qu'elle le comprenne.

Qu'elle le fasse sien à nouveau.

La géante rejeta la tête en arrière et gémit. Sa voix, tout au long du tunnel, réveilla la foule de ses serviteurs. Quand elle les entendit bouger, elle ramena sous elle ses pattes vigoureuses, étendit ses crochets et, après un dernier regard à son nid, s'éloigna en rampant dans l'obscurité. Et tandis que le bruit se faisait plus proche, plus fort, le désir qu'elle en avait grandissait encore.

Puis, au moment où elle sortait de sa grotte, le bruit cessa d'un coup — exactement comme la première fois.

La chauve-souris s'immobilisa. Elle écouta. Elle entendait maintenant d'innombrables petits bruits devant elle, au-dessus et à côté d'elle. Mais elle savait ce qu'ils signifiaient : nourriture. Et il y avait aussi le bruit des petites chauves-souris volant dans tous les sens. Elle cessa de gémir, saisie à nouveau par le manque. A la pointe de ses ailes, ses doigts s'agitaient comme pour chercher quelque chose.

Où le bruit était-il passé ?

Puis, tandis que les petites chauves-souris s'accrochaient partout aux corniches et aux piliers et que s'apaisait la rumeur de leurs battements d'ailes, elle l'entendit une nouvelle fois. Le bruit. Lointain, mais distinct. Elle se tourna sur le côté.

Il y avait une autre grotte, plus grande que la sienne.

C'était de là que venait le bruit. Et aussi l'écho du bruit. Cette grotte était close à son extrémité. Quelle que soit la source de ce bruit, elle ne pourrait pas s'échapper.

Resserrant ses ailes et pivotant sur elle-même, la chauve-souris géante se jeta en avant et prit son vol.

39

— La voilà !

Le cri de Charlie Schrank perça le silence qui régnait dans la salle de contrôle de la soufflerie. Il n'y eut pas d'acclamations. On avait attiré la chauve-souris dans le tunnel, mais ce n'était qu'un premier pas. Tout dépendait maintenant de l'équipe mise en place pour la suite.

Joyce regarda la bête blessée, fatiguée, ramper, sauter, et voler par intermittence d'une caméra à l'autre. Les caméras vidéo étaient équipées d'objectifs grand angle, mais comme elles étaient conçues pour restituer en noir et blanc l'image de véhicules arrêtés dans des zones faiblement éclairées, la chauve-souris n'apparaissait sur les écrans que comme une tache mouvante aux contours mal définis. On avait du mal à distinguer les détails, mais une seule chose comptait : elle s'était engagée dans le tunnel. Nancy Joyce en éprouva un bref mais intense sentiment de triomphe. Non seulement la chauve-souris était venue, mais elle était seule, et ne gémissait pas. Elle avait bel et bien confondu le bruit qu'elle entendait avec celui que faisait sa mère.

A quoi s'ajoutait, pour Nancy, le plaisir de sentir sa main dans celle de Gentry. Il ne l'avait pratiquement pas quittée depuis le début, et elle savait qu'il partageait la satisfaction qu'elle éprouvait à cet instant.

Schrank leur avait expliqué que les vingt ventilateurs de la tour couvraient la partie centrale du tunnel. Celle qui était la plus éloignée des zones habitées. Les autres souffleries — deux au sud de Manhattan, une troisième à Brooklyn — ventilaient les extrémités du tunnel. Si, pour une raison ou pour une autre, le souffle des ventilateurs allait au-delà de la zone prévue, les risques de répandre du chlorure d'éthylène dans Manhattan ou dans Brooklyn étaient minimes.

Le centre du tunnel se trouvait légèrement au nord-est de Governors Island, plus près de Manhattan. Dès que la chauve-souris l'aurait dépassé, les quatre ventilateurs du groupe un entreraient en action. Ce qui l'empêcherait de rebrousser chemin. Puis ce seraient les quatre ventilateurs du groupe trois. Ils étaient plus proches de Brooklyn, et elle serait coincée au milieu. Puis on lancerait les quatre ventilateurs centraux du groupe deux. Nancy Joyce se demanda si elle éprouverait le même sentiment de triomphe en voyant mourir de froid la chauve-souris et le petit qu'elle portait.

— Groupe un, annonça calmement Charlie Schrank au moment où la chauve-souris passait devant la caméra vidéo.

Le chef d'opération était remonté du niveau inférieur pour les rejoindre. Il lança d'une voix forte l'ordre d'ouvrir les réservoirs du Groupe un. Quand il vit quatre mains se lever pour lui indiquer que le liquide avait commencé à s'écouler, il pressa le bouton qui commandait la mise en route des ventilateurs. Les pales se mirent à tourner. Elles émettaient un ronflement profond, agréable à entendre, accompagné d'une légère vibration perceptible dans tout le bâtiment.

— Groupe trois ! dit Schrank.

Une nouvelle batterie de réservoirs et de ventilateurs entra en action. Le ronflement augmenta d'autant.

— Elle est piégée, dit Gentry, en regardant les écrans. Bon sang, on la tient !

Soudain, la chauve-souris s'immobilisa. Les ailes déployées, elle se tourna vers la paroi nord du tunnel. Elle semblait effrayée par les ventilateurs.

— C'est bizarre, dit Nancy. Elle doit être fatiguée.

— Peut-être qu'elle sent déjà le froid, suggéra Schrank.

— C'est possible. Mais elle n'en a pas l'air.

— Pourquoi ? demanda Gentry.

— Elle ne replie pas ses ailes. Elle n'essaie pas de rebrousser chemin. Ni d'aller vers le haut du tunnel, où la température est plus élevée.

— Charlie, on peut encore la gazer à cet endroit ? demanda Gentry.

— Oui, répondit Schrank. Mais ça prendra plus de temps. Attendons un peu, pour voir si elle repart.

La caméra filmait du dessus, presque à la verticale. Nancy observait la bête qui tournait lentement la tête en décrivant des cercles de plus en plus larges.

— C'est incroyable, dit-elle. Elle n'écoute plus... (Et brusquement, elle comprit.) Merde ! Merde !

— Qu'y a-t-il ? demanda Gentry.

Nancy se donna une grande claque sur le front.

— Quelle imbécile je suis ! Le bruit des ventilateurs couvre celui du jeu vidéo ! (Elle ajouta sans quitter l'écran des yeux :) Dites à l'OGC de monter le son de...

Elle n'acheva pas sa phrase. Elle vit la chauve-souris ramener ses doigts antérieurs en arrière, puis les lancer en avant, par-dessus sa tête, pour frapper quelque chose. Elle ne vit pas ce qu'elle visait, mais entendit et sentit le choc.

Schrank regarda au-dessous d'eux.

— Ah, bordel ! L'ascenseur !

— Ce n'est pas possible, dit Gentry. La cage...

— ... conduit directement du tunnel à notre niveau, compléta Schrank. La chauve-souris essaye de sortir.

— Lancez le groupe deux. *Vite !* cria Nancy.

Schrank donna l'ordre. Les écrans vidéo blanchirent tandis que le gaz réfrigérant se déversait.

— Ah, je me suis bien plantée ! s'exclama Nancy.

— Mais non, dit Gentry. Tout va bien.

— Je ne parle pas du fait qu'elle n'entendait plus le son du jeu vidéo. Ce que je veux dire, c'est qu'elle ne cherche pas à sortir. Elle cherche à *entrer*. Ici !

— Pourquoi ?

Nancy regarda les écrans tandis que la chauve-souris reculait pour prendre son élan et lançait à nouveau ses crochets devant elle. La porte de l'ascenseur trembla sous le choc, et le bruit résonna dans tout le bâtiment. Ils virent la bête reculer à nouveau, se pencher, et peser de tout son poids contre la porte. Nancy se sentit complètement idiote.

— Vous avez vu ce qu'elle a fait, juste avant ? demanda-t-elle. Vous avez vu comment elle bougeait la tête ?

— Oui.

— Elle flairait.

— Qu'est-ce qu'elle flairait ? demanda Gentry.

— *Moi*, Robert. Quand les ventilateurs ont démarré, mon odeur a été l'une des premières choses qu'ils ont soufflées dans le tunnel !

Le téléphone de Schrank sonna et il décrocha vivement. C'était Pace qui appelait pour les informer que les chauves-souris présentes à l'entrée du tunnel, du côté de Manhattan, étaient devenues agressives. De toute évidence, la grande femelle avait recommencé à appeler. Schrank avait les tempes, le front et la nuque inondés de sueur.

Ils entendirent un grand bruit de ferraille tordue. Tout le monde, en bas, regardait vers eux.

— Vos hommes ne peuvent rien faire de plus, dit Nancy. Il serait préférable de commencer à les évacuer, par précaution.

Schrank hocha la tête. Il demanda au chef d'opération de descendre pour évacuer l'équipe.

— Que tout le monde, dit-il, se regroupe dans les anciens abris antiaériens, sous le pavillon de l'infirmerie.

Les hommes ne se le firent pas dire deux fois.

— Vous pensez vraiment qu'elle peut sortir du tunnel avant d'être prise par le froid ? demanda Gentry.

— C'est très probable, répondit Nancy.

Une nouvelle secousse ébranla le bâtiment. Puis il y eut une série de claquements métalliques.

— Ce ne peut être que l'ascenseur, dit Schrank. La cage est en béton armé.

— Elle va réussir à passer, murmura Gentry.

Il se tourna vers Nancy.

— Je crois qu'il va falloir l'affronter.

— Bien sûr. Mais *comment* ?

— Appelons les policiers qui sont en bas. Quand elle arrivera, on l'abattra.

— Hum, ce ne serait pas une mauvaise idée, dans des conditions normales, dit Schrank. Mais avec tous ces réservoirs de chlorure d'éthylène… S'ils se renversent, vous serez gelés sur place.

— D'accord, dit Gentry. Mais pourquoi ne pas nous en servir ? L'asperger avec le liquide, ou le déverser dans la cage d'ascenseur ?

— Nous n'avons pas les tuyaux qu'il faudrait pour ça. Et si on se contente de renverser les réservoirs pour les vider dans la cage d'escalier, le liquide va se vaporiser et se répandre partout.

Gentry lâcha un juron.

Weeks appela à son tour et Schrank l'informa de la situation. Le directeur de l'OGC lui annonça qu'il envoyait deux équipes de six tireurs d'élite des Brigades d'intervention armée. Il n'était pas question, pour lui, de laisser la chauve-souris géante revenir à New York.

Schrank raccrocha et répéta ce que Weeks venait de lui dire tandis que la tour recommençait à trembler.

Toutes les lumières s'éteignirent et le silence se fit. On n'entendait plus les ventilateurs.

— Voilà ce que je craignais, dit Schrank.

— Quoi ?

— Les câbles électriques. Ils passent par la cage de l'ascenseur.

Des lumières de secours s'étaient allumées en haut et en bas des escaliers. Les pales des ventilateurs tournèrent encore pendant quelques secondes, de plus en plus lentement, puis s'immobilisèrent. Un silence déconcertant s'établit. Mais pas pour longtemps. Des cris s'élevèrent au-dehors.

— Les autres chauves-souris, dit Nancy. Quel merdier ! Quel foutu merdier !

Il y avait de quoi devenir fou, en effet, à l'idée qu'un détail aussi insignifiant, quelque chose qu'on aurait pu si facilement éviter à condition d'y penser — son odeur projetée dans le tunnel — les avait amenés à ce point.

Juste au-dessous d'eux, sous le sol cimenté de la tour, quelque chose de lourd et de métallique s'abattit et rebondit dans un vacarme d'enfer.

— Charlie, vous feriez mieux de filer d'ici, dit Gentry. Rejoignez vos hommes dans les abris.

Il hocha la tête.

— Et vous ?

— Je ne sais pas…, commença Nancy.

— Où qu'elle aille, la chauve-souris la poursuivra, dit Gentry. Nous allons réfléchir à une solution.

— Non ! s'écria Nancy. Vous allez sortir d'ici !

— Désolé, mais il n'en est pas question.

— Robert, allez-vous-en !

Gentry avait lâché la main de Nancy pendant que Schrank répondait au téléphone. Il la reprit et la serra très fort. Elle le regarda longuement. Il lui rendit son regard. Ils ne dirent rien de plus.

Dehors, les vrombissements des moteurs de bateaux qui démarraient se mêlaient aux cris des journalistes.

Schrank partit en courant vers l'escalier le plus proche.

— Je crois que vous êtes cinglés tous les deux, mais je vous souhaite bonne chance. Si vous changez d'avis, l'infirmerie est…

— Une seconde ! cria Gentry, soudain.

Schrank s'arrêta.

— Non, pas vous, dit Gentry.

Schrank leur fit un signe de la main et disparut dans l'escalier.

Gentry se tourna vers Nancy.

— Quand vous avez vu la chauve-souris, elle vous a paru très en forme, ou fatiguée ?

— Vous l'avez vue comme moi. C'est difficile à dire.

Une secousse ébranla le sol. Tenant toujours Nancy par la main, Gentry suivit Schrank en direction de l'escalier.

— Où allons-nous ?

— Vous la croyez capable de voler pendant combien de temps ?

— Mon Dieu, Robert, je n'en sais rien. Pourquoi ? Que voulez-vous faire ?

Ils commencèrent à descendre les marches qui tremblaient sous leurs pieds.

— Je vais bientôt savoir jusqu'où Kathy Leung est prête à aller pour avoir un scoop.

40

Gentry sortit en courant de la tour de la soufflerie et trouva Kathy Leung, flanquée de son cameraman musclé, là où il s'attendait à les voir : à l'endroit précis où il les avait laissés. Prêts pour le scoop.

Les petites chauves-souris commençaient à essaimer autour du bâtiment, et les policiers demandaient aux journalistes de se replier sur les locaux des gardes-côtes. Ceux de la presse écrite avaient déjà obtempéré, mais non Kathy et sa petite équipe de tournage. Gentry la savait prête à tout pour avoir des images de la chauve-souris géante. En réalité, il comptait là-dessus.

Au moment de quitter la tour, Nancy Joyce et Gentry avaient convenu qu'ils ne pouvaient pas retourner à Manhattan. Les ventilateurs étant hors de service, la chauve-souris risquait de rebrousser chemin dans les tunnels pour rejoindre son nid. Et si elle sortait par la cage d'ascenseur, elle suivrait Nancy par les airs. Dans un cas comme dans l'autre, il fallait éviter de la ramener en ville, et sa redoutable escorte avec elle.

— Je regrette, mais je ne partirai pas ! lança Kathy.

T-Bone avait sa caméra à l'épaule. Elle lui fit signe d'allumer son projecteur.

— Je ne te demande pas de partir, répondit Gentry.

Elle parut surprise.

— Je te demande de nous emmener sur Liberty Island.

Kathy lui jeta un regard méfiant.

— Pourquoi ?

— Parce que la grande chauve-souris en pince pour Nancy.

— Quoi ?

— Elle sait que c'est elle qui a tué son mâle, expliqua Gentry.

— Elle est sortie du tunnel pour m'attraper, *moi*, dit Nancy. Si nous partons d'ici, elle va sans doute nous suivre. Notre idée, c'est de les attirer, elle et toutes les autres, loin *de la ville*.

— Et vous voulez qu'on vous emmène ?

— Oui, Kath, dit Gentry.

— Ah, le scoop ! s'exclama Kathy. Merci, mon Dieu !

— Je dois tout de même te prévenir, Kathy, reprit Gentry. Si elle arrive jusqu'à l'île, on ne sera pas à la fête.

— *Si* elle y arrive ?

— Elle est fatiguée et tout près de mettre bas, expliqua Nancy. On peut espérer qu'elle tombe à l'eau.

— Qu'est-ce que tu dis de ça, T-Bone ?

— Ma caméra est prête. Je ne la raterai pas.

Tout en se dirigeant vers le bateau, Gentry répéta que la chauve-souris était, à l'évidence, acharnée à les détruire. Kathy répondit qu'elle n'ignorait pas les risques qu'elle prenait. T-Bone déclara, avec un haussement de ses larges épaules, qu'il restait avec la dame.

Tandis que de gros blocs de pierre se détachaient du mur de la tour de la soufflerie, la journaliste donna congé au reste de son équipe. Elle retournerait au studio avec T-Bone, dit-elle « dès qu'ils auraient mis quelque chose en boîte ». Et ce serait, promit-elle, à temps pour les journaux télévisés du matin.

Pendant ce temps, Nancy et Gentry aidaient T-Bone à embarquer son matériel derrière les deux sièges du hors-bord de huit mètres affrété par la station de télé. Sachant qu'il ne s'en séparerait à aucun prix, Gentry n'essaya même pas de l'en convaincre. Mais ils devaient à chaque instant s'arrêter pour chasser les chauves-souris de l'avant-garde. Leur présence, plus encore que les chocs violents qui résonnaient dans la tour, montrait que la grande femelle n'était plus très loin.

Kathy fit démarrer le moteur et se mit à la barre. Gentry s'assit à côté d'elle. Nancy et T-Bone se casèrent tant bien que mal à l'arrière, sans quitter la tour des yeux. T-Bone sortit une bouteille d'eau minérale de l'une de ses sacoches et la tendit à Nancy, qui refusa. Quand tout le monde fut installé, Kathy poussa à fond la manette des gaz pour lancer à plein régime le moteur de 225 chevaux, et le bateau s'arracha au quai pour atteindre très vite sa vitesse maximale.

Tandis que l'île s'éloignait, Gentry, recroquevillé sur lui-même derrière le pare-brise, se retourna et demanda à Nancy de lui passer sa radio, qu'il tint tout près de son visage pour la protéger des embruns. Il appela Weeks.

— Où êtes-vous ? demanda le patron de l'OGC.

— Sur l'un des bateaux qui se dirigent vers l'ouest ! cria Gentry dans le micro.

— Comment ça, vers l'ouest ?

— Je vais vous l'expliquer. Où en sont vos Brigades d'intervention armée ?

— Plantées ! Les chauves-souris ont recommencé à attaquer. Que se passe-t-il là-bas, bon sang ?

— La grande chauve-souris va passer d'un moment à l'autre à travers le sol de la soufflerie.

— Mon Dieu ! Mais elle est *faite* en quoi, cette bestiole ?

— En muscles, surtout, dit Gentry. Et c'est après Nancy qu'elle en a. Alors, plutôt que de retourner en ville, on a décidé de filer vers Liberty Island. Nancy pense qu'elle ne pourra peut-être pas suivre, c'est à deux kilomètres d'ici et il y a de forts vents contraires. Vous avez des hommes sur l'île ?

— Ne quittez pas. Je vais…

— *Robert !* cria Nancy.

— *Elle nous fonce dessus !* ajouta T-Bone, qui tenait sa caméra à l'épaule.

L'inspecteur fit volte-face. Comme T-Bone n'avait pas braqué son projecteur, on ne distinguait pas grand-chose dans l'obscurité.

Une lampe de secours éclairait faiblement l'entrée de la tour. Dans son halo, Gentry vit la porte s'abattre, poussée par la chauve-souris. Un nuage de chlorure d'éthylène s'éleva derrière l'animal, lui recouvrant le dos d'une pellicule glacée. La chauve-souris fit deux grands bonds en direction de la mer et prit son envol. Elle fonçait au ras de l'eau, suivie par une cohorte de petites chauves-souris. De temps à autre, elle prenait de la hauteur et se laissait glisser en vol plané, puis redescendait et recommençait à battre des ailes.

— Elle n'en a plus que pour quelques minutes avant de mettre bas, observa Nancy. Elle a du mal à se maintenir en l'air.

— Pas assez ! dit Gentry. Elle se rapproche ! (Il se retourna pour jeter un coup d'œil au tableau de bord.) Quatre-vingt-cinq kilomètres à l'heure… On ne peut pas faire mieux, Kathy ?

— C'est la vitesse maximale ! cria Kathy, comme pour s'excuser.

Gentry replongea derrière le pare-brise.

— Gordon ? Vous êtes toujours là ?

— J'écoute.

— La chauve-souris est sortie et elle nous suit.

— Vous avez une arme ?

— Oui. Mais pas de munitions. Ecoutez, nous serons à quai au pied de la statue de la Liberté dans moins d'une minute. Vous pouvez faire quelque chose pour nous, là-bas ?

— Attendez, dit Weeks. Marius est au téléphone avec les policiers qui se trouvent sur place.

Gentry attendit. Devant eux, la statue brillamment éclairée dressait sa masse d'un vert délavé sur le ciel sans étoiles. Ils étaient maintenant à quelques centaines de mètres du petit mur d'enceinte de l'île.

L'espoir, songea-t-il, en regardant la statue. C'était bien ce que voulait dire cette dame Liberté, n'est-ce pas ?

La voix de Weeks, à nouveau, dans la radio :

— Voilà. Le sergent Julie Gilheany est en train d'ouvrir la porte principale, à l'arrière du bâtiment. Un autre policier l'accompagne. Ils vous couvriront de leur tir autant qu'ils le pourront. Ecoutez, je pense que les chauves-souris vont vous suivre. Dans ce cas, nous enverrons les deux Brigades d'intervention armée par la mer. Si les hommes peuvent s'approcher suffisamment pour abattre la grande…

— Compris, coupa Gentry. On arrive.

Weeks lui souhaita bonne chance. Gentry le remercia, remit la radio dans sa poche et se tourna vers les autres en se tenant d'une main au pare-brise pour les informer du plan. Tout en parlant, il vit la chauve-souris géante éclairée par le reflet de la statue. Elle était à environ quatre cents mètres d'eux et s'approchait lentement, mais sans faiblir. Son armée innombrable la suivait, grossie à chaque seconde par de nouveaux bataillons.

— Bon Dieu de bon Dieu, on n'est plus dans la réalité ! s'exclama T-Bone, sans cesser de tourner. J'ai l'impression de jouer *Les Naufragés de l'Espace* !

Nancy, elle aussi, regardait les chauves-souris. Elle courbait les épaules et semblait accablée. Gentry se pencha vers elle pour la prendre par l'épaule. Sans se retourner, elle tendit le bras et mit sa main sur la sienne. Elle avait les doigts glacés. Il chercha vainement quelque parole d'espoir qui ne soit pas un mensonge.

Il se retourna vers l'île.

Une soixantaine de mètres les séparaient de l'entrée

de Fort Wood, le bâtiment en forme d'étoile qui sert de socle à la statue. Kathy donna un dernier coup de barre pour accoster, un peu trop brutalement, le long du quai.

Kathy sauta à terre, suivie de Gentry. Il lui dit de courir pendant qu'il aidait Nancy à s'extraire de l'embarcation. Mais elle resta pour donner un coup de main à T-Bone qui ne voulait pas lâcher sa caméra et la valise contenant son matériel de prise de vues. Puis ils foncèrent tous les quatre vers les grandes portes de l'entrée principale. Gentry resta près de Nancy. Elle était épuisée et ne courait pas aussi vite que les autres. Ils contournèrent le bâtiment par la gauche. La double porte en bronze était grande ouverte. A l'intérieur, deux policiers les attendaient. L'un d'eux avait un pistolet de 9 mm, l'autre un fusil à pompe.

Le sergent, une jeune femme, s'avança de quelques pas, son arme braquée vers le ciel.

— Ne restez pas là ! cria-t-elle, sans quitter la chauve-souris des yeux.

Ils étaient à dix mètres des portes. Gentry jeta un coup d'œil en arrière. La géante venait de passer au-dessus du rivage et amorçait sa descente. L'avant-garde des petites chauves-souris fonçait directement sur eux.

Nancy poussa un cri. Deux chauves-souris l'avaient mordue au tibia. Elle trébucha, mais Gentry la retint. Il la prit par la taille pour l'entraîner avec lui malgré les bêtes qui s'accrochaient à sa nuque et commençaient à lui mordre la jambe gauche.

Il entendit Kathy crier au moment où une nuée de chauves-souris s'abattaient sur elle. Mais la journaliste continua à courir. Elle laissa tomber le projecteur qu'elle portait et se prit la tête à deux mains, dans un effort désespéré pour arracher les bêtes agrippées à sa chevelure. Ses cris furent suivis par une série de détonations. Le deuxième policier était sorti du fort et vidait le chargeur de son 9 mm en courant.

— Berk, reviens ! cria le sergent Gilheany.

— Tout de suite ! répondit le jeune homme.

Il passa à côté de Gentry, sans cesser de tirer.

— Non ! hurla Gentry.

Mais il était à bout de souffle, et sa voix ne portait pas. Il aurait voulu rebrousser chemin pour ramener le policier, mais il ne pouvait pas abandonner Nancy.

Il sentit soudain une douleur fulgurante qui partait de sa cheville et lui prenait toute la jambe. Un groupe de chauves-souris l'avait attaqué au mollet et une autre venait de planter ses dents dans son tendon d'Achille. Mais l'inspecteur ne voulait pas se baisser. Les chauves-souris étaient de plus en plus nombreuses. Gentry savait que s'il tombait, il ne se relèverait pas. Il se retint de hurler et continua en traînant la jambe.

Kathy franchit l'entrée du fort, suivie par T-Bone. Elle continuait à se débattre contre les chauves-souris. T-Bone en attrapa deux sur sa propre tête, les écrasa dans ses mains de géant et fit de même avec celles qui restaient accrochées dans les cheveux de Kathy.

— *Berk !* cria encore le sergent.

Gentry entendit un cri. Il se retourna et vit l'essaim de chauves-souris s'acharner sur les mains du policier. Une seconde plus tard, des centaines d'autres s'abattirent sur son torse. Le choc le fit tomber à la renverse sur les dalles du chemin de ronde. La chauve-souris géante était déjà sur lui. L'homme écarta brusquement les bras et un flot de sang jaillit de sa bouche.

— Berk ! *Seigneur...*, gémit le sergent, en brandissant son arme.

Les yeux de la géante n'étaient pas fixés sur sa victime, et ses oreilles n'étaient pas orientées vers elle. C'était Nancy qu'elle regardait et qu'elle écoutait.

Secouant violemment la tête et refermant ses ailes, la créature abandonna le corps et s'avança, de sa démarche rampante, environnée d'un épais nuage de milliers de petites chauves-souris. Ses yeux étaient réduits à deux étroites fentes, sa bouche s'étirait en un rictus féroce.

Penchée vers le sol, elle parcourut lentement les cinq ou six mètres qui la séparaient encore de la porte.

Gentry et Nancy passèrent en courant à côté du sergent. Une poignée de chauves-souris entra en même temps qu'eux, se jetant sur la jeune femme avant qu'elle ait pu tirer. T-Bone se précipita pour fermer le deuxième battant de la porte. Il la claqua lourdement à la seconde où la chauve-souris l'atteignait d'un bond. Outre l'entrée monumentale, il y avait six autres portes, plus petites.

Gentry arracha les chauves-souris de sa nuque, puis aida Nancy à se débarrasser de celles qui lui dévoraient les mains et les avant-bras. Nancy se précipita vers T-Bone et Kathy, qui s'étaient éloignés pour porter secours au sergent. Gentry fut rassuré de constater que Kathy, qui se traitait elle-même de tous les noms pour avoir perdu ses projecteurs, tenait assez bien le coup.

Restée dehors, la chauve-souris géante se jeta contre la porte. La porte trembla sous le choc, dont le bruit emplit le hall d'entrée du bâtiment.

Pendant que les autres continuaient à se débattre, Gentry noua un mouchoir autour de sa cheville pour essayer d'arrêter l'hémorragie. Puis il se redressa. La douleur s'étant un peu calmée, il s'appuya sur la jambe blessée. Son pied trembla comme s'il était anesthésié et la douleur éclata dans sa cheville. Il déplaça son poids sur sa jambe droite en cherchant le fusil des yeux. Il l'aperçut au pied de la vitrine dans laquelle était exposée la torche d'origine, remplacée lors de la restauration du monument pour son centenaire. L'énorme bête s'acharnait toujours contre la porte. Gentry repartit en boitant dans cette direction et s'arrêta quelques mètres avant l'entrée, en obliquant légèrement sur le côté. Il épaula.

— Approche, espèce d'emmerdeuse, dit-il entre ses dents. Approche !

Derrière lui, visiblement exaspéré par la ténacité des quelques chauves-souris restantes, T-Bone venait de sortir sa bouteille d'eau gazeuse de son blouson. Après l'avoir vigoureusement secouée, il cria aux deux femmes de s'éloigner du sergent. Plaçant son pouce sur le goulot de la bouteille, il dirigea le jet vers les bêtes agglutinées sur la tête du sergent Gilheany. Elles lâchèrent prise, se laissant tomber sur le sol. T-Bone les écrasa du pied comme des araignées. Puis, aidé de Kathy et de Nancy, le sergent entreprit d'écraser le reste des chauves-souris.

Soudain, les coups cessèrent à la porte. Gentry se figea sur place. Puis il abaissa son arme.

T-Bone s'essuya les pouces sur son pantalon d'un geste machinal.

— Où elle est passée ?

— Je n'en sais rien, dit Nancy.

Kathy aida Julie Gilheany à se relever.

— Je veux sortir dès que possible pour ramener le corps de Berk, dit-elle.

Depuis que les coups sur la porte avaient cessé, ils entendaient les autres chauves-souris. Elles griffaient les murs de pierre, la porte, le toit. Il y avait de quoi devenir claustrophobe.

Gentry sursauta en entendant une voix dans sa poche. La radio. Il la prit.

— Ici Gentry. J'écoute.

— Vous n'avez rien ?

C'était Weeks.

— Nous avons perdu l'un des policiers, dit Gentry. Nous sommes à l'intérieur du fort. Vous voyez ce qui se passe d'où vous êtes ?

— Nous voyons la statue de notre fenêtre, dit Weeks. Apparemment, vous avez deux problèmes. Le premier, c'est que toutes les chauves-souris de New York semblent s'être donné rendez-vous sur la statue.

— Ça, on le sait. Et ensuite ?

— L'autre problème, dit Weeks, c'est que la chauve-souris géante, apparemment, a trouvé un moyen d'entrer dans le fort.

41

Quand elle fut inaugurée en octobre 1886, la statue de la Liberté était la plus haute construction réalisée par les hommes depuis les pyramides d'Egypte.

Offerte par la France à l'Amérique qui célébrait cette année-là le centième anniversaire de son indépendance, la statue, haute de cinquante et un mètres, est l'œuvre du sculpteur Frédéric Auguste Bartholdi. Elle représente une femme qui se libère de ses chaînes et brandit une torche. Dans sa main gauche, elle tient une tablette symbolisant la loi ; sa tête est ceinte d'une couronne en forme d'étoile dont les sept branches symbolisent les sept continents et les sept mers sur lesquels on espérait voir briller la flamme de la Liberté. Du haut de son piédestal, elle regarde vers l'océan Atlantique.

Trois cent mille rivets assujettissent la statue à l'armature d'acier conçue par l'architecte Gustave Eiffel. Ils fonctionnent comme des ressorts qui permettent à l'ensemble de résister à des vents atteignant certains jours les deux cent dix kilomètres à l'heure. Le squelette de poutrelles entrecroisées est fixé à une colonne métallique au centre de la statue. Cette colonne supporte également un escalier hélicoïdal de cent soixante-huit marches qui permet aux visiteurs de monter jusqu'à la couronne. Seul le bras qui tient la torche n'est pas accessible aux touristes. Lors de la construction, et à cause d'une erreur de calcul, l'une des pointes de la couronne l'endommagea. Il fallut en modifier la charpente en cours de chantier, ce qui en diminua la résistance.

Le piédestal en maçonnerie de la statue repose sur le bâtiment en forme d'étoile de Fort Wood, qui gardait jadis l'entrée du port de New York. Plus d'un siècle après avoir été désaffecté, le fort retrouvait sa vocation première.

D'après Gordy Weeks, la chauve-souris géante s'était hissée sur le piédestal à l'aide de ses crochets, et tenait un corps humain dans ses serres. Weeks dit à Gentry qu'il le préviendrait s'il voyait quelque chose de nouveau.

Le sergent Julie Gilheany laissa échapper un gémissement en comprenant qu'il s'agissait du jeune policier. Elle se précipita vers la porte.

— Où allez-vous ? demanda Gentry.

— Je ne la laisserai pas emporter Berk !

T-Bone la rattrapa.

— Vous ne pouvez plus rien pour lui.

— Si ! Je peux tuer ce monstre !

— Non, dit T-Bone. Vous ne le pouvez pas. C'est vous qui y laisserez votre peau, et je vous en empêcherai.

— Sergent, il a raison, dit Nancy. Si vous sortez d'ici, toutes les petites chauves-souris se jetteront sur vous.

La jeune femme regarda T-Bone, puis Nancy. Elle essuya d'un revers de main le sang qui coulait d'une plaie profonde à son nez.

— Petit crétin ! dit-elle. Je t'avais dit de revenir ! Tu ne pouvais pas m'écouter ?

— Il ne le pouvait pas, parce qu'il savait ce que nous, les flics, nous savons tous. Que si on leur laisse le temps de tirer les premiers, ce sont toujours les salauds qui gagnent.

— Gardez votre baratin pour les bleus, inspecteur. Si

vous ne nous étiez pas tombés dessus, tous les quatre, comme une bande de…

— De quoi ? De gens affolés, qui avaient le diable à leurs trousses ?

— Oui, on peut dire ça…

Elle se tut, interrompue par un bruit nouveau au-dessus d'eux. Un grincement aigu, étouffé et répété. Comme si on soulevait et rabattait lentement le couvercle d'une énorme poubelle.

— Mais qu'est-ce que c'est ? demanda T-Bone.

La voix de Weeks s'éleva dans les crachotements de la radio.

— Inspecteur, on dirait que la chauve-souris est entrée dans le piédestal !

— C'est ce qu'on entend, répondit Gentry.

Le bruit cessa d'un coup. Et, tout de suite après, monta la rumeur de centaines de milliers de petites serres grattant et griffant les murs à l'extérieur du bâtiment.

— Et ça, c'est quoi, maintenant ? demanda Kathy.

— C'est peut-être l'heure de la sieste, suggéra T-Bone.

— Non, dit Nancy. (Elle se retourna vivement vers Gentry.) C'est l'heure de la naissance. La statue est juste au-dessus de l'eau. En bas, il fait froid. En haut, nettement plus chaud. Quelle température, sergent ?

— Guère plus de zéro degré.

— Ce qui doit faire dans les quinze degrés à l'intérieur, dit Nancy. L'idéal pour un nouveau nid.

— Inspecteur, c'est le Dr Joyce que j'entends ? demanda Weeks.

— C'est bien elle.

Gentry se rapprocha avec la radio pour qu'elle entende.

— Dites-lui que les petites chauves-souris sont en train de quitter la statue, poursuivit Weeks. Une partie revient sur New York, d'autres se dirigent vers le New Jersey, d'autres vers les îles. Demandez-lui si elle comprend pourquoi.

— Oui, dit Nancy. La grande chauve-souris n'émet plus dans le registre des ultrasons. Elle n'émettra que des sons vocaux pendant qu'elle mettra bas, ce qui signifie qu'il faut en finir avec elle *tout de suite*. Sinon, nous aurons affaire à elle *et* à son petit, alors qu'ils seront tous les deux en mesure d'appeler le reste de la colonie.

— Je vous suis parfaitement, dit Weeks. Et j'envoie immédiatement les tireurs d'élite des deux Brigades d'intervention armée.

— Ils n'arriveront jamais à temps. Si cette chauve-souris se comporte comme tous les vespertilionidés, nous n'avons pas plus de dix minutes pour la tuer.

Gentry se tourna vers Julie Gilheany.

— Sergent, je dois passer par où, pour monter là-haut ?

— Vous ne bougez pas d'ici. (Elle vint vers lui, la main tendue pour prendre son fusil.) Cette chauve-souris est pour moi. C'est moi qui vais monter.

Nancy vint se placer à côté d'elle.

— Je vous accompagne.

— C'est vous la spécialiste des chauves-souris, si je comprends bien ?

— Oui.

— Parfait. Comme ça, vous pourrez lui dire « crève », en chauve-souris, avant que je l'abatte.

Gentry regarda tour à tour Nancy, puis la jeune femme.

— D'accord, dit-il. Mais je viens avec vous, moi aussi.

— Non. Vous boitez, dit le sergent.

— Ce n'est pas un problème.

— Si. Vous risquez de nous ralentir. Et vous n'avez pas d'arme. Je ne pourrai pas vous couvrir tous les deux en même temps. (Elle prit la radio fixée à sa ceinture.) D'ailleurs, j'aurai peut-être besoin de vous ici. Il y a des caméras de surveillance au centre de communication. Le centre se trouve dans le bâtiment administratif, à moins de deux cents mètres d'ici, derrière le fort. Composez le code 6453359 pour entrer. Comme ça, nous resterons en contact.

Gentry hésitait. Il regarda Nancy.

— Robert, il nous reste très peu de temps, dit-elle.

Elle avait raison. Ce qui inquiétait le plus Gentry n'était pas de la voir partir, mais de la voir partir avec cette femme policier rendue furieuse par la mort de son compagnon, et décidée à en découdre. Et il craignait d'ajouter encore à la fureur de Julie Gilheany s'il lui disait de se calmer.

Il se contenta donc de hocher la tête en guise d'acceptation. Puis il régla la fréquence de sa radio sur celle du sergent. Les deux femmes partirent en courant vers l'escalier qui montait vers le piédestal pendant que Gentry informait Weeks.

Kathy et T-Bone les regardèrent passer. Leur regard disait : « Bonne chance. » T-Bone avait repris sa caméra pour filmer leur départ.

Juste avant qu'elles ne disparaissent en haut des marches, Gentry pensa « *Merde !* » et cria :

— Elle va sentir votre odeur, Nancy. Pensez-y !

— Bien sûr que j'y pense ! répondit-elle. J'y compte bien, même !

42

Nancy Joyce n'était plus revenue à la statue de la Liberté depuis la sortie de fin d'année de sa classe de sixième. Elle se rappelait seulement que la visite était longue, qu'il faisait chaud, que ça montait et que ça tournait beaucoup. Rien n'avait changé.

Les deux femmes s'engagèrent dans l'escalier conduisant au sommet du piédestal. L'escalier s'enroulait autour d'un vaste puits à claire-voie dans lequel circulait l'ascenseur qui emmenait les touristes jusqu'à la plate-forme d'observation. Elles avancèrent prudemment, au cas où la chauve-souris aurait décidé de descendre plutôt que de monter. Ce n'était pas le cas. Comme elles arrivaient au niveau supérieur, qui donnait accès à la statue proprement dite, Gentry les appela par radio. Julie Gilheany s'arrêta pour répondre.

— Nous sommes au centre de communication, dit Gentry. Et tous les écrans des caméras de surveillance sont éteints.

— Impossible, répondit le sergent. Chaque caméra est équipée d'une batterie autonome.

— C'est peut-être la statue qui n'est plus éclairée ?

— Ça m'étonnerait. Les transformateurs se trouvent à la base du monument. Je les vois d'ici.

— Et les câbles qui les relient aux projecteurs ?

— Ils sont dans la colonne centrale de la statue, protégés par une gaine d'acier de plusieurs centimètres d'épaisseur.

— Je n'ai pas encore vu de protection métallique capable de résister à cette créature, dit Nancy. Il se peut qu'elle les ait sectionnés en montant.

— Exprès ? demanda Julie Gilheany.

— Non. Mais elle est très à l'étroit dans la statue. Elle a pu couper les câbles avec ses crochets en s'agrippant à la colonne.

— Nancy, c'est inquiétant..., dit Gentry.

— Et on est en train de perdre du temps, l'interrompit le sergent. (Tout en prenant la torche électrique pendue à sa ceinture, elle fit passer le fusil dans sa main gauche.) Moi, je monte. Et vous ?

— Moi aussi, répondit Nancy. Mais je peux tenir la torche.

Julie Gilheany la lui tendit, ainsi que la radio. Gentry s'était tu.

Du piédestal, elles passèrent dans la statue. Puis elles atteignirent la dernière volée de marches qui s'élevait en une étroite spirale jusqu'à la couronne. Julie Gilheany était devant. Tout en montant, Nancy promenait lentement le faisceau de la torche autour d'elle pour éclairer la face interne de la statue et le sommet de l'escalier.

Cette montée le long de la colonne centrale était assez vertigineuse. Elles virent presque en même temps que la colonne avait subi des dégâts. Elle portait une large entaille, et le métal, en se tordant, avait cisaillé les câbles électriques. Des étincelles crépitaient à leurs extrémités, et Nancy se demanda si la statue avait jamais vu un aussi sinistre feu d'artifice.

Julie Gilheany avançait sans bruit et Nancy portait elle-même des chaussures à semelles de caoutchouc. Elle tendait l'oreille, attentive aux bruits qui pourraient venir d'en haut : les gémissements de la mère, les vagissements du petit, leurs mouvements... Mais elle n'entendait que le hululement lointain du vent sur la statue. Au moins les myriades de petites serres avaient-elles cessé de gratter le cuivre de l'extérieur. S'il restait des chauves-souris, elles étaient inactives.

Autour d'elles, c'était un enchevêtrement de poutrelles d'acier. Nancy savait que la chauve-souris pouvait être accrochée n'importe où. A une poutrelle, aux marches de l'escalier, à la colonne centrale elle-même.

Dans les replis obscurs de la peau de la statue.

Les mouvements de la torche faisaient se mouvoir des ombres sur les lames de bronze qui composaient la robe de la statue. Le passage de l'ombre à la lumière donnait l'impression que sa peau glissait par endroits, comme une matière plus liquide que solide. Sa raison avait beau lui dire que la chauve-souris était tapie quelque part au-dessus d'elle, Nancy ne pouvait se défaire de la certitude profonde, enfouie en elle depuis l'enfance, que la nuit et l'obscurité lui dissimulaient plus de choses qu'elle ne le saurait jamais. Que chacun de ces mouvements fluides et fugitifs, à côté d'elle ou au-dessus, pouvait être celui de la chauve-souris géante ramenant ses ailes sur ses flancs et s'apprêtant à bondir…

Elle sursauta en entendant la voix de Julie Gilheany. Comme si son cœur, sollicité par l'effort qu'elle devait faire pour gravir les marches, n'avait pas battu assez fort !

— Il lui faut combien de temps pour s'apercevoir qu'on est là ? chuchota le sergent.

— Elle le sait déjà. Elle nous a entendues dès que nous sommes entrées dans le piédestal.

— Inutile de parler à voix basse, donc.

— En effet. Et elle ne tardera pas à sentir notre odeur, si ce n'est déjà fait.

— Vous avez dit que vous comptiez là-dessus. Pourquoi ?

— Parce que si elle met bas rapidement, et si elle se

sent assez forte, elle essaiera peut-être de nous barrer le chemin. Et on l'entendra.

— Il faut aussi se méfier du petit, s'il est déjà né ?

— Je n'en sais rien. A la naissance, en général, les vespertilions sont quatre fois moins gros que la mère. Leurs ailes ne sont pas assez développées pour leur permettre de voler, et ils naissent souvent avec les yeux fermés. Mais du fait que cette chauve-souris est une mutante, on ne peut jurer de rien.

Elles dépassèrent la taille de la statue. La tablette que celle-ci tenait dans sa main gauche était juste au-dessus d'elles. Nancy y dirigea le faisceau de sa torche pour s'assurer que la chauve-souris n'était pas à l'intérieur. A la faible lueur reflétée par les plaques de bronze, elle vit le visage de Julie Gilheany, et son expression. La fureur qui la soulevait quelques instants plus tôt semblait en partie retombée. Si le temps ne leur avait pas été compté, Nancy aurait insisté pour qu'elle reste en arrière avec Gentry et lui confie son arme. Des trois, elle était certainement celle qui avait le plus l'habitude des bêtes sauvages.

Puis elle se dit qu'il valait mieux, finalement, que les choses se soient passées ainsi, car elle n'aurait pas été capable de manier cette arme d'une main assez ferme. Les muscles de ses cuisses, épuisés par les efforts, étaient douloureux et la portaient à peine. Elle avait dû remettre la radio dans la poche-revolver de sa combinaison et elle tirait sur la rampe pour se hisser d'une marche à l'autre. Plus elles montaient, plus il faisait chaud. Sa combinaison était alourdie par la transpiration qui coulait sur les innombrables morsures qu'elle avait subies et qui la faisaient cruellement souffrir. Elle serrait d'une main moite la poignée en caoutchouc de la torche électrique.

Quelque chose, pourtant, la soutenait dans cette ascension douloureuse. Nancy était contente de savoir que Gentry l'écoutait en silence grâce à la radio et s'inquiétait pour elle. Ce sentiment de ne pas être seule était nouveau pour elle, et réconfortant.

Les épaules massives de la statue étaient maintenant juste au-dessus d'elles ; puis ce serait le cou, et la dernière volée de marches jusqu'à la couronne. Entre les deux épaules, à droite, se trouvait un palier prolongé par une plate-forme assez spacieuse. Au-delà, Nancy aperçut l'escalier étroit et obscur qui montait vers la torche dans le bras dressé de la statue. Elle entendit le bruit du vent qui soufflait sur le bras, en courtes rafales. Elle se dit à cet instant que la chauve-souris géante, où qu'elle soit, entendait tout, et se demanda ce qu'elle pourrait faire pour neutraliser cet avantage. Les parasites de la radio ne serviraient à rien puisqu'il n'y avait aucun signal à brouiller. La torche électrique pouvait l'éblouir momentanément, mais non l'empêcher d'entendre. Elles pouvaient tirer au fusil pour la rendre sourde, mais la déflagration les assourdirait elles aussi. Et il resterait toujours à la chauve-souris son formidable sens de l'odorat.

Nancy dirigea le faisceau de la torche vers le bras. Elle se courba pour passer sous une poutrelle, s'approcha, leva la tête et regarda à l'intérieur.

Une rafale, en s'engouffrant dans la couronne, donna l'impression que la statue reprenait son souffle.

— Je ne crois pas qu'elle pourrait tenir dans le bras, dit Julie Gilheany. Il y a plus de place dans le cou.

— Vous avez sans doute raison, mais je préfère tout de même vérifier, dit Nancy. Quelle est l'épaisseur des plaques de cuivre ?

— Quelques millimètres. L'épaisseur d'une pièce de monnaie.

— La chauve-souris peut les déformer pour se faire de la place. Ces animaux savent très bien se tapir dans les recoins les plus exigus. Ils aiment, aussi, se suspendre la tête en bas, et il y a une échelle dans le bras.

Julie Gilheany était tout près de Nancy. Elle respirait bruyamment.

— Quand on verra la chauve-souris, où faut-il viser ?

— A la tête, dit Nancy. Son torse est protégé par des muscles épais. Je crois qu'il serait difficile de la blesser sérieusement en dessous du cou.

Le vent retomba un instant et Nancy s'immobilisa. Il y eut une sorte de grattement derrière elles. Les deux femmes firent volte-face en même temps. Julie Gilheany épaula.

On ne voyait rien. Mais le grattement recommença, quelque part au-dessus du cou de la statue.

— Elle est dans la couronne, souffla Julie Gilheany.

Nancy prit la radio dans sa poche. Puis, contournant le sergent, elle s'avança vers le cou de la statue.

L'escalier, à cet endroit, décrivait une courbe, plus haute à droite qu'à gauche. A la montée, les marches de fer suivaient la nuque de la statue et le contour de sa joue pour atteindre la couronne au-dessus de l'œil droit. Pour redescendre, on ne suivait pas la même courbe. Les marches, très raides, partaient de l'extrémité de la plate-forme d'observation et bifurquaient vers la droite pour passer sous l'escalier montant.

Nancy s'arrêta sur la première marche et braqua le faisceau de sa torche vers le haut. Il fit briller les rampes incurvées de l'escalier. Elles étaient anormalement écartées par rapport aux marches, comme si on les avait repoussées vers l'extérieur. Elle aperçut les plaques de cuivre ondulées de la chevelure et entendit à nouveau le grattement. Lentement, elle gravit encore une marche. Le faisceau lumineux courut sur les poutrelles qui soutenaient la tête et la couronne. Nancy vit qu'elles étaient également tordues, déformant légèrement la tête.

Elle approcha le micro de ses lèvres.

— Robert ?

— J'écoute.

— La chauve-souris est bel et bien passée dans la couronne. Elle y est peut-être encore.

— Je le sais. J'ai entendu le sergent Gilheany. Nancy, les hommes des BIA seront ici d'une minute à l'autre. Pourquoi n'attendez-vous pas…

— *Merde !* cria Julie Gilheany.

Nancy avait entendu elle aussi. Un bruit de ferraille tordue. Elle redescendit en toute hâte jusqu'au palier. Julie Gilheany était tournée vers le bras de la statue. Elle leva son arme en même temps que Nancy braquait le faisceau de la torche.

— Je ne monte pas souvent ici. Je n'avais même pas remarqué ça.

— Quoi ? demanda Nancy.

La jeune femme lui désigna une zone située à gauche du bras, tout au bord de la plate-forme. Une grille posée à cet endroit pour endiguer le flot des touristes gisait sur le sol, arrachée et tordue. La lumière éclaira au-dessus.

Le corps du policier Berk tomba sur le palier, immédiatement suivi par la chauve-souris géante. Les plaques de bronze vibrèrent sous le choc de son atterrissage. La créature avait le nez et la bouche barbouillés de sang ; elle n'avait plus son gros ventre et paraissait maigre et mal en point. La naissance l'avait visiblement éprouvée.

Gentry cria quelque chose, mais sa voix fut couverte par le juron lancé par Julie Gilheany quand elle appuya sur la détente. La détonation fut si assourdissante que Nancy poussa à son tour un cri de douleur. Une plaie sanglante apparut au cou de la chauve-souris, mais ne l'arrêta pas. Elle poussa un glapissement sonore et bondit en avant, les ailes repliées sur ses flancs pour ne pas toucher les parois de la statue. Julie Gilheany visa plus haut et tira une deuxième fois, mais la chauve-souris baissa la tête pour charger comme un taureau et la balle ne fit que la frôler avant de faire un trou dans le bronze.

Nancy se précipita vers la gauche et Julie Gilheany plongea vers la droite. Elle se reçut durement sur l'épaule et roula vers le bord du palier, en lâchant son arme. La chauve-souris continua sur sa lancée vers l'escalier en colimaçon. Puis, comme si la blessure produisait enfin son effet, elle acheva sa course en titubant et heurta l'escalier de l'épaule.

Julie Gilheany rampait déjà vers le fusil. Nancy avait eu la même idée, mais le sergent fut plus rapide. Nancy continua à courir vers le bras, en serrant la radio et la torche contre sa poitrine pour ne pas les lâcher.

La chauve-souris se retourna vivement pour regarder derrière elle. Le sang coulait sur son dos et sur le devant de son corps. Elle se pencha en avant et fit claquer ses ailes. On vit se dilater et rouler sous la peau ensanglantée les muscles puissants de ses épaules quand elle ramena ses ailes sur elle pour s'élancer à travers le palier.

Julie Gilheany saisit le fusil et roula sur le dos en décrivant un demi-cercle avec l'arme, mais la chauve-souris fut sur elle avant qu'elle ait le temps de tirer. Sous le choc, le fusil échappa aux mains de la jeune femme et tomba du palier. Nancy l'entendit dégringoler en rebondissant sur les poutrelles. Les serres s'enfoncèrent profondément dans les hanches de Julie Gilheany qui se mit à hurler. Elle poussa un dernier cri quand la chauve-souris abattit ses crochets pour les lui planter dans la poitrine.

Nancy était tombée au bas de l'échelle qui montait dans le bras de la statue. Elle entendit les cris du sergent mais ne se retourna pas ; elle savait ce qui était en train de se passer. Désespérée et à bout de forces, elle se jeta sur les marches de l'escalier métallique qui s'élevait presque à la verticale vers un étroit palier. Les marches étaient glissantes à cause du sang et du guano laissés par la chauve-souris, et Nancy trébucha. Elle laissa tomber la torche électrique mais parvint à se hisser jusqu'au palier. Les larmes et la sueur lui brouillaient la vue, et elle n'avait devant elle que l'extrémité étroite du bras et la torche brandie au-dessus du vide.

— *Nancy !*

Elle constata, surprise, qu'elle n'avait pas lâché la radio. Elle l'approcha de ses lèvres.

— Robert !

— Où êtes-vous ?

— Je suis dans le bras. Julie Gilheany est morte. La chauve-souris est blessée et elle me poursuit…

A cet instant, la créature se jeta de tout son poids sur les premières marches de l'escalier. Toute la structure en fut ébranlée ; les poutrelles grincèrent autour de Nancy. Elle regarda vers le bas. La torche électrique qu'elle avait perdue était restée allumée et éclairait faiblement la chauve-souris. Nancy était à moins de trois mètres au-dessus de l'animal.

Elle se retourna vers l'échelle et commença à grimper. L'échelle tournait en atteignant l'épaule, et le passage était difficile à négocier car il était si resserré que le cuivre de la statue frottait littéralement contre les hanches et les épaules de Nancy. Elle coinça la radio sous sa ceinture et la reprit après s'être glissée dans l'étroit boyau en tirant sur ses bras de toutes les forces qui lui restaient.

— Robert, j'ai raté mon coup, c'est trop bête, dit-elle. C'est vraiment trop bête…

— Nancy, ici Kathy Leung ! Robert et T-Bone montent vous rejoindre ! Vous m'entendez ?

Elle ouvrait la bouche pour répondre quand la chauve-souris, les ailes repliées, parvint à son tour à forcer le passage. Le bras de la statue fut secoué plus violemment que jamais tandis que Nancy, obligée de se retenir à deux mains, laissait choir la radio…

43

En quittant le centre de communication, Gentry et T-Bone n'avaient pas d'autre idée que de monter jusqu'au bras de la statue pour porter secours à Nancy. T-Bone brandissait le démonte-pneu qu'il venait de dénicher dans un placard à balais ; c'était leur seule arme.

Gentry, lui, s'était emparé d'une torche électrique sur un présentoir à outils et avait trouvé dans une trousse de premiers secours de quoi se bander la jambe. Son talon d'Achille à vif le faisait souffrir, mais c'était devenu supportable.

Il avait aussi, pour arme, la fureur qui le poussait en avant.

— Je n'aurais jamais dû la laisser monter, dit-il, en tendant sa radio à Kathy. Jamais !

— Tu ne l'as pas « laissée » faire quoi que ce soit, rétorqua Kathy. Les chauves-souris sont toute sa vie.

Les chauves-souris, peut-être. Pas les monstres.

Ils rentrèrent dans le fort. Gentry ne s'était jamais détesté à ce point. Comme ils franchissaient le seuil, il y eut au-dessus d'eux un grincement inquiétant semblable à celui d'un arbre couché par le vent et tout près de se rompre. Gentry eut aussi l'impression d'entendre des grattements à l'extérieur de la statue.

— Tiens, tiens…, dit T-Bone, les petites bêtes à griffes sont de retour !

— J'entends.

Les deux hommes montèrent dans le piédestal, Gentry ouvrant la marche. Il boitait et sautillait pour ne pas peser sur son pied blessé.

— Vous croyez que vous allez y arriver ? demanda T-Bone.

— Oui, dit Gentry.

La douleur aiguisait sa vigilance. Il anticipait sur les difficultés à chaque nouveau pas sur les marches glissantes. En pénétrant dans la statue, Gentry se trouvait dans les mêmes dispositions que jadis lorsqu'il faisait la chasse aux malfaiteurs dans les sous-sols de Grand Central Station, tous ses sens en éveil, épiant la proie, surveillant les rames, évitant de s'approcher du troisième rail…

Il s'arrêta brusquement. T-Bone le heurta.

— Eh ! fit le cameraman, tout essoufflé.

Gentry orienta le faisceau de la torche vers le piédestal.

— Le troisième rail, dit-il à mi-voix.

— Quoi ?

— Le troisième rail, répéta-t-il, en éclairant les marches vers le bas. *Si tu le touches, tu crames.*

— Bon Dieu, mais qu'est-ce que vous racontez ?

— T-Bone, reprit-il, d'une voix pressante, Julie Gilheany a bien dit qu'il y avait un transformateur là en bas ?

— Oui, mais on n'a pas le temps de réparer pour remettre l'éclairage…

— Pas l'éclairage, coupa Gentry. Elle a bien dit que les câbles passaient au pied de la statue ? Et que le transformateur était en état de marche ?

— Oui, elle a dit ça, répondit T-Bone, impatienté. *Et alors ?*

Gentry, déjà, rebroussait chemin en dégringolant les marches. Il s'appuyait de tout son poids sur la rampe pour ménager le plus possible son pied gauche. Il avait l'impression de s'être dopé à la caféine, le cœur battant et les nerfs à vif. Il aperçut le câble sectionné au-dessus d'eux et entendit le crépitement qui s'en échappait. Il continua à descendre en éclairant le centre de la statue.

— Inspecteur ! cria T-Bone.

— C'est là, dit Gentry en braquant la torche sur une série de gros coffres métalliques alignés le long des murs de pierre.

— D'accord, dit T-Bone. Le courant. Et les boîtes à fusibles. Et après ?

— A moins de cinq mètres de la colonne qui monte jusqu'au sommet de la statue, dit Gentry. Une colonne en acier.

— Putain, mais c'est vrai, ça ! Mais oui. Mais *oui* !

Bousculant Gentry, T-Bone se précipita vers les coffres et, après en avoir examiné un, inséra l'extrémité du démonte-pneu sous le couvercle.

— Vous travailliez sur des transformateurs, n'est-ce pas, quand vous posiez des lignes électriques ? demanda Gentry.

— Oui, et tous les jours que Dieu faisait, dit T-Bone, en pesant sur le démonte-pneu.

— Qu'est-ce qu'il faudrait, comme courant, pour tuer cette chauve-souris ?

— Cinq ampères à deux mille volts devraient suffire.

Le couvercle sauta. Gentry prit le démonte-pneu et passa la torche à T-Bone.

— C'est sûr qu'il y a ce qu'il nous faut là-dedans, dit l'ex-poseur de lignes.

— Vous pensez que vous allez pouvoir…

— Laissez-moi regarder.

Les grattements, dehors, étaient de plus en plus forts. La chauve-souris avait recommencé à émettre en ultrasons. C'était peut-être, pensa Gentry, le signe que Nancy était encore en vie.

— Il est énorme, ce transformateur, constata T-Bone. Ils doivent aussi éclairer Ellis Island à partir d'ici.

— Est-ce que vous *pouvez* faire *ça* ? demanda Gentry.

— Je n'en sais rien !

T-Bone examinait l'écheveau de câbles électriques au-dessus et derrière le transformateur. Il tira un canif de sa poche et en dénuda plusieurs.

Gentry tremblait d'impatience. Mais il restait immobile et silencieux.

T-Bone éclaira les câbles et se pencha.

— Conducteur thermo-résistant... Ça paraît correct comme ampérage... protection en acier galvanisé. (Il se redressa pour prendre un tournevis et des pinces d'électricien dans une poche de son blouson.) Je peux en brancher une partie sur la colonne d'acier, fermer le circuit, et remettre le courant... oui. Ça semble faisable. Mais si j'ai bien vu, tout est en fer, là-dedans. Où qu'on se mette, on est sûrs de prendre le jus.

Gentry partit en boitillant vers l'escalier.

— Vous vous préparez, et vous attendez que je revienne avec Nancy !

— Vous croyez que vous vous en sortirez ? Il vaudrait mieux y aller à deux...

— Je le crois, dit Gentry. Tenez-vous prêt à envoyer le courant dès que je vous le dirai.

— Ça va bien me prendre cinq minutes ! lui cria T-Bone tandis qu'il s'éloignait. Tâchez de ne pas nous ramener cette sale bête !

— Je vais essayer ! répondit Gentry, sur le même ton.

Il faisait sombre à l'intérieur de la statue, mais ce n'était pas l'obscurité totale ; les premières lueurs de l'aube commençaient à s'insinuer par les yeux et les lucarnes percées dans la couronne. Gentry entendait des grincements métalliques et vit plusieurs chauves-souris voleter au-dessus de lui. Il vit aussi le corps de Julie Gilheany roulé en boule sur l'une des plates-formes d'observation.

Un vent léger soufflait depuis le sommet de la statue. Une brèche avait été ouverte quelque part, de toute évidence, ce qui expliquait la présence des vespertilions à l'intérieur. Mais il n'était pas question qu'il se laisse arrêter par eux. Le cœur battant, tous ses muscles tendus dans l'effort, prêt à subir l'attaque des petites chauves-souris et à faire tout ce qu'il faudrait pour chasser la grande, Gentry n'avait qu'une idée en tête.

Il n'était pas trop tard pour sauver Nancy.

44

Quand elle se rendit compte qu'il n'y avait pas d'issue et qu'elle ne pouvait rien faire de plus, Nancy fut envahie par un calme surprenant. Ce n'était en réalité qu'une apparence de calme, née de la combinaison de plusieurs facteurs : l'épuisement, la peur et la résignation face à cette impuissance.

Elle était parvenue au sommet du bras et se tenait debout sur la minuscule plate-forme à côté de la dernière volée de marches. Il y avait une rambarde et de la place pour une seule personne. Au-dessus d'elle, la base de la torche. Derrière, une porte en acier. La porte donnait visiblement sur la petite passerelle entourant la torche, mais elle était verrouillée. Et même si elle avait pu sortir, que pouvait-elle faire ? Sauter ?

Peut-être. Ce serait préférable, pensa-t-elle, que de mourir sous les dents et les crochets de la chauve-souris géante. Et sauter lui donnerait quelques secondes de plus — une ? deux ? — à vivre.

Pourquoi pas ? Dans un moment pareil, deux secondes paraissaient beaucoup. Peut-être perdrait-elle conscience en tombant et mourrait-elle sans souffrir… C'était une idée réconfortante, dans cette alternative.

Et un flot d'autres idées sans suite lui venait à l'esprit. Elle n'avait pas eu le temps de regarder la mort en face, au laboratoire. Elle était trop occupée à survivre. Maintenant elle le pouvait, et constatait, surprise, qu'elle n'était ni amère ni reconnaissante. Elle était satisfaite du temps qui lui avait été donné, de la vie et des expériences qu'elle avait connues.

Le bras tout entier fut ébranlé, et elle se cramponna à la rambarde. Pour une raison qu'elle ne s'expliquait pas, l'idée de la mort l'effrayait moins que ce sentiment de vulnérabilité. Elle aurait voulu y échapper, passer à l'étape finale.

La chauve-souris géante obstruait de sa masse le passage vers le bras, si bien que le niveau inférieur était plongé dans l'obscurité. La créature n'essayait plus de monter. Elle avançait, se cognait, reculait sur le palier, se cognait à nouveau. Et chaque fois elle endommageait la structure, essayant d'arracher les poutrelles métalliques, les marches et l'escalier qui se trouvaient sur son passage. De temps à autre, un rayon de lumière tombant à travers la couronne éclairait brièvement sa face. La maternité n'avait en rien adouci son humeur. Si l'on vit jamais une expression de haine à un animal, elle était là. Nancy continua à l'entendre après qu'elle ait cessé de gémir pour se mettre à haleter avec, à chaque inspiration, un long et sinistre sifflement. Elle savait que chacune de ses expirations lançait les centaines de notes suraiguës, difficilement audibles par l'oreille humaine, qui constituaient le phénomène d'écholocation.

L'armature de fer tremblait à chaque nouveau choc. Des rivets cédaient et les plaques de cuivre qui formaient la peau de la statue saillaient en plusieurs endroits. Très vite, les petites chauves-souris commencèrent à revenir ; Nancy les aperçut par les fentes qui étaient apparues dans le bras.

C'était bien ça, pensa-t-elle. Gentry avait quitté le centre de communication et se dirigeait vers la statue, et la chauve-souris géante l'avait entendu. Elle s'était donc remise à émettre, et toutes les autres réagissaient immédiatement à son appel. La scientifique, chez Nancy, voyait là une formidable synergie. Si simple, si efficace que personne — aucune créature vivante sinon une chauve-souris — ne pouvait approcher cette créature. Pas même un insecte.

Elle pria le ciel pour que Gentry ait la sagesse de rebrousser chemin. Si les petites chauves-souris revenaient en force, elles ne lui laisseraient aucune chance.

Elle sentit le bras fléchir et pivoter légèrement sur lui-même. La plate-forme sur laquelle elle se trouvait bascula en arrière dans ce mouvement et elle se retrouva adossée à la porte. Elle l'entendit grincer.

Puis elle entendit autre chose. Son nom.

Et tout son calme, toute sa résignation disparurent en un éclair tandis que, cramponnée à la rambarde, elle criait de toutes ses forces :

— *Robert, allez-vous-en !*

45

Alors que Gentry arrivait à mi-hauteur de la statue, les chauves-souris commencèrent à tournoyer autour de lui, le mordant et le griffant au passage. L'inspecteur poursuivit son ascension en se protégeant la tête de ses bras. Il n'avait pas besoin d'y voir pour se diriger. Il lui suffisait de prendre appui sur la rampe du côté droit et de la suivre. La douleur dans sa jambe était maintenant constante, ce qui était préférable aux violents élancements qu'il avait ressentis jusque-là.

Il criait le nom de Nancy à intervalles réguliers, dans l'espoir qu'elle l'entende et qu'elle lui réponde. Et qu'elle trouve un moyen de gagner encore quelques secondes pour lui laisser le temps de la rejoindre.

Ce fut seulement en arrivant à hauteur de l'épaule de la statue qu'il l'entendit. Et il entendit autre chose : le choc du métal contre le métal. Il sentit passer un courant d'air frais. Le démonte-pneu à la main, il s'accroupit juste avant d'atteindre le palier et abaissa de quelques centimètres le bras dont il se protégeait le visage pour scruter la pénombre à travers l'enchevêtrement de poutrelles.

Il vit la chauve-souris sur l'escalier qui montait dans le bras de la statue. Elle s'était tapie dans les replis de la manche. On voyait tout autour d'elle des plaques tordues et d'autres qui pendaient après que tous leurs rivets, sauf un, eurent lâché. Aucune des grosses poutres maîtresses de la structure n'était brisée, mais certaines étaient gauchies, et le bras penchait légèrement vers l'avant du monument. Cela se voyait à l'inclinaison des marches de l'escalier et au vide qui s'était créé entre celles-ci et le palier.

Les petites chauves-souris enragées le forcèrent à avancer sans réfléchir plus longuement. Il se hissa jusqu'au palier, attentif à faire porter son poids sur sa jambe droite. Il ne manquerait plus qu'elles lui rendent celle-ci aussi inutilisable ! Il fallait avant tout qu'il parvienne à faire sortir la géante du bras de la statue pour que Nancy puisse s'échapper.

Au moment où il arrivait au niveau du palier, la créature se laissa tomber de l'escalier, atterrit avec fracas sur la plateforme et se tourna lentement vers lui. Elle était penchée en avant, très bas, son menton touchant presque le sol. Elle saignait du cou. En chassant à grands gestes les chauves-souris qui cherchaient à le mordre au visage, Gentry regarda la géante ramper lentement pardessus le corps démantelé du policier Berk. Elle le traîna sur plus d'un mètre, sans s'en apercevoir, en se dirigeant vers Gentry. Le ceinturon déchiré de Berk s'était défait. Des lambeaux de vêtements ensanglantés collaient au sol.

Gentry recula, attaqué aux bras, aux épaules et aux jambes par des chauves-souris de plus en plus nombreuses. Il brandissait le démonte-pneu d'une main et tentait frénétiquement de les éloigner de l'autre. Il crut voir, entre des gros plans d'ailes brunes et veloutées et de minuscules dents banches, quelque chose qui bougeait derrière la géante…

Celle-ci l'entendit et se retourna, toujours ramassée sur elle-même, au ras du sol. Puis sa tête fut rejetée sur le côté, frappée de plein fouet par la matraque du policier Berk que Nancy tenait à deux mains.

La créature recula, avec un glapissement, en rééquilibrant la masse de son corps sur le trépied formé par sa courte queue et ses pattes puissantes. Elle donna une violente poussée de la tête et des épaules contre la manche de la statue. Les plaques de cuivre, enfoncées, s'écartèrent, et elle s'éleva dans le ciel pâle du petit matin.

— *Nancy !* cria Gentry.

Il lui fit signe de le rejoindre.

— Non, allez-vous-en !

— Pas sans vous ! *Venez !*

La jeune femme eut une courte hésitation. Puis, jetant la matraque, elle se précipita vers Gentry. Une seconde plus tard la créature se laissait retomber sur le palier qui, sous le choc, plia en son milieu. Nancy, déséquilibrée, partit en arrière ; elle parvint à agripper la rampe de l'escalier en colimaçon pour ne pas retomber sur la créature. Celle-ci lança un crochet dans sa direction, mais Gentry, qui avait lâché le démonte-pneu, tira Nancy vers lui, par-dessus la rampe, et le crochet ne fit qu'effleurer la jeune femme. Avec un grondement de fureur, la bête blessée enfonça sa tête dans ses épaules et chargea.

Tenant Nancy contre lui, Gentry descendit l'escalier aussi vite qu'il le pouvait. Il se félicitait d'avoir serré son bandage au maximum, car c'était tout ce qui empêchait son pied de se tordre. La géante rampait derrière eux en écrasant la rampe, la tête en bas, précédée d'une nuée de petites chauves-souris.

— Mais que faites-vous ? cria Nancy.

Gentry ne pouvait pas lui répondre. Il était à bout de souffle et économisait ses forces pour conserver une avance sur le gros des vespertilions. Il devait aussi être attentif aux endroits où il posait le pied.

Et attendre.

Les secousses qui ébranlaient l'escalier montraient que la créature continuait à descendre. Il était difficile de voir à quelle distance elle se trouvait, mais Gentry savait que c'était trop près : on entendait et on sentait le choc des crochets qu'elle lançait en avant pour progresser.

Ils effectuèrent une descente vertigineuse et, juste avant d'arriver en bas, Nancy trébucha et tomba. Gentry s'arrêta, se retourna pour l'aider et vit la chauve-souris à quelques mètres au-dessus d'eux. Les vespertilions qui volaient en avant-garde les attaquèrent tandis que Gentry soulevait Nancy en la prenant sous les aisselles et la tirait vers le bas, serrée contre lui. Plus que quelques marches.

— Préparez-vous, T-Bone ! cria-t-il.

Ils arrivèrent ainsi sur le sol du piédestal, au revêtement caoutchouté. Nancy s'écroula aussitôt et Gentry se jeta sur elle.

— J'y suis presque ! répondit T-Bone.

Gentry jeta un regard inquiet à la base de la colonne centrale qui partait du centre de la salle. Un câble électrique y était fixé ; T-Bone, couché sur le dos à l'autre extrémité du câble, s'affairait sous le coffre du transformateur.

Gentry leva les yeux. La chauve-souris géante attaquait la dernière volée de marches de l'escalier en colimaçon. Il vit sa bouche sanglante et ses yeux incandescents à travers l'essaim de plus en plus épais des petites chauves-souris qui tourbillonnaient devant elle.

— Ça marche ! s'écria T-Bone en se précipitant, sur les genoux, vers une boîte de moindres dimensions fixée au mur près du transformateur.

La chauve-souris se coulait sur les dernières marches. Nancy et l'inspecteur passèrent de l'autre côté de la colonne. La créature les regarda par-dessus la rampe et déploya ses ailes.

— Dites *cheese* ! lança T-Bone en enfonçant d'un coup de poing le bouton du disjoncteur.

Il y eut un déclic sonore, suivi d'un bourdonnement quand le courant passa du câble dans la colonne métallique. La chauve-souris géante se raidit. Un tremblement agita ses ailes et sa bouche s'étira en silence dans toutes les directions. La colonne émit une sorte de grésillement tandis que de la fumée s'échappait du torse et de l'aile droite de la bête aux endroits où ils étaient en contact avec le métal. L'os de son nez en forme de sablier passa très vite du blanc au noir, et sa tête bascula en avant. Ses yeux s'écarquillèrent, ses serres s'ouvrirent et ne bougèrent plus. Les muscles protubérants de ses épaules et de son torse se tendirent et sa fourrure parut se dissoudre, puis la peau noircit et se mit à fumer à son tour. Un déluge de mort arriva par-derrière, les chauves-souris électrocutées au contact de la colonne, explosant en autant de petites torches vivantes. Certaines tombaient très vite, d'autres, affolées, décrivaient de larges cercles avant de s'abattre à leur tour, très peu cherchaient à s'enfuir. Il y avait des glapissements, mais la plupart mouraient en silence.

Gentry serra Nancy contre sa poitrine en l'entourant de ses bras pour la protéger de cette hécatombe. Il voulait rester sur le revêtement de sol en caoutchouc aussi longtemps que le courant passerait. La jeune femme avait fourré sa tête sous son aisselle, il sentait son haleine chaude et précipitée, et elle le serrait elle-même de toutes ses forces. Ses doigts ne cessaient de bouger et ses mains couraient sur toute sa personne, mais Gentry ne le prit pas spécialement pour lui. Il soupçonnait Nancy d'être seulement heureuse de sentir, de toucher quelque chose — peu importait quoi.

Au bout de longues, longues secondes, la chauve-souris géante bougea enfin. Elle regarda au-dessous d'elle, mais Gentry se demanda si elle était consciente de leur présence. Elle se dressa, lentement, sur ses pattes agitées d'un violent tremblement, et ouvrit ses ailes comme pour prendre son envol. Puis elle releva la tête et parut regarder vers le haut — vers son nid ? se demanda Gentry.

Ses ailes s'ouvrirent encore, à leur extension maximale. L'aile gauche toucha le cuivre du pied de la statue. Des étincelles jaillirent, avec un bruit semblable à celui du papier froissé, et remontèrent dans les plis de la robe monumentale en éclairant tout l'intérieur de la statue. L'onde électrique courut le long du bras puis de la torche pour allumer le bouquet d'ampoules de mille watts placé derrière les vitres rouges et jaunes de la flamme, et la torche lança une brève et éclatante lueur au moment même où le soleil levant embrasait des millions de vitres aux fenêtres des immeubles de Manhattan.

Puis le feu électrique s'éteignit. La chauve-souris géante parut se détendre. Ses ailes calcinées se rabattirent sur ses flancs comme de noirs linceuls, ses yeux se fermèrent et ses pattes fléchirent d'un coup. La chair fumante, elle tournoya lentement sur elle-même pour s'abattre dans l'étroit espace compris entre l'escalier et le mur du piédestal. Elle atterrit lourdement sur deux poutrelles entrecroisées, et tout redevint silencieux. La lueur orangée projetée par les petites chauves-souris qui brûlaient sur les marches s'éteignit rapidement à la lumière du soleil. Les survivantes s'enfuirent par le haut de la statue.

Gentry s'aperçut à ce moment-là seulement que Nancy pleurait. Toujours accroupi, il la serra contre lui.

— Gentry ! Eh, inspecteur, ça va ?

— Très bien, T-Bone. Excellent travail. Merci !

— A votre service, répondit le grand costaud en contournant la colonne pour s'approcher d'eux.

Il arborait un large sourire.

Kathy Leung accourut. Elle avait la caméra à l'épaule et filmait en gravissant les marches. En arrivant, elle éteignit la caméra et la tendit à T-Bone. Puis elle s'agenouilla près de Gentry. Elle lui sourit en clignant de l'œil.

— Merci pour le scoop, Robert.

— J'ai fait tout ça pour toi, Kathy.

— Tu as pu filmer le feu d'artifice ? demanda T-Bone.

— Et comment ! répondit la journaliste.

Elle regardait Nancy.

— Super, dit T-Bone. Tu auras ta mutation et moi mon augmentation.

Kathy n'avait pas quitté Nancy des yeux.

— Je peux faire quelque chose pour vous, docteur ?

Gentry souleva son bras pour permettre à la jeune femme de dégager sa tête.

— Non, merci, dit-elle.

— Vous en êtes sûre ?

Nancy regarda Gentry et esquissa un sourire.

— Oui, j'en suis sûre.

T-Bone se retourna vers le cadavre de la chauve-souris.

— Kathy, on pourrait peut-être tourner quelques images avant que les types des BIA l'emballent et y mettent les scellés ?

— On va faire ça, lui dit-elle.

— Et, merci de m'avoir écouté, inspecteur ! lança T-Bone.

— Je ne comprends pas.

— Je vous avais bien dit de ne pas nous ramener cette sale bête. Dieu ! qu'elle pue maintenant qu'elle est cramée !

— Désolé, dit Gentry. (Il regarda Nancy.) C'est vrai que l'atmosphère est assez malsaine, ici. Vous ne voulez pas sortir pour respirer un peu d'air frais ? Si j'arrive à marcher sur cette jambe…

— Pas encore, répondit Nancy. Il nous reste quelque chose à faire.

46

L'ascension vers la couronne de la statue fut longue et douloureuse. Et d'autant plus pénible pour Nancy qu'elle savait ce que Gentry allait trouver en y arrivant. Nancy n'était pas certaine qu'elle aurait pu tuer elle-même les petits de la chauve-souris géante. Mais Gentry lui avait indiqué l'intensité du courant qui était passé dans la statue, et elle savait que ce ne serait pas nécessaire.

Le souffle court, et des picotements dans les narines à cause de l'âcre odeur d'électricité qui stagnait à l'intérieur de la statue, ils gravirent à grand-peine la dernière volée de marches de l'escalier qui aboutissait au côté droit de la couronne. En approchant du palier, ils eurent tout le temps de voir à travers chacune des vingt-cinq lucarnes que le ciel virait au bleu et que le soleil brillait maintenant sur la baie. Il réchauffait aussi la couronne, mais Nancy eut froid en prenant pied sur la plate-forme d'acier martelé. Le métal portait des traces noires aux endroits où le courant était passé.

En entrant enfin dans la petite salle, ils ne regardèrent pas le sol, ni même le jour qui se levait. Ce qu'ils voulaient voir se trouvait de l'autre côté.

— Ça alors…, dit Gentry.

Il s'immobilisa.

Les deux énormes bébés chauves-souris reposaient

sur le flanc, l'un contre l'autre. Ils mesuraient près d'un mètre et avaient les yeux fermés, leurs deux têtes tournées vers les nouveaux arrivants. Leur fourrure avait une teinte blanc cassé et leurs ailes — relativement courtes pour leur taille — étaient translucides et drapées autour d'eux. Ils ne bougeaient pas. Ils semblaient guetter quelqu'un… attendre.

Nancy s'approcha.

— Vous êtes certaine qu'elles sont mortes ? demanda Gentry.

— Oui, dit-elle. Absolument.

— Nancy…

— Si elles respiraient vite, normalement, les vitres seraient embuées.

Elle s'agenouilla devant celle qui était la plus éloignée, tendit la main, la posa doucement sur sa poitrine à l'endroit du cœur. Après quelques secondes elle se pencha pour toucher la poitrine de l'autre chauve-souris.

— Elles sont mortes, dit-elle, d'une voix calme.

Ses doigts s'attardèrent un instant sur la fourrure blanche, si fine et si légère qu'elle avait l'impression d'effleurer la surface d'un bain de mousse. Ces créatures n'avaient rien fait de mal. Elles étaient seulement, pour leur malheur, nées au mauvais moment et au mauvais endroit.

Nancy avait des larmes aux yeux.

— Donc, l'histoire ne se répétera pas, dit Gentry.

— Non.

Il s'approcha en boitant et la prit par l'épaule.

— Je suis désolé. Je ne peux même pas imaginer ce que vous ressentez.

Sa main vint se poser sur celle de Gentry.

— Vous seriez surpris si je vous le disais. Allons-nous-en, maintenant. C'est terminé pour nous, ici.

Au bas des escaliers, ils trouvèrent les hommes des BIA : des policiers lourdement harnachés qui les firent sortir en toute hâte, comme s'ils avaient couru un danger.

On les conduisit au bâtiment administratif où se trouvait une antenne de secours d'urgence. Kathy et T-Bone y étaient déjà, assis sur des fauteuils en plastique tandis que deux infirmiers les examinaient. T-Bone avait posé la caméra devant lui et Kathy gardait sa bande vidéo à la main. Elle refusait catégoriquement de la lâcher.

Après leur avoir administré un traitement d'urgence pour les écorchures, les morsures et les brûlures, on les fit monter tous les quatre dans une vedette de la police maritime. Kathy et T-Bone restèrent debout à l'avant. Nancy et Gentry s'assirent sur un coffre à l'arrière. Ils regardèrent les dernières chauves-souris s'éparpiller dans le ciel éclatant pour rejoindre leur abri.

Dès qu'ils furent partis, John Esty, le chef de brigade, apporta une radio à Gentry. C'était Weeks qui appelait. Gentry mit la radio entre Nancy et lui pour permettre à celle-ci d'entendre.

— Magnifique, le feu d'artifice, dit Weeks.

— Vu de l'intérieur, c'était encore mieux, répondit l'inspecteur.

— Je n'en doute pas. Comment allez-vous, tous les deux ? Vous n'êtes pas blessés ?

— Un peu sonnés, seulement, et on va avoir droit aux piqûres contre la rage. Mais vivants. Ce qui n'est pas le cas pour tout le monde.

— Je sais, dit Weeks. On va vous poser un tas de questions à propos de l'attaque du musée, de ce qui s'est passé dans le métro, et à la statue. Mais j'en ai déjà discuté avec le maire et avec le chef de la police, et on a décidé de vous hospitaliser tous les deux pour vous mettre en observation. Ça nous laissera le temps de calmer le jeu. Vous avez fait un sacré boulot, le Dr Joyce et vous, et nous vous en sommes tous reconnaissants.

— Merci, dit Gentry.

Nancy demanda ce qu'on allait faire des restes des chauves-souris. Weeks répondit qu'on en déciderait d'ici un jour ou deux et qu'en attendant on avait chargé Al

Doyle de les récupérer pour les mettre en sécurité. Il fallait maintenant, dit Nancy, constituer une équipe pour les examiner, et elle tenait à en faire partie.

— Bien sûr, répondit Weeks. Absolument.

Il les verrait tous deux, ajouta-t-il, dans quelques minutes. Il devait, avant, régler un certain nombre de problèmes avec le maire — s'assurer qu'on pouvait à nouveau ouvrir la ville à la circulation, que toutes les chauves-souris encore présentes dans le métro avaient été éliminées, et que les autorités d'Albany et de Washington envoyaient des hommes et de l'argent pour aider à nettoyer le guano, réparer le tunnel et faire en sorte que lady Liberté ne perde pas son bras et la torche qui éclairait le monde.

Gentry éteignit la radio.

— Comment va votre cheville ? demanda Nancy.

— Un petit tour en salle d'opération, un peu de repos et un régime sans chauves-souris devraient suffire.

Elle sourit.

— Pour ce qui est du régime, j'en fais mon affaire.

— Je l'espère bien, dit Gentry. Bon. Je pourrai vous offrir un café, une fois sur la terre ferme ?

— Non, merci.

Il parut blessé. Elle sourit franchement.

— Vous n'avez toujours pas remarqué, Robert, que je n'aime pas le café ?

— A vrai dire, non. Je croyais que c'était *moi* dont vous ne vouliez pas.

— J'ai bien dit le café.

Il sourit à son tour et lui entoura les épaules de son bras.

47

Al Doyle passa le reste de la journée à diriger les employés de son service de lutte contre les animaux nuisibles, chargés d'enlever les dépouilles des chauves-souris géantes. Il laissa aux services sanitaires des gardes-côtes et des parcs nationaux le soin de nettoyer les lieux, où se trouvaient encore une quantité de cadavres de vespertilions. Et il se promit d'être là le lendemain pour accueillir les hauts responsables du ministère de l'Agriculture qui devaient venir de Washington.

On emballa les trois chauves-souris géantes dans des caisses à l'intérieur plastifié qu'on emplit de glace. On scella les caisses et on les chargea sur une barge qui remonta l'Hudson jusqu'au bassin portuaire de la Soixante-Dix-Neuvième Rue. Là, des hommes de l'Unité d'intervention rapide les attendaient pour les emmener en camion au service vétérinaire du zoo de Central Park.

Berkowitz, le directeur du zoo, avait proposé d'exposer les restes des chauves-souris au public pour récolter des fonds au bénéfice du zoo et des futures campagnes de dératisation. Doyle trouvait l'idée excellente. Mais certaines choses qu'avait dites le Dr Nancy Joyce avaient éveillé sa curiosité. Non pas au sujet des chauves-souris elles-mêmes, mais des circonstances qui avaient provoqué leur mutation.

Ces circonstances avaient été accidentelles, mais elles laissaient entrevoir de vastes possibilités pour la science — et pour les hommes de science qui seraient assez habiles pour comprendre les processus chimiques et biologiques à l'œuvre dans une telle mutation. Les comprendre, les analyser et surtout, surtout…

Les reproduire.

REMERCIEMENTS

Des dizaines de personnes m'ont aidé à rassembler des informations pour écrire ce roman. Et l'aide que m'ont apportée plusieurs d'entre elles a été déterminante.

L'universitaire spécialiste des chauves-souris qui a tenu à rester anonyme mais n'a pas ménagé sa patience pour m'expliquer le phénomène d'écholocation, le vol et la reproduction chez les chauves-souris.

Betsy Herzog, porte-parole de la police de New York. Quand elle ne savait pas quelque chose — ce qui arrivait rarement —, elle savait toujours m'indiquer la personne ou l'ouvrage qui me renseignerait. Elle a été, en un mot, formidable.

Jerome Hauer, directeur de l'Office de gestion des crises à New York. Même quand des immeubles s'écroulaient et que des avenues disparaissaient sous un déluge d'eau et de flammes, il trouvait le temps de répondre à mes questions sur la gestion des situations de crise.

Larry Steeler, directeur délégué de la statue de la Liberté. Bien que tenu de garder pour lui certains secrets de la grande dame, il en a révélé quelques-uns parmi — il insiste là-dessus — les plus précieux.

Et Frank Pascual, directeur des Relations extérieures du métro de New York. Il adore ces ponts et ces tunnels, et son enthousiasme est contagieux.

Imprimé en France sur Presse Offset par

BRODARD & TAUPIN

GROUPE CPI

13399 – La Flèche (Sarthe), le 19-06-2002
Dépôt légal : juillet 2002

POCKET – 12, avenue d'Italie - 75627 Paris cedex 13
Tél. : 01.44.16.05.00